Zeit der Globalisierung

ab 1970:
Neue Ostpolitik

03.10.1990:
Deutsche Wiedervereinigung

1970 1975 1980 1985 1990 1995 2000 2005 2010 2015 2020

Herbst 1989:
Friedliche Revolution in der DDR

2000–2007:
Mordserie des NSU

22.07.2016/ 19.02.2020:
Mordanschlag von München/Hanau

1968:
Studierendenproteste/ 1968er-Generation

1980er-Jahre:
Friedensbewegung

ab 1990:
wirtschaftliche Probleme nach der Wiedervereinigung

ab 1970:
Terror der RAF

1993:
Gründung der EU

2002:
Einführung des Euro

2020:
„Brexit“

1980er-Jahre:
Strategie der Abschreckung

1993:
EU-Binnenmarkt

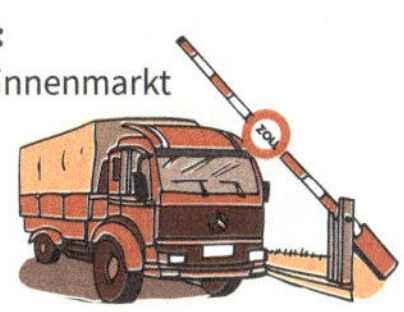

2004/2007:
EU-Osterweiterung

1979–1988
Besetzung Afghanistans durch Sowjetunion

westermann

Die Reise
in die
Vergangenheit

Band 9/10
Mecklenburg-Vorpommern

Mit Beiträgen von:
Manfred Albrecht, Wera Barth, Daniel Doll,
Erik Freedman, Dr. Elmar Geus, Dr. Tobias Hinrichs,
Stefan Holland, Denise Kalka, Harald Kontofski,
Ulrike Lohse, Martin Lücke, Karsten Paul,
Cathrin Schreier, Heike Schuster, Dr. Ruth Stepper,
Jörg Stierhof, Uta Usener, Andrea Wellenhofer,
Kristof Wenger, Dana Wittig

Vorbereiten. Organisieren. Durchführen.
BiBox ist das umfassende Digitalpaket zu diesem Lehrwerk mit zahlreichen Materialien und dem digitalen Schulbuch. Für Lehrkräfte und für Schülerinnen und Schüler sind verschiedene Lizenzen verfügbar. Nähere Informationen unter **www.bibox.schule**

Dieses Symbol verweist auf Aufgaben oder Seiten, auf denen der Erwerb von Medienkompetenz besonders gefördert wird. Nähere Informationen unter **www.westermann.de/medienbildung**.

Die Vereinten Nationen haben 17 Ziele für nachhaltige Entwicklung beschlossen. Einige Inhalte im Buch beziehen sich auf eins oder mehrere dieser Ziele und sind erkennbar an diesem Symbol. Hier könnt ihr also fachspezifische Kompetenzen in Bezug auf nachhaltige Entwicklung erwerben, wie sie von den Vereinten Nationen definiert wurde.

Druck A[1] / Jahr 2024
Alle Drucke der Serie A sind im Unterricht parallel verwendbar.

Redaktion: Dr. Tobias Hinrichs
Umschlaggestaltung: LIO Design GmbH, Braunschweig
Druck und Bindung: Westermann Druck GmbH, Georg-Westermann-Allee 66, 38104 Braunschweig

ISBN 978-3-14-**142807**-0

Liebe Schülerinnen und Schüler,

vor euch liegt euer neues Buch für das Fach Geschichte. Es soll euch helfen, selbstständig Geschichte zu entdecken. Das Buch bietet euch verschiedene Hinweiszeichen, die euch dabei helfen, euch im Buch zurechtzufinden.

Unbekannte oder schwer verständliche Wörter sind im Text unterstrichen. Sie werden euch am Rand der jeweiligen Seite erklärt.
Auf den Seiten 260–268 findet ihr noch weitere Worterklärungen.

Reparationen

Mit dem Buchstaben **Q** sind Textquellen gekennzeichnet. Diesen Texte stammen von Personen aus der Vergangenheit. Textquellen müsst ihr genauer untersuchen.

Q1

Der Buchstabe **M** bezeichnet alle Materialien, die den Text ergänzen und mithilfe der Arbeitsaufgaben erschlossen werden. **M** kann ein Bild, eine Karte, eine Zeichnung, eine Tabelle oder ein Diagramm sein.

M1

Dies ist das Zeichen für einen **Webcode**. Wenn ihr den QR-Code scannt oder im Internet unter www.westermann.de/webcodes den Code in das Suchfenster eingebt, gelangt ihr zu spannenden und hilfreichen Materialien wie Filmclips, Hörszenen oder Methoden zur Aufgabenbearbeitung.

Digital+
Film über das Krisenjahr 1923
WES-142807-104

Dieses Symbol schlägt euch vor, eine gewählte Aufgabe mithilfe einer bestimmten kooperativen Lernform zu erarbeiten. Eine Übersicht und Erläuterung über diese Lernformen findet ihr auf den Seiten 276–279.

Dieses Symbol weist darauf hin, dass ihr auf den Seiten 269–275 eine Hilfe zur Lösung der Aufgabe findet.
Die drei Balken vor den Aufgaben geben einen Hinweis auf den Schwierigkeitsgrad. Hier soll eine Auswahl zwischen den Aufgaben getroffen werden.

HILFE

AUSWAHL I
II
III

Hier stellen wir euch Methoden und Arbeitstechniken des Faches Geschichte vor. Mit diesen Seiten könnt ihr Schritt für Schritt lernen, wie man z. B. historische Reden, Spiel- oder Dokumentarfilme analysiert.

Methode

Diese Seiten enthalten Anregungen zum Selbermachen und Entdecken. Ihr könnt z. B. Zeitungsseiten erstellen oder Erinnerungskalender gestalten.

Projekt

Hier könnt ihr Näheres über die Geschichte eurer Region und eures Bundeslandes erfahren.

Regionalgeschichte

Auf dieser Seite findet ihr eine Zusammenfassung mit allen wichtigen Informationen und Grundbegriffen des Kapitels sowie eine Zeitleiste mit wichtigen Daten.

In Kürze

Deutschland und Europa nach dem Ersten Weltkrieg

Gegen Ende des Ersten Weltkriegs kam es im Deutschen Reich zu einer Revolution und dem Ende der Monarchie. Es entstand eine Demokratie mit vielen politischen Parteien, die Weimarer Republik. Mit der Unterzeichnung des Versailler Friedensvertrags endete der Erste Weltkrieg. In Europa ergaben sich dadurch viele gesellschaftliche und territoriale Verschiebungen. Ein internationales Gremium, der Völkerbund, sollte zukünftige Kriege verhindern. Nach anfänglichen großen wirtschaftlichen Problemen stabilisierte sich die Weimarer Republik während der sog. „Goldenen Zwanzigerjahre". Mit der Weltwirtschaftskrise 1929 begann jedoch der Auflösungsprozess des demokratischen Systems.

Novemberrevolution im Deutschen Reich: Aufständische mit roter Fahne als Zeichen des Umbruchs (Foto, 1918)

M1 Matrosenaufstand in Wilhelmshaven (Foto, 06.11.1918)

Revolution im Deutschen Reich

Am Beginn steht ein Matrosenaufstand

Im Oktober 1918 befand sich das Deutsche Reich noch im Ersten Weltkrieg und Kaiser Wilhelm II. regierte das Land. Obwohl sich das Kriegsende abzeichnete, wollte die Marineleitung eine große Seeschlacht wagen. Doch die Matrosen in den Hafenstädten widersetzten sich den Befehlen und meuterten gegen ihre Offiziere. Dabei gab es auch Gewalttaten und Morde. Die wichtigsten Forderungen der rebellierenden Matrosen waren:

- sofortige Verhandlungen über einen Waffenstillstand und
- Einstellung der Kriegshandlungen.

Sie schlossen sich mit streikenden Arbeitern zusammen, besetzten Rathäuser oder Polizeistationen. Innerhalb weniger Tage kontrollierten sie die Hafenstädte an der Nord- und Ostseeküste und erhielten Unterstützung von sozialdemokratischen Politikern.

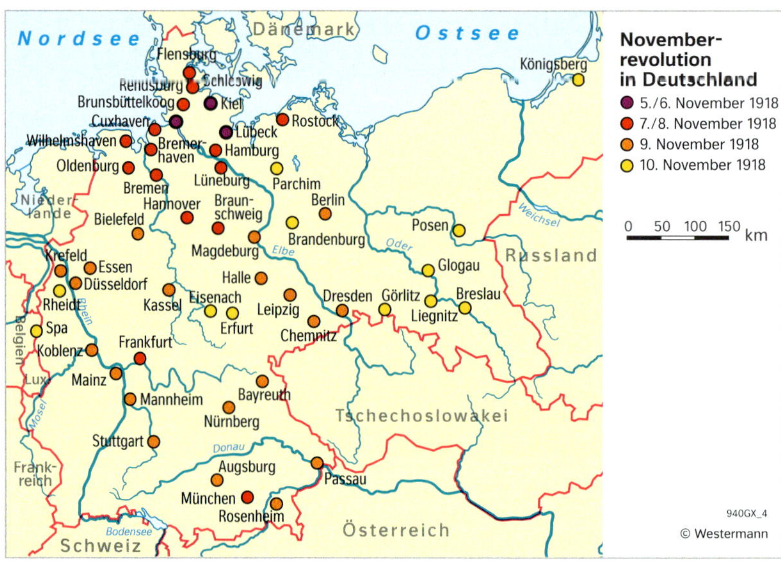

M2 Ausbreitung der Novemberrevolution

Der Protest erfasst das gesamte Deutsche Reich

Innerhalb weniger Tage verbreitete sich dieser Matrosenaufstand von Nord nach Süd durch das Deutsche Reich. Überall schlossen sich Soldaten, Arbeiter und Bürger den aufständischen Matrosen an. Im Verlauf dieser großen Demonstrationen wurden die gemeinsamen Forderungen immer politischer. Nun ging es nicht mehr nur um die Anliegen der Matrosen. Jetzt wurden der Rücktritt Kaiser Wilhelm II., das Ende der Monarchie und eine Beteiligung des Volkes an der Regierung gefordert.

Die Revolution setzt sich durch

Im Deutschen Reich übernahmen die Aufständischen die Kontrolle der wichtigsten Behörden. Die wenigen kaisertreuen Polizisten konnten sich nicht gegen den Massenprotest wehren. Auch Fabriken wurden von Arbeitern und Soldaten besetzt.

Nach dem Vorbild der russischen Revolution bestimmten nun sogenannte Arbeiter- und Soldatenräte in den Städten und Betrieben. Sie verwalteten anstelle der kaiserlichen Beamten die Städte, entschieden z. B. darüber, Lebensmittel aus militärischen Vorratslagern an die Bevölkerung zu verteilen.

Gegen den Willen der Arbeiter- und Soldatenräte sollte nichts mehr geschehen können. Vor allem achteten sie darauf, dass die Beamten keine kaisertreuen Truppen anforderten oder andere Versuche unternahmen, um den Aufstand doch noch niederzuschlagen.

Arbeiter- und Soldatenräte: Die Arbeiter- und Soldatenräte wurden von den Aufständischen bestimmt. Während der Aufstände erteilten sie anstelle der Bürgermeister und Beamten alle wichtigen Anordnungen.

M3 Demonstration von Marinesoldaten und Bürgern vor dem kaiserlichen Stadtschloss in Berlin im November 1918 (Foto, 09.11.1918)

ARBEITSAUFTRÄGE

1 a) Beschreibe mithilfe von M2 die Ausbreitung der Novemberrevolution.
b) Begründe den Matrosenaufstand in M1 vom Herbst 1918.
Partnervortrag

AUSWAHL **2** I Beschreibe, wie sich die Arbeiter- und Soldatenräte zusammensetzen.
II Benenne die Forderungen der Arbeiter- und Soldatenräte.
III Erkläre die Aufgabe der Arbeiter- und Soldatenräte in den Städten.

3 Stelle dir vor, du bist ein Zeitgenosse der Revolution im November 1919. Diskutiere, ob du dich wie in Bild M3 den aufständischen Arbeitern und Soldaten anschließt. Engel und Teufel HILFE

Der Übergang zur Republik

M1 Philipp Scheidemann verkündet an einem Fenster des Reichstags den Übergang zur Republik. Dieses Ereignis wurde für die Presse Mitte November nachgestellt. (Foto, 1918)

Die Monarchie endet

Als die Proteste und Aufstände die Hauptstadt Berlin erfassten, hoffte der kaiserliche Reichskanzler, eine Revolution verhindern zu können. Daher übertrug er am 9. November die Regierung an Friedrich Ebert, den SPD-Vorsitzenden. Wenig später verkündete Philipp Scheidemann (SPD) das Ende der Monarchie. Das Deutsche Reich war nun eine Republik: ein Staat ohne König, in dem das Volk ein Parlament und eine Regierung wählt.

Q1 **Ausrufung der Republik in Berlin durch Philipp Scheidemann (SPD). Den Wortlaut seiner Rede schrieb er erst 1928 aus der Erinnerung nieder:**

Arbeiter und Soldaten!
Furchtbar waren die vier Kriegsjahre, grauenhaft waren die Opfer [...]. Der unglückselige Krieg ist zu Ende. Das Morden ist vorbei. [...] Der Kaiser hat abgedankt. Er und seine Freunde sind verschwunden. Über sie alle hat das Volk auf der ganzen Linie gesiegt! [...]
Die neue Regierung darf nicht gestört werden in ihrer Arbeit für den Frieden, in der Sorge um Brot und Arbeit. [...]
Alles für das Volk, alles durch das Volk! Nichts darf geschehen, was der Arbeiterbewegung zur Unehre gereicht. Seid einig, treu und pflichtbewusst! Das Alte und Morsche, die Monarchie ist zusammengebrochen. Es lebe das Neue! Es lebe die Deutsche Republik!

Eine zweite Republik

Eine Gruppe ehemals sozialdemokratischer Politiker war mit dem Übergang zur Republik nicht einverstanden. Bereits bei der Bewilligung der Kriegskredite im August 1914 hatten sie sich von der SPD abgewendet.

Gemeinsam mit radikalen Kräften aus Arbeitern, Soldaten und Politikern sammelten sie sich im „Spartakusbund" und wollten eine Revolution nach russischem Vorbild. Karl Liebknecht und Rosa Luxemburg, die schon lange für ein Ende der Monarchie eintraten, waren wichtige Sprecher und Ideengeber. Am Nachmittag des 9. November verkündete Karl Liebknecht während einer Demonstration am Berliner Schloss ebenfalls den Übergang zu einer Republik und den Beginn einer Revolution.

Q2 **Der Wortlaut der Rede des Politikers Karl Liebknecht ist nicht direkt, sondern nur in einem Zeitungsbericht überliefert:**

Der Tag der Revolution ist gekommen. Wir haben den Frieden erzwungen. [...] Das Alte ist nicht mehr. [...] In dieser Stunde proklamieren wir die freie sozialistische Republik Deutschland. Wir grüßen unsere russischen Brüder [...]. Wir wollen an der Stelle, wo die Kaiserstandarte wehte, die rote Fahne der freien Republik Deutschland hissen!

Rote Fahne: Die Farbe Rot war das Erkennungszeichen sozialistischer/kommunistischer Bewegungen seit dem 19. Jhdt. Sie zeigte sich später auch auf der Flagge der Sowjetunion, bzw. ihrer Streitkräfte, der Roten Armee.

Der Tag des 9. November mit der doppelten Ausrufung der Republik gehört zu den Ereignissen im Herbst 1918, die unter dem Begriff Novemberrevolution zusammengefasst werden.

M2 Straßenkämpfe in Berlin im Winter 1918/19. Matrosen, Soldaten und Zivilisten kämpften für eine sozialistische Republik. (Foto, 11.01.1919)

Unruhige Zeiten

Durch die doppelte Ausrufung einer Republik stand keinesfalls fest, dass sich die gemäßigte Regierung um Friedrich Ebert gegen die revolutionäre Bewegung um Karl Liebknecht durchsetzen würde. In den folgenden Wochen diskutierten Bürgerinnen und Bürger, Soldaten und Politiker auf Kundgebungen über die künftige Staatsform:

- Der Großteil wünschte eine Republik mit Parlament.
- Eine Minderheit wollte eine Räterepublik nach Vorbild Russlands.

Nach den Vorstellungen gemäßigter SPD-Politiker sollte die zukünftige Regierungsform von einer gewählten Versammlung und nicht in einer sozialistischen Revolution bestimmt werden.

Enttäuschung und Umsturzversuche

Enttäuschte SPD-Mitglieder gründeten die Kommunistische Partei Deutschlands (KPD). Gewaltsam versuchten sie in den folgenden Monaten, mithilfe gleichfalls unzufriedener Arbeiter und Soldaten doch noch die Führung im Staat zu übernehmen.

Kaisertreue, nationalistische ehemalige Frontsoldaten kämpften auf der Seite der Regierung Ebert. Sie ermordeten Karl Liebknecht und Rosa Luxemburg. Im gesamten Reich gab es während der Niederschlagung der Aufstände mehr als tausend Tote. Durch den Erfolg der gemäßigten Seite war eine parlamentarische Republik vorgezeichnet. Doch die Anhänger der KPD fühlten sich von den SPD-Politikern hintergangen und um einen wirklichen Neuanfang betrogen.

M3 Denkmal für Karl Liebknecht und Rosa Luxemburg in Berlin (Foto, 2019)

ARBEITSAUFTRÄGE

AUSWAHL **1** I Fasse zusammen, wie Philipp Scheidemann in der Rede Q1 den 9. November 1918 beschreibt.
II Benenne die Aufgabe, die Philipp Scheidemann in der Rede Q1 benennt.
III Begründe mithilfe der Rede Q1 den Neubeginn am 9. November 1918.

2 a) Arbeite aus der Rede Q2 den Standpunkt von Karl Liebknecht heraus.
b) Stelle der Rede Q2 die von Q1 gegenüber. Arbeite Gemeinsamkeiten und Unterschiede heraus. Think-Pair-Share HILFE

3 Stelle dir vor, du bist ein Zeitgenosse beim Straßenkampf im Winter 1919. Wie würdest du auf den Vorwurf reagieren, dass die SPD die Revolution verraten habe. Marktplatz HILFE

4 Recherchiere zu Denkmälern, Erinnerungstafeln, Straßen- oder Schulnamen in deiner Region, die an Rosa Luxemburg oder Karl Liebknecht erinnern.

Digital+
Film über den Übergang von der Monarchie zur Republik
WES-142807-101

M1 Demonstration auf dem Wismarer Marktplatz (Foto, 08.11.1918)

Die Revolution erreicht den Nord-Osten

Aufstände in Mecklenburg und Pommern

Die Auswirkungen des Ersten Weltkriegs trafen auch die Bevölkerung im Nord-Osten des Deutschen Kaiserreichs immer härter:

- Die Reichswehr beschlagnahmte Pferde, Getreide und Vieh.
- Der Handel in den Häfen wurde immer schwieriger, da die Kriegsgegner zunehmend Schiffe beschlagnahmten.
- Es fehlte immer offensichtlicher an Nahrungsmitteln und Gegenständen für das alltägliche Leben.

Seit dem Hungerwinter 1916/17 kam es in Mecklenburg und Pommern immer wieder zu Unruhen und Streiks. Der Matrosenaufstand 1918 wirkte dann wie ein Brandbeschleuniger auf die revolutionären Ereignisse. Jetzt war der Weg bis Wismar nicht mehr weit.

In der Hafenstadt hatte sich ebenfalls ein Arbeiter- und Soldatenrat gebildet. Gemeinsam zogen die kriegsmüden Arbeiter und Matrosen am 8. November 1918 auf den Marktplatz von Wismar. Man forderte die Abdankung des Kaisers und die sofortige Beendigung des sinnlosen Tötens. Die Soldaten und Matrosen sollten nach Hause kommen, zu ihren Frauen und Kindern. Von Wismar aus erfolgte durch diesen „Weckruf“ innerhalb kürzester Zeit eine Ausbreitung der Proteste und Unruhen in weite Teile von Mecklenburg und Pommern. Öffentliche Volksversammlungen wurden u.a. aus Schwerin, Stralsund und Greifswald vermeldet.

Der Großherzog muss abdanken

Nachdem am 9. November 1918 in Berlin die „doppelte Ausrufung“ der Republik das offizielle Ende des Zweiten Deutschen Kaiserreichs besiegelt hatte, verblieb der Großherzog von Mecklenburg-Schwerin, Friedrich Franz IV., kurzzeitig in Amt und Würden. Für eine mit seiner Person verbundene konstitutionelle Monarchie war die Zeit jedoch längst abgelaufen. Die Arbeiter- und Soldatenräte forderten eine parlamentarische Demokratie mit einer neuen Verfassung. Nur kurze Zeit später musste auch Friedrich Franz IV. als einer der letzten Landesfürsten in Deutschland abdanken.

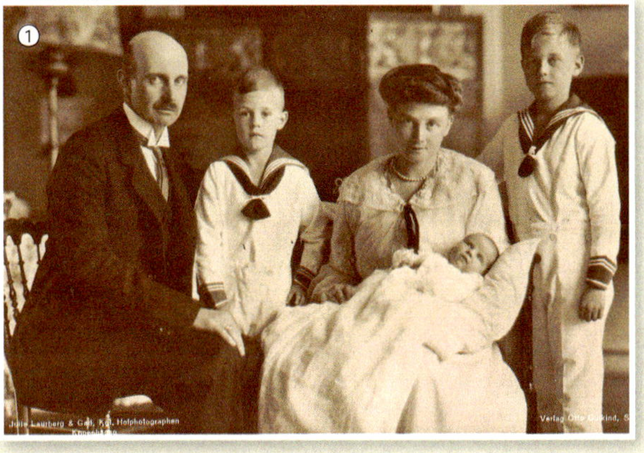

②
Greifswalder Zeitung
Kreis-Anzeiger für den Kreis Greifswald
Amtliches Kreisblatt
Organ der städtischen Behörden
General-Anzeiger für Greifswald, Vorpommern und Rügen
Sonntag den 10. November 1918
Der Kaiser entsagt dem Throne.
Letzte Nachrichten.
Das Loch in Wilsons Programm.

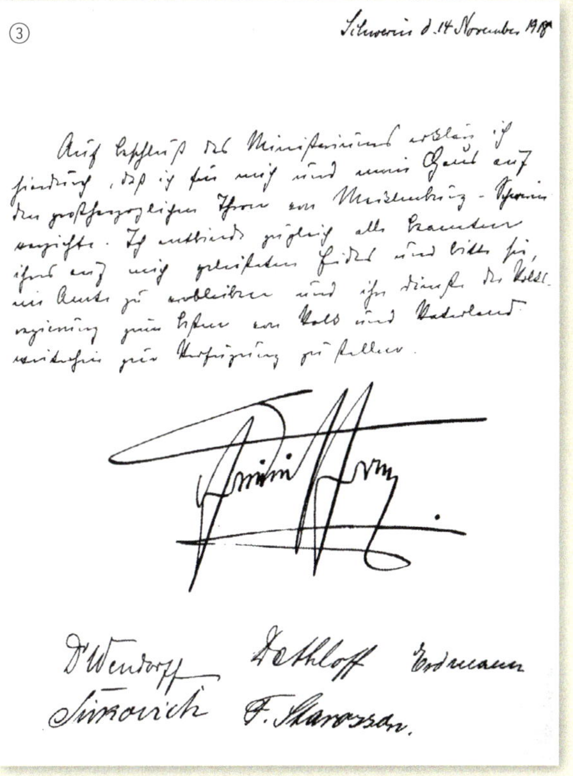
③
Schwerin d. 14 November 1918

M2 Monarchie wird Republik: ① Friedrich Franz IV. mit seiner Frau Alexandra und drei seiner Kinder (Foto, 1916/1917); ② Titelblatt der Greifswalder Zeitung vom 10.11.1918 zur Abdankung des deutschen Kaisers Wilhelm II. am Tag zuvor; ③ Abdankungsurkunde Friedrich Franz IV. vom 14.10.1918

Q1 Wortlaut der Abdankungsurkunde von Großherzog Friedrich Franz IV.:

Auf Beschluss des Ministeriums erkläre ich hierdurch, dass ich für mich und mein Haus auf den großherzoglichen Thron von Mecklenburg-Schwerin verzichte. Ich entbinde zugleich alle Beamten ihres auf mich geleisteten Eides und bitte sie, im Amte zu verbleiben und ihre Dienste der Volksregierung zum Besten von Volk und Vaterland weiterhin zur Verfügung zu stellen.

Eine neue Ordnung für Mecklenburg und Pommern

Nach dem Thronverzicht wurden in Mecklenburg-Strelitz am 18. Dezember 1918 Wahlen zur verfassungsgebenden Versammlung durchgeführt. Diesem Beispiel folgten Pommern am 19. Januar und Mecklenburg-Schwerin am 26. Januar 1919. Darüber hinaus blieb aber vor allem in Pommern vieles „bi dat ole". Lediglich einzelne Bürgermeister und Beamte wurden abgesetzt.

Tipp:
Weitere Informationen zur Weimarer Verfassung erhältst du auf S. 24–27.

bi dat ole: (plattdeutsch, hochdeutsch sinngemäß = „beim Alten")

ARBEITSAUFTRÄGE

1. Sucht in eurer Heimatregion nach weiteren Zeugnissen der Novemberereignisse.
2. Stelle die Ereignisse der Revolution in Mecklenburg und Pommern auf einer Zeitleiste dar.

Digital+
Hier kannst du nochmals nachschauen, wie du eine Zeitleiste erstellst.
WES-142807-102

Dokumentarfilme analysieren

Einstellungsgröße
zum Beispiel:
- Panorama
- Totale
- Naheinstellung

Kameraperspektive
- Froschperspektive
- Vogelperspektive
- Normalperspektive
- Perspektive aus Sicht des Akteurs

Kamerabewegung
- Schwenk
- Kamerafahrt
- Zoom

Farbe und Licht
- farbig oder schwarz-weiß
- Farbfilter
- hell oder dunkel

Ton
- Geräusche
- Musik
- Wortsprache (Kommentare, O-Töne)

Bilder
- zeitgenössische Dokumente
- nachgespielte Szenen
- Moderation
- Interviews
- Standbilder

M1 Filmische Gestaltungsmittel

Mit der Erfindung der Filmtechnik wurde es möglich, Geschehnisse in bewegten Bildern festzuhalten. Filme zeigen alle Bereiche des Alltags. Menschen drehen Filme, um besondere Erlebnisse und Ereignisse oder den ganz normalen Alltag zu dokumentieren und wieder erlebbar zu machen.

Filme stellen auch Geschichte dar und interpretieren sie. Neben historischen Spielfilmen sind weitere Filmgattungen zu unterscheiden: Filmdokumente, die Filmsequenzen mit zeitgenössischen Ereignissen unmittelbar und zeitgleich festhalten, sowie kommentierte Dokumentarfilme. In ihnen werden Filmdokumente zusammengeschnitten und mit weiteren Gestaltungselementen, z.B. Kommentaren oder Zeitzeugeninterviews, kombiniert.

Dokumentarfilme – immer objektiv?

Dokumentarfilme vermitteln dem Zuschauer ein hohes Maß an Objektivität und Glaubwürdigkeit. Jedoch verfolgen die Filmemacher mit ihren Dokumentationen unterschiedliche Ziele. Filme transportieren nicht nur Wissen, sondern auch Meinungen.

Die Darstellung von Zeitgeschichte in Filmen ist sehr häufig journalistisch aufbereitet. Filmdokumente werden mit erklärenden und nachgespielten Elementen gemischt. Musik und Kameraführung sollen den Zuschauer besonders ansprechen oder beeinflussen. Aus diesem Grund bedürfen Dokumentarfilme einer Analyse.

Schritte zur Analyse eines Dokumentarfilms:

1. Schritt: Inhaltliche Analyse
- Sieh die Dokumentation oder einen Ausschnitt an; eventuell mehrmals.
- Fasse den Inhalt zusammen.
- Benenne wichtige Personen, Orte und Ereignisse.
- Notiere zentrale Aussagen von Sprechern, Zeitzeugen und Erzählern.
- Ordne die Dokumentation in den historischen Kontext ein.

2. Schritt: Gestalterische Analyse
- Unterscheide die Gestaltungselemente der Dokumentation.
- Erkläre die Absicht, die mit der gewählten Darstellung verfolgt wird.

3. Schritt: Beurteilung
- Beurteile den Aussagewert der Dokumentation mithilfe folgender Fragen:
- Was ist historisch belegt, was ist vermutet?
- Wer ist der Auftraggeber/Autor/Produzent?
- Welche Zielsetzung wurde mit der Dokumentation verfolgt?
- Wer ist der Adressat der Dokumentation?
- Werden Forschungsergebnisse und Quellen eindeutig benannt?

Beispiele für filmische Gestaltungsmittel

Nachgespielte Szenen halten sich selten an genaue Überlieferungen. Sie dienen besonders der Anschaulichkeit und ersetzen oft fehlende Originalaufnahmen.

Originalton:

„Das Alte und Morsche, die Monarchie ist zusammengebrochen. Es lebe das Neue. Es lebe die deutsche Republik."

Kommentar:

„Am Mittag des 9. November ruft der SPD-Politiker Philipp Scheidemann am Reichstag die Republik aus. Etwa zwei Stunden später verkündet der Spartakistenführer Karl Liebknecht vor dem Berliner Schloss ebenfalls die Republik. Doch meint er eine sozialistische? Welche der beiden Staatsformen gilt nun?"

Licht und Farbe sind wichtige filmische Gestaltungsmittel, weil sie unterschiedliche Stimmungen erzeugen können. Durch nachträgliche Farbsetzungen können im Dokumentarfilm bestimmte Personen oder Gegenstände hervorgehoben werden.

Kommentare erweitern das Gezeigte. Sie ergänzen den Originalton und versuchen, den Zuschauer durch die Geschichte zu führen.

Die Wahrnehmung des Zuschauers kann auch durch die Wahl der Einstellungsgröße beeinflusst werden. Bestimmte Details können so weggelassen werden. Nebensächliche Dinge werden dagegen gezeigt und lenken den Zuschauer ab.

Interviews sind wichtige Bestandteile von Dokumentationen. Unterschieden werden Experteninterviews und Zeitzeugeninterviews, in denen die Befragten über sich bzw. über historische Ereignisse, die sie miterlebt haben, berichten. Geschichtswissenschaftler werden oft als Experten befragt, um dem Dokumentarfilm eine höhere Glaubwürdigkeit zu verleihen.

ARBEITSAUFTRÄGE

1. Erkläre die Funktion von Gestaltungselementen eines Dokumentarfilms.
2. „Dokumentarfilme zeigen die historische Wahrheit." Nimm Stellung zu dieser Aussage.
3. Untersuche Ausschnitte eines selbst gewählten historischen Dokumentarfilms anhand der Analyseschritte.

Der Versailler Friedensvertrag

Die Alliierten bestimmen über den Friedensvertrag

Diplomaten: Sie sind wichtige Beamte eines Landes, die Gespräche mit den Regierungen anderer Länder führen oder Verträge vorbereiten.

Der Waffenstillstand vom November 1918 hatte bereits den Ersten Weltkrieg in Europa beendet. Im Schloss von Versailles erarbeiteten die Diplomaten der Alliierten im Frühjahr 1919 nun die Bestimmungen des Friedensvertrages. Die deutschen Politiker hofften auf eine Verständigung mit den Alliierten, da deren Bedingungen erfüllt waren:

- Kaiser Wilhelm II. hatte abgedankt,
- die besetzten Gebiete waren geräumt und
- eine demokratische Republik war gegründet worden.

Außerdem trugen die nun verantwortlichen Politiker keine Schuld oder Verantwortung am Kriegsausbruch. Doch die Alliierten bestimmten allein über den Vertrag von Versailles.

M1 Die wichtigsten Politiker in Versailles, v. li.: David Lloyd George (1863–1945, Ministerpräsident von Großbritannien), Georges Clemenceau (1841–1921, Ministerpräsident von Frankreich) und Woodrow Wilson (1856–1924, Präsident der USA) (Foto, 1919)

Q1 Der französische Ministerpräsident erklärte der deutschen Delegation 1919 bei der Übergabe des Vertragsentwurfs knapp seine Haltung:

Meine Herren Delegierten des Deutschen Reiches! Es ist hier weder der Ort noch die Zeit für überflüssige Worte. [...] Die Stunde der Abrechnung ist da. Sie haben uns um Frieden gebeten. Wir sind geneigt, ihn Ihnen zu gewähren. [...] Um auch die andere Seite meines Gedankens zu Ihrer Kenntnis zu bringen, muss ich notwendigerweise hinzufügen, dass dieser [...] Versailler Friede [...] von den hier vertretenen Völkern zu teuer erkauft worden ist, als dass wir nicht einmütig entschlossen sein sollten, [...] jede uns geschuldete berechtigte Genugtuung zu erlangen.

Ein Frieden ohne Kompromisse

Die Alliierten zeigten sich nicht kompromiss- oder verhandlungsbereit. Den deutschen Politikern wurde der Vertragstext vorlegt und sie mussten unterzeichnen. Im Friedensvertrag hatten sie anzuerkennen, dass allein das Deutsche Reich die Schuld am Ausbruch des Ersten Weltkriegs hatte.

Daher sollte das Deutsche Reich den Alliierten alle entstandenen Kriegsschäden bezahlen, damit diese ihr Land wieder aufbauen konnten. Diese Reparationen mussten in Gold, ausländischer Währung oder als Sachgüter, wie z. B. Kohle oder Maschinen, beglichen werden.

Reparationen: (lat.: reparare = wiederherstellen) Alle Leistungen, die einem besiegten Staat auferlegt werden, um die Kriegsschäden des Siegerstaates zu beheben/„reparieren" und dessen Kriegsschulden zu bezahlen. Hierzu zählen Geldleistungen, Sach- oder Dienstleistungen.

Q2 Die Festlegung der Kriegsschuld und Wiedergutmachung im Versailler Friedensvertrag:

Artikel 231: Die alliierten [...] Regierungen erklären und Deutschland erkennt an, dass Deutschland und seine Verbündeten als Urheber aller Verluste und aller Schäden verantwortlich sind, die die alliierten [...] Regierungen [...] infolge des ihnen durch den Angriff Deutschlands und seiner Verbündeten aufgezwungenen Krieges erlitten haben. [...]
Artikel 233: Die Höhe der erwähnten Schäden, deren Wiedergutmachung von Deutschland geschuldet wird, wird von einer interalliierten Kommission festgestellt werden. [...] Die Kommission wird gleichzeitig einen Zahlungsplan aufstellen. [verändert]

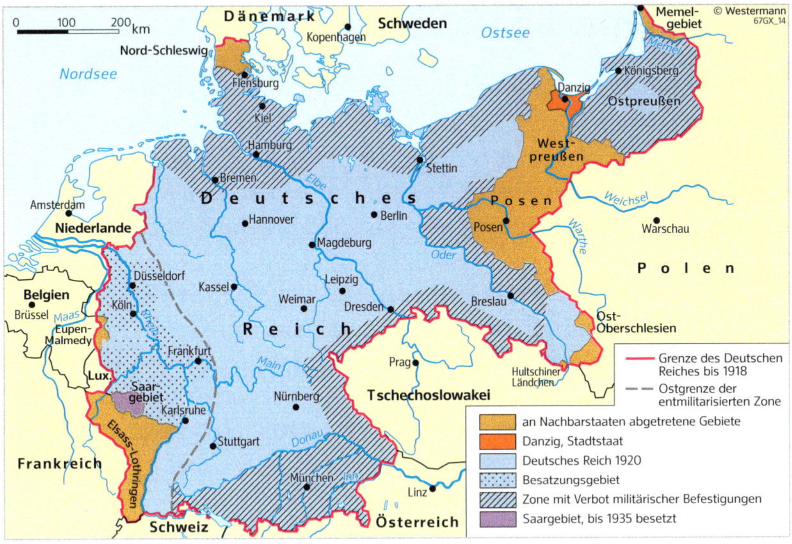

M2 Folgen des Friedensvertrags von Versailles

Weitere Auflagen für das Deutsche Reich

Das Ziel der Alliierten war es, dem Deutschen Reich die Möglichkeit zu nehmen, einen neuen verheerenden Krieg zu beginnen. Deshalb wurden neben den vereinbarten Reparationen weitere Beschlüsse gefasst:

- Das Deutsche Reich musste weite Gebiete an Nachbarstaaten abtreten.
- Alle deutschen Kolonien gingen an die Alliierten verloren.
- Die deutsche Armee wurde auf 100 000 Soldaten begrenzt.
- Ein breiter Landstrich an Deutschlands Westgrenze, vor allem des Rheinlandes, musste demilitarisiert werden.
- Deutschland durfte keine modernen Waffen wie Panzer, Flugzeuge oder U-Boote bauen oder im Besitz haben.
- Ein Zusammenschluss Österreichs mit dem Deutschen Reich wurde verboten.

M3 Demonstration gegen den Friedensvertrag in Berlin (Foto, 1919)

Enttäuschte Hoffnungen der Bürgerinnen und Bürger

Das Auftreten der Alliierten als Siegermächte enttäuschte viele Deutsche. Sie empfanden die Bestimmungen des Versailler Vertrags als ungerecht und erniedrigend. Aufgrund des politischen Neubeginns hatten viele einen günstigeren Frieden erhofft.

Die Diskussionen wurden besonders von nationalistischen Politikern ausgenutzt. Sie machten nicht den ehemaligen Kaiser und seine Generäle für den Krieg verantwortlich. Sie kritisierten nur die demokratischen Politiker, die den Vertrag unterschrieben hatten, und gaben ihnen die Schuld an den nun auferlegten Lasten.

ARBEITSAUFTRÄGE

AUSWAHL **1** I Fasse die Quelle Q1 in eigenen Worten zusammen.
II Begründe die französische Haltung in der Quelle Q1.
III Bewerte die Aussagen der Quelle Q1 für das zukünftige Verhältnis.

2 Zähle mithilfe von M2 die Gebiete auf, die abgetreten oder besetzt wurden. Ordne diese in einer Tabelle an. Bushaltestelle HILFE

3 Stelle dir vor, du bist ein Reporter bei der Unterzeichnung des Friedensvertrags. Schreibe einen Zeitungsartikel. Reporter HILFE

Digital+
Film über den Versailler Vertrag
WES-142807-103

Die Neuordnung Europas

Grenzen werden verändert und neue Staaten gegründet

Auf der Konferenz im Schloss Versailles berieten die Diplomaten nicht nur über den Frieden und die Grenzen des Deutschen Reichs. Auch das Kaiserreich Österreich-Ungarn hatte verloren und das Zarenreich war untergegangen. Daher mussten der Osten und Südosten Europas geordnet werden, um neue Konflikte zu vermeiden.

- Entlang der ehemaligen Grenze des russischen Zarenreichs entstanden neue Staaten: Finnland, Polen, Litauen, Estland, Lettland.
- Das frühere Österreich-Ungarn wurde in sehr viele kleine Staaten aufgeteilt.

In Nord- und Südosteuropa wurden Staatsgrenzen neu gezogen oder verändert. Diese Staaten waren nicht über Jahrhunderte hinweg gewachsen, sondern künstlich geschaffen. Die Einwohner der Gebiete wurden nicht einbezogen. Sie hatten die neuen Grenzen zu akzeptieren.

So gab es z. B. in Jugoslawien nun vier unterschiedliche Sprachen. Oder die Einwohner des ehemals österreichischen Südtirols bildeten nun eine deutschsprachige Minderheit im italienischen Staat, dem sie fortan angehörten.

M1 Europa nach dem Versailler Friedensvertrag

M2 Erste Sitzung des Völkerbunds in Genf/Schweiz (Foto, 1920)

Der Völkerbund: eine Institution, um Konflikte zu lösen

Der amerikanische Präsident Wilson hatte bereits während des Ersten Weltkriegs gefordert, dass jeder weitere Krieg zukünftig vermieden werden soll. Alle Konflikte zwischen Staaten sollten ausschließlich auf diplomatischem Weg, durch gegenseitige Gespräche und Vereinbarungen gelöst werden. Diese diplomatischen Beratungen sollten in einer ständig tagenden Versammlung erfolgen. Jener sogenannte Völkerbund gründete sich 1920.

Q1 Auszug aus der Satzung des Völkerbunds von 1920:

Artikel 11: Ausdrücklich wird hiermit festgestellt, dass jeder Krieg oder jede Bedrohung mit Krieg [...] eine Angelegenheit des ganzen Bundes ist, und dass dieser die zum wirksamen Schutz des Völkerfriedens geeigneten Maßnahmen zu ergreifen hat.
Artikel 16: Schreitet ein Bundesmitglied [...] zum Kriege, so wird es ohne weiteres so angesehen, als hätte es eine Kriegshandlung gegen alle anderen Bundesmitglieder begangen. Diese verpflichten sich, unverzüglich alle Handels- und Finanzbeziehungen zu ihm abzubrechen.

Nach der Grundidee sollten möglichst alle Staaten dem Völkerbund angehören, um den Weltfrieden zu gewährleisten. Obwohl der amerikanische Präsident die Gründung des Völkerbunds vorangetrieben hatte, traten die USA am Ende jedoch nicht bei. Dem Deutschen Reich und Russland, bzw. der späteren Sowjetunion wurde der Beitritt zum Völkerbund von den Alliierten sogar untersagt. Sie misstrauten beiden Staaten und deren Regierungen. Damit fehlten aber drei mächtige Staaten. Trotzdem konnte der Völkerbund lange Zeit erfolgreich handeln und sich für den Grundgedanken der Friedenswahrung einsetzen.

Sowjetunion: (russ. Sowjet=Rat; auch UdSSR, „Union der Sozialistischen Sowjetrepubliken") nach der Russischen Revolution 1922 gegründeter Vielvölkerstaat, der von Russland dominiert wurde

ARBEITSAUFTRÄGE

1 Zähle mithilfe von M1 die durch den Versailler Friedensvertrag neu geschaffenen Staaten in Europa auf. Stühletausch

AUSWAHL **2** I Gib die Artikel des Völkerbunds in Q1 mit eigenen Worten wieder.
II Benenne die gegenseitigen Versprechen der Mitglieder im Völkerbund in Q1.
III Begründe mithilfe von Q1 die Bezeichnung „Völkerbund". HILFE

M1 Wahl zur Nationalversammlung am 19.01.1919 (Foto, 1919)

Die Verfassung der Weimarer Republik

Eine Stadt gibt der Republik ihren Namen

Im Herbst 1918 hatten sich die Befürworter einer Republik gegen die Anhänger der Revolution nach russischem Vorbild durchgesetzt. Es sollte eine Verfassung für den neuen Staat entstehen. Im Frühjahr 1919 wurden Abgeordnete für diese Versammlung gewählt. Erstmals durften alle Männer und Frauen über 20 Jahren wählen. Da in Berlin noch Unruhen herrschten, tagte die Nationalversammlung in Weimar. Daher bezeichnen Historiker die Republik als Weimarer Republik.

Verfassung: wichtigstes Gesetz, in dem die Rechte der Bürgerinnen und Bürger, der Regierung und des Staatsoberhaupts festgelegt sind

Die Verfassung des Staates

Die Abgeordneten einigten sich auf eine parlamentarische Demokratie mit Gewaltenteilung. Weitere wichtige Kennzeichen des Staates waren:

- Der Reichstag, das Parlament, beschloss Gesetze für das Deutsche Reich.
- Gesetze konnten auch direkt durch einen Volksentscheid entstehen.
- Allen Bürgerinnen und Bürgern wurden Grundrechte garantiert, z.B. Gleichheit, Versammlungsrecht oder Meinungs- und Glaubensfreiheit

Die Gewaltenteilung wurde durch unabhängige Gerichte und gleiche Gesetze, die für alle Menschen galten, garantiert.

M2 Plakat zur Wahl der Nationalversammlung im Jahr 1919. Um die Frauen zur Wahl zu motivieren, wurden parteiübergreifende Plakate gedruckt.

Der Reichspräsident ist sehr mächtig

Als Staatsoberhaupt stand ein direkt vom Volk gewählter Reichspräsident an der Spitze der Republik:

- Er wurde für sieben Jahre gewählt,
- ernannte und entließ den Reichskanzler,
- konnte den Reichstag auflösen und Neuwahlen anordnen.

Zum ersten Reichspräsidenten wurde Friedrich Ebert (SPD) gewählt. In Krisenzeiten sollte er mithilfe von Notverordnungen direkt in die Gesetzgebung eingreifen können.

Doch seine umfangreichen Rechte konnten auch problematisch werden. Die Verfassung gab dem Reichspräsidenten nämlich alle notwendigen Befugnisse, um unabhängig vom Parlament zu regieren und sogar die demokratischen Abläufe im Parlament zu beseitigen.

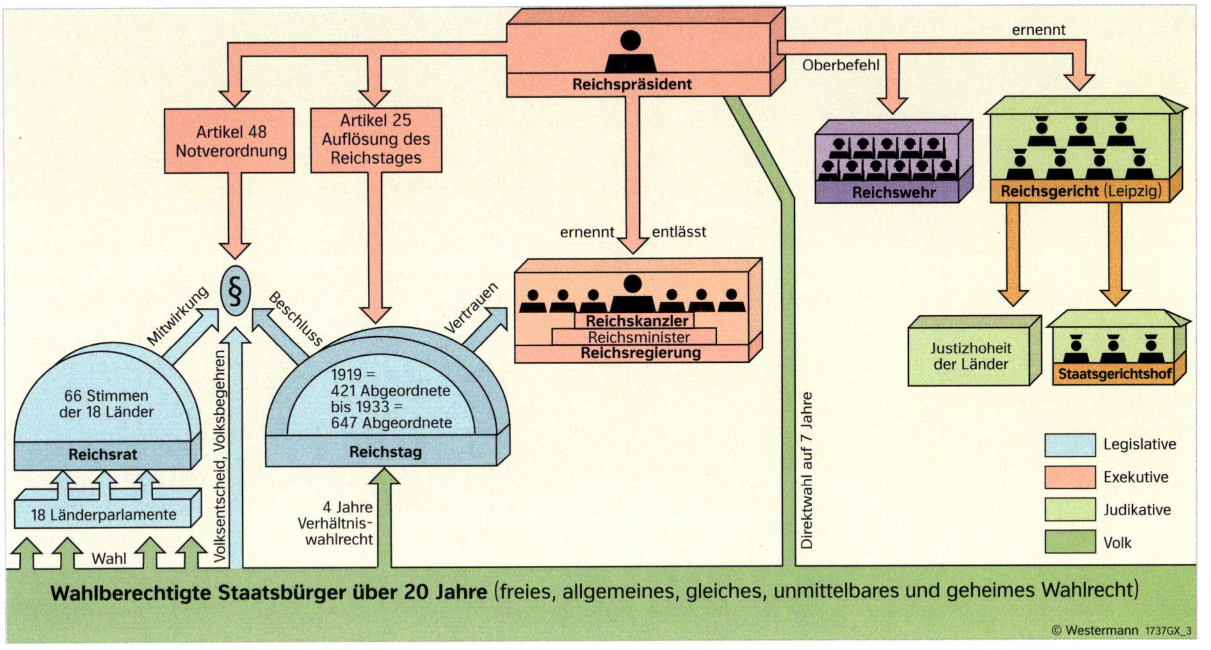

M3 Die Gewaltenteilung im Deutschen Reich durch die Verfassung von 1919

Parteien in der Weimarer Republik

In ihrer Haltung zum neu gegründeten Staat unterschieden sich die Parteien, die es überwiegend schon im Kaiserreich gegeben hatte, sehr stark. Einige standen uneingeschränkt zur Weimarer Verfassung und waren zu Kompromissen in der politischen Diskussion bereit. Aber manche warben bei den Bürgerinnen und Bürgern für eine andere Staatsform:

Für eine Republik	Für eine Monarchie
• SPD (Sozialdemokratische Partei) • DDP (Deutsche Demokratische Partei) • DZP (Deutsche Zentrumspartei) • BVP (Bayerische Volkspartei)	• DVP (Deutsche Volkspartei) • DNVP (Deutsch-Nationale Volkspartei)
Für einen kommunistischen Staat	**Für eine Diktatur**
• USPD (Unabhängige Sozialdemokratische Partei Deutschlands) • KPD (Kommunistische Partei)	• NSDAP (Nationalsozialistische Deutsche Arbeiterpartei)

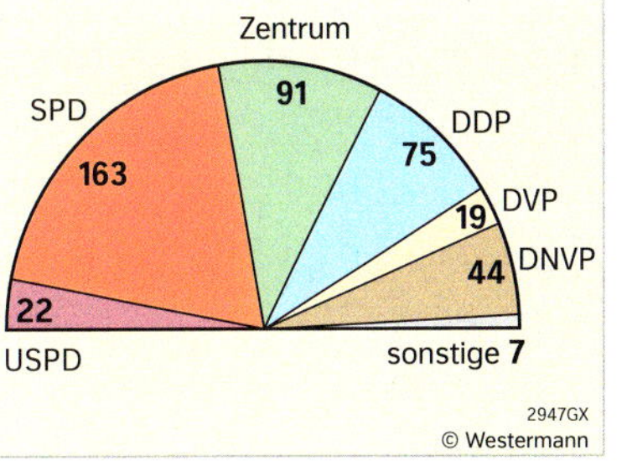

M4 Sitzverteilung in der Nationalversammlung von 1919: Die KPD hatte die Wahl boykottiert, Zentrum und BVP waren gemeinsam angetreten, die NSDAP noch nicht gegründet worden.

Antidemokratische Parteien, wie die 1920 gegründete NSDAP, trugen politische Auseinandersetzungen auch mit Gewalt aus. Politiker demokratischer Parteien wurden beschimpft, bedroht und verprügelt.

ARBEITSAUFTRÄGE

1 Begründe mithilfe von M1 und M2, warum Frauen 1919 besonders angesprochen wurden.

AUSWAHL **2** I Zähle mithilfe von M3 die Rechte des Reichspräsidenten auf.
II Begründe, wie der Reichspräsident in die Gesetzgebung eingriff.
III Diskutiere anhand der Rechte des Reichspräsidenten in M3, ob eine echte Gewaltenteilung gegeben ist. HILFE

3 Vergleiche in M4 die Anteile der republiktreuen Parteien in der Nationalversammlung mit dem gegnerischen Lager. Partnervortrag

Grundrechte für alle Deutschen

ARBEITSAUFTRÄGE

1 Bearbeite eine der nachfolgenden Aufgaben kooperativ mit einem Partner oder einer Kleingruppe. Versetze dich dabei in eine der Personen.
a) Gib das genannte Grundrecht mit eigenen Worten wieder.
b) Begründe knapp, warum das genannte Grundrecht für die Person wichtig ist.

2 Stelle den von den Personen erwähnten Grundrechten die heute geltenden Artikel aus dem Grundgesetz gegenüber. Erstelle eine Tabelle:

	1919	Heute
Freiheit der Person	Art. 114	Art. 2

M1 Kinderspiel mit Geldbündeln nach der Währungsumstellung (Foto, 1923)

M2 Banknoten aus dem Jahr 1923 (Aktuelles Foto)

Das Jahr der Inflation

Die Schulden des Krieges belasten die Republik

Der Erste Weltkrieg war über Kredite finanziert worden. Nach dem Kriegsende kamen zu den Kriegsschulden des Kaiserreichs die im Versailler Vertrag festgelegten Reparationszahlungen dazu und belasteten die junge Republik. Nach Kriegsende beschleunigte sich der Preisanstieg, eine Inflation kam in Gang.

Inflation

Bei einer Inflation verliert das Geld sehr schnell seinen Wert. Die Käufer können, z. B. für 10 Reichsmark (RM), immer weniger kaufen. Setzt sich die Inflation fort, dann reicht der Betrag überhaupt nicht mehr für die Ware. Häufig erhöht der Staat einfach den aufgedruckten Wert der Geldscheine. Am Ende verliert das Geld völlig seinen Wert.

1923 – wertlose Geldscheine

Im Jahr 1923 konnten die Reparationen nicht mehr pünktlich bezahlt werden. Schließlich besetzten belgisch-französische Truppen das wirtschaftlich wichtige Ruhrgebiet. Sie beschlagnahmten Fabriken und Waren. Arbeiter widersetzten sich und traten in den Streik.

Die Reichsregierung wollte die Streikenden unterstützen, doch dafür fehlte das Geld. Daher ließ die Regierung immer mehr Geld drucken, ohne dass dieses durch einen Gegenwert, wie z. B. Gold, gedeckt war. Je mehr Geld gedruckt wurde, desto schneller verlor es an Wert. Gleichzeitig kletterten die Preise in astronomische Höhen und dieser Anstieg beschleunigte sich immer weiter

Die aufgedruckten Zahlen der Geldscheine entsprachen nicht mehr der Wirklichkeit. Für das Geld gab es kaum etwas zu kaufen, denn die Kaufleute waren nicht bereit, dafür Waren herzugeben. Die Menschen hatten nun scheinbar Millionen, Milliarden oder Billionen im Geldbeutel. Doch das Papier der Geldscheine war als Schreibpapier oder Brennmaterial wertvoller als die aufgedruckte Zahl.

Datum	Preis in Mark
1914	0,32
1919	0,80
1921, Juni	3,90
1922, Juli	53,15
1923, Jan.	250,00
1923, Juli	3465,00
1923, Sept.	1.512.000,00
1923, Nov.	201.000.000.000,00

M3 Preisentwicklung für einen Laib Brot während der Inflation

M4 Geldtransport für die Lohnauszahlung im Herbst 1923 (Foto, 1923)

Q1 In einem Interview erzählte Dorothea Günther aus Hildesheim über ihre Kindheit während der Inflation im Jahr 1923:

Zu Hause machte uns die [Inflation] das Leben schwer. Mein Vater, [Berufsschullehrer] von Beruf, erhielt in dieser Zeit seine Gehaltszahlung täglich. Wenn er mittags mit einer Aktentasche voller Geldscheine nach Hause kam, lief Mutter sofort zum Kaufmann. Oft kam sie enttäuscht wieder, weil der Ladenbesitzer vor ihrer Nase die Rollläden heruntergelassen hatte: Mittagspause! Die nutzte er dann, um die Preisschilder zu ändern. [verändert]

Die Inflation spaltet die Gesellschaft

Erst im November 1923 konnte die Reichsregierung die Inflation durch eine Währungsreform stoppen: Im Umtausch gegen eine Billion Reichsmark erhielten die Bürgerinnen und Bürger nun eine Rentenmark. Dadurch vertiefte sich aber das Ungleichgewicht in der Gesellschaft:

- Gewinner waren die Besitzer von Sachwerten, da Häuser, Grundstücke, Fabriken oder Maschinen ihren Wert behielten.
- Die großen Verlierer waren die Besitzer von großen und kleinen Sparguthaben, da diese ihren ursprünglichen Wert verloren hatten.

Viele Bürgerinnen und Bürger verloren deshalb während der Inflation im Krisenjahr 1923 ihr Vertrauen in demokratische Parteien. Enttäuscht und unzufrieden wendeten sie sich radikalen Kräften zu.

ARBEITSAUFTRÄGE

AUSWAHL **1** I Beschreibe, was in einer Inflation mit den Preisen und dem Geld geschieht.
II Stelle anhand von M1–M4 die Grundzüge einer Inflation vor.
III Erkläre den Verlauf der Inflation mithilfe der Stichworte: Ursache – Ablauf – Auswirkung.

2 Erläutere mithilfe der Statistik M3 die Aussage aus der Zeit der Inflation: „Wir waren hungrige Millionäre, die sich kein Brot leisten konnten.“ HILFE

3 Stelle dir vor, du bist Zeitzeuge während der Inflation 1923 und wirst von einem Journalisten befragt. Schildere mithilfe der Quelle Q1 und M1–M4 deine Eindrücke, deine Alltagssorgen, Ängste und Hoffnungen.
Reporter

Digital+
Film über das Krisenjahr 1923
WES-142807-104

Alltagsleben in Mecklenburg und Pommern nach dem Ersten Weltkrieg

Lebensalltag in Stadt und Land

In den Regionen von Mecklenburg und Pommern gab es wegen der hier erst spät einsetzenden industriellen Revolution kaum Gewerbelandschaften. Die Auswanderungswellen im 19. Jahrhundert nach Übersee hatten ihr Übriges dazu beigetragen. Mecklenburg und Pommern waren in erster Linie landwirtschaftlich geprägt. Knapp 32 Prozent der Menschen wohnten in Städten mit mehr als 5000 Einwohnern. Die größte Stadt zu Beginn des 20. Jahrhunderts war Rostock mit fast 61 000 Bürgerinnen und Bürgern, Schwerin folgte mit ca. 42 000 auf Platz 2.

Entsprechend gestaltete sich das Alltagsleben der Menschen Anfang der 1920er-Jahre. In den Städten hatte nur ein Bruchteil der Bürgerinnen und Bürger Anteil am Fortschritt nach dem Ende des Krieges. Der ländliche Raum war ohnehin durch Kargheit und Mangel geprägt.

Urlaubsflair nach dem Krieg

Einzig die weiter aufstrebenden Urlaubs- und Küstenregionen boten den Oberschichten der damaligen Zeit einen gewissen Luxus, Kunst und Kultur. In Bad Doberan und Heiligendamm, an der Westküste der Ostsee, schien es zu Beginn der 1920er-Jahre zunächst bergauf zu gehen. Die Menschen wollten auch hier die Grausamkeiten des Ersten Weltkriegs so schnell wie möglich vergessen. Wer es sich leisten konnte, zog am Sonntag die „guten Sachen“ an und besuchte die Ausflugslokale.

M1 Urlaubs- und Freizeitregion Ostsee und Umgebung: ① Luftaufnahme von Heiligendamm (Foto, um 1920); ② Badegruppe an der Ostsee (Foto, 1920er-Jahre); ③ Strandleben auf Rügen (Foto, 1920er-Jahre); ④ Wassersportler und -sportlerinnen vor dem Transport ihrer Kanus zu Mecklenburgischen Seen, Flüssen oder an die Ostsee mit der Deutschen Reichsbahn (Foto, 1920)

Die Inflation trifft auch den Nord-Osten

Ende 1922 erschwerte die Inflation das Leben der Menschen auch in Pommern und Mecklenburg nochmals erheblich. Der damalige Pastor aus Bad Doberan, Carl Walter, berichtete über die Preisentwicklung von Mitte August bis Ende Oktober 1923:

- Der Preis für ein Laib Brot stieg von anfänglich 40000 Reichsmark auf unvorstellbare 4 Milliarden.
- Die Menschen mussten für eine einzige Zwiebel 1000 Reichsmark bezahlen.
- Eine einfache Bahnfahrt von Bad Doberan nach Rostock in der 4. Klasse, wegen der harten Sitzbänke auch „Holzklasse" genannt, kostete 8000 Reichsmark.
- Arbeitslosigkeit, schlechte Wohnverhältnisse und Mangelernährung führten zudem zum Grassieren von zu jener Zeit tödlichen Krankheiten wie Tuberkulose oder Typhus.

Da im Zuge der Inflation immer mehr Geldscheine und Münzen benötigt wurden, wurden die Rohstoffe immer knapper. Die staatlichen Druckereien konnten den Bedarf alleine nicht mehr bedienen. Manche Gemeinden, Städte, aber auch Firmen versuchten, diese Mangellage durch die Ausgabe von sog. „Notgeld" oder „Reutergeld" abzumildern. Dieses Notgeld wurde als inoffizielles Zahlungsmittel akzeptiert. Es war allerdings nur in den Regionen und Gemeinden gültig, die es ausgegeben hatten, und auch nur für eine begrenzte Zeit.

M2 Ortsstraße von Satow, 20 km südwestlich von Rostock (Foto, 1919)

M3 „Notgeld", Strelitz, 1921/1922

ARBEITSAUFTRÄGE

1 Erstelle einen Steckbrief zu einer Urlaubsregion in Mecklenburg/Pommern Anfang der 1920er-Jahre. Stelle ihn in der Klasse vor.

2 Untersuche mit M2 das Mecklenburger Land
a) nach Anzeichen für eine fortschrittliche Entwicklung,
b) im Hinblick auf eine noch rückständige Entwicklung.
c) Liste dein Ergebnis in Tabellenform auf.

4 Begründe mithilfe von M3, dass Mecklenburg und Pommern von den Problemen der Weltwirtschaft und -politik nicht isoliert waren.

M1 Friedrich Ebert, karikiert als Hampelmann. Als Vorlage diente ein Urlaubsfoto des Reichspräsidenten, das, wie hier im Hintergrund, ebenfalls oftmals karikiert wurde. (Foto, 2011)

Die Demokratie soll beseitigt werden

Umsturzversuche im Reich

In der Weimarer Verfassung waren Demokratie und Grundrechte festgeschrieben worden. Trotz dieses Erfolgs versuchten politische Kräfte, ihre Vorstellungen gewaltsam durchzusetzen:

- Kommunisten beschimpften vor allem die Politiker der SPD als Verräter der Arbeiterschaft.
- Anhänger der Monarchie gaben allen Politikern die Schuld an der Niederlage im Ersten Weltkrieg.

Einige dieser Republikgegner verübten auch politisch motivierte Mordanschläge gegen wichtige Politiker und verbreiteten gezielt Falschmeldungen in eigenen Zeitungen. Gegen herabwürdigende Bilder mussten sich Regierungsmitglieder mit Verleumdungsklagen wehren. Diese Prozesse wurden dann erneut ins Lächerliche gezogen.

Republikfeinde wagen den Umsturz – der Kapp-Putsch

Freikorps: Zusammenschluss ehemaliger Frontsoldaten, die nicht zur regulären Armee gehörten und gegen die demokratische Regierung kämpften

Im März 1920 rebellierten Armeeverbände gegen die Regierung. Diese sog. Freikorps sollten laut Versailler Friedensvertrag entwaffnet und aufgelöst werden. Ihre Anführer Wolfgang Kapp und General Walther von Lüttwitz erklärten sich zur Regierung im Deutschen Reich und erteilten Befehle an die Beamten. Erneut kam es in Berlin und anderen Städten zu Straßenkämpfen. Doch die Demokraten konnten sich behaupten. Weder Arbeiter oder Beamte noch Soldaten hatten die Befehle der Republikfeinde befolgt.

Ein Umsturzversuch in Bayern

SA (Sturmabteilung): militärisch organisierte Kampfabteilung der NSDAP

Am Abend des 8. November 1923 stürmte Adolf Hitler mit einigen Anhängern und Kämpfern der SA eine Versammlung der bayerischen Regierung in München. Hitler war eigentlich österreichischer Staatsbürger. Er hatte im Ersten Weltkrieg in der bayerischen Armee gedient, in Nord-Frankreich gekämpft und nach Kriegsende den Vorsitz der NSDAP übernommen. Gemeinsam mit dem Weltkriegsgeneral Erich Ludendorff erklärte er nun die Regierung in Berlin für abgesetzt. Seine NSDAP-Anhänger besetzten das Rathaus und einige Regierungsgebäude. Von München aus wollten sie dann Berlin erobern und die Macht übernehmen.

M2 Hitler-Putsch 1923: Hitlers Gefolgsleute verhaften zwei sozialdemokratische Stadträte in München. (Foto, 09.11.1923)

M3 Ludendorff ①, Hitler ② und SA-Führer Ernst Röhm ③ sowie weitere Angeklagte zu Beginn des Prozesses (Foto, 24.02.1924)

Hitler wird verurteilt

Bereits am nächsten Morgen stoppte die Polizei eine Demonstration der Putschisten. Nach Schusswechseln der Aufständischen mit der Polizei wurden sie gefangen genommen. NSDAP und SA wurden verboten, dieses Verbot galt allerdings nur bis 1925. Hitler wurde zwar angeklagt, doch zu einer sehr milden Strafe verurteilt. Er konnte im Gefängnis sogar Gäste empfangen und seine politischen Ziele niederschreiben. Diese wurden 1925 unter dem Titel „Mein Kampf" veröffentlicht. Schon nach sechs Monaten wurde Hitler entlassen und konnte sich bald auch wieder politisch betätigen.

M4 Adolf Hitler (1889–1945) in seiner Haftzelle. Das Bild war ein beliebtes Werbemotiv bei seinen politischen Unterstützern. Es wurde etwa auf Postkarten gedruckt und fand auch später noch in Büchern Verwendung, die Hitlers Putsch als „heroische Niederlage" verklärten. (Foto, 12.04.1924)

Q1 Eine aktuelle Historikerin bewertet das gegen Hitler ergangene Urteil:

[Hitler] bekannte sich zu seiner Verantwortung, betonte seine hehren nationalen Ziele und rechtfertigte sein Handeln mit wilden Schmähungen der Republik. Da über den Prozess im ganzen Land ausführlich in der Presse berichtet wurde, konnte er mit seinen [Propagandaparolen] auch in den Norden Deutschlands vordringen, wo die NSDAP bis dahin wenig Beachtung gefunden hatte. [...] Das Gericht machte aus seiner Sympathie für den Angeklagten kein Hehl [...]. Hitler erhielt die Mindeststrafe für Hochverrat: fünf Jahre Festungshaft mit der Aussicht auf frühzeitige Begnadigung. Für seine politische Zukunft noch wichtiger war, dass er, obwohl er noch immer österreichischer Staatsbürger war, nicht in die Alpenrepublik ausgewiesen wurde. [verändert]

ARBEITSAUFTRÄGE

1 Beschreibe mithilfe von M1, wie der Reichspräsident lächerlich gemacht wurde. Marktplatz

2 Recherchiere zu den Mordanschlägen auf die Politiker Matthias Erzberger oder Walter Rathenau. Galeriegang HILFE

AUSWAHL 3 I Benenne das Ziel des Hitlerputsches im November 1923.
II Schildere mithilfe von M2 den Putschversuch vom November 1923.
III Arbeite mithilfe der Quelle Q1 die Folgen des Umsturzversuchs für Hitler heraus.

4 Beschreibe, welche Wirkung das Bild M4 bei den Anhängern Hitlers erzielen sollte.

Digital+
Film über die Bedrohung der Weimarer Republik 1923
WES-142807-105

Wirtschaftlicher Aufschwung

M1 Montage von Reifen in der Automobilfabrik „Wanderer“ in Chemnitz (Foto um 1929)

Investitionen mit geliehenem Geld

Im Ersten Weltkrieg war die Produktion in der Industrie vor allem auf den Krieg ausgerichtet worden. Nach Kriegsende musste nun die Produktion wieder umgestellt werden. Doch es fehlte Kapital für erforderliche Investitionen.

Erst in der Mitte der 1920er-Jahre bewirkten ausländische Kredite, vor allem aus den USA, eine wirtschaftliche Erholung. Insbesondere in der chemischen, der eisenverarbeitenden, der elektrotechnischen Industrie, im Automobil- und Flugzeugbau kam es nun zu Investitionen.

Q1 Der Politiker Gustav Stresemann beurteilte im Jahr 1929 rückblickend den mit Krediten finanzierten Aufschwung:

Ich möchte Sie bitten, bei Ihren Beurteilungen der wirtschaftlichen Lage Deutschlands und auch der anderen hiermit zusammenhängenden Fragen den Gedanken zugrunde zu legen, dass wir in Deutschland in den letzten Jahren von gepumptem Geld gelebt haben. Wenn einmal eine Krise bei uns kommt und die Amerikaner ihre kurzfristigen Kredite abrufen, dann ist der Bankrott da. Was wir an Steuern erheben, geht bis an die Grenze dessen, was ein Staat überhaupt tun kann. Ich weiß nicht, woher neue Steuern geholt werden können.

Fortschritte im Verkehr und der Mobilität

Mit den Investitionen ging technischer Fortschritt einher, der das Verkehrswesen veränderte. Automobile und Motorräder, Luftschiffe, Flugzeuge und schnelle Dampfzüge eröffneten neue Möglichkeiten des Güter- und Personentransports.

Das wirtschaftliche Leben im Deutschen Reich blühte wieder auf und die Industrie wandelte sich gleichzeitig in schnellem Tempo.

M2 Ausstellung von Autos und Motorrädern auf der Leipziger Messe 1928 (Foto, 1928)

Modernisierung der Produktion

Durch die neuartige Fließbandproduktion konnte schneller und billiger produziert werden. Der gesamte Produktionsprozess war in kleinste Schritte zerlegt, die sich aneinanderreihten:

- Es wurde nicht mehr das gesamte Produkt hergestellt, sondern nur noch ein einzelner Arbeitsschritt ausgeführt.
- Für jeden Arbeitsschritt war eine genaue Zeit vorgegeben, in der er ausgeführt sein musste.
- Um einen Produktionsstau zu vermeiden, mussten sich die Arbeiter in den Takt des Fließbands einfügen.

Fließbandarbeit konnte auch von ungelernten Kräften ausgeführt werden, die nur einen geringen Lohn erhielten.

Veränderungen auch in der Freizeit

Der wirtschaftliche Aufschwung milderte die Not nach der Inflation etwas, beseitigt sie aber nicht. Dennoch beeinflusste er das Konsum- und Freizeitverhalten der Menschen vor allem in den Industriestädten:

- Sie leisteten sich Kino- oder Theaterbesuche,
- gingen zum Tanzen aus,
- besuchten Sportveranstaltungen wie z. B. Fußballspiele oder Autorennen.

Aber nur die Wohlhabenden konnten sich den Fortschritt leisten. Für die normalen Arbeiter blieben z. B. ein Auto, ein Motorrad oder ein Urlaub an der Ostsee ein unerschwinglicher Traum.

M3 Herstellung von Uhrwerken in Fließbandarbeit. Die preisgünstige Herstellung führte auch dazu, dass traditionelle Uhrenhersteller wie z. B. in Glashütte nicht mehr konkurrenzfähig waren. (Foto, 1926)

M4 Zuschauer bei einem Autorennen in Berlin in den 1920er-Jahren. Auch die Rennen auf dem „Sachsenring“ fanden bereits ab 1927 statt. (Foto, 1926)

ARBEITSAUFTRÄGE

1 I Beschreibe die Fließbandproduktion mithilfe der Bilder M1 und M3.
II Begründe, warum die Produktion am Fließband in Schritten erfolgte.
III Erläutere mithilfe der Abbildungen M1 und M3 Folgen der modernen Herstellungsweise.

2 Stelle dir vor, du bist Reporter und besuchst eine Fließbandproduktion. Überlege dir anhand M1 und M3 Fragen an die Arbeiter. Reporter

3 Begründe die in Q1 geäußerten Bedenken, dass der Aufschwung nur geliehen sei. HILFE

4 Erkläre, warum sich durch den wirtschaftlichen Aufschwung das Freizeitverhalten verändern konnte. Think-Pair-Share

Außenpolitik in den 1920er-Jahren

Aussöhnung mit Frankreich

Der Versailler Vertrag belastete das Deutsche Reich. Die demokratischen Politiker bemühten sich, die Auswirkungen abzumildern. Gustav Stresemann, der von 1923 bis 1929 Außenminister war, erkannte in der Versöhnung mit Frankreich eine Chance für Veränderung. Sein französischer Amtskollege Aristide Briand unterstützte ihn. Beide Staaten trafen 1925 eine Übereinkunft:

- Die im Versailler Vertrag festgeschriebene Grenze zwischen beiden Staaten wurde gegenseitig anerkannt.
- Die Demilitarisierung des Rheinlands wurde ebenfalls bestätigt.
- Jede kriegerische Auseinandersetzung wurde abgelehnt.

Weitere europäische Staaten nahmen an den Verhandlungen in Locarno (Schweiz) teil. Belgien erhielt ebenfalls eine Grenzgarantie vom Deutschen Reich, Polen und die Tschechoslowakei hingegen nur die Verpflichtung, alle Streitfragen fortan diplomatisch und somit friedlich lösen zu wollen.

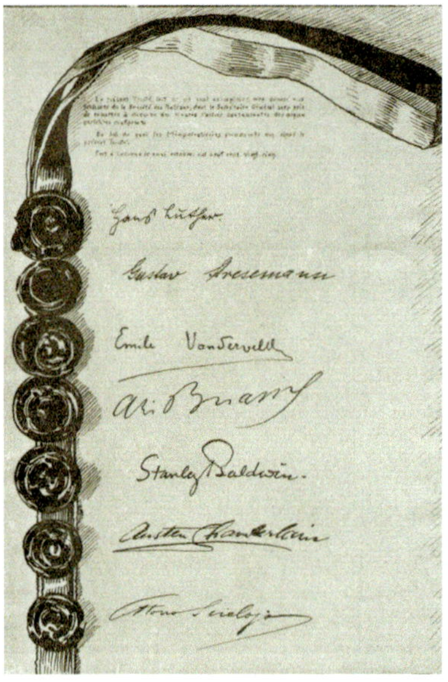

M1 Siegelseite des Vertrags von Locarno mit den Unterschriften (v. o. n. u.) von Hans Luther und Gustav Stresemann (Deutschland), Émile Vandervelde (Belgien), Aristide Briand (Frankreich), Stanley Baldwin und Austen Chamberlain (Großbritannien), Vittorio Scialoja (Italien). Polen und die Tschechoslowakei unterzeichneten gesonderte Verträge mit Deutschland. (Foto, o. J.)

Q1 Aristide Briand sagte am 05.02.1926 über den Vertrag:

Für mich besteht das Gute in dem Vertrag von Locarno darin, dass er nicht formuliert und unterzeichnet wurde, um der einen Nation auf Kosten der anderen Vorteile zu sichern. Um ihn recht zu verstehen, muss man ihn nach seinem Geist beurteilen, der nicht der Geist eines eigensüchtigen Nationalismus ist. Er ist ausgehandelt und geschlossen worden in einem europäischen Geist und für das Ziel des Friedens.

Der mutige Schritt wird belohnt

Nach der Aussöhnung mit Frankreich wurde das Deutsche Reich im Jahr 1926 schließlich in den Völkerbund aufgenommen. Es wurde wieder als gleichberechtigter Partner von den anderen Staaten anerkannt. Die seit dem Ende des Ersten Weltkriegs andauernde Ausgrenzung des Deutschen Reiches war zu Ende. Die beiden Politiker, die diplomatisch aufeinander zugingen, wurden für ihre Verdienste um Frieden und Sicherheit in Europa hoch geschätzt. Gemeinsam erhielten Aristide Briand und Gustav Stresemann schließlich den Friedensnobelpreis.

Friedensnobelpreis: wichtigste internationale Auszeichnung für besonderes Engagement für den Frieden

M2 Gustav Stresemann als Redner in Genf nach der Aufnahme Deutschlands in den Völkerbund (Foto, 10.09.1926)

Die Lösung der Reparationsfrage

Unter dem Einfluss der USA kam Bewegung in die Frage der Reparationen. Sie erkannten, dass die Zahlungen das Deutsche Reich sehr belasteten. Es sollte wieder als Partner in die Weltwirtschaft zurückkehren. Daher vergaben sie Kredite an das Deutsche Reich, um dessen Wirtschaft anzukurbeln.

Zur Lösung der Reparationsfrage wurden von den Alliierten noch weitere Verträge mit dem Deutschen Reich geschlossen. Schließlich verzichteten sie 1932 auf weitere Entschädigungen.

Nicht alle Parteien sind einverstanden

Im Deutschen Reich lehnten die Republikgegner die Aussöhnungspolitik mit Frankreich und die Diskussion um Reparationszahlungen ab. Radikale Parteien wie DNVP und NSDAP würdigten das Bemühen der demokratischen Regierungen weiterhin nicht. Sie zogen die handelnden Politiker in den Schmutz, weil diese aus ihrer Sicht die Bevölkerung verrieten.

Zudem versuchten sie, diese Politik über Volksabstimmungen zu verhindern. In der Weimarer Verfassung war vorgesehen, dass auch die Wählerinnen und Wähler direkt und nicht nur das Parlament ein Gesetz beschließen konnten. Die radikalen Parteien strebten dies an und warben für eine ablehnende Haltung. Diese Abstimmungen erhielten zwar keine Mehrheit, doch wurde deutlich, dass ein Teil der Bevölkerung nicht zu Kompromissen oder der Versöhnung mit den Alliierten bereit war.

M3 Wahlplakat der DVP, der Stresemann angehörte (Plakat, 1930)

TIPP:
Die Haltung der Parteien zur Demokratie kannst du auf S. 25 nachschlagen.

M4 Plakat der DNVP zu den Reichstagswahlen am 20. Mai 1928. Die DNVP verließ aus Protest gegen Stresemanns Politik die Regierung. (Plakat, 1928)

ARBEITSAUFTRÄGE

1 a) Zähle positive Auswirkungen der Außenpolitik von Gustav Stresemann für das Deutsche Reich auf.
b) Stelle die französische Sicht der Quelle Q1 dar. Partnervortrag

2 I Beschreibe jeweils die Wahlplakate M3 und M4.
II Begründe den Blick von Stresemann im Wahlplakat M3 in Richtung Westen.
III Arbeite anhand der beiden Wahlplakate M3 und M4 heraus, wie die beiden Parteien das Verhältnis zu Frankreich sahen. HILFE

Digital+
Film über den Vertrag von Locarno
WES-142807-106

Hier kannst du nochmals nachschauen, wie du Propagandaplakate analysierst.
WES-142807-107

M1 „Großstadt“ von Otto Dix.
Auf dem dreiteiligen Bild wird das Vergnügen in den 1920er-Jahren dargestellt, aber auch der Gegensatz zum Rand der Gesellschaft deutlich. (Gemälde, 1927/28)

Varietétheater: Tanzlokal mit Livemusik, Zauber- und Zirkusshows. Die Eintrittspreise für die Varietétheater waren allerdings sehr hoch.

M2 Kofferradio. Die anfangs komplizierten Geräte wurden ebenso verbessert wie der flächendeckende Empfang des Programms. (Foto, 1925)

Goldene 1920er-Jahre

Weltmetropole Berlin – der Beginn der Moderne

Berlin war die Hauptstadt des Deutschen Reichs. Es war eine wichtige Industriestadt und in den 1920er-Jahren genauso eine Weltmetropole wie New York, London oder Paris. Hektisch eilten die Einwohner mit U-Bahn, Straßenbahn, Auto oder Autobussen von einem Ende der Stadt an das andere. Vier Bahnhöfe sorgten für einen steten Zustrom aus den Außenbezirken. Am Potsdamer Platz, dem damals verkehrsreichsten Platz Europas, kreuzten sich die Lebensadern Berlins.

In Kinos, Schauspiel- und Varietétheatern vergnügten sich die Menschen und genossen die Auftritte weltbekannter Künstler. Eine Vielzahl von Zeitungen informierte die Menschen oft in drei täglichen Ausgaben über aktuelle Nachrichten.

In den Einkaufsstraßen erhellte bunte Leuchtreklame die Nacht. Doch in der schillernden Metropole gab es auch die Hinterhöfe und Elendsquartiere, organisierte Kriminalität, Verbrechen, Arbeitslosigkeit und die täglichen Sorgen um das Überleben. Trotzdem strahlte das Lebensgefühl der Metropole Berlin als Vorbild auf andere Städte im Reich, wie z.B. Leipzig, aus. Es war der Aufbruch in eine neue Zeit.

Frauen in der Großstadt

In den Städten arbeiteten viele Frauen als kaufmännische Angestellte in Büros oder bei Behörden. Ihr Einkommen machte sie unabhängig. Dies drückte sich in ihrem selbstbewussteren Verhalten aus:

- Kurz geschnittene Haare, auffälliges Make-up, kürzere Röcke oder Hosenanzüge wurden mit Stirnbändern und Halsketten kombiniert.
- Frauen rauchten in der Öffentlichkeit, fuhren Auto, gingen allein am Abend aus.
- Sie trieben in der Freizeit Sport und trugen im Sommer am Badesee knapper geschnittene Badeanzüge als früher.

Mode- und Frauenzeitschriften verbreiteten diesen neuen Lebensstil. Besonders die jüngeren, unverheirateten Frauen lösten sich gegen Widerstände konservativer Bürger von bisherigen gesellschaftlichen Vorgaben.

M3 Frauen in der Großstadt, fotografiert gegen Ende der Goldenen Zwanzigerjahre (Foto, o.J.)

Nachrichten werden schnell verbreitet

Der Rundfunk wurde in den 1920er-Jahren zu einem Massenmedium mit Nachrichten-, Unterhaltungs- und Informationssendungen. Auch große Sportereignisse wurden anschaulich beschrieben. Die Übertragungen von Fußballspielen oder Boxkämpfen konnten die Menschen gespannt mitverfolgen. Zeitungen stellten in Interviews oder Berichten das Privatleben der erfolgreichen Sportler vor. Außerdem wurden durch das Radio neue Musikrichtungen und Tänze aus Amerika populär.

Aufbruch in Kunst, Architektur und Kultur

Die neue Freiheit in der Demokratie und das darauf beruhende Lebensgefühl beeinflussten das künstlerische, kulturelle und bauliche Schaffen gleichermaßen:

- Architekten wie beispielsweise Walter Gropius oder Ludwig Mies van der Rohe planten und bauten funktionale, lichtdurchflutete Gebäude mit Glasfassaden, klaren Linien und Formen.
- Autoren, z.B. Thomas Mann, Alfred Döblin oder Bertolt Brecht, übten Kritik an politischen und gesellschaftlichen Zuständen.
- Auch in der bildenden Kunst wurde Kritik von Malern wie Otto Dix, Max Ernst, George Grosz oder Wassily Kandinsky ausgedrückt.

Ein noch größeres Publikum erreichten unterhaltsame Filme, die in Berliner Filmstudios gedreht wurden. Bekannte Kinostars waren Marlene Dietrich oder Emil Jannings. Regisseure wie Friedrich Wilhelm Murnau („Nosferatu“, 1922) oder Fritz Lang („Metropolis“, 1927) erlangten ebenfalls internationale Berühmtheit.

M4 Wohnsiedlung im Bauhausstil. Die in Dessau errichteten Gebäude sind sachlich gehalten, funktional gebaut und ähneln Fabrikgebäuden. (Aktuelles Foto)

ARBEITSAUFTRÄGE

1. Beschreibe mit den Bilder M1–M4, wie sich die moderne Zeit in den 1920er-Jahren entfaltete.
2. Begründe mithilfe von M2, warum der Rundfunk in den 1920er-Jahren wichtig war.
3. Erkläre den Begriff „Goldene Zwanziger“.
4. Recherchiere zu den genannten Architekten, Künstlern und Filmstars. Stelle diese in einer Präsentation vor. Galeriegang

① Verkehrsampel am Potsdamer Platz, von einem Polizisten im Turm bedient (Foto, 1928)
② „Der blaue Engel" – der Film handelt von einem bürgerlichen Mann, der sich in eine Varietésängerin verliebt. (Foto, 1930)
③ Telefonistinnen leiten Gespräche weiter. (Foto, 1927)
④ Junge Frauen in Badekleidung am Strand. Urlaubsreisen erlebten in den 1920er-Jahren ihren Durchbruch. (Foto, o. J.)
⑤ Max Schmeling (1905–2005). Seine Karriere wurde im Radio und in Zeitschriften begleitet. (Foto, 1928)
⑥ Tanzballett eines Berliner Varietétheaters (Foto um 1920)

ARBEITSAUFTRÄGE

Galeriegang

Bearbeite eine der Aufgaben zu den 1920er-Jahren in der Großstadt mithilfe der Materialien.

1. Stelle Technik, Kultur und Sport vor.
2. Beschreibe Mode, Arbeitsleben, Freizeit, Selbstbewusstsein der Frauen.

Eine Krise in den USA erfasst die Welt

CITY EDITION London Herald LATE PRICES

FRIDAY 25th OCTOBER 1929

WALL STREET CRASH!

Black Thursday in America

Stocks Plunge and Eleven Commit Suicide

M1 Während der Tage im Oktober 1929 belagerten viele aufgebrachte und neugierige Menschen das Börsengebäude. (Auftaktseite der Zeitung „London Herald", 25.10.1929)

In den USA beginnt eine wirtschaftliche Krise

Nach dem Ersten Weltkrieg kam es in den USA zunächst zu einem enormen wirtschaftlichen Wachstum. Die Amerikaner vertrauten diesem Aufschwung. Sie nahmen Kredite auf, um Häuser oder Gebrauchsgüter, wie z. B. Radios, Autos, Kühlschränke, zu finanzieren.

Ende der 1920er-Jahre endete dieses Wachstum plötzlich. Viele Firmen hatten darauf vertraut, doch durch den Rückgang konnten sie nun nicht mehr so viele Arbeiter beschäftigen. Entlassungen führten wiederum zu weiterem Rückgang mit erneuten Absatzeinbußen. Eine verhängnisvolle Abwärtsspirale war in Gang gekommen.

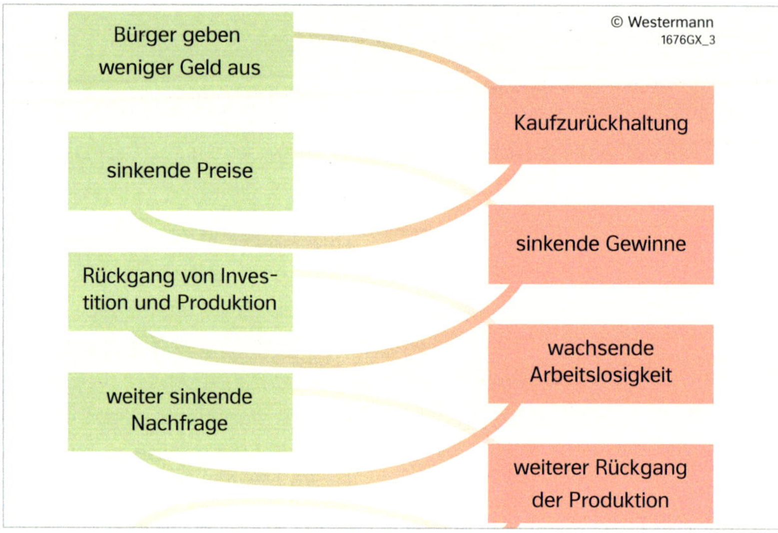

M2 Wirtschaftliche Abwärtsspirale

Das Finanzsystem bricht zusammen

Auch Firmen hatten ihre Investionen, wie z. B. Fließbänder, Maschinen oder Werkhallen, über Kredite finanziert. Durch den wirtschaftlichen Rückgang konnten diese nicht mehr zurückgezahlt werden. Das bedeutete für die Banken große Verluste. Mit dem Abwärtstrend gingen zeitgleich die Börsenkurse der Unternehmen und Banken zurück. Im Oktober 1929 verloren die Aktien ihren Wert.

Börse/Börsenkurse: An einer Börse werden Firmenanteile, sogenannte Aktien, gehandelt. Der Preis einer Aktie wird Börsenkurs genannt und ist von Angebot und Nachfrage bestimmt.

Q1 In einem Bericht der Zeitung „New York Times" war über den Niedergang der Börsenkurse am 24. Oktober 1929 zu lesen:

Panische Angst erfasst [...] Geldanleger. Tausende von ihnen werfen ihre gesamten Aktien in den tumultartigen Markt, geben Signal an ihre [Börsenhändler]: „Verkaufen zu jedem Preis." Die Verluste sind entsetzlich. [...] Spekulanten mit ungläubigen Augen verfolgen regungslos das Unglück, das viele von ihnen ruiniert hat.

Viele Sparer, die ihr Geld in Aktien angelegt hatten, wurden ruiniert. Sie verloren innerhalb kürzester Zeit oft sogar ihr gesamtes Vermögen.

M3 Folgen des Niedergangs in den USA. Da bei den Banken kein Geld abgehoben werden konnte, wurden Sachwerte deutlich unter dem tatsächlichen Wert verkauft oder sogar gegen Nahrungsmittel eingetauscht. (Foto, 1929)

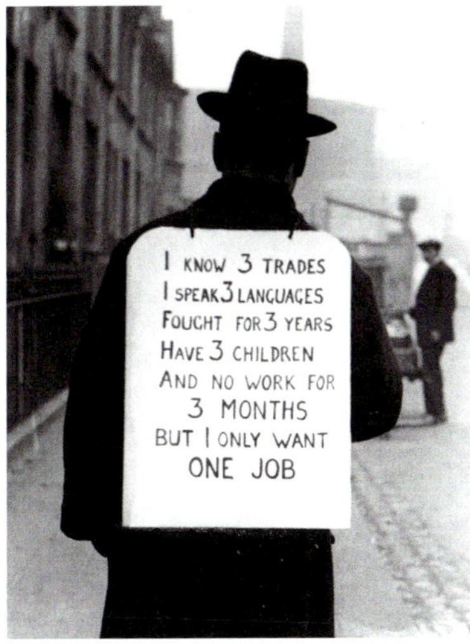

M4 Arbeitssuchender in den USA (Foto, 1930)

Die Banken müssen schließen

Die Bevölkerung in den USA hatte nun Angst, ihr Vermögen bei einer Bankenpleite vollständig zu verlieren. Daher wollten sie sich ihre Sparguthaben auszahlen lassen. Doch die amerikanischen Banken hatten das ursprünglich eingezahlte Geld selbst angelegt: entweder in Aktien, die nun plötzlich wertlos waren, oder als vergebene Kredite.

Den Banken fehlte also das ihnen anvertraute Geld. Vom Ansturm der Massen waren sie derart überrascht, dass sie ihre Schalter schließen mussten. Sie hatten nicht genügend Bargeld in ihren Tresoren. Dies führte zu einer weiteren Verschärfung der Lage.

Die Welt taumelt in den Abgrund

Aufgrund der Krise kündigten die US-Banken im Herbst 1929 alle gegebenen Kredite. Sie forderten das verliehene Geld sofort zurück, um selbst nicht pleite zu gehen.

Sehr viele dieser Kredite waren ins Ausland geflossen. Dieses geliehene Geld sollte nun schlagartig zurückgezahlt werden. Je mehr die US-Banken vom Abwärtstrend erfasst wurden, desto deutlicher wirkte sich das in der gesamten Welt aus. Die daraus folgende Weltwirtschaftskrise 1929 beeinflusste von nun an auch das Deutsche Reich.

ARBEITSAUFTRÄGE

1 Zähle Grunde auf, die 1929 zur Krise in den USA führten. Stühletausch

2 Schildere die Ereignisse vom Oktober 1929 mithilfe der Quellen Q1 und M1. Partnervortrag

AUSWAHL **3** I Beschreibe die wirtschaftliche Abwärtsspirale anhand des Schaubilds M2.

II Begründe mithilfe von M2 den Anstieg der Arbeitslosigkeit in den Vereinigten Staaten.

III Erläutere mithilfe von M2 und M4 die Auswirkungen der Wirtschaftskrise in den USA.

M1 Andrang vor einer Berliner Sparkasse. Aus Angst davor, dass die Banken bald kein Geld mehr haben könnten, wollten die Sparer ihre Ersparnisse abheben. (Foto, 13.07.1931)

Die Auswirkungen der Weltwirtschaftskrise

Das Ende der Blütezeit

Die Auswirkungen der Weltwirtschaftskrise trafen ab Herbst 1929 auch das Deutsche Reich. Kredite aus den USA hatten den Wirtschaftsaufschwung ermöglicht, aber das geliehene Geld wurde jetzt zurückgefordert.

Auch im Deutschen Reich kam es dazu, dass Banken schließen mussten, weil sie kein Bargeld mehr hatten. Sie forderten nun ihrerseits verliehenes Geld zurück. Privatpersonen und Betriebe mussten ihre Kredite sofort begleichen. Es folgten viele Betriebsschließungen und die Arbeiter verloren ihr Einkommen.

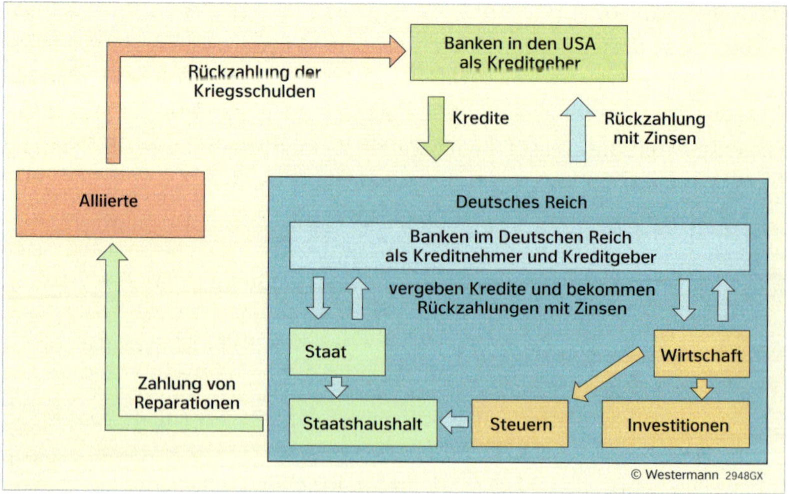

M2 Schaubild zum internationalen Finanzkreislauf (1925–1932).
Die Kredite der USA konnten jederzeit gekündigt und damit zur Rückzahlung fällig werden.

Die Arbeitslosenzahlen schnellen nach oben

Die Zahl der Arbeitslosen stieg von rund 1,9 Mio. im September 1929 auf über 6 Mio. im Dezember 1932, d.h., mehr als 11 % der Bevölkerung waren arbeitslos. Die Massenarbeitslosigkeit verminderte die Kaufkraft und brachte einen weiteren Produktionsrückgang. Deshalb folgten weitere Entlassungen und Betriebspleiten.

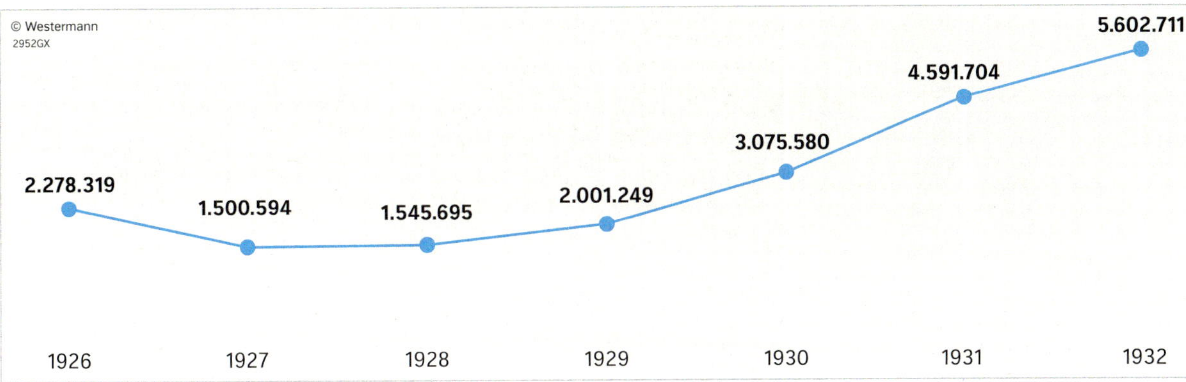

M3 Arbeitslosenzahlen 1926–1932

Folgen der Weltwirtschaftskrise für die Bürgerinnen und Bürger

Die Weltwirtschaftskrise erfasste alle Bevölkerungsschichten im Deutschen Reich. Manche verloren innerhalb kürzester Zeit durch Banken- oder Betriebspleiten ihr gesamtes Vermögen. Weil die Unterstützung durch die staatliche Arbeitslosenversicherung nicht ausreichte, waren sehr viele Menschen auf zusätzliche Hilfen angewiesen. Von kirchlichen und anderen sozialen Hilfsstellen bekamen die Arbeitslosen geringfügige Unterstützung wie z.B. Nahrungs- oder Kleiderspenden. Kirchliche Suppenküchen und Wohnheime für Obdachlose prägten das Bild in vielen Städten.

M4 Arbeitslose warten an Heiligabend 1932 auf Spenden und Nahrungsmittel. (Foto, 24.12.1932)

Politische Folgen

Die Regierung im Deutschen Reich konnte kaum auf die Auswirkungen der Weltwirtschaftskrise reagieren. Die Steuereinnahmen des Staates verringerten sich, während gleichzeitig die Sozialausgaben für die Arbeitslosen in die Höhe kletterten.

Die Menschen verloren Vertrauen in die Politiker, weil sie die Krise nicht lösen konnten. Bei Wahlen profitierten die radikalen Parteien: KPD und NSDAP stiegen zu wichtigen Kräften im Reichstag auf.

ARBEITSAUFTRÄGE

AUSWAHL **1** I Stelle mithilfe des Schaubilds M2 die Verwendung der US-Kredite im Deutschen Reich dar.
II Weise mithilfe des Schaubilds M2 nach, dass die Rückforderung der US-Kredite zu Schwierigkeiten führte.
III Erläutere mithilfe des Schaubilds M2 die direkten Folgen der Rückforderung der US-Kredite.

2 Weise im Diagramm M3 die Auswirkung der Weltwirtschaftskrise nach.
HILFE

3 Stelle dir vor, du wärst einer der Menschen in M1 oder M4. Schildere deine möglichen Gedanken und Gefühle. Bienenkorb

Digital+
Hörszene zur Weltwirtschaftskrise und ihren Folgen für die Republik
WES-142807-108

M1 Paul von Hindenburg (1847–1934) als Reichspräsident bei einer Schiffstaufe (Foto, 1930)

Die Demokratie wird ausgehöhlt

Ein Gegner der Demokratie führt den Staat

Seit 1925 stand der ehemalige Weltkriegsgeneral Paul von Hindenburg als Reichspräsident an der Spitze des Staates – ein Mann, der nach eigenen Aussagen das demokratische System ablehnte. Seine Verbundenheit mit der vergangenen Zeit zeigte er bei offiziellen Anlässen durch die Uniform des ehemaligen kaiserlichen Generals.

Der Reichspräsident greift direkt in die Politik ein

Als sich die Weltwirtschaftskrise immer stärker politisch auswirkte, griff Hindenburg ab 1930 unmittelbar ein:

- Er ernannte zwar verfasssungsgemäß die Reichskanzler, allerdings hatten diese keine Mehrheit im Reichstag.
- In Abstimmung mit dem Reichskanzler erließ er Gesetze mithilfe des Notverordnungsrechts nach Artikel 48 der Reichsverfassung.

Q1 In einer Rundfunk-Ansprache nahm Hindenburg 1932 Stellung zu seinem Umgang mit der Weimarer Verfassung und dem Erlass von Notverordnungen:

Ich weiß, dass ich durch ihren Erlass dem deutschen Volke schwere Lasten zugemutet [...] habe. [...] Da der eigentliche Gesetzgeber, der Reichstag, versagte und nicht imstande war, auf dem normalen Wege der Gesetzgebung die notwendigen Maßregeln zur Beseitigung unmittelbarer Gefahren für Wirtschaft, Staatsfinanzen und Währung zu treffen, musste ich einspringen und im Rahmen der mir durch die Reichsverfassung gegebenen außerordentlichen Befugnisse selbst handeln.

Als der Reichstag eine Notverordnung ablehnte, ordnete der Reichspräsidenten Neuwahlen an. Dabei erreichten die demokratischen Parteien keine Mehrheit. Vor nochmaligen Neuwahlen und etwaigen Stimmverlusten hatten sie Angst. Daher ließen sie fortan Notverordnungen passieren. Sie billigten damit indirekt das Handeln des Reichspräsidenten und ermöglichten ihm eine eigenständige Politik.

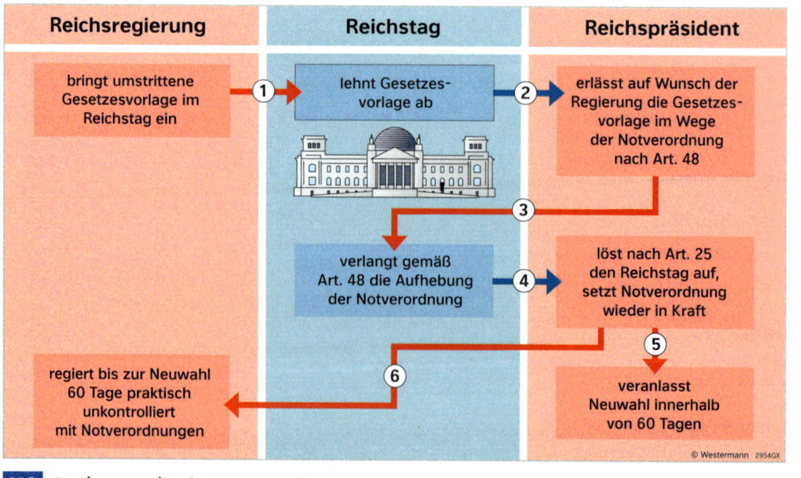

M2 Regieren mittels Notverordnungen

M3 Plenarsaal im Reichstag. Die Abgeordneten der NSDAP hatten nach den Tumulten während der Rede eines SPD-Abgeordneten den Saal verlassen. (Foto, 1932)

Das Ende der Demokratie

Der Reichskanzler und die Gesetzgebung waren vom Reichspräsidenten abhängig. Durch die Kombination von Notverordnungen und gleichzeitiger Auflösung des Parlaments wurde dies aber wirkungslos.

Bei weiteren Wahlen profitierten wiederum nur die radikalen Kräfte, die NSDAP wurde sogar stärkste Partei. Bei den Debatten im Reichstag schreckten sie nicht vor Schlägereien mit politischen Gegnern zurück.

Q2 Zeitungbericht über eine Parlamentsdebatte 1932:

Das war ein Signal für die Massenschlägerei, bei der Aschenbecher, Pultdeckel und aus der Wand gerissene Telefonapparate als Waffen eingesetzt wurden. Die Glasscheiben der Verbindungstüren gingen zu Bruch, ein Kronleuchter stürzte ab. Schließlich wurden die Kommunisten von den Nationalsozialisten bis in den Wandelgang zurückgedrängt, in dem diese sich gewöhnlich aufhielten. Im Laufe des Handgemenges erlitten mehrere Abgeordnete blutige Verletzungen.

M4 Flugblatt zur Reichstagswahl am 06.11.1932.

Seit dem Herbst 1932 setzten sich Berater des Reichspräsidenten dafür ein, Adolf Hitler zum Reichskanzler zu ernennen. Doch Hindenburg weigerte sich zunächst, da er ihn nicht für geeignet hielt. Schließlich ließ er sich im Januar 1933 aber davon überzeugen, dass Hitler in den Händen des Reichspräsidenten nur ein Spielball sein würde.

ARBEITSAUFTRÄGE

1. Stelle den Niedergang der Republik zwischen der Weltwirtschaftskrise 1929 und der Ernennung Hitlers zum Reichskanzler im Januar 1933 auf einer Zeitleiste dar. HILFE
2. Benenne die von Hindenburg in Q1 genannten Gründe für sein Eingreifen mit Notverordnungen.
3. a) Beschreibe mithilfe von M2 das Entstehen einer Notverordnung.
   b) Beurteile mithilfe des Schaubilds M2, ob durch die Eingriffe noch Gewaltenteilung im Deutschen Reich gegeben war. Kugellager HILFE
4. Beurteile den in Q2 und M3 beschriebenen Umgang in der politischen Auseinandersetzung. Debatte

Tipp:
Einen Webcode zur Erstellung einer Zeitleiste findest du auf S. 17.

Digital+
Film über die letzten Jahre der Weimarer Republik
WES-142807-109

Mitarbeit in der Demokratie

Im Sommer passe ich bei uns in der Gemeinde am Badesee auf die Schwimmer auf. Wenn andere Freizeit haben, achte ich darauf, dass nichts passiert, weil ...

Eine Demokratie lebt davon, dass sich möglichst viele Bürgerinnen und Bürger am Gemeinwesen beteiligen. Erwachsene können Verantwortung in den demokratischen Institutionen, wie dem Gemeinderat, politischen Parteien, Vereinen oder anderen Einrichtungen, übernehmen.

Auch für Schülerinnen und Schüler gibt es viele Möglichkeiten einer demokratischen Mitarbeit: in Tutorenarbeit, bei der Streitschlichtung, im Schulsanitätsdienst oder als Klassen- oder Schülersprecher/-in. Außerhalb der Schule können Umweltprojekte, kulturelle oder soziale Aufgaben unterstützt werden.

Liebe Schülerinnen und Schüler,
am „Internationalen Tag der Demokratie“ sollen demokratische Aktivitäten von Schülerinnen und Schülern auf einem Plakat oder in einem Video in einer Ausstellung gezeigt werden.
Sammelt Beispiele, wie ihr euch in die Demokratie einbringt, und zeigt uns eure Aktivitäten!

Macht mit! Nur GEMEINSAM ist ein MITEINANDER möglich!

Die Jugendfeuerwehr bei uns im Ort trifft sich immer am Samstagnachmittag. Wir sind 15 Kinder und Jugendliche und lernen den Umgang mit vielen Dingen. Ich mache gerne bei der Feuerwehr mit, weil ...

Bei uns gibt es eine Seniorenhilfe. Wir helfen den älteren Menschen beim Einkauf, gehen mit ihnen spazieren oder spielen mit ihnen. Zuletzt haben wir einen Handyworkshop veranstaltet. Mich begeistert es, weil ...

ARBEITSAUFTRÄGE

1 Gruppenpuzzle

a) Erstellt in der Klasse eine Liste eurer Aktivitäten und bildet dann Gruppen.

b) Gestaltet ein Plakat oder ein kurzes Video, in dem ihr eure Aktivität vorstellt.

c) Überlegt euch kurze Reden, in denen ihr die Zusammenarbeit in der Gruppe vorstellt.

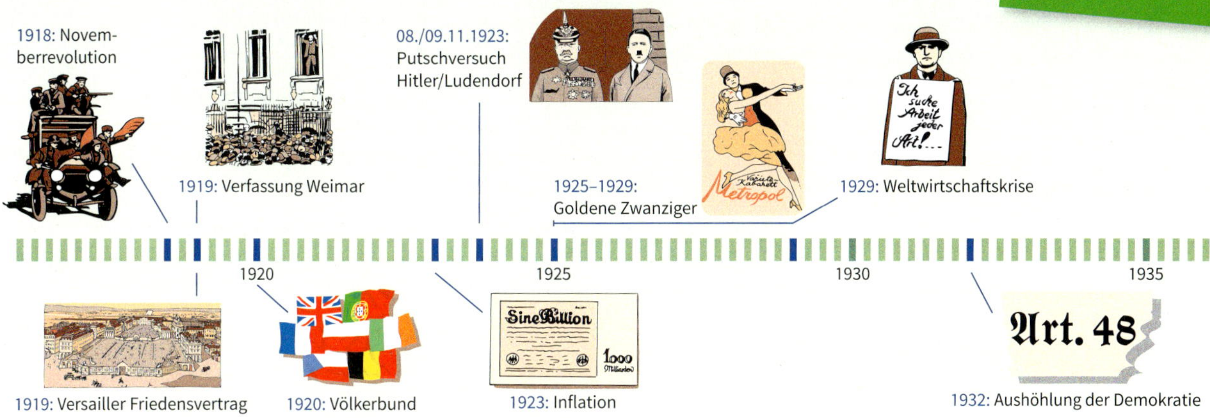

Deutschland und Europa nach dem Ersten Weltkrieg

Deutschland hatte den Ersten Weltkrieg verloren. Der Versailler Vetrag legte die Bedingungen fest, zu denen das Deutsche Reich den Frieden zu akzeptieren hatte. 1920 wurde der Völkerbund gegründet, der dabei helfen sollte, zukünftige Konflikte zwischen Staaten ohne Kriege zu lösen.

Nach einer Revolution im Deutschen Reich wurde die Monarchie abgeschafft und die demokratische Weimarer Republik gegründet. In der Weimarer Verfassung wurden für das Deutsche Reich auch Grundrechte für die Bürgerinnen und Bürger festgelegt. Dennoch war die Demokratie noch keine Selbstverständlichkeit. Viele politische Parteien und Verbände gingen gegen sie vor. Vor allem der Putsch-Versuch Adolf Hitlers im Herbst 1923 zeigte, wie anfällig die Demokratie war.

Die Inflation brachte die Bürgerinnen und Bürger im Jahr 1923 in große Bedrängnis. Viele verloren ihr Hab und Gut und das Vertrauen in die Regierung. Nach einer kurzen Erholungsphase während der Goldenen 1920er-Jahre begann mit der Weltwirtschaftskrise 1929 der Auflösungsprozess des demokratischen Systems. Über den Reichspräsidenten erlangten Gegner der Republik Einfluss auf die Politik. Ab 1930 regierten die jeweiligen Reichskanzler ohne parlamentarische Mehrheit.

WICHTIGE BEGRIFFE:

die Aushöhlung der Demokratie
die doppelte Ausrufung der Republik
die Goldenen 1920er-Jahre
der Hitlerprozess
die Inflation
die Krisenjahre
die Neurordnung Europas
die Novemberrevolution
die Notverordnung
der Versailler Vertrag
die Volksabstimmung
der Völkerbund
die Weimarer Republik
die Weimarer Verfassung
die Weltwirtschaftskrise

Herrschaft und Alltag im Nationalsozialismus

Von 1933 bis 1945 regierten im Deutschen Reich die Nationalsozialisten. Sie beeinflussten die Deutschen durch Manipulation und Propaganda. Durch die Propaganda sollten sich die Deutschen wie eine Volksgemeinschaft fühlen. Die Nationalsozialisten setzten Menschenrechte außer Kraft und herrrschten mit Unterdrückung, Verfolgung und Terror. Jeder, der nicht in ihr Weltbild passte, wurde verfolgt, verhaftet und sogar auch getötet.

Bund deutscher Mädel (BDM) und Hitlerjugend (HJ) bei einem Aufmarsch mit Fahnen und Ehrenzeichen 1935 in Berlin (Foto, 1935)

M1 Fackelzug zur Ernennung Hitlers zum Reichskanzler. Hitler grüßt vom Fenster der Reichskanzlei. (Foto, 30.01.1933)

M2 Filmausschnitt, Nachstellung des NSDAP-Aufmarsches vom 30. Januar 1933 (Szenenfoto, Sommer 1933)

Adolf Hitler wird Reichskanzler

Machtübergabe an Hitler

Nach den Reichstagswahlen im November 1932 verloren die demokratischen Parteien endgültig die Mehrheit. Die NSDAP wurde stärkste Partei im Reichstag. Im Anschluss daran wurde Reichspräsident Hindenburg gedrängt, Adolf Hitler am 30. Januar 1933 zum Reichskanzler zu ernennen. Am Abend des 30. Januar 1933 marschierte daraufhin ein Zug von Angehörigen der SA und der Hitlerjugend mit Fackeln durch das Brandenburger Tor. Obwohl sie dabei von einer jubelnden Masse begleitet wurden, erwarteten die wenigsten, dass Hitler und seine Anhänger in kurzer Zeit die gesamte Macht an sich reißen würden.

Hitlerjugend (HJ): Jugendorganisation der NSDAP, die der körperlichen und ideologischen Schulung und Kriegsvorbereitung von Kindern und Jugendlichen im Alter von 10 bis 18 Jahren diente

Viele glaubten, dass Hitlers Regierung, wie ihre Vorgänger, schnell scheitern würde. Die Nationalsozialisten nutzten die Ernennung Hitlers zum Reichskanzler für ihre eigenen Zwecke und erklärten, dass durch ihre sogenannte „Machtergreifung" der Beginn einer „nationalen Revolution" gekommen sei.

Das Kabinett Hitler

Hitler stand einer Regierung vor, in der es zunächst nur zwei Minister aus der Nationalsozialistischen Deutschen Arbeiterpartei (NSDAP) gab. Die weiteren Minister kamen aus anderen, meist antidemokratischen Parteien, oder sie waren parteilos. Nach außen zeigte Hitler damit die Bereitschaft zur Zusammenarbeit und zu Kompromissen. Einige führende Politiker hofften, Hitler für die eigenen Interessen nutzen zu können.

Q1 Franz von Papen in einem Gespräch mit Zweiflern, nachdem Adolf Hitler am 30. Januar 1933 zum Reichskanzler ernannt worden war:

Was wollen Sie denn? Ich habe das Vertrauen Hindenburgs. In zwei Monaten haben wir Hitler in die Ecke gedrückt, dass er quietscht.

M3 Vorstellung des Kabinetts Hitler am 30. Januar 1933:
① Adolf Hitler (NSDAP), ② Franz von Papen (parteilos), ③ Hermann Göring (NSDAP), ④ Wilhelm Frick (NSDAP) (Foto, 1933)

Die Haltung der anderen Parteien

Die Gegner der NSDAP waren über die Ereignisse bestürzt. Die Opposition war sich in der Frage, wie mit Hitler umzugehen sei, aber uneinig. So konnten sich die KPD und die SPD nicht auf ein gemeinsames Vorgehen gegen die NSDAP einigen. Die Zentrumspartei war hingegen schon seit 1930 zu einer Zusammenarbeit mit der NSDAP bereit, sodass sie auch 1933 keinen Widerstand leistete.

Q2 Aufruf der SPD am 31. Januar 1933:

Arbeitendes Volk! Republikaner! [...] Die Stunde fordert die Einigkeit des ganzen arbeitenden Volkes zum Kampf gegen die vereinigten Gegner. [...] Jeder Versuch der Regierung, ihre Macht gegen die Verfassung anzuwenden oder zu behaupten, wird auf den äußersten Widerstand der Arbeiterklasse und aller freiheitlich ge-sinnten Volkskreise stoßen. Zu diesem entscheidenden Kampf sind alle Kräfte bereitzuhalten.

Nach und nach gelang es Hitler und der NSDAP, die zentralen politischen Stellen im Land mit treuen Gefolgsleuten zu besetzen. Mit Terror und willkürlichen Maßnahmen wurden die politischen Gegner ausgeschaltet und eingeschüchtert.

ARBEITSAUFTRÄGE

AUSWAHL **1** I Beschreibe, wie Adolf Hitler an die Macht kam.
II Begründe mithilfe von Q1, warum Hindenburg gedrängt wurde, Hitler zum Reichskanzler zu ernennen.
III Beurteile, ob der 30. Januar 1933 wirklich als „Tag der Machtergreifung“ gefeiert werden kann.

2 a) Erläutere mögliche Gründe für die Nachstellung des Fackelzuges vom 30. Januar 1933, dargestellt in M2.
b) Vergleiche die Darstellung des 30. Januar 1933 in M1 und M2. HILFE

Das Deutsche Reich wird eine Diktatur

Angriff auf die Verfassung

Eine der ersten Handlungen Hitlers war es, Hindenburg zur Auflösung des Reichstags zu bewegen, um bei Neuwahlen die Mehrheit für die NSDAP zu erringen. Bis zum Wahltermin Anfang März 1933 entbrannte ein Wahlkampf. In diesem schreckten die Nationalsozialisten nicht vor der Einschüchterung anderer Parteien und deren Terrorisierung zurück.

Das Reichstagsgebäude in Flammen

Genau eine Woche vor den Neuwahlen, am Abend des 27. Februar 1933, wurde das Reichstagsgebäude angezündet. Noch bevor der Brand gelöscht war, bezichtigten die Nationalsozialisten einen holländischen Kommunisten der Brandstiftung. Die Reichsregierung begann unmittelbar danach mit der systematischen Verfolgung von Kommunisten und Sozialdemokraten. Etwa 10 000 von ihnen wurden noch in der gleichen Nacht in Haft genommen.

M1 Blick auf das brennende Reichstagsgebäude (Foto, 28.02.1933)

Den Reichstagsbrand, dessen Ausbruch nach wie vor ungeklärt ist, nutzte die NSDAP, um die Macht der Regierung zu erweitern: In einer bereits am 28. Februar 1933 vorgelegten Verordnung wurde ein Großteil der in der Weimarer Verfassung festgelegten Grundrechte wie die Rede- oder die Versammlungsfreiheit außer Kraft gesetzt.

Q1 Aus der „Verordnung zum Schutze von Volk und Staat“ vom 28. Februar 1933:

Auf Grund des Artikels 48 Absatz 2 der Reichsverfassung wird zur Abwehr kommunistischer staatsgefährdender Gewaltakte angeordnet: [...] Es sind [...] Beschränkungen der persönlichen Freiheit, des Rechts der freien Meinungsäußerung einschließlich der Pressefreiheit, des Vereins- und Versammlungsrechts, Eingriffe in das Brief-, Post-, Telegrafen- und Fernsprechgeheimnis, Anordnungen von Haussuchungen und von Beschlagnahmen auch außerhalb der [...] gesetzlichen Grenzen zulässig.

Haft für „Volksverräter"

Mit der „Reichstagsbrandverordnung" verfügte die NSDAP über ein Gesetz, mit dem jeder angebliche Gegner ohne Angabe von Gründen und ohne Gerichtsurteil in Haft genommen werden konnte. Viele oppositionelle Politiker wurden verhaftet und in Konzentrationslagern (KZ) gefoltert und ermordet. Andere mussten ins Ausland fliehen.

Konzentrationslager: Massenlager, in denen Menschen aus politischen, religiösen, rassistischen oder anderen Gründen eingesperrt, oft misshandelt und ermordet wurden

M2 Politische Häftlinge im KZ Oranienburg beim Appell; darunter Friedrich Ebert junior (①), Sohn des früheren Reichspräsidenten (Foto, 1933)

Die Folgen der Reichstagswahlen

Im Vorfeld der Reichstagswahlen vom 5. März 1933 wurden insb. SPD und KPD zusätzlich zu den Verhaftungen massiv am Wahlkampf gehindert. Trotz dieser Maßnahmen verfehlte die NSDAP die absolute Mehrheit. Bereits am 23. März 1933 legte Hitler dem Reichstag aber das „Gesetz zur Behebung der Not von Volk und Reich" vor, welches auch „Ermächtigungsgesetz" genannt wird. Das Gesetz ermöglichte es der Regierung, ohne Zustimmung des Reichstages und Gegenzeichnung durch den Reichspräsidenten Gesetze zu erlassen. Das Gesetz wurde mit 441 zu 94 Stimmen angenommen. Nur die verbliebenen SPD-Abgeordneten stimmten dagegen. Die KPD durfte ihre Sitze im Reichstag nicht mehr besetzen und wurde verboten.

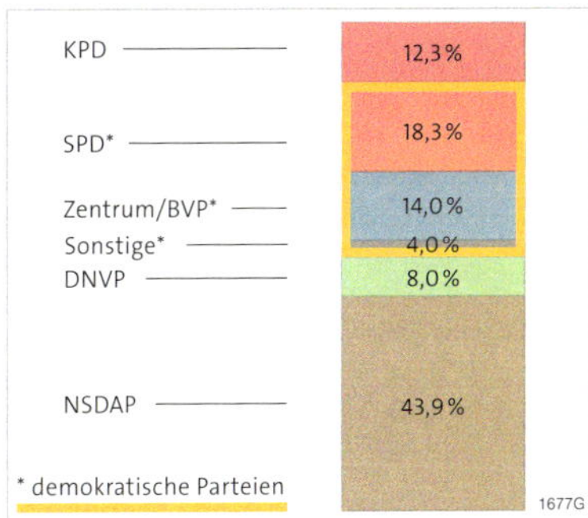

M3 Ergebnisse der Reichstagswahlen vom 5. März 1933

Die NSDAP schaltet andere Parteien aus

Im Juni 1933 folgte die zwangsweise Auflösung der SPD. Das Vermögen der verbotenen Parteien zog die NSDAP ein. Viele Parteimitglieder wurden verhaftet. Die anderen Parteien lösten sich daraufhin selbst auf. Ein „Gesetz gegen die Neubildung von Parteien" drohte jedem mit hohen Strafen, der es wagte, eine Partei aufrechtzuerhalten oder neu zu gründen. Dies machte die NSDAP zur einzig legalen Partei in Deutschland. Bis Ende Juli 1933 hatten die Nationalsozialisten mehr als 26 000 Menschen inhaftiert.

ARBEITSAUFTRÄGE

1 I Nenne die Folgen des Reichstagsbrandes vom 27. Februar 1933.
II Erkläre, wie Hitler den Reichstagsbrand für seine Zwecke nutzte.
III Beurteile, inwieweit die Folgen des Reichstagsbrandes zur Zerschlagung der Demokratie beigetragen haben.

2 Erläutere die Auswirkungen des „Ermächtigungsgesetzes" auf das demokratische Leben in Deutschland.

3 Stelle dir vor, dein Grundrecht auf Rede- und Versammlungsfreiheit wäre eingeschränkt. Erläutere, was du tun würdest.

Digital+
Film über den Weg in die Diktatur
WES-142807-201

M1 Adolf Hitler (Undatiertes Porträt)

Das Führerprinzip

Als Spitze der nationalsozialistischen Bewegung wurde Hitler innerhalb der NSDAP bereits nach seiner Ernennung zum Reichskanzler als „Führer" bezeichnet. Im Jahr 1934 wurde dieser Begriff zu seinem offiziellen Amtstitel. Das mit einer Demokratie unvereinbare Führerprinzip erleichterte und beschleunigte die politischen Entscheidungsprozesse. Der gesamte NS-Staat war dabei auf die Person Hitler ausgerichtet:

- Alle staatlichen Institutionen und Beamte wurden auf den „Führer" vereidigt. Ein Porträt von ihm hatte in jeder Behörde zu hängen.
- Sowohl im Land als auch in seiner Partei hatte Hitler, von seinem Führungskreis unterstützt, die unbeschränkte Befehlsgewalt. Eine politische Mitbestimmung Andersdenkender wurde verboten.
- Dem Volk wurden absoluter Gehorsam, Treue und Demut gegenüber Hitler abverlangt.

Viele Deutsche waren von der Macht des Parteivorsitzenden der NSDAP begeistert und bejubelten ihn bei öffentlichen Auftritten wie einen Star.

Q1 Auszug aus Hitlers „Mein Kampf" zum Führerprinzip und zum Parlamentarismus:

Immer wird ein Führer von oben eingesetzt und gleichzeitig mit unbeschränkter Vollmacht und Autorität bekleidet. [...] Sämtliche Ausschüsse unterstehen ihm und nicht er den Ausschüssen. Er bestimmt und trägt damit aber auch auf seinen Schultern die Verantwortung. [...] Wer Führer sein will, trägt bei höchster unumschränkter Autorität auch die letzte und schwerste Verantwortung. Wer dazu nicht fähig ist oder für das Ertragen der Folgen seines Tuns zu feige ist, taugt nicht zum Führer. Nur der Held ist dazu berufen. [...] Damit ist die Bewegung aber antiparlamentarisch und selbst ihre Beteiligung in einer parlamentarischen Institution kann nur den Sinn einer Tätigkeit zu deren Zertrümmerung besitzen.

M2 Propagandawagen der Hitlerjugend in Berlin (Foto, 1934)

Der „Führer“ ist überall

Im Nationalsozialismus war die Person Hitler im Alltag überall zu finden:

- Er redete bei großen Veranstaltungen, im Rundfunk wurden diese Reden übertragen.
- „Führerbilder“ hingen in Schulklassen und in vielen privaten Wohnungen.
- In vielen Orten gab es einen „Adolf-Hitler-Platz“ oder eine „Adolf-Hitler-Straße“.
- Führerbüsten wurden in Porzellanwerken in großer Stückzahl produziert.
- Auch der „Führergeburtstag“ wurde im ganzen Reich mit Festen und Aufmärschen begangen.

Die Propaganda um Hitler ging so weit, dass es sogar Sammelalben gab, in die bis zu 200 Hitlerbilder eingeklebt werden konnten. Diese Bilder zeigten Hitler als Privatperson und in Uniform als „Führer des Deutschen Reiches“. Durch diesen Personenkult um Hitler entstand in der Bevölkerung das Bild von einem Übermenschen, der alle Probleme lösen konnte und den das Volk verehrte. Hitler selbst förderte diesen Kult um seine Person.

M3 Hitler in der Kantine der Parteizentrale der NSDAP in München (Foto, 1933)

ARBEITSAUFTRÄGE

1. Beschreibe die Schritte, mit denen die Nationalsozialisten ihre Macht im Deutschen Reich festigten.
2. Erkläre mithilfe von Q1 das Führerprinzip.
3. Beschreibe, welche Eigenschaften Hitlers in dem Bild M1 ausgedrückt werden sollen. HILFE
4. Begründe, warum M3 eine Propagandaaufnahme ist. Placemat

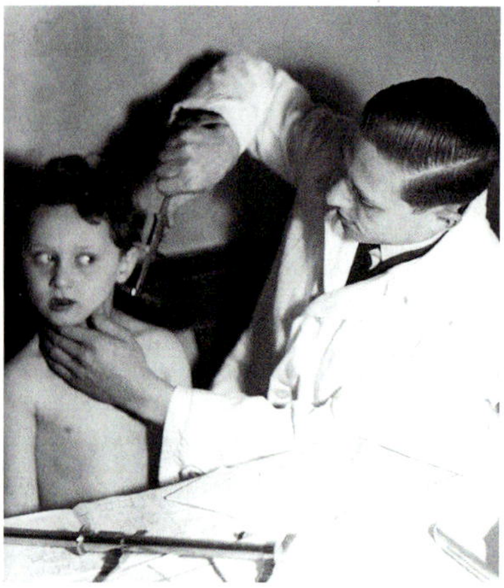

M1 Vermessung eines Kindes. Im Irrglauben, dass das Aussehen von Menschen und die Größe einiger Körperteile die Zugehörigkeit zu einer Rasse bestimmten, kategorisierten die Nationalsozialisten bereits Kinder und Jugendliche. (Foto, 1934)

Weltanschauung im Nationalsozialismus

Grundlagen der NS-Ideologie

Im Buch „Mein Kampf" legte Hitler bereits 1925 seine Weltanschauung dar. Dies war auch die Grundlage der nationalsozialistischen Ideologie, durch welche die politischen und wirtschaftlichen Ziele der Nationalsozialisten erreicht werden sollten. Sie basierte auf dem Führerprinzip, dem Rassismus, dem Zugewinn von Lebensraum, dem Antisemitismus sowie dem Antikommunismus.

Die „arische" Rasse

In den Augen der NSDAP galten die Deutschen als das auserwählte Volk, das allen anderen überlegen sei. Blonde Menschen mit blauen Augen wurden dabei der nordischen Rasse, den „Ariern", zugeordnet. Langfristig sollten sich diese im Reich vermehren und letztendlich den Großteil der Bevölkerung ausmachen. In den Augen der Nationalsozialisten waren „minderwertige" Rassen wie Juden, Sinti und Roma, aber auch Menschen mit einer Behinderung, nicht Teil der deutschen Gesellschaft.

Als wissenschaftliche Erklärung für ihre Ansichten orientierten sich die Nationalsozialisten an der Biologie. Der Forscher Charles Darwin hatte 1859 ein Buch zur Entstehung der Lebewesen veröffentlicht. Darwin schrieb darin, dass nur die anpassungsfähigsten Lebewesen überleben. Eigentlich bezogen sich Darwins Forschungen ausschließlich auf Tiere und Pflanzen. Doch die Nationalsozialisten übertrugen seine Erkenntnisse auf die Menschen.

- Nach ihrem Aussehen und ihrer Herkunft teilten sie die Menschen in verschiedene Rassen ein.
- Diesen „Rassen" schrieben sie falsche Charaktereigenschaften zu.
- Wegen dieser Charaktereigenschaften behaupteten sie dann eine angebliche Überlegenheit der „Arier" gegenüber anderen Menschen.

Dieses falsche Verständnis von Darwins Theorien wird als Sozialdarwinismus bezeichnet.

M2 Antisemitismus im Alltag. In vielen Ortschaften war die Ausgrenzung von Juden offensichtlich. (Foto, 1933)

Q1 Hitler in „Mein Kampf" über Rassismus und Antisemitismus:

Die völkische Weltanschauung glaubt keineswegs an eine Gleichheit der Rassen, sondern erkennt mit ihrer Verschiedenheit auch ihren höheren oder minderen Wert und fühlt sich durch diese Erkenntnis verpflichtet, [...] den Sieg des Besseren, Stärkeren zu fördern, die Unterordnung des Schlechteren und Schwächeren zu verlangen. Sie huldigt damit prinzipiell dem [...] Grundgedanken der Natur.

Antisemitismus

Bereits seit dem Mittelalter war die Ausgrenzung von Menschen jüdischen Glaubens ein europaweites Phänomen, das anfangs mit der Religion begründet wurde. Diese Abneigung griffen die Nationalsozialisten als rassistischen Antisemitismus auf. Je länger die Nationalsozialisten an der Macht waren, desto radikaler wurden die Maßnahmen gegen die jüdischen Mitbürger und Mitbürgerinnen. Seit dem Reichstagsbrand wurden sie verstärkt aus dem öffentlichen Leben zurückgedrängt. Bis dahin hatten Juden – ebenso wie Christen oder Konfessionslose – wichtige Positionen im Staat, in der Gesellschaft und in der Industrie eingenommen.

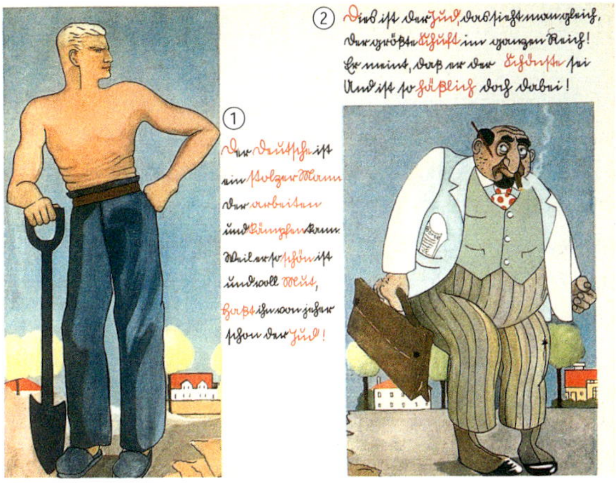

M3 Zeichnungen aus einem deutschen Schulbuch von 1936: Die Texte in altdeutscher Schrift besagen: ① „Der Deutsche ist ein stolzer Mann, der arbeiten und kämpfen kann. Weil er so schön ist und voll Mut, hasst ihn von jeher schon der Jud!" ② „Das ist der Jud, das sieht man gleich, der größte Schuft im ganzen Reich! Er meint, dass er der Schönste sei, und ist so hässlich doch dabei!"

M4 Pseudowissenschaftliche Vorhersage der Bevölkerungsentwicklung im Deutschen Reich: In der Bevölkerung sollten Ängste geschürt und jede Form von Ausgrenzung gerechtfertigt werden. Diese Behauptungen der Nationalsozialisten entbehrten häufig jeglicher wissenschaftlichen Grundlage, beruhten auf bewussten Rechenfehlern oder falschen Vorannahmen. (Propagandaplakat, 1935)

„Lebensraum"

Aus der Rassenlehre leiteten die Nationalsozialisten das Recht ab, neuen „Lebensraum" für die arische Bevölkerung vor allem im Osten Europas gewaltsam erobern zu dürfen, da

- durch das fruchtbare Ackerland bis zum Ural-Gebirge deutlich mehr Menschen hätten ernährt werden können und
- dort eine große Menge an Rohstoffen vorhanden war, mit denen die deutsche Wirtschaft unabhängiger gewesen wäre.

Die als „minderwertig" angesehenen slawischen Völker im Osten sollten dabei vertrieben, versklavt oder getötet werden.

Volksgemeinschaft

Die NSDAP versprach, eine Gesellschaft zu schaffen, in der es keine sozialen Unterschiede und keine Klassenschranken geben sollte. Sie wollte eine „Volksgemeinschaft" schaffen. Der Wille der Nationalsozialisten stand über dem Wohl des Einzelnen. Wer nicht den rassischen Vorstellungen der Nationalsozialisten entsprach oder sich gegen ihre Politik stellte, wurde ausgeschlossen, entrechtet und verfolgt.

ARBEITSAUFTRÄGE

1 a) Erkläre die Begriffe Rassenlehre und Antisemitismus.
b) Vermute, warum die Nationalsozialisten auf eine naturwissenschaftliche Erklärung ihrer Weltanschauung Wert legten. Kugellager

2 I Beschreibe die Person auf der linken und auf der rechten Seite in M3. Vergleiche sie miteinander.
II Erkläre, welche Ziele durch M3 erreicht werden sollten.
III Beurteile die Wirkung, die M3 erzielen sollte.

3 Diskutiert, welche Ängste das Plakat M4 bei der Bevölkerung schüren sollte. Nehmt hierbei Stellung zur Einteilung von Menschen in höher- und minderwertige Rassen. Bezieht euch auch auf aktuelle politische und gesellschaftliche Debatten. Fishbowl

Rollenbild im Nationalsozialismus

Die nationalsozialistische Frauenrolle

Die Nationalsozialisten definierten die Rolle der Frau entsprechend ihrer Ideologie bereits 1921 im Parteiprogramm der NSDAP. Mit der Festigung der Macht der Nationalsozialisten wurde dieses Frauenbild in der Gesellschaft und Politik umgesetzt.

Die ideale Frau im Nationalsozialismus sollte arischer Abstammung sein. Wichtig waren Charaktereigenschaften wie Treue, Pflichterfüllung, Opferbereitschaft, Leidensfähigkeit und Selbstlosigkeit. Sie sollte zum Wohle der „Volksgemeinschaft" vor allem als Mutter ihre Pflicht erfüllen.

Völkischer Beobachter: wichtigste Parteizeitung der NSDAP, die bereits seit der Parteigründung im Jahr 1920 existierte

Q1 Kontaktanzeige aus dem „Völkischen Beobachter" vom 12. August 1934:

SA-Scharführer, Anfang 30 [...] blonder Volksgermane, kernig und erbgesund, sucht auf diesem Wege die Mutter seiner kommenden Kinder [...]. Selbe muss Garantin rassischer Vollwertigkeit kommender Geschlechter sein. Stattliche Blondine bevorzugt, nachgedunkelte Schrumpfgermanin unerwünscht. Eigenes Heim vorhanden. Vermögen Nebensache.

Das Frauenbild der Nationalsozialisten

Bereits im „Bund Deutscher Mädel" (BDM) wurden junge Mädchen zwischen 10 und 18 Jahren auf diese Rolle vorbereitet. Sie beschäftigten sich mit Gymnastik, Gesundheitslehre und Haushaltskunde. Frauen trafen sich in der NS-Frauenschaft zu Koch-, Näh- oder Kinderpflegekursen. Rauchen, Schminken oder wissenschaftliche Bildung wurden abgelehnt. Mit verschiedenen Gesetzen und gezielter Propaganda versuchte die NSDAP, Frauen aus dem Berufsleben zu drängen:

- Sie durften nicht mehr das Amt einer Richterin oder Staatsanwältin ausüben.
- Verheiratete Beamtinnen wurden in der Regel entlassen.
- Der Zugang zu den Universitäten wurde für Frauen eingeschränkt.

Einzig die Rolle als Mutter und Hausfrau sollte erstrebenswert sein.

M1 Um junge Frauen an ihre Aufgabe als Mutter zu erinnern und sie in Bezug auf Schwangerschaft, Geburt und Säuglingspflege zu schulen, fanden regelmäßig Kurse statt. (Foto um 1935)

Nationalsozialistische Familienpolitik

Das neue Frauenbild sollte durch finanzielle Anreize attraktiv werden. Ab 1933 wurde an Ehemänner ein Darlehen von 1000 Reichsmark gezahlt, wenn die Ehefrau, die vorher berufstätig war, ihre Arbeit aufgab und nur noch Hausfrau war. Für jedes Kind wurde ein Viertel des Darlehens erlassen. Nach vier Kindern war der Kredit somit „abgekindert".

Als weiteren Anreiz erhielten Familien ab 1936 eine staatliche Kinderbeihilfe. Kinderlose mussten im Gegenzug mehr Steuern zahlen.

M2 Urkunde für ein Mädchen zur Schulentlassung 1936

Ein Ehrenplatz in der „Volksgemeinschaft"

Durch öffentliche Ehrungen mit dem „Mutterkreuz" sollten Frauen in ihrer Mutterrolle bestärkt werden. Mütter mit vier, sechs oder gar acht Kindern wurden für „ihren Einsatz von Leib und Leben" bei der „Geburt und Kinderaufzucht" im Namen Hitlers ausgezeichnet. Frauen, die diesen Orden trugen, hatten viele Vorteile. So mussten sie unter anderem bei Behörden bevorzugt abgefertigt werden. Nur wenige Frauen lehnten diese Ehrung ab.

M3 Eine Grundlage des NS-Staates: die kinderreiche Familie (Foto, o. J.)

Nicht alle Frauen durften Kinder bekommen

Frauen, die aus Sicht der Nationalsozialisten eine nicht erwünschte Krankheit hatten, mussten sich einer Zwangssterilisation unterwerfen. Abtreibungen bei gesunden „arischen" Frauen wurden hingegen als Verbrechen an der „Volksgemeinschaft" gewertet.

Sterilisation: medizinisches Verfahren, um die Fortpflanzung auf Dauer zu verhindern

ARBEITSAUFTRÄGE

1 Graffiti
- I Nenne die Hauptaufgaben der Frau im NS-Staat.
- II Beschreibe die Vorstellungen der Nationalsozialisten zur Rolle der Frau.
- III Bewerte die Rolle, die die Nationalsozialisten der Frau zuschrieben.

2 Nimm Stellung dazu, inwiefern die Angaben in der Kontaktanzeige Q1 das NS-Frauenbild widerspiegeln. Marktplatz

3 Bewerte, inwiefern das Bild M3 das Rollenbild der Nationalsozialisten widerspiegelt. HILFE

Digital+
Film über das Frauenbild im Nationalsozialismus
WES-142807-202

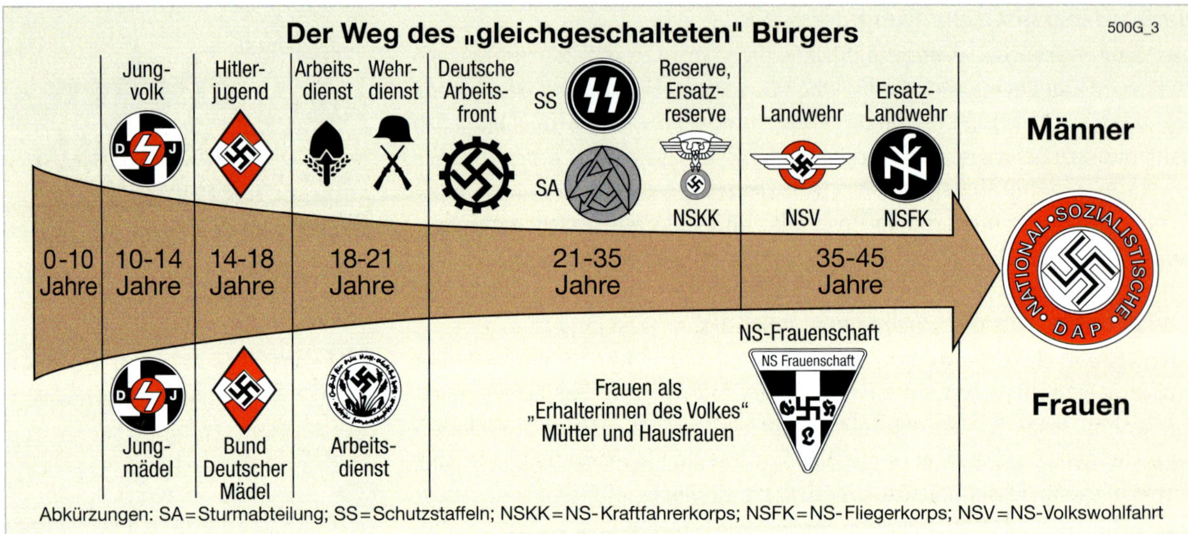

M1 Von der NSDAP als ideal angesehener Lebenslauf eines „gleichgeschalteten“ Deutschen

Leben im gleichgeschalteten Staat

„Und sie werden nicht mehr frei“

Die NSDAP versuchte durch Propaganda und Gesetze, die Deutschen vom Nationalsozialismus zu überzeugen und unkritische Anhänger aus ihnen zu machen. Die Bevölkerung sollte zu einer „Volksgemeinschaft“ geformt werden, die von den Nationalsozialisten gesteuert wird. Ein gesteigerter Nationalismus, die Verbundenheit zum eigenen Vaterland, sollte das NS-System zusätzlich zu Hitlers Macht weiter festigen.

Es gelang der Partei, die Bevölkerung nahezu lückenlos in verschiedenen Organisationen und Einrichtungen zu erfassen, zu überwachen und zu beeinflussen. So griffen die Nationalsozialisten tief in das Privatleben und die Freizeit der Menschen im Deutschen Reich ein.

Um dies zu erreichen, gründete die NSDAP u.a. im November 1933 die Freizeitorganisation „Kraft durch Freude“ (KdF). Sie bot ein breites Erholungs- und Freizeitpogramm an. Viele dieser Aktivitäten waren bis dahin vor allem für die Arbeiterschaft unerschwinglich gewesen.

M2 Eine Lehrerin verabschiedet ihre Schüler mit dem Hitler-Gruß. (Foto, 1933)

Erziehung und Schule im Nationalsozialismus

Bereits von früher Kindheit an wurden Kinder, z.B. mittels Spielzeug, Kartenspielen oder Kinderbüchern, spielerisch mit der NS-Weltanschauung vertraut gemacht. Mit der Einschulung wurden sie zusätzlich von Lehrkräften beeinflusst und überwacht. Der Unterricht wurde umgestaltet:

- Beispielsweise stand die Vergangenheit der „nordischen Rasse“ im Geschichtsunterricht im Vordergrund,
- im Biologieunterricht wurde „Rassenkunde“ eingeführt und
- der Sportunterricht erhielt eine erhöhte Stundenzahl.

Außerdem prägten NS-Symbole und Rituale wie Hakenkreuze und der Hitlergruß den Schulalltag. Bereits Grundschulkindern blieb so keine Zeit zur Ausprägung ihrer eigenen selbstständigen Persönlichkeit. Vielmehr wuchsen sie als gleichgeschaltete Menschen auf, eingefasst in die „Volksgemeinschaft“. Eine individuelle Entfaltung der Kinder wurde hingegen unterdrückt.

Hitlerjugend und Bund Deutscher Mädel

Die NSDAP versuchte, Kinder und Jugendliche nicht nur im Schulunterricht zu prägen, sondern nahm auch Einfluss auf deren Freizeitgestaltung: Alle Jugendlichen bis 18 Jahre waren verpflichtet, Mitglied einer NS-Jugendorganisation zu sein. Alle anderen Jugendorganisationen wurden in das NS-Freizeitprogramm eingegliedert oder verboten. Bereits mit dem zehnten Geburtstag traten Jungen dem „Jungvolk" und Mädchen den „Jungmädeln" für vier Jahre bei. Danach ging es in neue Vereinigungen:

- Jungen nahmen zweimal wöchentlich an Treffen der „Hitlerjugend" (HJ) teil. An den Wochenenden oder in den Ferien wurden zudem Zeltlager angeboten. Aktivitäten wie Orientierungsläufe, Flugschnupperstunden oder Schießübungen dienten der Vorbereitung auf das Soldatenleben.
- Mädchen hingegen wurden in den „Bund Deutscher Mädel" (BDM) aufgenommen. Dort wurden sie, z.B. mit Näh- und Wickelkursen, auf ihre zukünftige Rolle als Hausfrau und Mutter vorbereitet.

Etwa 98 Prozent der deutschen Jugendlichen waren in Jugendorganisationen der NSDAP. Bei ihren Veranstaltungen waren die nationalsozialistische Ideologie und Symbolik allgegenwärtig. Eltern, die sich weigerten, ihre Kinder in eine NS-Jugendorganisation zu schicken, mussten mit Geldbußen oder Haftstrafen rechnen.

M3 HJ: Schießübungen (Foto, 1940)

M4 BDM: Zeltlager (Foto, 1938)

Q1 Erinnerungen eines BDM-Mädchens:

Beim Aufnehmen der Personalien fragte der Klassenlehrer u.a. „Wer von euch ist noch nicht Mitglied in der HJ oder des BDM?" Von 22 Schüler/-innen meldeten sich Ilse B. und ich, also zwei! Ich werde nie vergessen, wie sehr wir beide uns schämten! [...] Meine Mutter ging noch am Nachmittag mit mir zur zuständigen Führerin, meldete mich an und kaufte alle notwendigen Uniformteile. Jetzt war ich stolz: Ich war „dabei" und kein Außenseiter mehr.

M5 Mädchen lernen Socken stopfen in einem BDM-Kurs. (Foto, 1943)

ARBEITSAUFTRÄGE

1 Nenne mithilfe von M1 die einzelnen Stationen im Leben eines deutschen Mädchens oder Jungen bis 18 Jahre.

2 Begründe, warum der Unterricht umgestaltet wurde. Bushaltestelle

AUSWAHL **3** I Nenne Gründe dafür, dass viele Kinder und Jugendliche begeistert von der HJ und dem BDM waren.

II Erläutere mithilfe von M3, M4 und M5, wie die Nationalsozialisten die Jugend für die Jugendorganisationen gewinnen wollten.

III Beurteile die Absichten der NS im Umgang mit der Jugend. HILFE

Digital+
Film über HJ und BDM
WES-142807-203

Nicht alle wollten in die HJ oder den BDM

Einige Jugendliche passen sich nicht an

Nicht alle Jugendliche wollten sich zur Mitgliedschaft in der HJ oder im BDM zwingen lassen. Im ganzen Deutschen Reich gab es Jugendliche, die sich nicht anpassen wollten oder sogar Widerstand leisteten. Trotzdem blieb diese ablehnende Haltung eine Ausnahme und nur wenige gehörten Jugendgruppen an, die sich offen gegen das System stellten.

Die Swing-Jugend

Swing: eine Tanz- und Musikrichtung aus den USA, die zwischen 1930 und 1945 bei vielen Jugendlichen sehr beliebt war

Zu den Jugendlichen, die nicht dem NS-Weltbild entsprachen, gehörte die sogenannte Swing-Jugend. Die Jungen hatten lange Haare, die sie sich mit Zuckerwasser nach hinten kämmten. Die Mädchen trugen ihre Haare lang und offen. Oft hatten sie sogar eine Dauerwelle. Die Haartracht war ein Symbol des Protestes, denn sie stand in scharfem Gegensatz zu dem kurzen Jungen-Haarschnitt der Hitlerjugend und den Zopffrisuren der Mädchen. Ihre Unangepasstheit war weniger politisch motiviert. Sie interessierten sich für die Swing-Musik aus Nordamerika.

Gestapo: Die Geheime Staatspolizei hatte die Aufgabe, vermeintliche und tatsächliche Gegner des NS-Regimes ausfindig zu machen, zu verhören und zu verhaften.

Q1 Heinrich Himmler (Reichsführer Gestapo) schrieb im Februar 1942 an den Leiter des Reichssicherheitshauptamtes über die Swing-Jugend in Hamburg:

Meines Erachtens muss jetzt das ganze Übel radikal ausgerottet werden. Ich bin dagegen, dass wir nur halbe Maßnahmen treffen. Alle Rädelsführer [...] männlicher und weiblicher Art [...] sind in Konzentrationslager einzuweisen. Dort muss die Jugend zunächst einmal Prügel bekommen und dann in schärfster Form exerziert und zur Arbeit angehalten werden [...].

Edelweißpiraten

Auch die sog. Edelweißpiraten widersetzten sich der Erfassung durch die Nationalsozialisten. Sie lebten vor allem im Rheinland und im Ruhrgebiet. Ihre Mitglieder stammten überwiegend aus Arbeiterfamilien. In Flugblättern, Wandparolen, Prügeleien mit der HJ oder Sabotageakten zeigten sie ihre Ablehnung gegenüber dem NS-Regime. Ihr Name leitet sich von ihrem Erkennungszeichen, dem Edelweiß, ab. Sie erhielten ihn von der Gestapo. Auf ihre Aktionen reagierte diese mit absoluter Härte. Viele von ihnen wurden in Jugendkonzentrationslagern inhaftiert, gefoltert und ermordet.

M1 Unangepasste Jugendliche aus Essen (Foto, 1939/1940)

M2 „Scharade" – Edelweißpiraten/-piratinnen (Foto, 1941)

Leipziger Meuten

Leipzig war in den 1930er-Jahren die fünftgrößte Stadt im Deutschen Reich. Viele Jugendliche der Arbeiterschicht waren vor 1933 Mitglied in verschiedenen Jugendorganisationen. Nach dem Verbot dieser Organisationen und der Einführung der HJ widersetzten sich viele der Jugendlichen der Mitgliedschaft. Sie gestalteten ihre Freizeit nach ihren eigenen Vorstellungen. Dabei kam es in verschiedenen Leipziger Stadtteilen zur Bildung von Cliquen, den sogenannten Meuten.

Die Leipziger Meuten entwickelten eine eigene Kleiderordnung, um sich von der HJ abzugrenzen. Viele der Meuten trafen sich abends oder sie fuhren am Wochenende gemeinsam in Zeltlager. Dabei kam es immer wieder zu Auseinandersetzungen mit der HJ. Auch verübten einige Mitglieder verschiedener Meuten Anschläge auf HJ-Heime oder verteilten Flugblätter mit Aufschriften wie „HJ verrecke".

Insgesamt gab es zwischen 1937 und 1939 etwa 1500 Jugendliche, die in einer der Leipziger Meuten Mitglied waren.

M3 Die Schönefelder Meute auf einem Ausflug (Foto, o.J.)

Das Ende der Leipziger Meuten

Ab 1937/38 ermittelte die Gestapo gegen die Mitglieder der Meuten. Da aber oft die Beweise fehlten, wurden die Verfahren eingestellt. Dennoch wurden Ende Oktober 1938 einige Mitglieder wegen Vorbereitung zum Hochverrat zu mehrjährigen Gefängnisstrafen verurteilt. Da dies nicht die erhoffte abschreckende Wirkung erzielte, wurde ab 1939 eine Vielzahl der Mitglieder verurteilt und zum Teil in ein KZ-ähnliches Schulungslager gesteckt. Hier wurden sie mehrere Monate im Sinne der Nationalsozialisten „erzogen".

ARBEITSAUFTRÄGE

1 Gruppenpuzzle

a) Recherchiert in Gruppen zu Swing-Jugend, Edelweißpiraten, Kittelbachpiraten oder den Leipziger Meuten.

b) Stellt eure Ergebnisse in einem Kurzvortrag vor.

c) Erklärt, warum ein Rollentausch wie in M2 in der HJ und im BDM undenkbar gewesen wäre. HILFE

Eine Zeitungsseite erstellen

Liebe Schülerinnen und Schüler,
zum Thema „Jugendlicher Widerstand im Nationalsozialismus“ sollt ihr eine Zeitungsseite erstellen. Diese soll es anderen Schülerinnen und Schülern eurer Schule ermöglichen, sich über das Leben, die Aufgaben und Bedingungen von Jugendlichen während der Zeit des Nationalsozialismus zu informieren.

- Ihr sollt eine Seite gestalten, die das Format DIN-A3 hat.
- Vereinbart einen festen Termin, bis wann die Artikel am Computer fertig sein müssen.
- Achtet darauf, dass ihr in eurer Gruppe die Textsorten und Themen sinnvoll aufteilt, z. B. könnte eine Schülerin oder ein Schüler ein Interview mit einem Zeitzeugen führen.

Zeitungsseiten gibt es mit verschiedenen Formaten, Aufmachungen und Schreibstilen. Sie sollten unterschiedliche Textarten, Hervorhebungen und Schriftgrößen beinhalten.

Die Artikel können „die Nachricht“, der „Meinungs- oder Leitartikel“, das Interview oder ein Kommentar sein. Nicht zu vergessen: die Schlagzeile!

Illustrationen, Fotos oder ein kurzer Comic-Strip sollen die Texte auflockern und ergänzen.

So geht ihr vor:

1. Schritt: Vorbereitende Recherche
- Recherchiert zu eurem Thema und macht euch Notizen.
- Strukturiert eure Informationen in Form einer Mindmap.

2. Schritt: Arbeitsgruppen bilden
- Setzt euch zusammen und korrigiert und verbessert gegebenenfalls eure Notizen.
- Teilt die Gruppe nach Arbeitsaufträgen auf: Interview führen, Zeichnungen erstellen, Hauptartikel schreiben, Bildersuche etc.

3. Schritt: Aufbau festlegen
- Setzt euch erneut zusammen und korrigiert und verbessert ggf. eure Beiträge.
- Einigt euch auf den konkreten Aufbau und die Gestaltung eurer Zeitungsseite.

4. Schritt: Gestaltung
- Gestaltet nun eure Seite am Computer. Sinnvoll ist z. B. die Verwendung eines Textverarbeitungsprogramms, da man hier auch gut Bilder etc. einpflegen kann.

HISTORISCHE SCHULNACHRICHTEN

Die Edelweißpiraten

Sie haben sich gegen die Nazis gewehrt – Jugendliche gegen den NS

Die Edelweißpiraten

Sie hatten kein politisches Programm, keinen einheitlichen Verband und nicht einmal gemeinsame Vorstellungen über die Zukunft. Trotzdem sahen die Nationalsozialisten in den „Edel-

INTERVIEW mit Gerd Schwab

Herr Schwab, Sie waren 14 Jahre alt, als Sie zu den Edelweißpiraten gingen. Wie kam es dazu?

G. S.: Meine gesamte Familie war

M1 Angedeutete Beispielseite

M2 ① Gedicht eines Wuppertaler Edelweißpiraten, aufgegriffen von der Polizei im November 1942: „Einst wird kommen der Tag, wo wir wieder frei, unsere Ketten entzwei. Wo wir wieder auf Walz ohne Geh.stapo auf'm Hals. Wo wieder Lieder klingen, die wir heut nur im Geheimen singen. Dann ist's soweit.“; ② Logo der Edelweißpiraten; ③ Edelweißpiraten aus Köln-Ehrenfeld während eines Ausflugs (Foto, Anfang 1940er-Jahre); ④ Ermordung von Edelweißpiraten in Köln-Ehrenfeld durch die Gestapo (Foto, 10.11.1944); ⑤ Bartholomäus Schink (1927–1944), eines der Opfer; ⑥ Mahnmal an der Hinrichtungsstätte (Foto, o. J.)

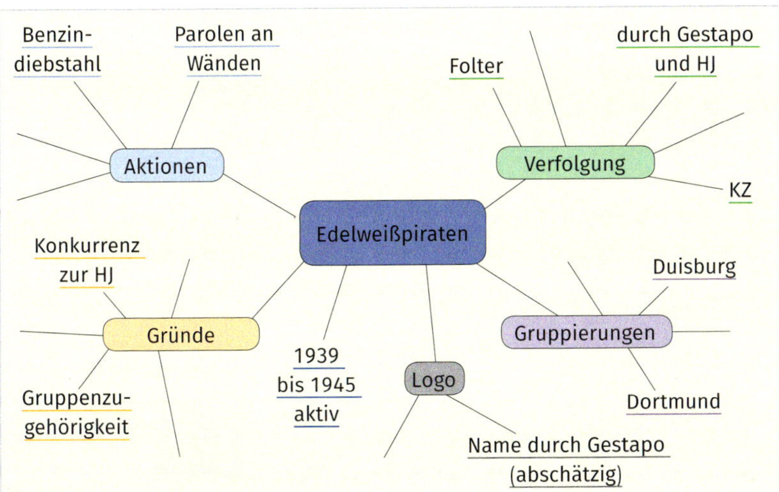

M3 Angedeutete Mindmap zu den Edelweißpiraten

Digital+
Hier kannst du nochmals nachschauen, wie du eine Mindmap erstellst.
WES-142807-204

ARBEITSAUFTRÄGE

Erstellt in Gruppen jeweils eine Zeitungsseite zu den Edelweißpiraten, den Swing-Kids oder den Leipziger Meuten.

Jüdische Menschen werden zu Feinden gemacht

Ausgrenzung als politisches Mittel

Die NS-Vorstellung einer „Volksgemeinschaft“ gründete nicht nur auf dem Zusammenhalt der Bevölkerung, sondern auch auf gezielter Ausgrenzung. Politisch Andersdenkende, behinderte Menschen, Homosexuelle, Sinti und Roma sowie Andersgläubige wurden systematisch ausgeschlossen. Diese Gruppen wurden von der NSDAP als Sündenböcke für finanzielle Nöte, hohe Arbeitslosigkeit oder eine schwache Wirtschaft verantwortlich gemacht. So wurde ein Feindbild für die Bevölkerung geschaffen, um das Wir-Gefühl in der „Volksgemeinschaft“ zu steigern.

Systematische Entrechtung jüdischer Mitmenschen

Etwa 500 000 jüdische Bürger und Bürgerinnen lebten bei Hitlers Regierungsantritt im Deutschen Reich. Sie waren zu diesem Zeitpunkt in die Gesellschaft integriert und übten angesehene Berufe aus. Auf der Basis des „Ermächtigungsgesetzes“ begann die Reichsregierung mit ihrer planmäßigen Ausgrenzung mithilfe einer Reihe von Maßnahmen:

- Jüdische Geschäfte wurden ab 1933 durch die SA boykottiert. Auf nichtjüdische Bürgerinnen und Bürger, die dennoch hier einkauften, wurde Druck ausgeübt.
- Jüdische Beamte, Wissenschaftler, Ärzte, Richter und Anwälte durften nicht mehr arbeiten.
- Jüdische Bürgerinnen und Bürger wurden aus ihren Ämtern gedrängt.
- Jüdische Künstlerinnen und Künstler durften ihre Werke nicht mehr zeigen oder aufführen.
- Jüdische Kinder mussten zuerst die Gymnasien und schließlich alle Schulen verlassen.
- Jüdischen Bürgerinnen und Bürgern wurden die Wohnungen gekündigt, weil sie nicht zur „Volksgemeinschaft“ gehörten.
- Jüdische Geschäftsmänner und -frauen wurden gezwungen, ihre Betriebe unter Wert an Personen zu verkaufen, die der NSDAP gewogen waren.

M1 SA-Männer als Boykottposten vor einem Kaufhaus (Foto, 1933)

Die Nürnberger Gesetze

Zum Beweis ihrer Herkunft mussten Deutsche einen Ariernachweis vorlegen. Diese Urkunde war Voraussetzung, um in nationalsozialistische Organisationen eintreten zu können und öffentliche Leistungen in Anspruch nehmen zu dürfen. Auch viele Berufe hatten den Ariernachweis als Bedingung. Im Jahr 1935 erließ die Reichsregierung dann die Nürnberger Rassengesetze. Diese verschärften nochmals die Ausgrenzung.

Q1 Auszug aus den Nürnberger Rassegesetzen (1935):

§ 1 (1) Eheschließungen zwischen Juden und Staatsangehörigen deutschen und artverwandten Blutes sind verboten. Trotzdem geschlossene Ehen sind nichtig [...].
§ 2 Außerehelicher Verkehr zwischen Juden und Staatsangehörigen deutschen oder artverwandten Blutes ist verboten.
§ 5 Wer dem Verbot [...] zuwiderhandelt, wird mit Zuchthaus bestraft.

Reichspogromnacht 1938

Am 9. November 1938 organisierte und koordinierte die NSDAP landesweite Pogrome: Überall im Deutschen Reich wurden Synagogen in Brand gesetzt. Polizei und Feuerwehr durften nicht eingreifen und löschen. SA-Männer schlugen Schaufenster von Geschäften, die noch Juden gehörten, ein und beschmierten deren Fassaden mit antisemitischen Sprüchen. Jüdische Familien wurden aus ihren Wohnungen auf die Straße getrieben und misshandelt. Die Männer wurden größtenteils inhaftiert und in KZ eingewiesen. Nach den Pogromen mussten jüdische Familien und Gemeinden in Form einer Extrasteuer selbst für die Aufräumarbeiten aufkommen.

Pogrom: gewaltsames Vorgehen gegen eine nationale, ethnische oder religiöse Minderheit

M2 Brennende Synagoge am Börneplatz in Frankfurt/Main (Foto, 09.11.1938)

M3 Verbrennung von Synagogeninventar auf dem Marktplatz von Mosbach (Foto, 09.11.1938)

ARBEITSAUFTRÄGE

AUSWAHL **1** I Nenne Maßnahmen, mit denen Juden ausgegrenzt wurden.
II Beschreibe die systematische Ausgrenzung jüdischer Bürgerinnen und Bürger durch die Nationalsozialisten. HILFE
III Erläutere mithilfe von Q1, was diese Entrechtung für das Zusammenleben jüdischer und nichtjüdischer Menschen bedeutete.

2 Beschreibe die zentral gesteuerte Vorgehensweise gegen jüdische Bürgerinnen und Bürger im Herbst 1938. Partnervortrag

Digital+
Film über die Verfolgung jüdischer Bürgerinnen und Bürger
WES-142807-205

Alltag jüdischer Kinder und Jugendlicher im NS-Staat

Aus Freunden werden „Feinde“

Vor 1933 lebten im Deutschen Reich jüdische und nichtjüdische Familien als Nachbarn und oft Freunde dicht nebeneinander. Die Kinder spielten und lernten zusammen. Dieses Verhältnis änderte sich ab 1933 unter dem Einfluss der NS-Propaganda. Teils aus Angst vor Schikanen, oft aber auch aus Überzeugung verboten immer mehr Eltern ihren Kindern, mit jüdischen Kindern zu spielen oder auch nur zu reden. Oft ließen sich nichtjüdische Kinder und Jugendliche so stark beeinflussen, dass sie offen aggressiv gegen jüdische Mitschüler vorgingen.

Kinder und Jugendliche werden ausgegrenzt

Bereits ab 1933 wurden jüdische Kinder und Jugendliche z.B. in Sportvereinen ausgegrenzt. Durch die Nürnberger Gesetze wurden sie ab 1935 dann ausgeschlossen. Waren sie bisher mit den anderen Kindern und Jugendlichen im Deutschen Reich zum Beispiel zusammen in Fußballvereinen, durften sie nun nicht mehr gemeinsam mit ihnen Sport treiben.

Anfangs durften rein jüdische Vereine noch weiter bestehen. Viele Kinder und Jugendliche traten diesen Vereinen bei, da sie eine der wenigen noch möglichen Freizeitaktivitäten boten. Ende 1938 wurden jüdische Vereine dann jedoch komplett verboten.

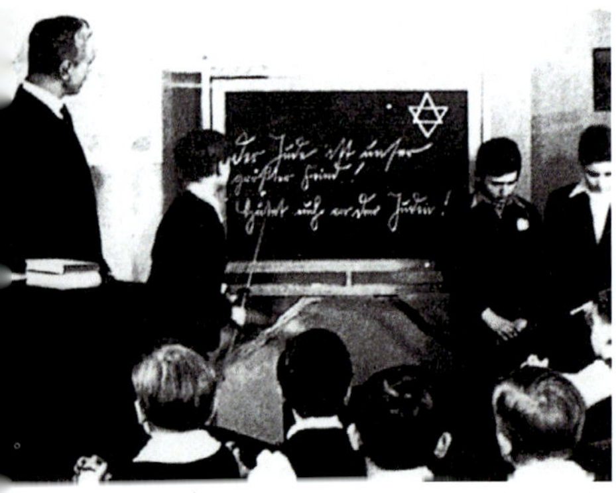

M1 Zwei jüdische Schüler werden vor ihren Klassenkameraden gedemütigt. An der Tafel steht antisemitische Hetze: „Der Jude ist unser größter Feind! Schützt Euch vor den Juden!“ (Foto um 1938)

Jüdische Jugendliche ohne Zukunftsaussichten

Auch die Stimmung gegenüber jüdischen Schülern schlug um. Der größte Teil der Schüler- und Lehrerschaft stand ihnen nun ablehnend gegenüber. An den Oberschulen wurde eine Quote eingeführt. Nur noch 1,5 % der Schülerschaft durfte jüdischen Glaubens sein. Dadurch mussten viele Jugendliche nach der Volksschule die Schule abbrechen.

Um ihnen trotzdem eine Ausbildung zu ermöglichen, schufen jüdische Organisationen Ausbildungsprogramme. So boten jüdische Betriebe einem kleinen Teil der Jugendlichen noch die Chance, ohne Schulabschluss einen Beruf zu erlernen. 1938 wurde jüdischen Kindern und Jugendlichen der Besuch einer öffentlichen Schule schließlich sogar vollständig verboten. Nur die rein jüdischen Schulen durften die Kinder noch besuchen.

Q1 Der Reichsminister für Wissenschaft, Erziehung und Volksbildung am 15. November 1938:

[Es kann] keinem deutschen Lehrer und keiner deutschen Lehrerin mehr zugemutet werden, an jüdische Schulkinder Unterricht zu erteilen. Auch versteht es sich von selbst, dass es für deutsche Schüler und Schülerinnen unerträglich ist, mit Juden in einem Klassenraum zu sitzen. [Ich] ordne [...] daher mit sofortiger Wirkung an:

1. Juden ist der Besuch deutscher Schulen nicht gestattet. Sie dürfen nur jüdische Schulen besuchen. Soweit es noch nicht geschehen sein sollte, sind alle zur Zeit eine deutsche Schule besuchenden jüdischen Schüler und Schülerinnen sofort zu entlassen. [verändert]

M2 Ausschnitt aus dem Comic „Die Suche" (S. 14/15)

ARBEITSAUFTRÄGE

1 Stelle dir vor, du bist ein jüdischer Jugendlicher im NS-Staat. Beschreibe mithilfe von M1, M2 und Q1,
a) wie sich dein Alltag verändert,
b) wie sich dein Schulleben verändert,
c) wie du dich in dieser Situation gefühlt hättest.
d) Erkläre deinen Mitschülern deine Ergebnisse. Marktplatz

Die Suche
von Eric Heuvel, Ruud van der Rol, Lies Schippers, Geschichtscomic des Anne Frank Hauses in Amsterdam und des Anne Frank Zentrums in Berlin, Schroedel, Braunschweig, 2010.

Digitale und gedruckte Medien bewerten

Geschichtliche Themen werden häufig in gedruckten Medien wie Fachliteratur, Jugendsachbüchern, Zeitschriften oder Comics aufgearbeitet und verbreitet. Aber auch digitale Medien beschäftigen sich auf Lernplattformen, Videoportalen, Mediatheken oder Podcasts vermehrt mit geschichtlichen Inhalten. Ebenso bieten einige Museen wie das Deutsche Historische Museum oder das Zeitzeugenportal der Stiftung Haus der Geschichte der Bundesrepublik Deutschland online Informationen an.

Trotz des Bemühens um Korrektheit können in allen Arten von Medien Fehler enthalten sein. Zudem können sie wie z. B. viele Zeitzeugenberichte sehr subjektiv sein. Auch der Einsatz von Medien zur gezielten Beeinflussung der Nutzer muss eventuell berücksichtigt werden. Letztlich kann jede Person Informationen ins Internet stellen und damit viele Menschen erreichen. Bislang gibt es keine Stelle, welche die Qualität von Medien überprüft, weshalb dies anhand von Gütekriterien selbst erledigt werden muss.

Beispiele für Gütekriterien zur Bewertung der Qualität von Medien:
- Anpassung an Zielgruppe
- Attraktivität des Mediums
- Informationsgehalt
- Perspektive
- Veröffentlichungsabsicht
- Wissenschaftlichkeit

Schritte zur Bewertung der Qualität digitaler Medien

1. Schritt: Inhalte zusammenfassen
- Um welche Art digitales Medium handelt es sich?
- Formuliere die inhaltliche Kernaussage.

2. Schritt: Herkunft erforschen
- Von wem und wann wurden die Inhalte verbreitet?
- Recherchiere die Verfügbarkeit zum Zeitpunkt der Veröffentlichung des Mediums und in der heutigen Zeit.

3. Schritt: Gütekriterien festlegen und anwenden
- Welche drei Gütekriterien eignen sich für die Untersuchung des vorliegenden Materials am besten?
- Überprüfe das Medium anhand der gewählten Kriterien.

M1 Erklärvideo des Fränkischen Schweiz-Museums Tüchersfeld: Museumsleiter Dr. Jens Kraus veröffentlichte das Video 2020 auf der Homepage und dem YouTube-Kanal des Museums.

Digital+
Hier kannst du M1 ansehen.
WES-142807-206

Q1 In einem Monatsbericht an eine vorgesetzte NS-Behörde vom 3. März 1936 meldeten Beamtete des Bezirksamts Ebermannstadt:

Die innenpolitische Lage ist unverändert. Allerdings muss betont werden, dass die Stimmung in der Bevölkerung zu wünschen übrig lässt. Insbesondere wird die Entwicklung der Außenpolitik von der Bevölkerung mit wachsender Unruhe verfolgt [...] und [man] kann verschiedenfach feststellen, dass eine gewisse Angst vor einem künftigen [...] Krieg in der Bevölkerung auftaucht. Auch die innenpolitische Entwicklung wird [...] nicht mehr mit der üblichen unbedingten Zustimmung betrachtet. [...] Es werden weiterhin durch die Partei in verstärktem Maße Versammlungen abgehalten. [...] Einer besonderen Beliebtheit erfreuen sich die neu eingeführten Volksgemeinschaftsabende, bei deren Ausschmückung insbesondere Lehrer sehr tatkräftig mitarbeiten. Es zeigt sich, dass mit derartigen Veranstaltungen die Bevölkerung, insbesondere auch die Frauen, in viel stärkerem Maße innerlich gewonnen werden können, als dies in anderen Versammlungen der Fall ist.

Stichwortartige Musterlösung zu M1

1. Schritt: Inhalte
- Es handelt sich um ein digitales Medium.
- Der Versuch der Manipulation der Bevölkerung durch die NSDAP in den 1930er-Jahren auf verschiedene Weisen wird thematisiert.

2. Schritt: Herkunft
- Der Clip wurde von Dr. Jens Kraus, dem Museumsleiter des Fränkische Schweiz-Museums Tüchersfeld (FSMT), im Jahr 2020 online gestellt.
- Seit dem Zeitpunkt der Veröffentlichung ist das Video im Internet z. B. auf YouTube oder der Homepage des FSMT zugänglich.

3. Schritt: Gütekriterien
- Attraktivität des Mediums, Informationsgehalt und Wissenschaftlichkeit bieten sich als Gütekriterien an.
- Das Medium ist für Geschichtsinteressierte aller Altersstufen attraktiv. In kurzer Zeit wird eine Vielzahl an Informationen gegeben. Diese Informationen sind verlässlich, da sie auf Realien und Filmaufnahmen aus den 1930er-Jahren sowie einer ungewöhnlich üppigen Quellenlage basieren. Die Moderation durch einen Historiker trägt weiterhin zur Wissenschaftlichkeit des Mediums bei.

Stichwortartige Musterlösung zu Q1

1. Schritt: Inhalte
- Es handelt sich um ein gedrucktes Medium.
- Aufgrund der nationalsozialistischen Innen- und Außenpolitik wendet sich die Bevölkerung von der gewohnten Zustimmung zum Regime ab. Dem wird durch Veranstaltungen entgegengewirkt.

2. Schritt: Herkunft
- Der Monatsbericht wurde 1936 vom Bezirksamt Ebermannstadt verbreitet.
- Zum Entstehungszeitpunkt hatten nur NS-Behörden Zugriff darauf. 1977 wurde sie in einer Quellensammlung veröffentlicht, die frei verkäuflich ist.

3. Schritt: Gütekriterien
- Attraktivität des Mediums, Perspektive und Wissenschaftlichkeit eignen sich besonders als Gütekriterien.
- Das Medium ist für Historiker und Geschichtsinteressierte attraktiv. Der Bericht ist aus der Perspektive von nationalsozialistischen Beamteten mit Elementen der Rechtfertigung verfasst. Wissenschaftlichkeit kann wegen der Veröffentlichung in Form einer Quellensammlung eines Historikers im Jahr 1977 attestiert werden.

Q2 In ihrem historischen Roman „Zeit aus Glas" thematisiert die Autorin Ulrike Renk das Schicksal einer jüdischen Familie ab der Reichspogromnacht:

Den neunten November 1938 würde Ruth nie vergessen, die Bilder hatten sich in ihr Gedächtnis eingebrannt. Die lodernden Flammen, die aus der Synagoge schlugen. [...] Der Mob des letzten Tages schien sich verkrochen zu haben. Dort, wo die Synagoge gestanden hatte, stieg immer noch Rauch in den Himmel [...]. Noch ein paar Schritte, und sie stand vor ihrem Zuhause. Es war tatsächlich ihre Haustür, die auf der Straße lag, der Eingang nun eine hässliche klaffende Öffnung im Mauerwerk. Aber woher kam dieses Geräusch? Ein unaufhörliches Rauschen, kaum wahrzunehmen, aber doch da. Dann sah sie es: Wasser lief über die Treppe in den Vorgarten und weiter nach unten, zur Garage. [...] Sie haben einfach Wasser aufgedreht. Mutters Teppiche und der schöne Parkettboden [...] Aber warum hatte noch keiner das Wasser abgedreht? Wo waren Mutti und Vati, dass sie nicht das Wasser abdrehten?

M2 Dokumentation zur Reichspogromnacht

Digital+
Hier kannst du M2 ansehen.
WES-142807-207

ARBEITSAUFTRÄGE

Bewerte M2 und Q2 anhand von dir ausgewählter Gütekriterien.

M1 Reichspropagandaminister Joseph Goebbels bei einer Rede (Foto, 1934)

NS-Medien und Propaganda

Reichsministerium für Volksaufklärung und Propaganda

Kurz nach der Machtübernahme der NSDAP wurde im März 1933 ein neues Ministerium gegründet, welches schnell nur noch Propagandaministerium hieß. Von Anfang an unterstand es der Leitung von Joseph Goebbels. Die Hauptaufgaben des Ministeriums waren:

- die öffentliche Meinung zu beeinflussen und zu steuern,
- festzulegen, welche Informationen durch Zeitungen und Radio verbreitet werden durften,
- zu bestimmen, welche Filme im Kino liefen,
- festzulegen, welche Bücher veröffentlicht oder gelesen werden durften.

Unabhängige Kunst und Kultur waren nicht mehr erwünscht. Alle Feiertage und Staatsfeiern wurden vom Propagandaministerium geplant und durchgeführt.

Begeisterung der Massen

Die Reichsparteitage in Nürnberg oder die Erntedankfeste auf dem Bückeberg bei Hameln organisierten die Nationalsozialisten als riesige Propagandaveranstaltungen. Mehrere hunderttausend Mitglieder von NS-Organisationen marschierten dort auf. So sollte bei den Menschen das Gefühl entstehen, zu einer großen Gemeinschaft zu gehören.

M2 Adolf Hitler beim „Reichserntedankfest" in Hameln (Foto, 1934)

Q1 **Der französische Botschafter André François-Poncet schilderte seine Eindrücke während eines Reichsparteitags:**

Während [...] des Reichsparteitages ist Nürnberg eine Stadt, in der nur Freude herrscht, eine Stadt, die unter einem Zauber steht. Diese Atmosphäre und die Schönheit der Darbietungen und einer großzügigen Gastfreundschaft beeindruckte die Ausländer stark; und das Regime vergaß nie, sie zu dieser jährlichen Tagung einzuladen. Es ging davon eine Wirkung aus, der nicht viele widerstehen konnten; wenn sie heimkehrten, waren sie verführt und gewonnen. [verändert]

Radio als wirksamstes Propagandamittel

Für Hitler galt der Rundfunk als Hauptmittel der Propaganda. Regionale Sendeanstalten wurden gleichgeschaltet, NS-Gegner entlassen. Fortan gab es nur noch einen staatlich kontrollierten Sender.

Neben politischer Propaganda und Nachrichten versuchten die Nationalsozialisten, die Hörer mit musikalischen und vor allem heiteren Programminhalten an den neuen Reichssender zu binden. Die Reden Hitlers wurden stets als Höhepunkte der Rundfunkübertragungen inszeniert.

Q2 Joseph Goebbels 1933 in einer Rede vor den Vertretern des Reichsrundfunks:

> Das Volk mit dieser Gewissheit und dieser Gesinnung bis in die letzte Faser zu durchtränken – die Menschen so lange zu hämmern und zu feilen und zu meißeln, bis sie uns verfallen sind: Das ist eine der Hauptaufgaben des Deutschen Rundfunks!

M3 „Der Führer spricht" – die Geschäfte bleiben geschlossen. (Foto, 1935)

Um die Rundfunkpropaganda flächendeckend einsetzen zu können, bauten die Nationalsozialisten die Sende- und Empfangsmöglichkeiten aus. Der Preis für das neue Radio „Volksempfänger" wurde sehr stark gesenkt. Dadurch hatte bis 1939 fast jeder Haushalt ein Radio zu Hause. Wichtige Reden und Meldungen mussten im sogenannten „Gemeinschaftsempfang" gehört werden. Das Hören ausländischer Sender war verboten.

M4 NS-Werbeplakat von 1936

Gleichschaltung der Medien

Zeitungen und Zeitschriften waren bis in die 1930er-Jahre hinein die wichtigsten Informationsquellen der Bevölkerung. Ähnlich wie beim Rundfunk begannen die Nationalsozialisten daher frühzeitig damit, auch diese Medien für ihre Propagandazwecke auszunutzen.

Die Gleichschaltung der Presselandschaft ging einher mit dem Verbot oppositioneller Zeitungen. Goebbels nahm als Propagandaminister zudem direkten Einfluss auf die Arbeit an Theatern, beim Film, in der Literatur und Musik.

Das Fernsehen war in Deutschland noch nicht verbreitet. Es wurde erstmals mit Übertragungen der Olympischen Spiele 1936 in Berlin für die Öffentlichkeit zugänglich. Allerdings nutzten die Nationalsozialisten die Kinos, um mit Propagandafilmen wie in der „Deutschen Wochenschau" auf die Bevölkerung einzuwirken.

ARBEITSAUFTRÄGE

1 I Nenne die Aufgaben des Propagandaministeriums.
II Erläutere, wie die öffentliche Meinung gesteuert und beeinflusst wurde.
III Stelle mithilfe von Q1 und Q2 dar, wie das Propagandaministerium vorging, um die NS-Ideologie zu verbreiten.

2 Fasse den Prozess der Gleichschaltung der Medien durch den NS-Staat zusammen. HILFE

3 Erkläre die Bedeutung von Propaganda für die Nationalsozialisten.

4 Beurteile, warum das Radio für die Verbreitung der NS-Ideologie wichtig war. Stühletausch

M1 Plakat der olympischen Sommerspiele 1936 in Berlin

Olympische Spiele 1936 als Propagandamittel

Der Weg zu den Olympischen Sommerspielen in Berlin

Bereits 1931 hatte das Internationale Olympische Komitee die Spiele an das Deutsche Reich vergeben. Nach 1933 gab es dann jedoch Boykottaufrufe internationaler Sportverbände und deutscher Emigranten. Trotzdem blieb das Komitee bei seiner Entscheidung. So fanden 1936 sogar beide Olympischen Spiele im Deutschen Reich statt: Im Februar wurden zunächst die Winterspiele in Garmisch-Partenkirchen ausgetragen, im August folgten die Olympischen Sommerspiele in Berlin.

Olympia 1936 als Werbung für den NS-Staat

Erstmals ging es bei den Olympischen Spielen nicht nur um sportliche Leistungen. Hitler und das NS-Regime nutzten sie vor allem dazu, sich im Ausland positiv darzustellen. Sie wollten die Welt von dem neuen, modernen Deutschen Reich überzeugen und es als friedliches, wirtschaftlich erfolgreiches Land darstellen. Gleichzeitig sollte der wahre Charakter des Nationalsozialismus verschleiert werden. Um dem Vorwurf des Rassismus entgegenzuwirken, wurden zwei Sportler, die wegen ihrer jüdischen Herkunft bereits das Land verlassen hatten, für die Wettkämpfe nominiert. Zudem verschwanden antisemitische Parolen kurzzeitig aus dem öffentlichen Leben.

Olympia 1936 als Wirtschaftsfaktor

Mit dem Bau des Berliner Olympiastadions und weiterer Sportanlagen konnte die NSDAP die wirtschaftliche Kraft des Landes demonstrieren und gleichzeitig die Arbeitslosigkeit senken.

Q1 In einem Sammelalbum für Zigarettenbilder zu Olympia 1936 wird über den Bau des Reichssportfeldes berichtet:

Mit der ihm eigenen Klarheit erkannte der Führer, dass ein Umbau Stückwerk bleiben müsste bei verhältnismäßig hohen Kosten. [...] Die Arbeit begann. Die Arbeit an einem Werk, das in seiner Größe, in seiner Zweckmäßigkeit und Klarheit der Welt Kunde geben wird von dem Fleiß und der ungebrochenen Tatkraft unseres deutschen Volkes und seiner führenden Männer. [...] Wenn die olympische Glocke [...] die Jugend der Welt aufruft, [...] wird die auserlesene Jugend aus allen Teilen unseres Erdballs eine einzigartige Kampfstätte und eine Pflegestätte der Kultur vorfinden.

M2 Olympiastadion, erbaut 1934 bis 1936 als Teil des sog. „Reichssportfeldes“. Ansicht von Osten: Olympischer Platz (vorne), Olympisches Tor und Olympiastadion (hinten). (Fotopostkarte, 1936)

„Olympia – eine nationale Aufgabe“

Nach innen sollten die Olympischen Spiele die Bevölkerung von der Überlegenheit der arischen Rasse überzeugen, Selbstbewusstsein und nationalen Stolz fördern und für die Ausbildung gesunder Menschen mit sportlichen Körpern werben. Die NSDAP wollte alle Menschen als Volksgenossen in die Vorbereitung der Spiele einbinden, um damit die Identifikation und Loyalität mit dem Regime zu erhöhen.

M3 Luz Long aus Deutschland (links), Silbermedaillen-Gewinner im Weitsprung, spricht mit dem vierfachen Goldmedaillen-Gewinner Jesse Owens, USA (rechts) – dieses Foto durfte im Deutschen Reich nicht veröffentlicht werden, da es nicht der Rassenideologie des NS-Regimes entsprach.
(Foto, 1936)

M4 Ankunft des olympischen Feuers in Berlin. Erstmals wurde die Flamme in Griechenland entzündet und mit einem Staffellauf nach Deutschland getragen.
(Foto, 01.08.1936)

Alte und neue Medien für die Massenbegeisterung

Das Propagandaministerium nutzte alle Mittel, um Hitlerdeutschland als weltoffen und erfolgreich in Szene zu setzen und die Begeisterung und Einigkeit von Volk und Führer zu demonstrieren. So wurde zum Beispiel der Fackel-Staffellauf neu als olympisches Symbol eingeführt. Damit wollten die Nationalsozialisten an religiöse und antike Traditionen anknüpfen.

Erstmals konnten die Menschen die Wettkämpfe, die der Rundfunk übertrug, direkt miterleben. Außerdem wurde die Sendezeit des Fernsehens von zwei auf acht Stunden erweitert. Um das Nationalgefühl zu stärken, wurde nach dem Ende der Olympischen Sommerspiele zudem ein Propagandafilm gedreht. In diesem wurden ausschließlich die deutschen sportlichen Leistungen herausgestellt.

ARBEITSAUFTRÄGE

1 I Nenne die Ziele, die die NSDAP mit der Austragung der Olympischen Spiele 1936 verfolgte.
II Erläutere mithilfe von Q1, welche Wirkung die NSDAP durch die Olympischen Spiele 1936 nach außen erzielen wollte.
III Beurteile, warum sich das NS-Regime im Ausland positiv darstellen wollte.

2 Diskutiert, welche Reaktionen die Siege von Jesse Owens in Deutschland hervorgerufen haben könnten. Fishbowl

Digital+
Film über die Olympischen Spiele 1936
WES-142807-208

M1 Junkers-Werk Aschersleben, Serienbau von Ju-88-Rümpfen: Die Ju 88 war ein Kampfflugzeug der deutschen Luftwaffe. (Foto, o. J).

Die Wirtschaftspolitik der NSDAP

Maßnahmen gegen die Arbeitslosigkeit

Die schlechte Lage vieler Menschen in den letzten Jahren der Weimarer Republik hatte zur Radikalisierung beigetragen und der NSDAP viele Wählerstimmen eingebracht. Die Beseitigung der Arbeitslosigkeit trug dann entsprechend zur Sicherung der nationalsozialistischen Herrschaft bei.

Als Hitler Reichskanzler wurde, gab es mehr als sechs Millionen Arbeitslose in Deutschland. Das Versprechen auf neue Arbeitsplätze wurde zu einem wichtigen Mittel, mit dem die Menschen für die nationalsozialistische Politik gewonnen werden konnten.

Tatsächlich nahm die Arbeitslosigkeit ab 1933 stetig ab. Entscheidend für die Verbesserung der Situation auf dem Arbeitsmarkt war das Vorantreiben der Rüstungspolitik. Damit wollten die Nationalsozialisten die wirtschaftliche und militärische Basis für ihre „Lebensraumpolitik" schaffen. Die Vergabe großer Aufträge zum Bau von Autobahnen, Kasernen, Flugplätzen oder Versorgungseinrichtungen brachte vielen Männern Arbeit. Frauen sollten sich auf ihre Rolle als Hausfrau und Mutter konzentrieren und wurden aus ihren Berufen gedrängt. Gleichzeitig wurden die Menschen, die nicht zur „Volksgemeinschaft" zählten, ihrer Ämter enthoben und mit Berufsverboten belegt.

M2 Arbeiter des Reichsarbeitsdienstes, die zum Bau von Autobahnen eingeteilt sind (Foto, 1934)

Reichsarbeitsdienst

Mit der Einführung des Reichsarbeitsdienstes gab es eine Dienstpflicht für alle Männer zwischen 18 und 25 Jahren. Ab 1939 wurde die Dienstpflicht auch für Frauen eingeführt. Der Reichsarbeitsdienst sollte ein „Ehrendienst am deutschen Volke" sein und die Jugend im Geiste des Nationalsozialismus, zur „Volksgemeinschaft" und zu gebührender Achtung der Arbeit erziehen. Die Maßnahmen wurden hauptsächlich durch den Zugriff der Nationalsozialisten auf die staatlichen Banken, Enteignungen und eine enorme Staatsverschuldung finanziert.

Wirtschaft für den Krieg

Im Jahr 1936 kündigte Hitler an, dass die Wirtschaft durch einen Vierjahresplan im Sinne der Nationalsozialisten staatlich gelenkt werden sollte. Innerhalb von vier Jahren sollte das Deutsche Reich die wirtschaftliche und militärische Kriegsfähigkeit hergestellt haben. Alle Wirtschaftsbereiche mussten sich dieser Kriegsvorbereitung unterordnen.

Q1 Im August 1936 legte Hitler in einem Geheimpapier die Aufgaben des Vierjahresplans der deutschen Wirtschaft fest:

Ähnlich der militärischen und politischen Aufrüstung [...] unseres Volkes hat auch eine wirtschaftliche zu erfolgen, und zwar im selben Tempo, mit der gleichen Entschlossenheit und wenn nötig auch mit der gleichen Rücksichtslosigkeit [...]. Die endgültige Lösung liegt in einer Erweiterung des Lebensraumes [...] unseres Volkes. Es ist die Aufgabe der [...] Führung, diese Frage dereinst zu lösen [...]. Ich stelle [...] folgende Aufgaben:
I. Die deutsche Armee muss in vier Jahren einsatzfähig sein.
II. Die deutsche Wirtschaft muss in vier Jahren kriegsfähig sein.

M3 Propagandaplakat für den Vierjahresplan von 1936

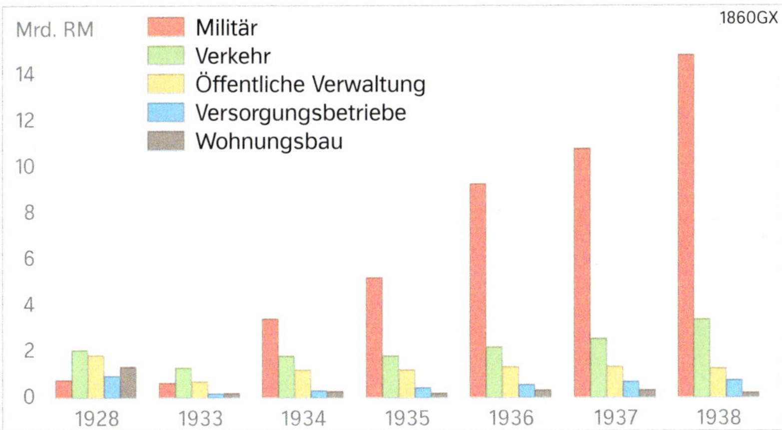

M4 Diagramm zu öffentlichen Investitionen im Deutschen Reich 1928–1938

Um die Ziele des Vierjahresplans zu erreichen, wurden viele Rohstoffe staatlich zugeteilt. Als vor allem Betriebe der Rüstungs- und Schwerindustrie verstärkt Arbeitskräfte benötigten, sollten Frauen wieder in Männerberufen arbeiten. Auch die Landwirtschaft musste sich unterordnen. Der Staat bestimmte, was angebaut wurde, und legte die Preise fest. In der Folge kam es zu Engpässen in der Lebensmittelversorgung.

ARBEITSAUFTRÄGE

1. Erkläre mithilfe von M1, warum die NSDAP die Senkung der Arbeitslosigkeit zu einem zentralen Ziel ihrer Politik erklärte. HILFE
2. I Nenne die Maßnahmen zur Senkung der Arbeitslosigkeit.
   II Stelle die Maßnahmen mithilfe von M2–M4 dar.
   III Beurteile, ob durch die Maßnahmen der Nationalsozialisten die Arbeitslosigkeit wirklich gesenkt wurde.
3. Werte M4 aus. Vergleiche die Rüstungsausgaben mit den Ausgaben für andere Wirtschaftsbereiche.

M1 Karikatur aus der amerikanischen Zeitschrift „The Nation“ zur Rede Hitlers vom 17. Mai 1933

M2 Schlagzeile von 1936

M3 Schlagzeile von 1938

Die nationalsozialistische Außenpolitik

„Großdeutsches Reich“

Die Aufhebung des Versailler Vertrages und die Vergrößerung der Macht des Deutschen Reichs waren zentrale Ziele der nationalsozialistischen Außenpolitik unter Führung Hitlers.

Hitler lehnte bereits 1933 jede weitere Beschränkung der militärischen Aufrüstung des Deutschen Reichs ab. Das Deutsche Reich nahm fortan an keiner Abrüstungskonferenz mehr teil und verließ den Völkerbund. Hitlers Ziel war die Schaffung eines „Großdeutschen Reiches“, das alle Gebiete umfassen sollte, in denen Deutsche lebten. Dazu gehörten auch Länder, die außerhalb der Reichsgrenzen lagen. Es sollte neuer „Lebensraum“ im Osten erobert und geschaffen werden.

Die Nationalsozialisten präsentieren sich friedlich

In den ersten Jahren vermied Hitler bewusst offene internationale Konflikte. In der Öffentlichkeit betonte er den deutschen Friedenswillen. Bereits am 17. Mai 1933 versprach er in einer Rede vor dem Deutschen Reichstag, dass das Deutsche Reich die nationalen Rechte der anderen europäischen Völker anerkennt und in Frieden mit ihnen leben will.

Zahlreiche Verträge mit anderen Staaten sollten dies bestätigen. Beispiele hierfür sind der deutsch-polnische Nichtangriffspakt von 1934 oder das Flottenabkommen mit Großbritannien, welches die Stärke der deutschen Flotte beschränken sollte. Hinzu kamen weitere Verträge mit Italien, Japan und der Sowjetunion.

Q1 Aus dem Protokoll einer Rede Hitlers vom 3. Februar 1933 vor den Befehlshabern von Heer und Marine:

Ziel der Gesamtpolitik allein: Wiedergewinnung der politischen Macht. Hierauf muss gesamte Staatsführung eingestellt werden [...].
2. Nach außen. Kampf gegen Versailles [...].
4. Aufbau der Wehrmacht wichtigste Voraussetzung für Erreichung des Ziels: [...] Wie soll politische Macht, wenn sie gewonnen ist, gebraucht werden? [...] vielleicht – und wohl besser – Eroberung neuen Lebensraumes im Osten und dessen rücksichtslose Germanisierung.

Expansion ohne kriegerische Mittel

Trotz der Beteuerungen, andere Nationen anzuerkennen, unternahm Hitler bereits früh gegenteilige außenpolitische Schritte:

- Nach einer Volksabstimmung wurde 1935 das Saarland wieder in das Deutsche Reich eingegliedert.
- Im gleichen Jahr wurde durch die Einführung der Wehrpflicht der Versailler Vertrag gebrochen.
- Im März 1936 besetzten deutsche Truppen das Rheinland.
- Zwei Jahre später wurde Österreich besetzt und in das Reich eingegliedert.

Gegen dieses außenpolitische Vorgehen protestierten die Alliierten auf diplomatischem Wege, leiteten aber keine militärischen Strafmaßnahmen ein, da sie einen Krieg mit dem Deutschen Reich befürchteten.

Die Sudetenkrise 1938

Trotz aller Friedensbekundungen begann Hitler im Frühjahr 1938, offen Gebietsansprüche gegenüber der Tschechoslowakei zu stellen. Das Sudetenland, in dem viele Deutsche lebten, sollte an Deutschland abgetreten werden. Hitler drohte erstmals mit Krieg.

Um einen Krieg zu verhindern, setzte sich Großbritanniens Premierminister Neville Chamberlain für die Erfüllung deutscher Interessen ein. Im September kam es zu einer Konferenz in München. Die Teilnehmerstaaten Großbritannien, Frankreich, Italien und Deutschland verständigten sich auf die Abtretung des Sudetenlandes an Deutschland. Die Tschechoslowakei war zur Verhandlung nicht geladen worden.

Hitler hatte auf der Konferenz erklärt, auf weitere Gebietsforderungen zu verzichten. Insgeheim plante er aber bereits die militärische Besetzung der gesamten Tschechoslowakei. Diese erfolgte im März 1939. Die Politik der anderen europäischen Staaten, Deutschland durch Nachgeben zu beschwichtigen („Appeasement“), war gescheitert. Dass diese Politik letztlich zu einem Krieg führen würde, hatte Hitler von Anfang an eingeplant.

M4 Schlagzeile von 1938

M5 Deutsches Reich 1935 bis 1939

ARBEITSAUFTRÄGE

1 I Nenne Hitlers außenpolitischen Ziele mithilfe von Q1.

II Beschreibe mithilfe von M2–M5 das Vorgehen der nationalsozialistischen Außenpolitik.

III Begründe mithilfe von Q1, warum Hitler das Deutsche Reich vergrößern will.

2 Erläutere, welche Punkte des Versailler Vertrages durch die nationalsozialistische Außenpolitik verletzt wurden. Stelle die Punkte in einer Tabelle dar.

3 Arbeite mithilfe von M1 und Q1 den Gegensatz zwischen Hitlers „Friedenswillen“ und seinen wahren Zielen heraus. HILFE

4 Diskutiert die Reaktion der europäischen Staaten auf die Maßnahmen Hitlers. Fishbowl

Tipp:
Auf den Seiten 20/21 kannst du nochmal zum Versailler Vertrag nachlesen.

Der 9. November 1938

M1 Element eines Erinnerungskalenders, in Gänze dargestellt in M2

Liebe Schülerinnen und Schüler, eure Schule möchte einen Korridor der Geschichte im Schulhaus einrichten. Eure Aufgabe ist es, den 9. November 1938 als Erinnerungskalender zu präsentieren. Diese Kalender sollen in Form eines Adventskalenders angefertigt werden. Für den 9. November 1938 sind mehrere Erinnerungskalender denkbar: Die Ereignisse in eurem Heimatort oder der nächstgelegenen Stadt können das Thema sein. Folgendermaßen könnt ihr vorgehen:

1. **Schritt:**
   - Bildet Gruppen und recherchiert in diesen Material zum 9. November 1938.
2. **Schritt:**
   - Filtert die Rechercheergebnisse auf die sechs bis acht wichtigsten Inhalte. Die Anzahl der Inhalte bestimmt gleichzeitig die Anzahl der Türchen im Erinnerungskalender.
3. **Schritt:**
   - Fertigt den Kalender an. Schneidet dabei erst die Türchen zu und klebt das Cover dann auf das Papier für den Hintergrund, bevor ihr die Inhalte einschreibt oder einklebt.

M2 Erinnerungskalender zum 9. November 1938

27.02.1933: Reichstagsbrand

15.09.1935: Nürnberger Gesetze

09.11.1938: Novemberpogrome

1933 | 1934 | 1935 | 1936 | 1937 | 1938 | 1939 | 1940

30.01.1933: Machtübernahme der Nationalsozialisten

August 1936: Olympische Sommerspiele in Berlin

Ab Sept. 1939: Zweiter Weltkrieg

Herrschaft und Alltag im Nationalsozialismus

Am 30. Januar 1933 wurde Hitler zum Reichskanzler ernannt. Rasch nutzte er jede Möglichkeit, den Nationalsozialismus in Deutschland zu festigen. Eine Brandstiftung im Reichstagsgebäude hatte das „Ermächtigungsgesetz“ zur Folge, das die Gewaltenteilung beendete und den Nationalsozialisten die Gesetzgebung erleichterte.

Die Sicherung nationalsozialistischer Macht bedeutete auch die „Gleichschaltung“ von Staat und Gesellschaft. Kritische Beamte wurden ausgetauscht und auch die Gesellschaft wurde nach den Vorstellungen der Nationalsozialisten umgeformt. In vielen NS-Organisationen wurden den Deutschen die NS-Ideologie, das Führerprinzip, der Rassismus, der Zugewinn von Lebensraum, der Antisemitismus sowie der Antikommunismus nähergebracht. Kinder und Jugendliche wurden in der Hitlerjugend oder im Bund Deutscher Mädel Mitglied. Das Ziel war die Gründung einer neuen „Volksgemeinschaft“, die auf der Ausgrenzung von Minderheiten basierte. Eine solche Ausgrenzung wurde z. B. an den deutschen Juden anhand der „Nürnberger Gesetze“ und während der „Novemberprogrome“ 1938 vollzogen.

Ab 1936 richtete Hitler die Wirtschaft auf die Kriegsvorbereitungen aus. Das Radio wurde zum wichtigsten Mittel der Propaganda.

WICHTIGE BEGRIFFE:

der Antisemitismus
der Bund Deutscher Mädel
die Diktatur
das Ermächtigungsgesetz
das Führerprinzip
die Gestapo
die Hitlerjugend
der Lebensraum
die „Machtergreifung“
der Nationalsozialismus
die Nürnberger Gesetze
die Propaganda
die Rassenlehre
die SA
die SS
die Volksgemeinschaft

Der Nationalsozialismus – der Zweite Weltkrieg

Mit dem deutschen Überfall auf Polen am 1. September 1939 begann der Zweite Weltkrieg. Dieser Krieg wurde durch die Umsetzung der rassistischen Weltanschauung der Nationalsozialisten bald zu einem menschenverachtenden Vernichtungskrieg ohne Rücksicht auf die Zivilbevölkerung. Im Zuge des Kriegs wurde mit der industriellen Ermordung von Millionen Menschen in Konzentrations- und Vernichtungslagern begonnen. Neben Juden, Sinti und Roma sowie anderen Minderheiten wurden auch Menschen ermordet, die gegen das Regime der Nationalsozialisten Widerstand leisteten.

Deutsche Soldaten in Schützengräben bei Stalingrad (Foto, 18.11.1942)

M1 Deutsche Soldaten öffnen die polnische Grenze. Diese nachgestellte Propagandaaufnahme ist Teil der deutschen Inszenierung des Überfalls auf Polen als leicht zu gewinnender Krieg. (Propagandafoto, 1939)

M2 Polens Hauptstadt Warschau 1939. Bei deutschen Luftangriffen und der anschließenden Erstürmung der Stadt wurden Zehntausende Zivilisten getötet oder verwundet. Mehr als ein Zehntel der Gebäude wurde zerstört. (Foto, 1939)

Hitler entfesselt den Krieg

Der Überfall auf Polen

Im Jahr 1939 hatte Hitler Gebietsansprüche gegenüber Polen erhoben und Bündnisverträge mit Italien und der Sowjetunion, den sogenannten Hitler-Stalin-Pakt, geschlossen. Dieser Nichtangriffspakt mit der Sowjetunion bannte für das Deutsche Reich die Gefahr eines Zwei-Fronten-Krieges und gab Hitler freie Hand für einen Angriff auf Polen. Stalin ließ sich Gebietsgewinne im besiegten Polen zusichern. Am 31. August 1939 erteilte Hitler schließlich den Befehl zum Überfall auf Polen. Angeblich hatten zuvor polnische Soldaten deutsches Grenzgebiet angegriffen. Dies war jedoch eine Propagandalüge. Am Morgen des 1. September marschierte die Wehrmacht in Polen ein und besetzte innerhalb kurzer Zeit weite Teile des Landes.

Die Besetzung großer Teile Europas

Obwohl Frankreich und England dem Deutschen Reich nach dem Überfall auf Polen bereits am 3. September 1939 den Krieg erklärt hatten, fanden an der Westfront zunächst kaum Kriegshandlungen statt. Auch wenn es in Polen immer wieder zu Problemen mit Nachschub und Technik sowie kriegsunerfahrenen Soldaten gekommen war, war die NS-Führung überzeugt von der eigenen militärischen Stärke und startete weitere Feldzüge:
- Dänemark und Norwegen wurden angegriffen und besetzt, um den militärisch wichtigen Rohstoffnachschub von z. B. Eisenerz zu sichern.
- Über die Besetzung der Niederlande, Belgiens und Luxemburgs begann der Vorstoß nach Frankreich.

Mit dieser Strategie der „Blitzkriege“, bei der schnelle Angriffe mit Panzereinheiten von Luftwaffe und Marine unterstützt wurden, besetzte das Deutsche Reich bis Mitte 1940 viele Gebiete und Länder Europas.

Zwischen Sommer und Herbst 1940 versuchte das Deutsche Reich, mit Luftangriffen auf das britische Militär und gegen britische Städte die Kapitulation Großbritanniens zu erzwingen. Da es nicht gelang, das britische Militär entscheidend zu schwächen, wurde die Idee, Großbritannien zu erobern, aufgegeben.

M3 Hitler vor dem Eiffelturm im von deutschen Truppen besetzten Paris. (Propagandafoto, 28.06.1940)

M4 Überfall auf Polen

M5 Krieg in Skandinavien

M6 Krieg in Westeuropa

Kriegsbegeisterung im Deutschen Reich

Die erste Phase des Zweiten Weltkrieges war von deutschen Erfolgsmeldungen gekennzeichnet und die deutsche Bevölkerung war von den Kriegshandlungen nicht direkt betroffen. Die kurzen „Blitzkriege" und die militärischen Erfolge deutscher und der mit ihnen verbündeten italienischen Truppen führten zu einer Kriegsbegeisterung in der Bevölkerung, obwohl in vielen Familien schon Väter oder Söhne im Krieg gestorben waren.

Angriff auf die Sowjetunion

Das Hauptziel der Nationalsozialisten war die Schaffung von Lebensraum im Osten. Trotz des Nichtangriffpakts mit Stalin fiel deshalb am 22. Juni 1941 die deutsche Wehrmacht in die Sowjetunion ein. Ohne Kriegserklärung rückte sie auf einer Länge von 1600 Kilometern zwischen der Ostsee und den Karpaten in Richtung Moskau vor.

Die Rote Armee hatte der Wucht des deutschen Angriffes zunächst wenig entgegenzusetzen. Innerhalb weniger Wochen kämpfte sich die Wehrmacht bis weit ins Landesinnere vor.

M7 Krieg in Osteuropa

Q1 Ein Feldpostbrief eines deutschen Soldaten von der Ostfront vom 3. Juni 1941:

> Adolf und ich marschieren gegen unseren großen Feind Russland. [...] Diesmal wird bestimmt Schluss gemacht mit einer gottfeindlichen Macht. [...] Rechts und links der Vormarschstraße liegen tote Russen, zerschossene und ausgebrannte Tanks, drinnen liegen noch die Fahrer ganz verkohlt [...].

ARBEITSAUFTRÄGE

1 a) Beschreibe mithilfe der Karten M4–M7 den Verlauf des Zweiten Weltkriegs von 1939–1941 in Europa. HILFE

b) Nenne alle Länder, die vom Deutschen Reich bis 1941 besetzt wurden.

2 Erkläre mithilfe von Q1 die Wahrnehmung des Krieges bei den deutschen Soldaten.

3 Begründe mithilfe der ideologischen Weltanschauung, warum Hitler trotz des Hitler-Stalin-Pakts die Sowjetunion angreifen ließ.

Digital+
Film über den Beginn des Zweiten Weltkriegs.
WES-142807-301

Vernichtungskrieg im Osten

Der Krieg im Osten

Mit der Besetzung und Ausplünderung der Sowjetunion verfolgte das NS-Regime eine Reihe von Zielen:

- Gewinnung von „Lebensraum im Osten" für die Ansiedlung deutscher Siedler,
- Nutzung der riesigen Ackerflächen und Rohstoffreserven zur Versorgung des Deutschen Reiches mit Getreide und Erdöl und dadurch Unterstützung der Kriegswirtschaft,
- Bekämpfung des Kommunismus sowie
- Vernichtung der Juden auf dem Gebiet der Sowjetunion.

Durch den raschen Vormarsch der Wehrmacht geriet in kürzester Zeit ein riesiges Gebiet unter deutsche Kontrolle. Dort gingen die deutschen Besatzer mit äußerster Brutalität gegen die sowjetische Bevölkerung vor. Und auch gegen den militärischen Gegner wurde ein Vernichtungskrieg geführt.

M1 Kriegsgefangener sowjetischer Soldat bei der Musterung zur Zwangsarbeit in einem Kriegsgefangenenlager in Zeithain, Sachsen (Foto, 1942)

Vernichtungskrieg

Nach dem Beginn des deutschen Überfalls auf die Sowjetunion am 22. Juni 1941 nahm die deutsche Wehrmacht bis Kriegsende etwa 5,7 Millionen sowjetische Soldaten gefangen. Von diesen starben mehr als 3 Millionen in den deutschen Gefangenenlagern durch gezielte Ermordung, Zwangsarbeit, Hunger, Erfrierungen und Krankheiten.

Q1 Heinrich Himmler, Reichsührer SS, in einer Rede vor SS-Gruppenführern am 04.10.1943 in Posen:

Wie es den Russen geht, wie es den Tschechen geht, ist mir total gleichgültig […]. Ob die anderen Völker in Wohlstand leben oder ob sie verrecken vor Hunger, das interessiert mich nur so weit, als wir sie als Sklaven für unsere Kultur brauchen […]. Ob bei dem Bau eines Panzergrabens 10 000 russische Weiber an Entkräftung umfallen oder nicht, interessiert mich nur insoweit, als der Panzergraben für Deutschland fertig wird.

Bereits am 06. Juni 1941 hatte das Oberkommando der Wehrmacht (OKW) den sogenannten „Kommissarbefehl" ausgegeben. In diesem Befehl stand, dass alle kommunistischen Parteiangehörigen erschossen werden sollen.

Kommissarbefehl: In der Roten Armee waren die sogenannten Kommissare damit beauftragt, die Soldaten politisch zu schulen, ihre Loyalität gegenüber der Sowjetunion sicherzustellen und die herrschende politische Ideologie im Militär durchzusetzen.

Q2 Mündliche Anweisung des OKW zum Umgang mit kommunistisch geschulten Sonderoffizieren der Roten Armee, sogenannten politischen Kommissaren:

Im Kampf gegen den Bolschewismus ist mit einem Verhalten des Feindes nach den Grundsätzen der Menschlichkeit oder des Völkerrechts nicht zu rechnen. […] Die Urheber […] sind die politischen Kommissare. Gegen diese muss daher […] mit aller Schärfe vorgegangen werden. Sie sind daher […], grundsätzlich sofort mit der Waffe zu erledigen. […] Diese Kommissare werden nicht als Soldaten anerkannt; der für Kriegsgefangene völkerrechtlich geltende Schutz findet auf sie keine Anwendung. Sie sind nach durchgeführter Aussonderung zu erledigen.

M2 Soldaten der russischen Armee vor den Ruinen Stalingrads (Foto, 1942)

M3 Deutsche Gefangene im Schneesturm bei Stalingrad (Foto, 1943)

Schlacht um Stalingrad

Im Sommer 1942 versuchte das deutsche Heer, Kontrolle über russische Rohstoffreserven zu erlangen. Ab August erfolgte ein Angriff auf die Stadt Stalingrad, die ein wichtiges Zentrum der sowjetischen Rüstungsindustrie und ein Verkehrsknotenpunkt war. Dort wurden im November etwa 280 000 deutsche Soldaten eingekesselt. Hitler persönlich untersagte der Armee, aus dem Kessel auszubrechen oder sich zu ergeben. Durch Hunger, fehlende Versorgung, den Winter mit bis zu –40 °C Kälte und ständige Gefechte starben ca. 150 000 deutsche Soldaten. Die übriggebliebenen Soldaten ergaben sich Anfang 1943 in sowjetische Kriegsgefangenschaft.

Q3 Brief des Soldaten Kurt Haas aus Stalingrad im Winter 1942/43:

So ein Elend, wie es sich hier bietet, das kann sich niemand vorstellen, der es nicht gesehen hat. Es ist so hart, wenn Kameraden, die verwundet sind, um ein Stück Brot betteln und das Letzte dafür hergeben wollen und es kann ihnen niemand eins geben.

Wendepunkt des Krieges

Stalingrad stellte als vernichtende Niederlage des deutschen Heeres einen Wendepunkt des Krieges dar. Obwohl bereits absehbar war, dass jede Fortführung des Krieges sinnlos und dieser nicht mehr zu gewinnen war, folgten Generäle, Offiziere und Soldaten jedoch weiter den Befehlen Hitlers. Im Deutschen Reich reagierte das NS-Regime mit einer verstärkten Durchhaltepropaganda. In einer Rede am 18. Februar 1943 rief Propagandaminister Goebbels den „Totalen Krieg" aus, der Deutschland schließlich doch noch den Sieg bringen sollte. Eine fanatische Menge jubelte ihm zu.

Tipp:
Näheres zur „Sportpalastrede" von Joseph Goebbels erfährst du auf S. 99.

ARBEITSAUFTRÄGE

1 Erkläre mithilfe von Q1, wie die NS-Ideologie und der Russlandfeldzug zusammenhängen. Think-Pair-Share

2 Beurteile die Aussage Heinrich Himmlers in Q1.

3 Begründe, inwiefern man von einem Vernichtungskrieg sprechen kann.

4 Bewerte mithilfe von Q1 und Q2 den Umgang mit Kriegsgefangenen und Zivilisten. Think-Pair-Share

5 a) Arbeite mithilfe von Q3 sowie Q1 auf Seite 87 die Gefühle der beiden Soldaten heraus. HILFE
b) Vergleiche die Gefühle der beiden Soldaten miteinander. Marktplatz

Digital+
Film über die Schlacht um Stalingrad
WES-142807-302

Verbrechen gegen die Menschlichkeit

M1 Propagandaplakat zur „Euthanasie“ von 1938

Euthanasie – Vernichtung von „lebensunwertem Leben“

In Behinderten sahen die Nationalsozialisten „unnütze“ Menschen und stießen sie aus der Volksgemeinschaft aus. Bereits ab 1935 erfolgte die Zwangssterilisation vieler als „minderwertig“ eingestufter Menschen. Zu ihnen wurden u.a. körperlich Missgebildete, Taubstumme, Kleinwüchsige, Epileptiker oder Depressive gezählt. Ab 1939 begann ihre systematische Vernichtung.

Diese systematische Ermordung behinderter Menschen wurde unter dem Begriff „Euthanasie“ zusammengefasst. Ursprünglich bedeutet er so viel wie „schöner Tod“. Es ist ein medizinischer Begriff, der die Erleichterung des Sterbens, z.B. durch Schmerzlinderung oder absichtliche Herbeiführung des Todes unheilbar Kranker, beschreibt.

Anhand von Meldebögen, in denen die Art der Krankheit und eine mögliche Arbeitsfähigkeit erfasst wurden, entschieden Ärzte über Leben und Tod. In sechs Euthanasie-Anstalten, darunter in Pirna, wurden die behinderten Menschen schließlich mit Gas oder Giftspritzen ermordet. Um Nachfragen von Angehörigen zu unterbinden, erhielten diese Schreiben mit ausgedachten Todesursachen und die Leichen wurden sofort verbrannt.

Offiziell verboten, doch die Euthanasie geht weiter

Nach Protesten der Bevölkerung, besonders des Bischofs von Münster, Clemens August Graf von Galen, wurden die Euthanasiemorde offiziell eingestellt. Die Tötungsaktionen liefen jedoch geheim weiter. Insgesamt fielen ca. 250000 Menschen den Euthanasiemorden zum Opfer. Zu den Opfern gehörten diesmal auch arbeitsunfähige Zwangsarbeiter aus den Konzentrationslagern. In den psychiatrischen Anstalten starben die Opfer an Arzneimittelüberdosierungen oder verhungerten. Allein die Opfer der nationalsozialistischen Kindereuthanasie, bei der körperlich und geistig behinderte Kinder bis zum Alter von 16 Jahren durch Giftspritzen getötet wurden, werden auf mindestens 5000 geschätzt.

Diese Euthanasiemorde spielten eine wichtige Rolle für die Vernichtungspolitik, da Experten aus den Tötungsanstalten zum Bau der Gaskammern in den Konzentrations- und Vernichtungslagern eingesetzt wurden.

Q1 Auszug aus der Biografie von Johanna Bauer (geboren 1927), die 1941 dem Euthanasieprogramm zum Opfer fiel:

Im Alter von 3 Jahren erkrankte Johanna an Windpocken und Keuchhusten. Seither leidet das Mädchen an krampfartigen Bewegungsstörungen der Hände und Arme. Am 22.05.1935 bringen die Eltern ihre Tochter selbst in die Anstalt. [...] Während der Essenszeit wird sie an der Bank festgebunden [...]. Während der ärztlichen Behandlungen nützt Johanna jede Gelegenheit zur Flucht. [...] Weil [...] ein Onkel Suizid begangen hat, wird Johanna als „erblich belastet“ diagnostiziert und als „aussichtslos pflegebedürftig“ prognostiziert. In der Folge verliert das Kind stark an Körpergewicht [...]. Ihr Name steht [schließlich] auf der Transportliste [...]. [verändert]

Sinti und Roma als weitere Opfer

Mit den Begriffen Sinti und Roma werden Völkergruppen bezeichnet, die in Mitteleuropa (Sinti) oder Südosteuropa (Roma) als Minderheit leben. Lange Zeit wurden sie mit dem Schimpfwort „Zigeuner“ bezeichnet. Seit über 600 Jahren lebten sie in Europa.

Aber nach der nationalsozialistischen Rassenlehre galten Sinti und Roma als minderwertig und wurden auch so behandelt: Sie verloren ihre Rechte und wurden aus der deutschen Gesellschaft ausgeschlossen. Es kam zu Zwangssterilisationen und Verschleppungen in sogenannte Zigeuner- und Konzentrationslager, in denen sie zur Zwangsarbeit verpflichtet wurden.

M2 Sinti und Roma bei ihrer Deportation vom Sammellager Hohenasperg bei Stuttgart in die Konzentrationslager im Osten (Foto, 22.05.1940)

Q2 Bericht über die Erlebnisse ihrer Mutter im KZ Mauthausen von Inge Schwark:

Einmal befand sie sich auf der Lagerstraße, als ein „Zigeunertransport“ eintraf. [...] Als die SS-Männer den Transport mit Sinti und Roma vorbeitrieben, [...] konnte sie erkennen, dass in dem ankommenden Transport der Sinti und Roma sehr viele Kinder waren [...]. Plötzlich sah meine Mutter, wie sich ein kleiner Sinti-Junge von etwa fünf Jahren bückte, um etwas aufzuheben, was ihm heruntergefallen war. In diesem Augenblick schlug ein SS-Mann dem Jungen mit dem Gewehrkolben auf den Kopf und zertrümmerte ihm den Schädel. Mit einem Fußtritt schleuderte der SS-Mann den Gegenstand [...] an den Rand der Lagerstraße. Meine Mutter konnte jetzt erkennen, dass es ein kleiner Teddybär war.

ARBEITSAUFTRÄGE

1 Erkläre, was die Nationalsozialisten unter „Euthanasie“ verstanden. Placemat

2 Arbeite mithilfe von Q1 heraus, wie die Nationalsozialisten mit behinderten Kindern umgingen. HILFE

3 a) Nenne Gründe dafür, warum die Sinti und Roma ebenfalls zu den Opfern des Nationalsozialismus gehören.
b) Beschreibe mithilfe von M2, wie die Sinti und Roma behandelt wurden.

Eine Gedenkstätte besuchen

Eine Gedenkstätte ist ein Erinnerungsort, an dem an ein wichtiges historisches Ereignis oder an eine wichtige historische Person erinnert wird.

Viele Gedenkstätten in Deutschland beschäftigen sich mit dem Nationalsozialismus. Es handelt sich dabei meistens um Orte wie KZ, Vernichtungslager, Haft- und Erschießungsstätten. Viele Gedenkstätten kannst du persönlich besuchen, andere nur virtuell. Folgende Schritte können euch helfen, den Besuch einer Gedenkstätte zu planen:

M1 KZ-Gebäude in Sachsenburg (Aktuelles Foto)

Schritte für den Besuch einer Gedenkstätte

1. Schritt: Den Besuch planen
- Informiert euch z.B. mithilfe der Internetseite der Gedenkstätte über Anmeldefristen, Fahrtwege mit öffentlichen Verkehrsmitteln, Öffnungszeiten und Eintrittskosten.
- Legt Verhaltensregeln und einen Zeitplan fest.
- Überlegt gemeinsam, an welchem Thema und wie ihr bei der Gedenkstätte arbeiten möchtet.
- Notiert eure Fragen und stellt Gruppen zusammen.

2. Schritt: Den Besuch durchführen
- Bearbeitet eure Fragestellungen.
- Zeichnet dafür einzelne Ausstellungsstücke ab oder fotografiert diese, wenn das erlaubt ist.

3. Schritt: Den Besuch auswerten
- Überlegt, wie ihr eure Arbeitsergebnisse präsentieren wollt, z.B. als Vortrag oder Plakat.
- Präsentiert eure Ergebnisse und beantwortet offene Fragen eurer Mitschülerinnen und Mitschüler.
- Erörtert in der Klasse, welche Ergebnisse für euch neu, unerwartet oder auffällig waren.
- Überlegt, an welchen Themen ihr im Unterricht weiterarbeiten möchtet.

Eine Gedenkstätte – das KZ in Sachsenburg

Das KZ Sachsenburg ist eines der frühen Konzentrationslager. Schon kurz nach der Machtübernahme der NSDAP entstand es in einer alten Spinnerei. Hier wurden bis zu 1400 politische Gefangene untergebracht. Bis zum Sommer 1937 war es das einzige KZ in Sachsen. Das KZ Sachsenburg war nicht nur ein sogenanntes Schutzhaftlager, sondern auch Ausbildungsstätte für KZ-Aufseher. Viele endeten als Kommandanten in den KZ Buchenwald, Dachau, Sachsenhausen und Majdanek.

In Sachsenburg mussten die Häftlinge schwerste körperliche Arbeit im nahegelegenen Steinbruch leisten oder Uferbefestigungen anlegen. Jeden Morgen mussten sie auf dem Appellplatz antreten. Zum Teil standen sie dort stundenlang, mit hinter dem Kopf verschränkten Armen. Andere Schikanen waren Hockstreck-Sprünge bis zur Besinnungslosigkeit, oder die Häftlinge mussten über den Schotter robben. Im September 1937 wurden die letzten Häftlinge in das KZ Buchenwald verlegt.

Tipp:
Einen virtuellen Rundgang durch die Gedenkstätte findet ihr unter: https://gedenkstaette-sachsenburg.de/

Die Heilanstalt Pirna-Sonnenstein

1811 wurde in der ehemaligen Festung Schloss Sonnenstein eine Heilanstalt für psychisch Kranke eingerichtet. Ab 1933 begann der damalige Direktor Hermann Paul Nitsche systematisch mit der Ausgrenzung der chronisch psychisch Kranken und Behinderten. Er war ein Befürworter der „Rassenhygiene" und der „Euthanasie". In seiner Anstalt ließ er Zwangssterilisationen durchführen.

M2 Gedenkstätte Schloss Sonnenstein Haus C 16 (Aktuelles Foto)

Pirna-Sonnenstein wird zur Tötungsanstalt

Im Frühjahr 1940 entstand in Pirna-Sonnenstein eine Tötungsanstalt. Im Keller des Gebäudes Haus C 16 wurden eine Gaskammer und ein Krematorium eingebaut.

Am 28. Juni 1940 wurden die ersten zehn Menschen vergast. Danach wurden mehrmals wöchentlich Patienten in Bussen aus verschiedenen Heil- und Pflegeanstalten nach Pirna-Sonnenstein gebracht.

- Nachdem sie von Ärzten begutachtet und ihre angebliche „Todesursachen" festgelegt worden waren, mussten sich die Patienten entkleiden.
- Dann wurden sie in den Duschraum gebracht.
- Die Stahltür wurde fest verschlossen. Ein Anstaltsarzt öffnete daraufhin das Ventil an einer Kohlenmonoxidflasche.
- Das Gas strömte durch die Duschköpfe in den Raum und erstickte die Menschen innerhalb von 20–30 Minuten.
- Anschließend wurde das Gas abgesaugt und die Leichen wurden in den beiden Brennöfen des Krematoriums verbrannt.
- Die Asche wurde verstreut oder auf der hauseigenen Mülldeponie abgelagert.

Insgesamt wurden bis zur Auflösung der Tötungsanstalt im Sommer 1942 13 720 psychisch kranke oder geistig behinderte Frauen, Männer und Kinder mit Giftgas ermordet.

„Üben" für die Endlösung

Im Sommer 1941 verfügten die Konzentrationslager noch nicht über eigene Gaskammern. Mehr als 1000 Häftlinge aus den KZ Sachsenhausen, Buchenwald und Auschwitz wurden deswegen in Pirna-Sonnenstein vergast.

Ende Juli 1941 wurde mit der Massenvergasung von 575 Häftlingen aus dem KZ Auschwitz ein neuer Abschnitt der massenhaften Tötung von Häftlingen eingeleitet. Ab 1942 entstanden die Vernichtungslager vor allem in Ostpolen. 1/3 des Personals aus Pirna-Sonnenstein wurde in diesen Lagern aufgrund ihrer Erfahrungen bei der massenhaften Vergasung von Häftlingen eingesetzt.

Ende 1942 wurden alle Spuren der Tötungsanstalt in Pirna-Sonnenstein verwischt. Die Gebäude wurden als Wehrmachtslazarett genutzt.

M3 Die ehemalige Gaskammer im Keller von Haus C 16 (Aktuelles Foto)

ARBEITSAUFTRÄGE

1 Gruppenpuzzle

a) Bereitet mithilfe der Methodenseite einen Besuch einer Gedenkstätte vor.

b) Recherchiert die nötigen Daten für euren Besuch.

c) Recherchiert weitere Gedenkstätten zum Nationalsozialismus.

d) Präsentiert eure Ergebnisse der Klasse.

Von der Ausgrenzung zur Vernichtung

Deportation: Vorgang, bei dem einzelne Menschen oder ganze Volksgruppen gezwungen werden, ihren Lebensraum zu verlassen, und an einen anderen Ort verschleppt werden

Gettos – Wartesäle der Vernichtung

Ab Oktober 1941 begannen Massendeportationen von jüdischen Bürgerinnen und Bürgern aus den besetzten Gebieten in die Gettos in Polen und ab 1941 in die Sowjetunion. Gettos waren extra eingerichtete Stadtviertel, in denen die jüdische Bevölkerung von den Nationalsozialisten untergebracht wurde. Zu den größten zählten Warschau, Lodz, Lublin, Riga und Minsk. Verwaltet wurden sie von sogenannten „Judenräten", die die Weisungen der SS umsetzten.

M1 Zu „Sport-Spielen" gezwungene jüdische Männer im Warschauer Getto (Foto, 1941/1942)

Funktionen der Gettos

Diese Gettos erfüllten für die Nationalsozialisten verschiedene Funktionen:

- Sie waren Orte der Isolierung und Konzentration jüdischer Menschen.
- Sie dienten als Sammelbecken für Arbeitskräfte, denn die Insassen mussten Zwangsarbeit verrichten.
- Sie waren Zwischenstationen zu den Arbeits- und Vernichtungslagern.

Hohe Mauern und Stacheldraht grenzten die Gettos von den übrigen Stadtteilen ab. Die Menschen lebten in erbärmlichsten Verhältnissen. Hunger, Seuchen, Kälte sowie Demütigungen, Willkür und Ausbeutung forderten den Tod vieler Insassen.

Männer, Frauen und Kinder wurden getrennt voneinander untergebracht. Die überfüllten Räume ließen keinerlei Privatleben zu. Jeder ab dem 14. Lebensjahr musste Arbeitsdienst verrichten. Wer konnte, kaufte auf dem Schwarzmarkt oder schmuggelte unter Todesgefahr Nahrungsmittel in das Getto.

M2 Ankunft jüdischer Bürgerinnen u. Bürger in Theresienstadt (Foto, 1943)

Das Leben im Getto Theresienstadt

1941 wurde nördlich von Prag das Getto Theresienstadt errichtet. Die Nationalsozialisten ließen es zu einem sogenannten „Vorzeige- und Altersgetto" ausbauen, in dem auch viele tschechische Künstler und Kulturschaffende lebten.

In Propagandafilmen wurde der Öffentlichkeit eine scheinbar normale Stadt mit Schulen, Kindergärten und Cafés präsentiert. Jedoch unterschied sich das Leben in Theresienstadt abseits der Propagandafilme kaum von dem in anderen Gettos. 30 000 bis 40 000 Deportierte lebten zeitgleich in Theresienstadt, darunter auch tausende Kinder.

M3 Eingang zum Gefängnis von Theresienstadt, in dem bis 1945 ca. 2500 Menschen ermordet wurden (Foto, o. J.)

Q1 In seiner Aussage vom 29.06.1946 berichtet der ehemalige Gettogefangene Zeev Scheck über die Kinder von Theresienstadt:

Insgesamt passierten etwa 15 000 Kinder Theresienstadt. Ein Transport nach Osten kam einem Todesurteil gleich. Anfangs konnte man Kinder bis zu zwölf Jahren schützen. Im Laufe der Zeit wurde die Altersgrenze jedoch gesenkt, und im Oktober 1944 wurden auch Säuglinge deportiert [...]. [N]ach Kriegsende kehrten nicht mehr als 100 Kinder im Alter von über 14 Jahren aus den Konzentrationslagern zurück. Von den Kindern unter 14 Jahren, sofern sie nicht zu den wenigen Glücklichen zählten, die in Theresienstadt geblieben waren, kehrte kein einziges zurück.

Die Ermordung der europäischen Juden

Der Antisemitismus der Nationalsozialisten war ein wesentlicher Bestandteil ihrer Ideologie. Jüdische Menschen galten in ihren Augen als „Parasiten", die vernichtet werden sollten. Seit 1941 wurden sie durch eine Verordnung gezwungen, als äußeres Kennzeichen einen Judenstern an ihrer Kleidung zu tragen.

Nach dem Überfall auf die Sowjetunion begann dann der geplante Massenmord. Zunächst führten Wehrmacht, SS und Polizei vor allem Massenerschießungen durch. So wurden in der Schlucht von Babyn Jar, nahe Kiew, im September 1941 innerhalb von zwei Tagen mehr als 33 000 jüdische Menschen ermordet.

Q2 Aus dem Vernehmungsprotokoll eines Polizeibeamten, der sich im Jahr 1965 daran erinnert, wie er mit seiner Polizeikompanie das Erschießungsgelände von Babi Jar absperrte:

In Kiew waren Plakate erschienen, auf denen in russischer Sprache zu lesen stand, dass sich die Juden zur Umsiedlung an einem bestimmten Punkt in der Stadt sammeln sollten [...]. Wir wurden dann mit LKW durch die Stadt Kiew gefahren zu einer großen Pappelallee. Auf unserer Fahrt sahen wir schon, dass sich lange Kolonnen Juden jeglichen Alters und jeglichen Geschlechts zu dieser Allee bewegten. Dieser Allee schloss sich ein Hochplateau an. Auf diesem Plateau mussten sich die Juden ausziehen. [...] Sie wurden dann erschossen. [...] Die Erschießung dauerte zwei Tage. [...] Wir bekamen damals Schnaps in großen Mengen, damit wir besser die ganze abscheuliche Sache überstehen konnten.

M4 Die Schlucht Babyn Jar bei Kiew. Nach dem Massenmord wurden Kleidung und Wertgegenstände der Opfer entwendet. Anschließend wurden die Ränder der Schlucht gesprengt und verschüttet. Noch lebende Opfer wurden hierbei bei lebendigem Leib begraben. Das Foto zeigt Soldaten und sowjetische Kriegsgefangene beim Einebnen der Schlucht.
(Foto, 1941)

Routine beim Massenmord

Auch in den überfüllten Gettos ließ die SS Massenerschießungen durchführen. Allerdings suchte die NSDAP-Führung nach weiteren Methoden, welche die Nerven der beteiligten Wehrmachts- und SS-Angehörigen weniger stark belasten sollten. Außerdem wurden Soldaten und Munition an der Front gebraucht.

Schließlich griffen die Nationalsozialisten auf die „Erfahrungen" zurück, die bei der als Euthanasie beschönigten Ermordung von ca. 120 000 als schwachsinnig oder unheilbar krank eingestuften Menschen mit Giftgas gesammelt wurden: Sie trafen die Entscheidung, auch bei der Vernichtung der Juden Giftgas einzusetzen. Wie bei der Vernichtung „lebensunwerten Lebens" wurden hierfür zunächst zu „Gaswagen" umfunktionierte LKW eingesetzt. Dann aber wurden vorwiegend im Osten „Vernichtungslager" einzig zum Zweck des Massenmordes errichtet oder hierzu umgebaut.

M5 Gefangennahme zur Deportation jüdischer Einwohner des Warschauer Gettos, die sich zuvor wochenlang gegen die deutschen Besatzer gewehrt hatten, in die Vernichtungslager
(Nachkoloriertes Foto, 16.05.1943)

ARBEITSAUFTRÄGE

1 I Beschreibe die Lebensbedingungen im Getto.
II Erkläre die Funktion von Gettos.
III Beurteile die Lebensbedingungen in den Gettos.

2 Begründe mithilfe von M4, inwiefern es sich bei den Ereignissen in Babyn Jar um Massenmord handelt.

3 a) Recherchiere Zeitzeugenberichte über das Leben im Getto.
b) Erstelle mithilfe der Seiten 66/67 einen Zeitungsartikel. HILFE

M1 Jüdische Frauen und Kinder werden in Viehwaggons in das Vernichtungslager Auschwitz-Birkenau deportiert (Foto, Juni 1944)

Holocaust und Shoah

Die Wannseekonferenz

Am 20. Januar 1942 trafen sich führende Vertreter des NS-Regimes in Berlin auf der sogenannten Wannseekonferenz, um darüber zu beraten, wie die Vernichtung der jüdischen Bevölkerung möglichst schnell und effektiv durchgeführt werden konnte. Sie planten die vollständige und systematische Auslöschung der europäischen Juden, was sie als „Endlösung der Judenfrage" bezeichneten. Die Organisation und Durchführung des Massenmords wurden der SS übertragen.

Die Logistik des Schreckens

Für die Umsetzung der Beschlüsse der Wannseekonferenz wurde ein Netzwerk von vielen Berufsgruppen benötigt. Verwaltungsbeamte tippten Listen mit Namen und Transportscheine. Polizei und Gestapo holten die Menschen aus ihren Häusern, SS-Soldaten trieben sie zusammen und schafften sie zu Bahnhöfen und Verladestationen. Bahnarbeiter stellten Züge für den Transport zusammen und fuhren die mit Menschen vollgestopften Züge zu den Vernichtungslagern. Dort warteten wieder Verwaltungsbeamte, die die Listen überprüften, Lagerarbeiter, Ärzte, Apotheker, Wachmannschaften und viele andere – sie alle waren an den Deportationen beteiligt.

Deportationen in die Vernichtungslager

Ab 1941 baute die SS in Polen Vernichtungslager, die nur für die Tötung von Menschen errichtet wurden. Hierzu zählten die Lager Auschwitz, Treblinka, Belzec, Lublin-Majdanek und Sobibor. Insgesamt wurden ca. 6 Millionen Menschen jüdischen Glaubens und etwa 500 000 nichtjüdische Menschen getötet, darunter Roma, Sinti, Zeugen Jehovas, Kommunisten, Geistliche und Homosexuelle.

M2 Konzentrations- und Vernichtungslager im Deutschen Reich und in den besetzten Gebieten

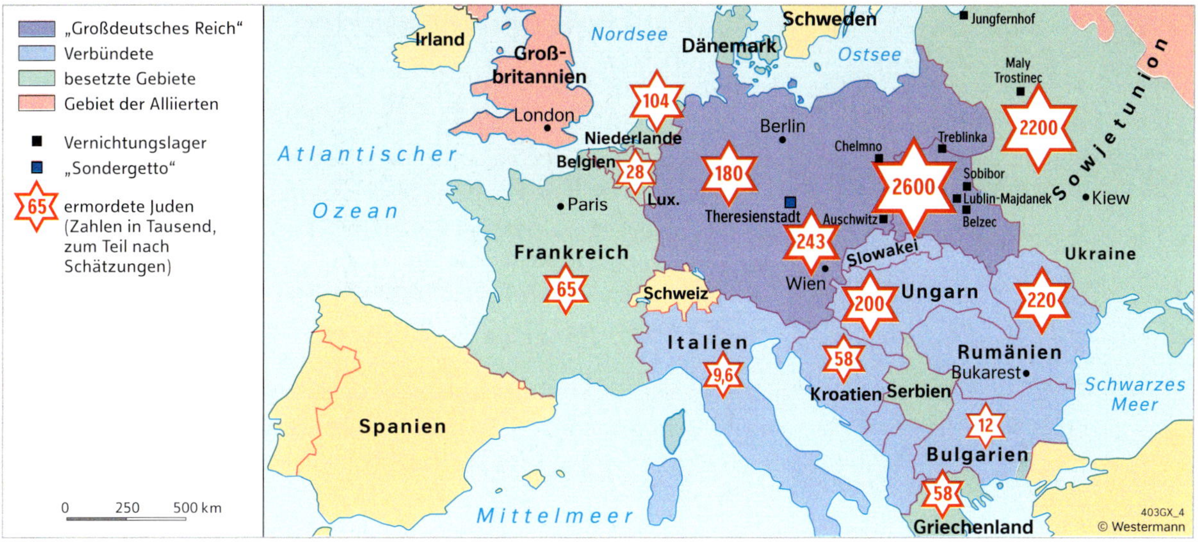

M3 Der Völkermord während des Zweiten Weltkriegs

Bilanz des Schreckens

Schätzungsweise sechs Millionen Juden wurden Opfer des Holocaust bzw. der Shoah, wie der geplante Völkermord an den Juden heute auch bezeichnet wird. Knapp die Hälfte der Opfer wurde in den Vernichtungslagern ermordet. Die übrigen fanden den Tod bei Erschießungen, in Gaswagen, durch Misshandlungen oder aufgrund der schrecklichen Lebensbedingungen in den Lagern und Gettos. Alle Altersgruppen waren von der systematischen Vernichtung betroffen, auch Kinder.

Holocaust: vom griechischen Begriff für „Brandopfer", „vollständig Verbranntes" abgeleitete Bezeichnung für den Völkermord an Juden

Shoah: hebräisches Wort, welches von jüdischen Menschen für den Völkermord im Nationalsozialismus verwendet wird. Es bedeutet „Zerstörung" oder „große Katastrophe".

Spurenbeseitigung

Ab 1942 versuchten die Nationalsozialisten die Massengräber in Osteuropa zu beseitigen. Ab Juli 1944 setzten dann die „Evakuierung" und weitgehende Zerstörung der Vernichtungslager im Osten ein.

Nur ein Teil der Gefangenen wurde in Viehwaggons abtransportiert. Die meisten von ihnen mussten gewaltige Fußmärsche über eine Entfernung von hunderten Kilometern zurücklegen. Wer auf diesen „Todesmärschen" am Ende seiner Kräfte war, wurde erschossen. Infolge von Entkräftung starben tausende Menschen noch in den letzten Kriegswochen oder überlebten die ersten Nachkriegsmonate nicht. Den Alliierten, die die nationalsozialistischen Lager befreiten, bot sich ein schrecklicher Anblick. Viele der Gefangenen waren durch ihre Erlebnisse stark traumatisiert, so dass sie nicht einmal in ihren Familien über das Erlebte sprechen konnten.

Trotz dieser Spurenbeseitigung findet man heute in ganz Europa noch welche. Es gibt Gedenkstätten, Denkmäler und Museen, die an diese Taten erinnern. Das Leugnen des Holocaust ist gesetzlich verboten.

ARBEITSAUFTRÄGE

1. Nenne Maßnahmen von der Ausgrenzung bis zur Vernichtung der Juden seit 1933. HILFE
2. Erläutere mithilfe von M2 und M3, was die Nationalsozialisten als „Endlösung der Judenfrage" bezeichneten.
3. Belege mithilfe von Q1 auf Seite 122, dass es sich beim Holocaust um ein Verbrechen gegen die Menschlichkeit handelt.

Historische Reden auswerten

Politische Reden analysieren

Reden spielen eine wichtige Rolle in der Politik und können dort verschiedene Funktionen übernehmen. So sollen Reden z. B.

- über die Position des Redners informieren und dafür werben,
- Gegner überzeugen und Anhänger mobilisieren,
- ein Gemeinschaftsgefühl erzeugen,
- die Meinung der Zuhörer beeinflussen sowie
- einen emotionalen Zugang zum Publikum schaffen.

Reden sind immer auf einen bestimmten Anlass und ein bestimmtes Publikum bezogen und müssen in diesem Kontext quellenkritisch betrachtet werden. Dazu kann es – v.a. bei Propagandareden – sinnvoll sein, neben den Texten von Reden auch Originalaufnahmen zu untersuchen.

Schritte für die Analyse von politischen Reden

1. Schritt: Redner und Hintergrund der Rede analysieren
- Wer ist der Redner und in welcher Funktion hält er die Rede?
- Gib Ort, Zeit und Anlass der Rede wieder.
- Ist die Rede öffentlich oder geheim, vorbereitet oder spontan?

2. Schritt: Inhalt der Rede untersuchen
- Nenne das zentrale Thema der Rede bzw. des Redeausschnitts.
- Fasse Thesen und Forderungen zusammen.
- Welche Argumente und Beispiele sollen die Thesen belegen?

3. Schritt: Sprachliche Mittel und Inszenierung klären
- Welche sprachlichen Mittel nutzt der Redner (Ironie, Wiederholung ...)?
- Sammle Schlüsselbegriffe oder (Fremd-)Wörter aus der Rede.
- Wird das Publikum in die Rede einbezogen?

4. Schritt: Zuhörerschaft und Wirkung untersuchen
- Vor welchem Publikum wird die Rede gehalten?
- Welche beabsichtigte Wirkung auf das Publikum ist erkennbar?
- Welche Reaktionen zeigt das Publikum?

M1 Goebbels (Foto, 18.02.1943)

M2 Publikum (Foto, 18.02.1943)

Stichwortartige Musterlösung zur Auswertung der Textquelle Q1:

1. Schritt:
- Heinrich Himmler, als „Reichsführer SS“ einer der Hauptverantwortlichen für Verfolgung und Völkermord
- in der besetzten polnischen Stadt Posen, am 04.10.1943, anlässlich einer SS-Gruppenführertagung
- geheim und vorbereitet

2. Schritt:
- Vernichtung des jüdischen Volkes
- Rechtfertigung der „Ausrottung“; besondere Rolle der SS
- Vergleich mit dem Ersten Weltkrieg und Darstellung der Juden als „Geheimsaboteure, Agitatoren und Hetzer“; die Mordtaten werden als „Abhärtung“ dargestellt

3. Schritt:
- Es wird Bezug auf die NS-Ideologie genommen mit Begriffen wie „Ausschaltung“ und „Ausrottung“.
- Das Publikum wird direkt angesprochen und von den „80 Millionen braven Deutschen“ abgegrenzt.

4. Schritt:
- vor SS-Gruppenführern, vor Gleichgesinnten
- emotionale Beeinflussung hinsichtlich der Rechtmäßigkeit des Völkermords
- aus dem reinen Redetext nicht erkennbar

Q1 Völkermord

Ausschnitt aus der geheimen Rede von Heinrich Himmler vom 04.10.1943:

Unter uns soll es einmal ganz offen ausgesprochen sein, und trotzdem werden wir in der Öffentlichkeit nie darüber reden. [...] Ich meine jetzt die Judenevakuierung, die Ausrottung des jüdischen Volkes. Es gehört zu den Dingen, die man leicht ausspricht. – „Das jüdische Volk wird ausgerottet“, sagt ein jeder Parteigenosse, „ganz klar, steht in unserem Programm, Ausschaltung der Juden, Ausrottung, machen wir.“ Und dann kommen sie alle an, die braven 80 Millionen Deutschen, und jeder hat seinen anständigen Juden. Es ist ja klar, die anderen sind Schweine, aber dieser eine ist ein prima Jude. Von allen, die so reden, hat keiner zugesehen, keiner hat es durchgestanden. Von Euch werden die meisten wissen, was es heißt, wenn 100 Leichen beisammen liegen, wenn 500 daliegen oder wenn 1000 daliegen. Dies durchgehalten zu haben, und dabei – abgesehen von Ausnahmen menschlicher Schwächen – anständig geblieben zu sein, das hat uns hart gemacht. Dies ist ein niemals geschriebenes und niemals zu schreibendes Ruhmesblatt unserer Geschichte, denn wir wissen, wie schwer wir uns täten, wenn wir heute noch in jeder Stadt – bei den Bombenangriffen, bei den Lasten und bei den Entbehrungen des Krieges – noch die Juden als Geheimsaboteure, Agitatoren und Hetzer hätten. [...] Insgesamt können wir sagen, dass wir diese schwerste Aufgabe in Liebe zu unserem Volk erfüllt haben. Und wir haben keinen Schaden in unserem Inneren, in unserer Seele, in unserem Charakter daran genommen.

Q2 „Totaler Krieg“

Ausschnitt aus der Sportpalastrede von Joseph Goebbels vom 18.02.1943:

Es muss schnell und gründlich gehandelt werden, sonst ist es zu spät. [...] [Erstens:] Die Engländer behaupten, das deutsche Volk habe den Glauben an den Sieg verloren. Ich frage euch: Glaubt ihr mit dem Führer und mit uns an den endgültigen totalen Sieg des deutschen Volkes? Ich frage euch: Seid ihr entschlossen, dem Führer in der Erkämpfung des Sieges [...] und unter Aufnahme auch der schwersten persönlichen Belastungen zu folgen? Zweitens: Die Engländer behaupten, das deutsche Volk ist des Kampfes müde. Ich frage euch: Seid ihr bereit, mit dem Führer als Phalanx der Heimat hinter der kämpfenden Wehrmacht stehend diesen Kampf mit wilder Entschlossenheit und unbeirrt durch alle Schicksalsfügungen fortzusetzen, bis der Sieg in unseren Händen ist? Drittens: Die Engländer behaupten, das deutsche Volk hat keine Lust mehr, sich der überhand nehmenden Kriegsarbeit, die die Regierung von ihm fordert, zu unterziehen. Ich frage euch: Seid ihr und ist das deutsche Volk entschlossen, wenn der Führer es befiehlt, zehn, zwölf und wenn nötig vierzehn und sechzehn Stunden täglich zu arbeiten und das Letzte herzugeben für den Sieg? Viertens: Die Engländer behaupten, das deutsche Volk wehrt sich gegen die totalen Kriegsmaßnahmen der Regierung. Es will nicht den totalen Krieg, sondern die Kapitulation. (Zurufe: Niemals! [...]) Ich frage euch: Wollt ihr den totalen Krieg? Wollt ihr ihn, wenn nötig, totaler und radikaler, als wir ihn uns heute überhaupt noch vorstellen können?

Völkermord:
Heinrich Himmler, der als Reichsführer SS einer der Hauptverantwortlichen für den Holocaust war, sprach in einer geheimen Rede auf einer SS-Gruppenführertagung in der besetzten polnischen Stadt Posen am 04.10.1943.

Totaler Krieg:
Nach Stalingrad sollte das Volk zu Höchstleistungen motiviert werden. Hierzu rief Propagandaminister Joseph Goebbels am 18.02.1943 in einer im Rundfunk übertragenen Rede im Berliner Sportpalast vor ca. 3000 ausgewählten Anhängern den „Totalen Krieg“ aus. Die letzten Reserven sollten mobilisiert werden. Die Ausrufung des „Totalen Kriegs“ dauerte 109 Minuten und gilt als Paradebeispiel für die Rhetorik der NS-Propaganda.

ARBEITSAUFTRÄGE

1. Analysiere die Rede von Joseph Goebbels mithilfe der Schritte für die Analyse einer historischen Rede.
2. Stelle Gemeinsamkeiten und Unterschiede zwischen den beiden Reden Q1 und Q2 dar. HILFE

Todesfabrik Auschwitz

M1 Eingangstor zum Vernichtungslager Auschwitz (Foto, 1955)

Das Lager

Das Vernichtungslager in Auschwitz, im heutigen Polen gelegen, gilt als Symbol für den organisierten Massenmord an Millionen Menschen. Das Lager bestand aus drei großen Komplexen: dem Hauptlager, dem Arbeitslager Auschwitz-Monowitz und dem Vernichtungslager Auschwitz-Birkenau.

Die Ankunft im Lager

1943 kamen fast jeden Tag neue Transporte in Auschwitz an. An der „Rampe“ mussten die Häftlinge die erste Aufteilung über sich ergehen lassen. Frauen und Kinder sowie Männer standen getrennt voneinander. SS-Ärzte entschieden, wer arbeitsfähig war und wer nicht. Die Arbeitsunfähigen, zu denen vor allem Kranke, Alte, Schwache, Mütter und Kleinkinder gehörten, kamen direkt in die Gaskammern. Diese befanden sich in sieben Gebäuden und waren häufig als Duschen getarnt. Statt Wasser kam ein tödliches Gas aus den Duschköpfen.

Q1 Auszug aus einem Vernehmungsprotokoll des Lagerkommandanten von Auschwitz, Rudolf Höß:

Die zur Vernichtung bestimmten Juden wurden möglichst ruhig – Männer und Frauen getrennt – zu den Krematorien geführt. Nach der Entkleidung gingen die Juden in die Gaskammern, die, mit Brausen und Wasserleitungsröhren versehen, völlig den Eindruck eines Baderaumes machten. Zuerst kamen die Frauen mit den Kindern hinein, dann die Männer. Die Tür wurde nun schnell zugeschraubt und das Gas sofort [...] durch die Decke der Gaskammer [...] bis zum Boden geworfen. Nach spätestens zwanzig Minuten regte sich keiner mehr.

Selektion: Erneut stammt dieser Begriff aus der Biologie und bedeutet „Auslese/Auswahl“; hier ist damit die Unterscheidung der Menschen nach „arbeitsfähig“ (= Versklavung zum Arbeitsdienst) und „nicht arbeitsfähig“ (= sofortige Vernichtung) gemeint.

Den Menschen, die die Selektion an der „Todesrampe“ überstanden hatten, wurde sämtlicher Besitz abgenommen. Sie mussten sich nackt ausziehen. Zusätzlich wurden ihre Köpfe kahlgeschoren. Vor und nach dem Duschen unter heißem oder eiskaltem Wasser mussten die Häftlinge ohne Handtuch im Freien warten. Mit Holzschuhen und gestreiften Anzügen bekleidet erfolgte ihre Registrierung. Oft wurde ihnen die Häftlingsnummer eintätowiert.

M2 „Das Krematorium“. Der jüdische Maler David Olère (1902–1985) wurde 1943 nach Auschwitz deportiert und zeichnete, was er dort erlebte. (Zeichnung, 1945)

Die Lebensbedingungen

Die Häftlinge lebten in völlig überfüllten, zugigen Baracken. Mehrere Gefangene teilten sich eine Holzpritsche, die, wenn überhaupt, mit einem Strohsack ausgelegt waren. Nach dem Morgenappell mussten die meisten körperliche Schwerstarbeit verrichten. Andere Häftlinge wurden in die „Sonderkommandos" abgestellt. Diese Häftlinge mussten die Menschen beruhigen, die in die Gaskammern kamen. Danach trugen sie die Leichen aus den Gaskammern. Bevor diese verbrannt wurden, mussten die „Sonderkommandos" den Leichen noch die Goldzähne herausbrechen. Danach sammelten die Häftlinge die Kleidung, Schuhe, Brillen und andere Gegenstände der vergasten Menschen ein und häuften sie zu großen Bergen auf.

M3 Blick in eine Baracke (Foto, 1945)

M4 Brillenberg im Vernichtungslager Auschwitz (Foto, 1944)

Die Sinti und Roma in Auschwitz

Anfang 1943 wurden Tausende Sinti und Roma verhaftet und nach Auschwitz gebracht. Erklärtes Ziel war die „Vernichtung durch Arbeit". Im sogenannten „Zigeunerlager" wurden etwa 23000 Sinti und Roma eingesperrt. Mehr als zwei Drittel starben an Hunger, Krankheit und Misshandlung. Manche wurden für medizinische Experimente missbraucht, darunter viele Kinder. Die Nationalsozialisten ermordeten insgesamt etwa 500.000 Sinti und Roma, von denen 25.000 aus Deutschland und Österreich kamen.

Q2 Aussage von Karl Höllenreiner, Überlebender der medizinischen Versuche in Auschwitz:

Nach [der] Untersuchung wurden wir alle in ein Zimmer gebracht, und ein Doktor [...] hielt eine Ansprache. [...] „Ihr seid jetzt ausgesucht für Seewasser-Versuche, erst werdet ihr gutes Essen bekommen, [...] dann werdet ihr hungern und Seewasser trinken. [...]" Wir erhielten überhaupt keine Nahrung mehr und nur Seewasser oder chemisch präpariertes Seewasser zu trinken. [...] Von den ursprünglich 40 Mann haben [...] wenige überlebt.

ARBEITSAUFTRÄGE

1 Galeriegang

a) Beschreibe, wie die Ankunft im Lager ablief. HILFE

b) Beschreibe das in Q1 geschilderte Verhalten der Nationalsozialisten.

c) Beschreibe mithilfe von M3 die Lebensbedingungen der Gefangenen in Auschwitz.

d) Erkläre den Ausspruch „Vernichtung durch Arbeit".

e) Beschreibe die in M2 dargestellte Szene.

Digital+
Film über den Massenmord in Auschwitz
WES-142807-303

M1 Arbeiter einer Hamburger Werft am 13. Juni 1936 beim Stapellauf eines Schiffes. Ein Mann, August Landmesser, verweigert den Hitlergruß. (Foto, 1936)

Nur wenige leisten Widerstand

Formen des Widerstandes

Aus unserer heutigen Sicht scheint der NS-Staat alle Deutschen nach der Gleichschaltung unter Kontrolle gehabt zu haben. Dennoch gab es Menschen, die sich zum Widerstand entschlossen. Doch wann beginnt Widerstand?

- Schon wenn sich manche Eltern weigerten, die eigenen Kinder zur HJ oder zum BDM zu schicken, mussten sie Nachteile für sich und ihre Kinder befürchten.
- Andere verweigerten den Hitlergruß oder hängten bei staatlichen Feiern und Umzügen keine Hakenkreuzfahne aus dem Fenster.
- Manche hörten verbotene Radiosender oder Musik, die dem vorgegebenen NS-Kulturgeschmack widersprach.

Nur einige wenige entschieden sich darüber hinaus, aktiv gegen das NS-Regime vorzugehen und es zu bekämpfen. Damit begaben sie sich in größte Lebensgefahr.

Widerstand Einzelner

Das Ehepaar Otto und Elise Hampel aus Berlin verteilte heimlich Postkarten mit Parolen gegen Hitler, um ein Zeichen gegen die nationalsozialistische Diktatur zu setzen. Da das nationalsozialistische Regime jedoch wie ein Überwachungsstaat funktionierte, wurden sie entdeckt und im April 1943 hingerichtet.

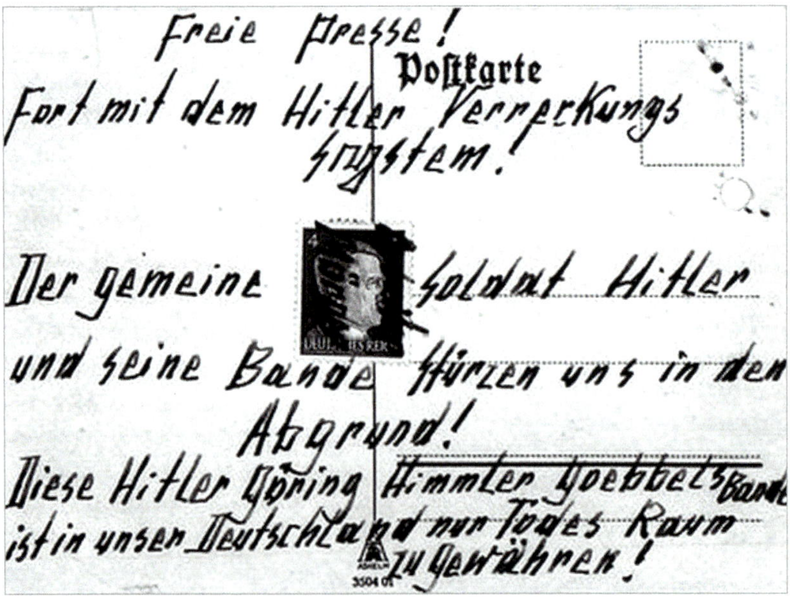

M2 Postkarte mit Text gegen Hitler vom Ehepaar Hampel von 1942

Politischer Widerstand

Sozialdemokraten und Kommunisten waren von Anfang an die erklärten Feinde der Nationalsozialisten. Durch ihr Verbot und die konsequente Verfolgung durch das NS-Regime blieb diesen nur der Widerstand aus dem Untergrund. Fast alle Aktivisten beider Parteien wurden jedoch von der immer effektiver vorgehenden Gestapo gefasst und inhaftiert.

Die „Rote Kapelle“

Unter diesem Namen wurden von der Gestapo unterschiedliche, überwiegend kommunistische Widerstandsgruppen zusammengefasst. Dazu gehörten Gruppen in Berlin, Paris und Brüssel und weitere, untereinander nicht oder nur lose verbundene Personen mit Kontakten zur Sowjetunion. Ihre Mitglieder wandten sich vor allem 1940/41 mit Flugschriften über nationalsozialistische Gewaltverbrechen und die drohende militärische Niederlage des Deutschen Reiches an die Öffentlichkeit. Im Sommer 1942 wurden die Gruppen von der Gestapo zerschlagen. Ende 1942 wurden die ersten Todesurteile gefällt. Insgesamt wurden mehr als sechzig Mitglieder der „Roten Kapelle“ hingerichtet oder begingen in der Haft Selbstmord.

Korczak und „seine“ Kinder

Janusz Korczak war ein polnischer Militär- und Kinderarzt. Er leitete im Warschauer Getto das Waisenhaus. Als im August 1942 die 200 Kinder des Waisenhauses von der SS zur Deportation in das Vernichtungslager Treblinka abgeholt wurden, entschied sich Janusz Korczak, mit ihnen zu gehen.

Q1 Der Komponist und Pianist Władysław Szpilman wurde Augenzeuge des Abtransports und beschreibt die Szene in seinen Memoiren:

Eines Tages, um den 5. August [...], wurde ich zufällig Zeuge des Abmarsches von Janusz Korczak und seinen Waisen aus dem Getto. Für jenen Morgen war die „Evakuierung“ des jüdischen Waisenhauses, dessen Leiter Janusz Korczak war, befohlen worden; er selbst hatte die Möglichkeit, sich zu retten, und nur mit Mühe brachte er die Deutschen dazu, dass sie ihm erlaubten, die Kinder zu begleiten. Lange Jahre seines Lebens hatte er mit Kindern verbracht und auch jetzt, auf dem letzten Weg, wollte er sie nicht allein lassen. Er wollte es ihnen leichter machen. Sie würden aufs Land fahren, ein Grund zur Freude, erklärte er den Waisenkindern. [...] Er ordnete an, sich festtäglich zu kleiden, und so hübsch herausgeputzt, in fröhlicher Stimmung, traten sie paarweise auf dem Hof an. [...] Als ich ihnen an der Gęsia-Straße begegnete, sangen die Kinder, strahlend, im Chor, der kleine Musikant spielte ihnen auf und Korczak trug zwei der Kleinsten, die ebenfalls lächelten, auf dem Arm und erzählte ihnen etwas Lustiges. Bestimmt hat der „Alte Doktor“ noch in der Gaskammer, als das [Gas] schon die kindlichen Kehlen würgte und in den Herzen der Waisen Angst an die Stelle von Freude und Hoffnung trat, mit letzter Anstrengung geflüstert: „Nichts, das ist nichts, Kinder“, um wenigstens seinen kleinen Zöglingen den Schrecken des Übergangs vom Leben in den Tod zu ersparen.

M3 Skulptur „Korczak und die Kinder des Gettos“ in Yad Vashem (Foto, 1999)

ARBEITSAUFTRÄGE

1 I Zähle Formen des Widerstandes auf.
II Erkläre die Gründe der Menschen, Widerstand zu leisten.
III Bewerte die verschiedenen Formen des Widerstandes.

2 Beurteile mithilfe von Q1 und M3, ob Korczak zu Recht ein Denkmal erhalten hat. HILFE

3 Diskutiert mithilfe von M1, ob die Verweigerung des Hitlergrußes eurer Meinung nach als Widerstand gelten kann. Engel und Teufel

Die Weiße Rose und weiterer Widerstand

Die „Weiße Rose“

Die wahrscheinlich bekannteste Widerstandsgruppe gegen das NS-Regime ist die „Weiße Rose“. Zu ihnen gehörten auch die Geschwister Hans und Sophie Scholl. Zu Beginn bildeten sie einen lockeren Freundeskreis mit gleichgesinnten Studentinnen und Studenten. Ab dem Frühjahr 1942 verteilten sie die ersten Flugblätter.

M1 Sophie Scholl mit Hans Scholl (links) und Christoph Probst, ebenfalls Mitglied der Weißen Rose. Das Foto wurde in München vor Hans Scholls Abfahrt an die Ostfront aufgenommen. (Foto, Juli 1942)

Hans und Sophie Scholl waren nicht immer gegen das NS-Regime eingestellt. Sie waren Mitglied in der HJ, beziehungsweise im BDM und von den gemeinschaftlichen Aktivitäten sehr angetan. Im Sommer 1942 beobachtete Hans Scholl an der Ostfront, wie abgemagerte jüdische Frauen zur Zwangsarbeit gezwungen wurden. Er hörte von Massenhinrichtungen. Sophie Scholl erfuhr im November 1942 von behinderten Kindern, die von SS-Männern aus Heilanstalten abgeholt wurden und nicht zurückkehrten. Daraufhin beschlossen sie, stärkeren Widerstand zu leisten und die Bevölkerung, vor allem andere Jugendliche, aufzuklären.

Im Februar 1943 malten sie in mehreren Nächten mit weißer Ölfarbe Parolen an die Münchner Universität und an Häuser der benachbarten Straßen: „Freiheit“ und „Nieder mit Hitler“. Am 18. Februar 1943 wurden sie dabei beobachtet, wie sie Flugblätter in die Eingangshalle der Universität warfen. Kurz darauf wurden sie verhaftet und hingerichtet.

M2 Denkmal für die „Weiße Rose“ am Geschwister-Scholl-Platz in München (Aktuelles Foto)

Q1 Aus einem Flugblatt der Geschwister Scholl:

Mit mathematischer Sicherheit führt Hitler das deutsche Volk in den Abgrund. Hitler kann den Krieg nicht gewinnen, nur noch verlängern! Seine und seiner Helfer Schuld hat jedes Maß unendlich überschritten. Die gerechte Strafe rückt näher und näher! [...] Sollen wir auf ewig das von aller Welt gehasste und ausgestoßene Volk sein? Nein! Darum trennt euch von dem nationalsozialistischen Untermenschentum! Beweist durch die Tat, dass ihr anders denkt! [...] Der deutsche Name bleibt für immer geschändet, wenn nicht die deutsche Jugend endlich aufsteht [...].

Christlicher Widerstand

Das Verhalten der beiden christlichen Kirchen in Deutschland war widersprüchlich. Einerseits setzte die katholische Kirche darauf, ein störungsfreies Verhältnis zur nationalsozialistischen Regierung zu pflegen, andererseits gab es einzelne Priester und Bischöfe, die ihre Stimme gegen diesen Staat erhoben. Einer dieser Priester war Alojs Andritzki, ein Sorbe und katholischer Priester aus dem Bistum Meißen. Er wandte sich in seinen Vorträgen vor allem gegen die Verfolgung von Geistlichen und Gläubigen. Andritzki wurde im Februar 1943 im KZ Dachau ermordet.

In der evangelischen Kirche gab es viele Befürworter der Nationalsozialisten. Auf der anderen Seite kämpften einige mutige Pastoren und Theologen gegen den NS-Staat. Bekanntestes Beispiel ist Dietrich Bonhoeffer, der 1943 verhaftet und im KZ Flossenbürg kurz vor Kriegsende umgebracht wurde.

M3 Alojs Andritzki (Foto, o. J.)

Q2 Der Berliner Pfarrer Martin Niemöller, KZ-Überlebender, aus seinen Erinnerungen, mündlich überliefert, Ostern 1976:

Als die Nazis die Kommunisten holten, habe ich geschwiegen; ich war ja kein Kommunist. Als sie die Sozialdemokraten einsperrten, habe ich geschwiegen; ich war ja kein Sozialdemokrat. Als sie die Gewerkschafter holten, habe ich geschwiegen; ich war ja kein Gewerkschafter. Als sie mich holten, gab es keinen mehr, der protestierte.

20. Juli 1944

Im Verlauf des Krieges fand sich eine Gruppe von Offizieren zusammen, die in der Ermordung Hitlers den einzigen Weg sahen, weitere sinnlose Opfer zu verhindern. Zusammen mit dem ehemaligen Bürgermeister von Leipzig, Carl Friedrich Goerdeler, planten sie ein Attentat auf Adolf Hitler. Goerdeler sollte nach dem erfolgreichen Attentat eine wichtige politische Funktion übernehmen.

Am 20. Juli 1944 hielt sich Hitler in der „Wolfsschanze" auf, einem streng bewachten Quartier in Ostpreußen. Oberst Claus Graf von Stauffenberg hatte Zugang zu diesem „Führerhauptquartier", konnte eine Sprengladung zu einer Besprechung einschmuggeln und mit einem Zeitzünder zur Explosion bringen. Hitler blieb jedoch fast unverletzt.

Stauffenberg wurde noch am gleichen Tag erschossen. Die meisten übrigen Verschwörer wurden verhaftet und exekutiert. Goerdeler wurde am 2. Februar 1945 hingerichtet.

M4 Claus Schenk Graf von Stauffenberg (Foto, 1944)

ARBEITSAUFTRÄGE

1 I Nenne Gründe für die Entstehung der „Weißen Rose".
II Begründe den Wechsel von anfänglicher Begeisterung zum Widerstand der Geschwister Scholl.
III Erläutere mithilfe von Q1 die Gründe für den Widerstand der „Weißen Rose".

2 Benenne mithilfe der Seiten 102/103, welche Bevölkerungsgruppen Widerstand leisteten. HILFE

3 Diskutiert mithilfe von Q2, warum es wichtig ist, sich für andere einzusetzen. Debatte

4 Recherchiere die Lebensläufe weiterer Mitglieder der Weißen Rose.

Digital+
Film über die Weiße Rose
WES-142807-304

Film über das Attentat vom 20.07.1944
WES-142807-305

Antisemitismus heute

M1 Die Alte Synagoge in Dresden. Die nach ihrem Erbauer auch „Semper-Synagoge“ genannte Synagoge wurde im Jahr 1840 eingeweiht und während der Reichspogromnacht 1938 zerstört. (Foto, 1910)

M2 Die Neue Synagoge in Dresden, eingeweiht im Jahr 2001 (Foto, 2008)

M3 Blumen vor dem Eingang der Synagoge in Halle an der Saale nach einem versuchten Massenmord an Gläubigen am Jom Kippur, dem höchsten jüdischen Feiertag. Der Anschlag wurde nur dadurch verhindert, dass die Tür der Synagoge nach Betreten der Gemeinde abgeschlossen worden war. Der Täter erschoss im Anschluss zwei Personen während seiner Flucht. (Foto, 2019)

Über 30 Millionen Bürgerinnen und Bürger engagieren sich in unserer Gesellschaft in den verschiedensten Bereichen. Oft sind es Missstände, die als Anlass dienen, dass Menschen sich zusammentun und diese beheben wollen.

Dazu gehört der Antisemitismus, der nach dem Ende des Zweiten Weltkriegs mit dem Zusammenbruch des Deutschen Reiches nicht etwa verschwunden ist. Immer wieder wird in den Medien davon berichtet, dass es Übergriffe auf jüdische Mitbürgerinnen und Mitbürger oder jüdische Schülerinnen und Schüler gibt.

Aktion „Schülerinnen und Schüler gegen Antisemitismus“

Auch ihr habt bestimmt schon von solchen Übergriffen auf Menschen jüdischen Glaubens gehört oder gelesen. Täter werden auch dadurch ermutigt, dass die Mehrheit wegsieht. Die Geschwister Scholl haben uns vorgemacht, was es heißt, Widerstand zu leisten. An ihrem Vorbild sollten wir uns orientieren und Partei ergreifen.

Gegen Hass und Gewalt könnt auch ihr ein Zeichen setzen. Informiert euch in eurem Wohnort, in eurer Stadt, ob und wo es eine jüdische Gemeinde gibt. Nehmt Kontakt auf und überlegt euch passende Projekte, um ins Gespräch zu kommen.

Viele der heute hier lebenden Jüdinnen und Juden haben die Zeit des Holocaust nicht mehr erlebt. Aber auch als Kinder oder Enkelkinder dieser Generation können sie davon erzählen.

Fragt nach aktuellen Anfeindungen oder Diskriminierungen, die sie erfahren. Was könnte man tun, um solche Angriffe in Zukunft zu verhindern? Eure Aktion soll euch und anderen Mut machen, für ein friedliches und respektvolles Miteinander einzutreten.

So geht ihr vor:

1. Schritt: Vorbereitung und Kontaktaufnahme
- Erkundigt euch nach der nächstgelegenen jüdischen Gemeinde. Falls euer Wohnort zu klein ist, solltet ihr in der nächsten größeren Stadt die jüdische Gemeinde ausfindig machen.
- Nehmt Kontakt zum dortigen Gemeindevorstand, bzw. Rabbi auf.

2. Schritt: Planung und Einladungen
- In eurer Klasse sollten einzelne Gruppen konkrete Vorhaben zum Thema „Schüler gegen Antisemitismus“ planen. Das Material und die Quellen auf Seite 107 gibt euch einen Denkanstoß.
- Ladet auch jüdische Gemeindemitglieder zu euch in die Schule ein. Einigt euch jeweils auf ein bestimmtes Thema. Fragt nach aktuellen Vorurteilen oder Problemen, denen Juden heute ausgesetzt sind.

3. Schritt: Veröffentlichung
- Veröffentlicht diesen Austausch und die Ergebnisse in der Schülerzeitung, in einer Ausstellung oder auf der Homepage eurer Schule.

M4 Am 12. Juni, dem Geburtstag von Anne Frank, findet der alljährliche Anne-Frank-Tag statt. Viele Schulen beteiligen sich daran. Ziel dieses bundesweiten Aktionstages des Anne Frank Zentrums ist, an Anne Frank und den Holocaust zu erinnern und sich gegen Antisemitismus zu engagieren. (Foto, 12.06.2020)

Q1 Ausschnitt aus einem Zeitungsbericht vom 28.06.2018 – Jüdischer Schüler gemobbt:

Ein Neuntklässler der John-F.-Kennedy-Schule in Zehlendorf wurde offenbar über Monate von Mitschülern drangsaliert:
Erneut ist an einer Berliner Schule ein jüdischer Schüler offenbar über Monate lang gemobbt worden. Mehrere Mitschüler sollen den Neuntklässler immer wieder drangsaliert haben. „Ein Mitschüler soll dem Jungen Zigarettenrauch ins Gesicht geblasen und dabei gesagt haben, er solle an seine vergasten Vorfahren denken“, bestätigte Beate Stoffers, Sprecherin der Senatsbildungsverwaltung am Mittwoch. Die Leitung der John-F.-Kennedy-Schule in Zehlendorf räumte ein, die antisemitischen Vorfälle seien zunächst „in Ausmaß und Ernsthaftigkeit unterschätzt“ worden. [...] Vor drei Wochen war die Antidiskriminierungsbeauftragte des Senats eingeschritten, nachdem sich Eltern an sie gewandt hatten.

M5 Schülerinnen und Schüler besuchen den Rabbi in der Regensburger Synagoge. (Aktuelles Foto)

Q2 Ausschnitt aus einem Zeitungsbericht vom 16.05.2019 – Kippa tragen? Nur mit einem Baseballcap drüber:

Das jüdische Bildungszentrum Chabad in Berlin ist von einem hohen Zaun umgeben. Wer hinein will, muss durch einen Sicherheitseingang, stets bewacht von der Polizei und einem privaten Sicherheitsdienst. Solche Schutzmaßnahmen sind vor jüdischen Einrichtungen in Deutschland Standard. Und es ist nicht absehbar, dass sich das in naher Zukunft ändern wird: Die Zahl antisemitischer Vorfälle nimmt zu – in Berlin, in ganz Deutschland und auch weltweit

Digital+
Film über das Leben von Anne Frank
WES-142807-306

ALL THE NEWS ALL THE TIME
LARGEST HOME-DELIVERED CIRCULATION
LARGEST ADVERTISING VOLUME
MAdison 2345
The Times Telephone Number

Los Angeles Times

EQUAL RIGHTS
LIBERTY UNDER THE LAW
TRUE INDUSTRIAL FREEDOM

IN THREE PARTS — 42 PAGES
Part I — GENERAL NEWS — 24 Pages
TIMES OFFICE
202 West First Street

VOL. LXI CCC MONDAY MORNING, DECEMBER 8, 1941. DAILY, FIVE CENTS

JAPS OPEN WAR ON U.S. WITH BOMBING OF HAWAII

M1 Auszug aus der Titelseite der Los Angeles Times vom 8. Dezember 1941

Krieg in Asien und im Pazifik

Eintritt der USA in den Krieg

Der Pazifik und Südostasien bildeten neben Europa den zweiten großen Kriegsschauplatz. Japan war mit dem Deutschen Reich und Italien seit 1940 verbündet und strebte die Vorherrschaft in Ostasien und im Pazifik an. Um Rohstoffe und „Lebensraum" zu erbeuten, besetzte Japan ab 1937 Korea, Teile Chinas sowie Inseln im Pazifik und beutete diese Gebiete brutal aus.

Am 7. Dezember 1941 überfielen japanische Bomber den US-Stützpunkt Pearl Harbor auf Hawaii im Pazifik. Daraufhin erklärten die USA Japan den Krieg und traten dem Bündnis Großbritanniens und der Sowjetunion gegen das Deutsche Reich bei.

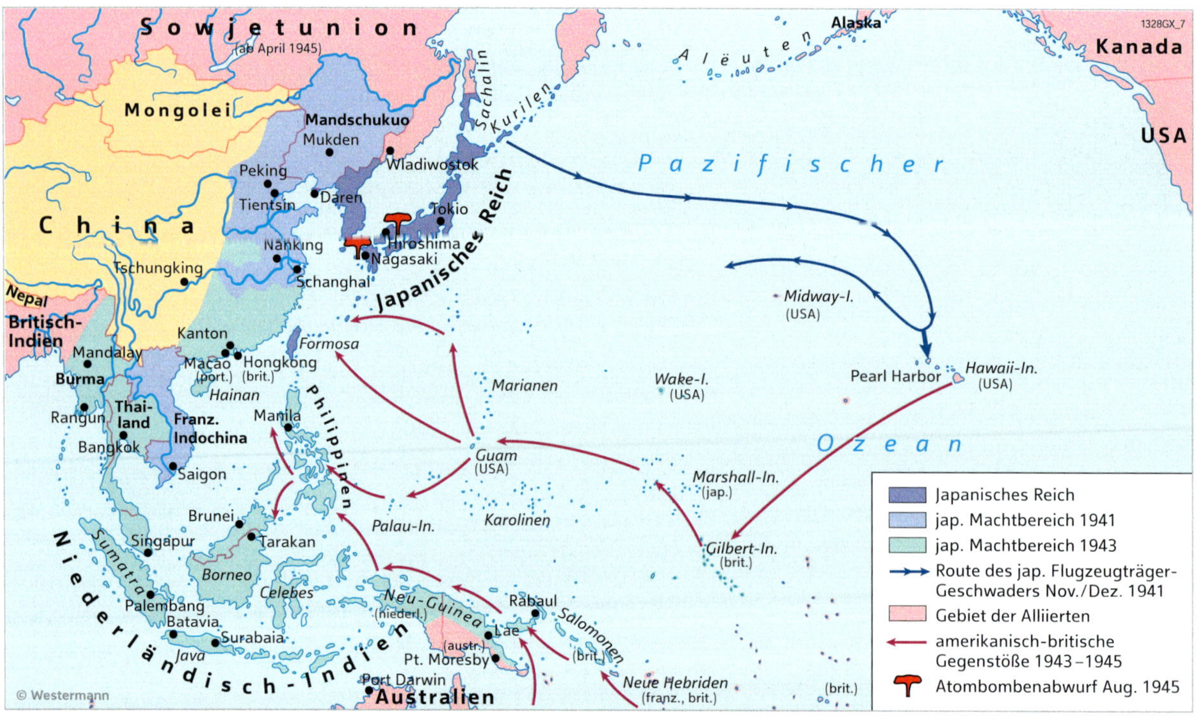

M2 Der Krieg im Pazifik

Der Krieg entwickelt sich zum Weltkrieg

Durch den Kriegseintritt der USA und den Krieg im Pazifik hatte sich dieser Krieg zu einem Weltkrieg entwickelt. Zunächst waren die Japaner siegreich und eroberten weite Teile Asiens. Eine große Schlacht im Pazifischen Ozean brachte jedoch im Juni 1942 die militärische Wende des Krieges. In der Folge wurden die japanischen Truppen in Ostasien immer stärker zurückgedrängt.

Eine neue Waffe trifft Japan

Das Ende des Krieges in Asien bestimmte eine Waffe, die ein neues Zeitalter der Bedrohung einleitete: Die USA setzten die Atombombe ein. Am 6. August 1945 vernichtete die erste Atombombe die japanische Stadt Hiroshima. Drei Tage später traf eine weitere Atombombe die Stadt Nagasaki. Etwa 70 000 Menschen starben sofort. Bis heute ist die Zahl der Opfer durch die Folgen der atomaren Strahlung auf über 240 000 gestiegen. Am 02.09.1945 unterzeichnete Japan seine bedingungslose Kapitulation.

M3 ① Hiroshima nach der Atombombe (Foto, August 1945); ② Opfer in Hiroshima (Foto, 08.08.1945); ③ Atompilz über Nagasaki (Foto, 09.08.1945); ④ Nachbauten der Atombomben, die über Hiroshima und Nagasaki detonierten (Foto, o. J.)

ARBEITSAUFTRÄGE

1 I Nenne die Ziele von Japans Außenpolitik.
II Beschreibe Japans Außenpolitik.
III Vergleiche die Ziele von Japans Außenpolitik mit den Zielen von Hitlers Außenpolitik.

2 Begründe, warum der Krieg ab dem Eintritt der USA ein Weltkrieg war.

3 Beschreibe die Ursache und die Folgen des Einsatzes der Atombombe.

4 a) Recherchiere, auf welche Weise in Japan an die Abwürfe der Atombomben gedacht wird.
b) Stelle deine Ergebnisse einem Partner vor. Partnervortrag

Der Luftkrieg erreicht den Norden – Bomben auf Rostock und Warnemünde

M1 Flugzeugmodell „Heinkel He 111" der Heinkel-Werke in Rostock (Foto, 1936)

Die Heinkel-Werke in Rostock

In den Heinkel-Werken wurde im Auftrag der Deutschen Lufthansa bereits Anfang der 1930er-Jahre die He 111 gebaut. Da Deutschland zu dieser Zeit den Bestimmungen des Versailler Vertrages unterlag, hatte man das Flugzeug zunächst als schnelle Verkehrsmaschine konzipiert. Im Spätherbst des Jahres 1936 lieferte Heinkel die ersten He 111 B an die Luftwaffe.

Dieses nun als Bomber umgebaute Flugzeug erlangte im Spanischen Bürgerkrieg ab 1936 in der sogenannten „Legion Condor" berüchtigte Berühmtheit. Deutschland unterstützte den spanischen Faschisten Francisko Franco bei der Eroberung des Landes. Bei den Luftangriffen deutscher Verbände auf spanische Städte starben Tausende Menschen.

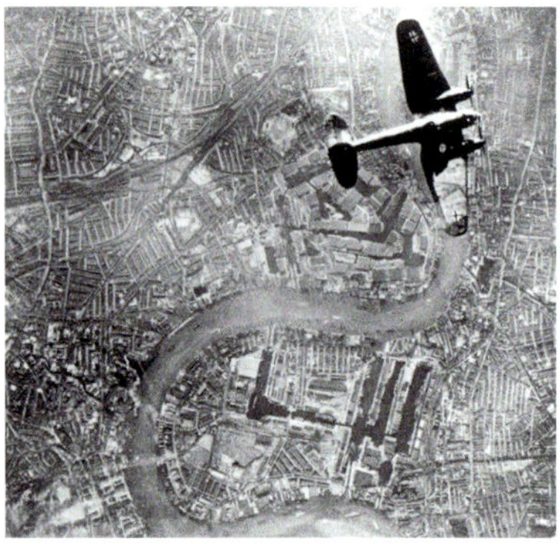

M2 He 111 bei einem Luftangriff über London (Foto, 07.09.1940)

Die Luftschlacht um England

Seit August 1940 flogen deutsche Fliegerstaffeln Angriffe auf Großbritannien. Ziel war es, die britische Royal Air Force zu besiegen, um die Insel anschließend erobern zu können. Zunächst handelte es sich hierbei noch um militärische Ziele. Ab September 1940 nahm die deutsche Luftwaffe jedoch vermehrt Städte wie London und weitere zivile Ziele ins Visier.

Am 14. November 1940 bombardierte die deutsche Luftwaffe die englische Stadt Coventry. Über 500 Flugzeuge warfen in einer Nacht mehr als 500 Tonnen Sprengbomben und über 30 000 Brandbomben ab. Es gab über 500 Tote, 1000 Verletzte, 4000 Häuser waren in Schutt und Asche gelegt worden. „Coventrieren" war fortan ein Begriff für die Zerstörung von Städten im Zweiten Weltkrieg. Die Luftschlacht um England musste von den Deutschen 1941 jedoch aufgegeben werden.

M3 Preisverleihung an die wichtigsten „Kriegsingenieure": Willy Messerschmidt, Ernst Heinkel, Adolf Hitler, Ferdinand Porsche, Fritz Todt (v. li. n. r.) (Foto, 06.09.1938)

Rostock profitiert von der Rüstungsindustrie

Der wirtschaftliche Aufstieg der Region um Rostock in den Folgejahren ist ohne die Rüstungsindustrie undenkbar. Bereits 1943 rechnete man die „Ernst-Heinkel-AG" zu den größten der Kriegswirtschaft. Große Werften wie die Neptun-Werft oder die Flugzeugbauer-GmbH Arado profitierten ebenfalls vom Krieg. In und um Rostock waren mehr als 17 000 Menschen in der Rüstungsindustrie beschäftigt. Dazu zählten aber auch viele Tausend Zwangsarbeiter, KZ-Häftlinge und Kriegsgefangene, die unter unmenschlichsten Bedingungen für den Krieg schuften mussten.

M4 Zerstörter Straßenzug in Coventry nach einem deutschen Luftangriff (Foto, 14.11.1940)

M5 Stapellauf eines Minensuchbootes auf der Neptun-Werft in Rostock (Foto, 31.08.1944)

M6 Produktionshalle der Heinkel-Werke in Rostock-Warnemünde (Foto, 28.05.1942)

Luftangriffe auf Rostock

In der Zeit von Juni 1940 bis zum April 1943 erschütterten mehr als 21 Luftangriffe die Region Rostock. Die britische Luftwaffe benannte die Bombardierung Rostocks mit dem Namen „Special Samson". Hauptziel dieser Angriffe durch die britische Royal Air Force und dann bis zum August 1944 durch die United Air Force waren die Rüstungsindustrie, aber auch zunehmend die Wohngebiete. Mehr als 2900 Tonnen Bomben zerstörten fast 85 Prozent der Wohnhäuser. Kulturdenkmäler von unschätzbarem Wert wurden vernichtet. Hunderte Menschen starben, unter ihnen viele Zwangsarbeiter und Kriegsgefangene, die sich in den Bunkern der Stadt nicht in Sicherheit bringen durften.

M7 Bombardierung, Heinkel-Werke in Rostock-Marienehe (Foto, 04.08.1944)

Q1 Die Rostockerin Luise Utpadel beschrieb 1942 in einem Brief eine Bombennacht:

Eine schwere Detonation nach der anderen erschütterte unser Haus. Dazwischen krachten die Abschüsse der schweren und der leichten Flak. Um halb 2 Uhr hatte der Alarm begonnen, und fast pausenlos ging der Angriff weiter. Mehrere Male versuchten einige der Männer nach oben zu gehen, um wegen Brandbomben nachzusuchen. Aber sie mussten meistens wieder nach unten kommen, ehe sie auf dem Boden waren, weil keine Ruhepause eintrat.

M8 Zerstörter Straßenzug in Rostock nach Bombenangriffen der Alliierten (Foto, April 1942)

Der Krieg war an einen seiner Ausgangspunkte zurückgekehrt. Von den Heinkel-Werken blieben nach den alliierten Bombardements nur Ruinen und eine Fassadenmauer stehen. Erst 2017 entschied die Stadt Rostock, diese sog. Heinkel-Mauer abzureißen und hier Wohnquartiere zu errichten.

ARBEITSAUFTRÄGE

1. Recherchiere weitere Fakten zu den Heinkel-Werken und ihrem Gründer, Ernst Heinkel. Bezieht euch hierbei auf die Gründungszeit und die Einbindung in den NS-Staat, bzw. die Lebensdaten.
2. Recherchiere weitere Fakten zur Bedeutung der Kriegsindustrie bei der Industrialisierung der Stadt Rostock und ihrer Umgebung.
3. Diskutiert über den Satz „Aus der Geschichte lernen." Debatte

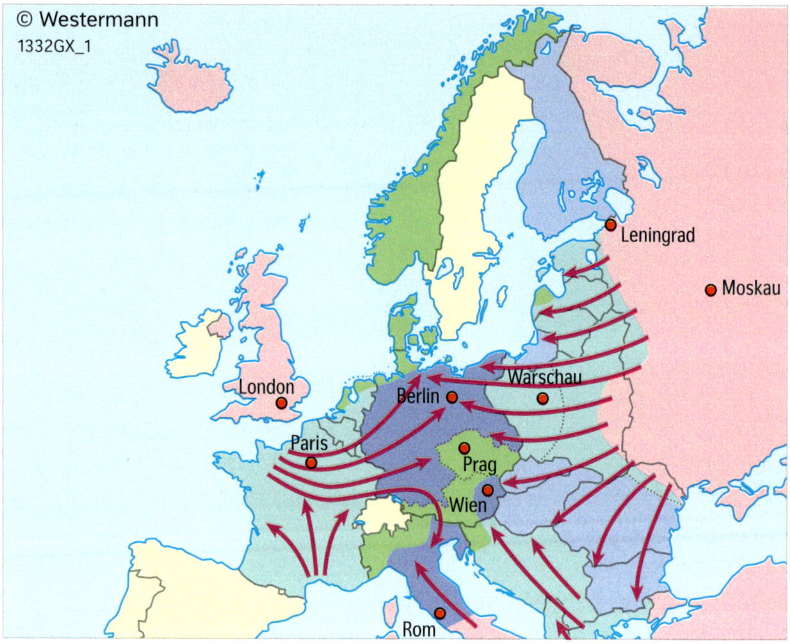

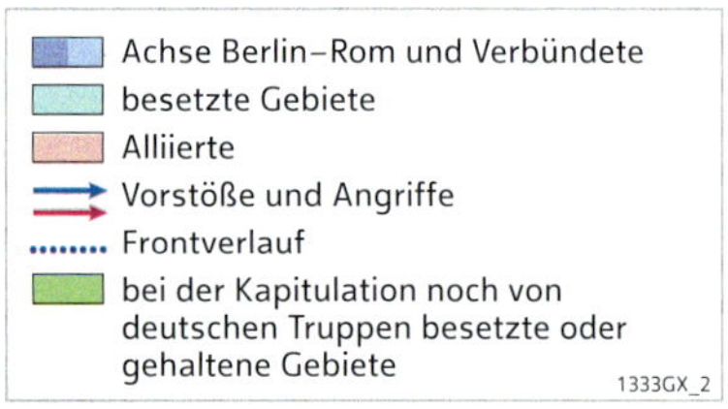

M1 Kriegsverlauf von Juni 1944 bis Mai 1945

Das Deutsche Reich kapituliert

Der Krieg in Europa

In Europa gehörten die USA seit Januar 1942 zur Anti-Hitler-Koalition, gemeinsam mit Großbritannien und der Sowjetunion. Sie entsandten Soldaten und Kriegsgerät nach Europa. Ziel war es, den Kontinent von der Herrschaft des Deutschen Reichs zu befreien.

Die Landung der Alliierten in der Normandie

Die Befreiung begann mit dem sog. „D-Day" am 6. Juni 1944. Alliierte Soldaten landeten an der französischen Küste an und drangen von Westen weiter in Richtung Deutsches Reich vor. Die deutschen Truppen mussten nun einen intensiven Zwei-Fronten-Krieg führen – im Westen gegen u.a. US-amerikanische, britische und kanadische Truppen, im Osten gegen die der Sowjetunion. Dies brachte die entscheidende Wende im Krieg.

M2 Landung US-amerikanischer Soldaten am sog. „Omaha Beach" in der Normandie: 57 000 alliierte Soldaten wurden am D-Day getötet, 155 000 verwundet und 18 000 als vermisst gemeldet. Auf deutscher Seite gab es 200 000 Tote. Noch heute wird jedes Jahr am 6. Juni der Landung der Alliierten gedacht. (Foto, 06.06.1944)

Digital+
Film über die Landung der Alliierten in der Normandie
WES-142807-307

Die bedingungslose Kapitulation Deutschlands

Im April 1945 hatten die Alliierten Deutschland besetzt. Während der Schlacht um Berlin beging Hitler am 30. April 1945 Selbstmord, einen Tag später Propagandaminister Goebbels. Am 8. Mai 1945 unterzeichneten die obersten Generäle die bedingungslose Kapitulation des Deutschen Reichs. Damit war der Krieg in Europa beendet. Die Deutschen empfanden den Tag der Kapitulation unterschiedlich. Für die einen war es ein Tag der Befreiung von den Schrecken der NS-Herrschaft und des Krieges. Andere waren enttäuscht und verzweifelt über die Niederlage des Deutschen Reichs.

M3 Einwohner Münchens begrüßen einrückende US-Soldaten. (Foto, 1945)

Eine schreckliche Bilanz

Der Zweite Weltkrieg hatte weltweit rund 78 Millionen Menschenleben gefordert. Mit über 20 Millionen Toten erlitt die Sowjetunion die höchsten Verluste. Das Schicksal von drei Millionen Menschen blieb ungeklärt.

Länder	getötete Soldaten	getötete Zivilisten
Deutsches Reich	5.533.000	2.167.000
Sowjetunion	9.750.000	14.250.000
Polen	240.000	5.360.000
Frankreich	217.600	350.000
Großbritannien	383.600	67.100
USA	416.800	1.700
Japan	2.120.000	730.000
andere Staaten	7.000.000	30.000.000
Gesamt	25.661.000	52.925.800

M4 Opfer des Zweiten Weltkrieg

Personengruppe	getötete Personen
Juden	6.000.000
sowj. Kriegsgefangene	3.000.000
Sinti und Roma	250.000
Menschen mit Behinderungen	250.000
Homosexuelle	+10.000

M5 Opfer der Shoah und weitere Opfer des Nationalsozialismus

ARBEITSAUFTRÄGE

1. Beschreibe anhand der Karte M1 den Verlauf des Zweiten Weltkriegs in Europa zwischen Juni 1944 und Mai 1945. Bushaltestelle
2. In der deutschen Nachkriegsgeschichte wurde der 8. Mai 1945 als „Tag der Befreiung“ oder als „Tag der Kapitulation“ bezeichnet. Erkläre die unterschiedlichen Sichtweisen, die in den Bezeichnungen zum Ausdruck kommen. HILFE

M1 Blick auf die zerstörte Innenstadt von Dresden (Foto, 1945)

Deutschland ist vom Krieg zerstört

bedingungslose Kapitulation: Kriegsende, bei dem die unterlegene Seite keine Forderungen mehr stellen kann

Das Kriegsende

Am 8. Mai 1945 endeten mit der bedingungslosen Kapitulation für das Deutsche Reich die nationalsozialistische Diktatur und der Zweite Weltkrieg.

Besonders in den letzten Kriegsmonaten waren durch Bombardierungen und Beschuss viele Städte und Dörfer noch stark zerstört worden. Vielerorts türmten sich die Schuttberge der Häuser und Fabriken aufeinander. Diese prägten die Jahre nach dem Krieg. Die Menschen mussten ihr Leben an die Umstände anpassen.

M2 Fähre über die Donau. Aufgrund der zerstörten Brücken waren Flüsse wie z. B. die Elbe nur noch mit Booten zu passieren (Foto, 1946)

Zerstörte Straßen und Versorgungswege

Die meisten Verkehrswege, Straßen und Eisenbahnlinien waren beschädigt, viele Brücken nicht mehr nutzbar. Lokomotiven, Waggons und Lastkraftwagen waren kaputt:

- Der Personen- und vor allem der Güterverkehr zwischen den Regionen kamen praktisch zum Erliegen.
- Ein Warenaustausch konnte nur eingeschränkt stattfinden, so dass auch Lebensmittel nicht mehr transportiert wurden.

Auch die Energieproduktion, die Wasserversorgung, das Stromnetz oder die Gasleitungen funktionierten kaum. Ebenso waren wichtige öffentliche Gebäude stark beschädigt. So konnten z. B. in Arztpraxen oder Krankenhäusern die Patienten nur unter großen Schwierigkeiten notdürftig versorgt werden.

M3 Eine notdürftige Kochstelle im Freien zwischen Trümmern (Foto, 1945)

M4 Leben in Kriegsruinen (Foto, 1945)

Wohnen zwischen Trümmerbergen

Die Wohnungsnot belastete die Bürgerinnen und Bürger stark. Vor allem in den Städten wohnten viele in den zerbombten Häusern. Andere lebten in Kellern oder hatten notdürftig zwischen den Trümmerbergen eine Zuflucht gefunden. In den einigermaßen intakten Wohnungen mussten oft mehrere Familien miteinander leben. Dies wurde meist nur widerwillig hingenommen und führte zu Konflikten in den beengten Unterkünften.

Q1 Ein damals 25-jähriger Zeitzeuge aus Bremen erinnerte sich an den Winter 1945/1946:

Es gab vor allem in dem Winter 1945/46 sehr viele Tote, die an Hunger und Kälte starben, auch weil es viele Menschen gab, die nicht in der Lage waren, sich irgendwie einigermaßen ausreichend zu versorgen. Das Elend war in vielen Fällen so groß, dass es auch zu Selbstmorden kam. Die Verzweiflung war oftmals wirklich so grenzenlos, dass manche Menschen nicht mehr weiterleben wollten, auch weil sie es nicht mehr konnten. Von einem normalen Leben konnte keine Rede mehr sein [...].

Aufgrund der schlechten Transportmöglichkeiten fehlte Kohle als Brennstoff. Heizmaterial war sehr knapp, und es konnte auch kein warmes Essen gekocht werden. Besonders die Stadtbewohner litten in den zerstörten Häusern unter der Kälte.

ARBEITSAUFTRÄGE

1 Zähle anhand von M1 und M2 die Kriegszerstörungen auf.
Stühletausch

2 I Stelle mithilfe von M1 und M3 die Wohnsituation in den Städten vor.
II Benenne Alltagsschwierigkeiten anhand von M3 und M4.
III Erläutere das Leben der Stadtbevölkerung bei Kriegsende mithilfe der Bilder M1–M4.

3 Begründe die in der Quelle Q1 beschriebene Hoffnungslosigkeit.
Think-Pair-Share

Digital+
Film über das Leben nach dem Kriegsende
WES-142807-308

Leben mit Trauer, Hunger und Schuld

Zerrissene Familien

Die Kriegsjahre hatten für viele Erwachsene, aber auch für Kinder traumatische Erfahrungen gebracht. Zerstörung, Gewalt und Tod waren bestimmend gewesen. Im Durcheinander der letzten Kriegsmonate wurden Familien oft getrennt oder verloren sich während der Flucht aus den Augen. Manche Kinder und Jugendliche hatten keine Verwandten mehr oder waren zu jung, um diese zu kennen. Sie wuchsen als Waisen in Kinderheimen auf.

M1 Suchdienst des Roten Kreuzes, um Angehörige zu ermitteln. Auch heute steht der Suchdienst noch für Auskünfte und Nachforschungen zur Verfügung. (Foto, 1947)

Die Menschen hungern

Da viele Bauern und Knechte im Krieg gefallen, verletzt oder in Kriegsgefangenschaft geraten waren, fehlten Arbeitskräfte in der Landwirtschaft. Viele Felder konnten kaum wie üblich bestellt werden und Ernteerträge fielen geringer aus. Aufgrund der zerstörten Verkehrswege konnten die wenigen produzierten Lebensmittel auch nicht in die Städte transportiert werden. Deshalb litten deren Einwohner noch stärker als die Landbevölkerung, die selbst Nahrungsmittel anbaute. Um nicht zu verhungern, blieb manchmal kein anderer Ausweg, als Lebensmittel zu stehlen.

M2 Frauen und Kinder stehlen Braunkohle für die Heizung und Lebensmittel aus einem haltenden Güterzug: Dieser Diebstahl in höchster Not wurde auch „fringsen" genannt, da der Kölner Erzbischof Josef Frings den Diebstahl in einer Predikt „erlaubt" hatte. (Foto, 1946)

Q1 Ein damalige Mutter hinterfragte ihr eigenes Verhalten in den Nachkriegsjahren:

In dieser Zeit konnte ich meine Kinder bestimmt nicht so erziehen, wie ich es wollte. Meine Kinder klauten z. B. wie die Raben aus Nachbars Garten Äpfel, Mohrrüben usw. Aber ich konnte ja wohl auch kein strahlendes Vorbild bieten, weil ich selbst ständig Kohlen klaute.

Beim sogenannten „Hamstern" versuchten die Städter, bei den Bauern des Umlands Lebensmittel zu erbetteln. Geld war zwar nicht wertlos, doch meistens tauschten sie Wertgegenstände wie Zigaretten oder Alltagsgüter gegen Lebensmittel oder Brennmaterial.

M3 Wöchentliche Lebensmittelration eines Erwachsenen (Foto, Mai 1947)

Trümmerfrauen

Bereits während des Kriegs waren die meisten Frauen auf sich selbst gestellt. Die Not bei Kriegsende mussten sie ebenfalls allein bewältigen und für die Familie sorgen. Sie gestalteten den Neubeginn zwischen den Ruinen. Neben ihrem alltäglichen Leben räumten diese „Trümmerfrauen" Schutt beiseite, sortierten brauchbare Steine und Baumaterial aus den Schuttbergen heraus. Dafür bekamen sie eine warme Mahlzeit und einige zusätzliche Lebensmittel.

Trümmerfrauen: Bezeichnung für die Frauen, welche die Kriegsschäden beseitigten

M4 Trümmerfrauen in Dresden (Foto, 1945)

ARBEITSAUFTRÄGE

1. Fasse mithilfe von M1 Kriegsfolgen für Familien und Kinder zusammen.
2. I Gib mithilfe von Q1 die Gewissenskonflikte in der Nachkriegszeit wieder.
   II Schildere mit Q1 und M2 das Überleben in der Nachkriegszeit.
   III Begründe das in Q1 und M2 dargestellte Handeln. HILFE
3. Stelle dir vor, du lebst in der Nachkriegszeit. Schildere mithilfe der Bilder M1–M4 deine Hoffnungen und deine Verzweiflung. Bienenkorb

M1 Konferenz von Potsdam, von links: Winston Churchill (1874–1964, GB), Harry Truman (1884–1972, USA), Josef Stalin (1878–1953, UdSSR) (Foto, 1945)

Die Aliiierten bestimmen den Neuanfang

Deutschland wird aufgeteilt

Der Krieg gegen die nationalsozialistische Diktatur hatte die Alliierten verbunden. Im Sommer 1945 trafen sich die Regierungschefs der Siegermächte USA, Großbritannien und Sowjetunion (UdSSR). Auf der Potsdamer Konferenz beschlossen sie, das Gebiet des ehemaligen Deutschen Reichs in Besatzungszonen zu unterteilen.

Nach der Potsdamer Konferenz gab es keinen eigenständigen deutschen Staat mehr. Er war aufgeteilt und wurde vollständig von den Alliierten kontrolliert. Obwohl Frankreich an den Verhandlungen nicht beteiligt wurde, erhielt es eine Besatzungszone.

M2 Besatzungsmächte und ihre Gebiete. Auch die Stadt Berlin wurde unter den Alliierten aufgeteilt.

Weitere Beschlüsse der Alliierten

Gemeinsam einigten sich die Alliierten auch darauf, dass

- die Partei NSDAP und alle Unterorganisationen wie z. B. die Hitlerjugend verboten wurden,
- es in Deutschland keine Armee und keine Waffen mehr gab,
- jede Besatzungsmacht aus ihrer Zone Industrieanlagen, Maschinen, Lebensmittel oder Rohstoffe für sich entnehmen durfte und
- es keinen deutschen Staat mit eigener Regierung mehr geben sollte.

M3 Die fünf Beschlüsse der Potsdamer Konferenz

Die Vertreibung der deutschstämmigen Bevölkerung

Im Potsdamer Abkommen waren Gebiete an Polen und die Sowjetunion übertragen worden. Die deutsche Bevölkerung musste diese Gebiete verlassen. Auch aus der Tschechoslowakei, Ungarn und anderen osteuropäischen Staaten wurden die deutschen Minderheiten ausgewiesen.

Die Vertreibung geschah häufig sehr kurzfristig und wurde gewaltsam umgesetzt. Von ihrem Besitz durften und konnten die Vertriebenen nur sehr wenig mitnehmen. Häufig blieb kaum Zeit, um die notwendigsten Dinge zusammenzupacken. Rund 12 Millionen Deutsche mussten nach Westen weichen und kamen in die Besatzungszonen.

Vertreibung: Begriff für die erzwungene Umsiedlung der deutschstämmigen Bevölkerung

Q1 Ein damals 11-Jähriger erinnerte sich an die Vertreibung seiner Familie aus Polen:

Innerhalb einer guten Stunde hatten wir mit einem Handgepäck das Haus zu verlassen [...]. [Wir wurden] sofort in Güterwagen verfrachtet [...]. Das Ziel der Reise erfuhren wir erst kurz vor unserer Abfahrt. Verpflegung gab es nur unregelmäßig [...]. Kam der Zug unterwegs [...] mal zum Stehen, sprangen die Menschen aus den Waggons, um auf den Feldern etwas Essbares zu ergattern oder um auch ihren natürlichen Bedürfnissen nachzukommen. [verändert]

M4 Vertreibung aus den ehemals deutschen Ostgebieten (Foto, 1946)

ARBEITSAUFTRÄGE

1. a) Beschreibe anhand der Karte M2 die Aufteilung Deutschlands.
   b) Benenne die Besatzungsmacht, die in Sachsen bestimmte.
2. Ordne den fünf Begriffen in M3 eine Erklärung zu und schreibe sie auf.
   Bushaltestelle
3. I Fasse mithilfe von Q1 zusammen, was den Vertriebenen befohlen wurde.
   II Begründe mithilfe von Q1, warum die Personen im Bild M4 so wenig Gepäck bei sich haben.
   III Vergleiche das Bild M4 mit dem Zeitzeugenbericht Q1. Arbeite Übereinstimmungen heraus. HILFE
4. Diskutiert die Vertreibung der deutschstämmigen Bevölkerung.

Digital+
Film über die Potsdamer Konferenz
WES-142807-309

Film über die Vertreibungen
WES-142807-310

Schuldige müssen sich verantworten

Tipp:
Näheres zum Nürnberger Prozess und den Nachfolgeprozessen erfährst du auf S. 122–125.

Führende Nationalsozialisten werden angeklagt

Ein wichtiges gemeinsames Ziel der Alliierten war, die Schuldigen der nationalsozialistischen Verbrechen zu bestrafen. Die führenden Nationalsozialisten wurden in den Nürnberger Prozessen von den Alliierten angeklagt und verurteilt.

Die Beteiligung von Beamten, Richtern, Ärzten und Lehrern am NS-Staat wurde überprüft. Es folgte eine Reihe von Prozessen gegen KZ-Ärzte, SS-Angehörige, NS-Juristen und Industrielle, die am Krieg und dem Holocaust verdient hatten. Doch nur wenige der verurteilten Täter durften aufgrund der verübten Verbrechen nicht mehr im alten Beruf arbeiten. Vor allem Ärzte, Wissenschaftler oder Beamte kehrten nach kurzer Zeit wieder in leitende Positionen zurück, weil sie gebraucht wurden. Eine darüber hinausgehende gesellschaftliche „Denazifizierung" Deutschlands gestaltete sich entsprechend noch schwieriger.

Leben mit der Verantwortung

Die Alliierten konfrontierten die deutsche Bevölkerung mit deren Verstrickung in die nationalsozialistische Diktatur. In Filmen, auf Wandzeitungen und bei Besuchen der ehemaligen Konzentrationslager zeigten sie schonungslos die verübten Verbrechen auf. Viele Deutsche hatten diese mit angesehen, gebilligt oder an ihnen mitgewirkt und von Verbrechen an der Front durch Erzählungen der Soldaten gehört. Doch die Alltagssorgen der Deutschen waren zu groß. Daher verdrängten viele, über das zurückliegende eigene Handeln nachzudenken.

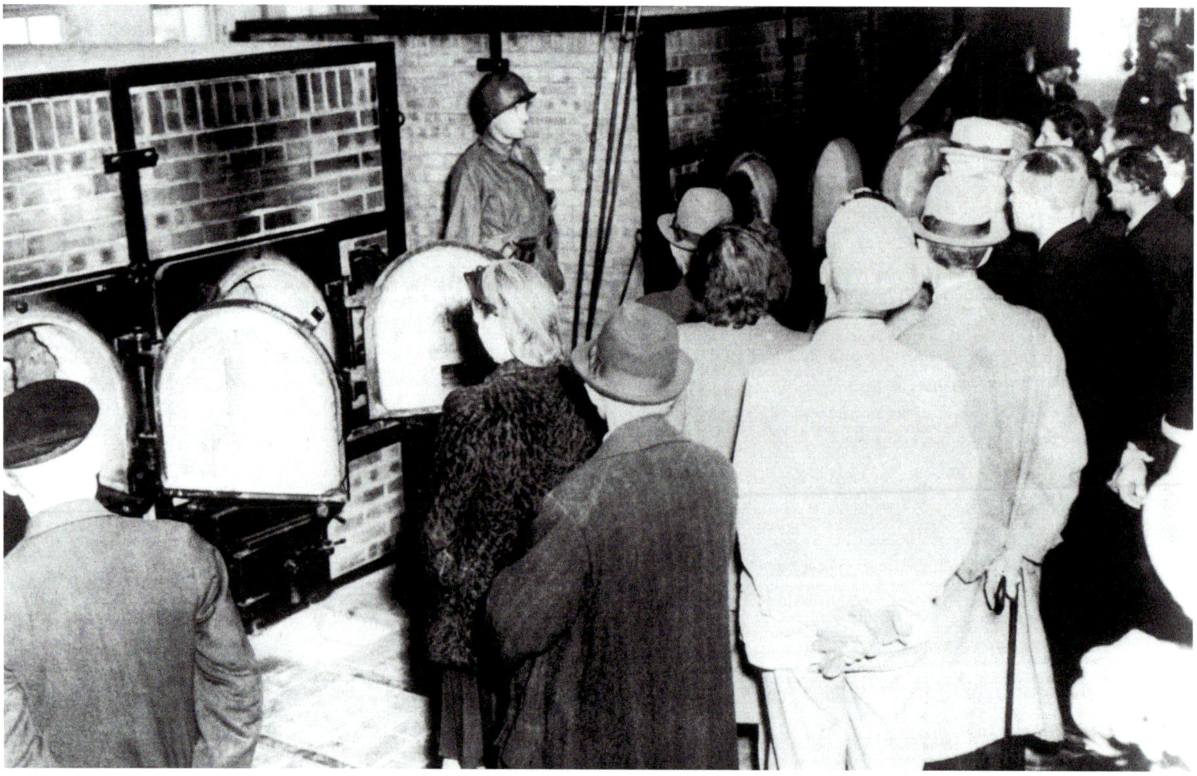

M1 Konfrontierung mit den verübten Verbrechen im befreiten Konzentrationslager Buchenwald (Foto, 1945)

Die Überprüfung der Bevölkerung

Als Teil der Denazifizierung mussten die Erwachsenen den Militärbehörden der Besatzungszonen in einem Fragebogen Auskunft über ihr Verhalten ab 1933 geben: Ob sie Mitglied in der NSDAP waren und wie sie sich in der NS-Zeit verhalten hatten. Unbelastete Deutsche entschieden mit den Militärbehörden über die Strafe.

Viele beschafften sich entlastende Zeugenaussagen. Diese wurden nach einem Waschmittel als „Persilscheine" bezeichnet. So konnte eine „weiße Weste" vorgetäuscht werden. Durch ein scheinbar untadeliges Verhalten befreiten sich viele von ihrer Vergangenheit.

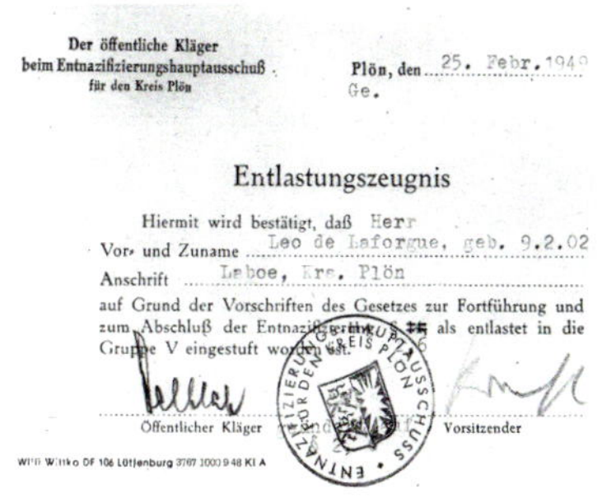
Der öffentliche Kläger
beim Entnazifizierungshauptausschuß
für den Kreis Plön

Plön, den 25. Febr. 194?
Ge.

Entlastungszeugnis

Hiermit wird bestätigt, daß Herr
Vor- und Zuname Leo de Laforgue, geb. 9.2.02
Anschrift Laboe, Krs. Plön
auf Grund der Vorschriften des Gesetzes zur Fortführung und zum Abschluß der Entnazifizierung § 6 als entlastet in die Gruppe V eingestuft worden ist.

Öffentlicher Kläger — Vorsitzender

ENTNAZIFIZIERUNGSHAUPTAUSSCHUSS FÜR DEN KREIS PLÖN

WPB Wittko OF 106 Lütjenburg 3767 1000 9 48 Kl A

M2 Urteil zur Denazifizierung (Foto, 1947)

Speziallager in der sowjetischen Besatzungszone

In der sowjetischen Besatzungszone gab es besondere Gefängnisse, sogenannte „Speziallager". Ohne Gerichtsurteil hielten die Sowjets dort Kritiker gefangen, die sich ihren Anweisungen widersetzt hatten, etwa Sozialdemokraten, Unternehmer, Großgrundbesitzer, Journalisten. Sie wurden in ehemaligen Konzentrationslagern wie im thüringischen Buchenwald oder Gefängnissen wie im sächsischen Bautzen untergebracht. Zwischen 1945 und 1950 mussten in diesen Speziallagern rund 180 000 Häftlinge z. B. im Steinbruch Zwangsarbeiten verrichten. Außerdem wurden sie körperlich misshandelt und litten unter Hunger, Kälte und Krankheit.

M3 Erinnerung an das Speziallager Nr. 2 in Buchenwald. Die über 1000 nummerierten Metallsäulen erinnern an die 28 000 Insassen, von denen über 7000 an Unterernährung oder Krankheiten starben. (Foto, 2012)

M4 Anzahl, Dauer und Lage der Speziallager in der sowjetischen Besatzungszone

ARBEITSAUFTRÄGE

1 a) Fasse die Denazifizierung der deutschen Bevölkerung zusammen.
b) Begründe die in M1 dargestellte Aufklärung der Bevölkerung über die Verbrechen in der Zeit der NS-Diktatur durch die Alliierten.

2 Gruppenpuzzle
a) Recherchiert in Gruppen zum sowjetischen Speziallager in Buchenwald. HILFE
b) Erstellt eine Collage und präsentiert euer Ergebnis der Klasse. HILFE
c) Begründet, warum auch die Erinnerung an das sowjetische Speziallager wichtig ist.

Der Nürnberger Prozess

Gründe für den Prozess

Am Ende des Zweiten Weltkriegs begingen Adolf Hitler, Reichsführer SS Heinrich Himmler und Propagandaminister Joseph Goebbels Selbstmord. So entzogen sie sich ihrer Verantwortung. Den Siegermächten war es jedoch wichtig, auch die anderen Verantwortlichen für die Verbrechen des Nationalsozialismus und des Zweiten Weltkriegs öffentlich vor Gericht zu stellen. Dazu richteten sie einen Internationalen Militärgerichtshof ein. Nürnberg, die Stadt der Reichsparteitage der NSDAP, wurde als Verhandlungsort ausgewählt. Der Prozess begann im November 1945. Zu den Angeklagten gehörten führende Politiker, Militärs und Vertreter der Wirtschaft des Deutschen Reiches.

Q1 Die Anklagepunkte aus dem Urteil des Nürnberger Prozesses:

a) Verbrechen gegen den Frieden: nämlich Planung, Vorbereitung, Einleitung oder Führung eines Angriffskrieges [...];
b) Kriegsverbrechen: nämlich Verletzungen der Kriegsgesetze und der Kriegsgebräuche. [...] Ermordung, Misshandlung oder Verschleppung [...] zur Sklavenarbeit [...], Ermordung oder Misshandlung von Kriegsgefangenen oder Personen auf hoher See, Tötung von Geiseln, Raub öffentlichen oder privaten Eigentums, mutwillige Zerstörung von Städten, Märkten und Dörfern oder jede durch militärische Notwendigkeit nicht gerechtfertigte Verwüstung;
c) Verbrechen gegen die Menschlichkeit: nämlich Ermordung, Ausrottung, Versklavung, Verschleppung oder andere an der Zivilbevölkerung vor Beginn oder während des Krieges begangene unmenschliche Handlungen; oder Verfolgung aus politischen, rassischen oder religiösen Gründen in Ausführung eines Verbrechens [...].

Todesurteile
Hermann Göring
Martin Bormann
Dr. Hans Frank
Dr. Wilhelm Frick
Alfred Jodl
Dr. Ernst Kaltenbrunner
Wilhelm Keitel
Joachim von Ribbentrop
Alfred Rosenberg
Fritz Sauckel
Arthur Seiß-Inquart
Julius Streicher

Haftstrafen
Karl Dönitz (10 Jahre)
Walter Funk (lebenslänglich)
Rudolf Heß (lebenslänglich)
Konstantin von Neurath (15 Jahre)
Erich Raeder (lebenslänglich)
Baldur von Schirach (20 Jahre)
Albert Speer (20 Jahre)
Alfried Krupp von Bohlen und Halbach (12 Jahre: „Krupp-Prozess“ 1948)

Freisprüche
Franz von Papen
Hans Fritzsche
Hjalmar Schacht

Selbstmord
Hermann Göring (vor Urteilsvollstreckung)
Dr. Robert Ley (vor Prozessbeginn)

M1 Ergebnisse im Nürnberger Prozess

M2 Anklagebank in Nürnberg, darunter: ① Karl Dönitz (Kriegsmarine) ② Baldur von Schirach (Reichsjugendführer) ③ Alfred Jodl (Wehrmacht) ④ Albert Speer (Architektur, Rüstung) ⑤ Hermann Göring (Innenminister, Luftwaffen-Chef) ⑥ Rudolf Heß (Hitlers Stellvertreter) ⑦ Joachim von Ribbentrop (Außenminister) ⑧ Wilhelm Keitel (Wehrmacht) ⑨ Ernst Kaltenbrunner (Chef der Sicherheitspolizei) ⑩ Alfred Rosenberg (NS-Ideologe) ⑪ Hans Frank (Jurist, Generalgouverneur von Polen) ⑫ Julius Streicher (SA-General, Herausgeber der antisemitischen Zeitschrift „Der Stürmer“); vorne: die Verteidiger. (Foto, 1946)

Der Prozess

Am Anfang des Nürnberger Prozesses plädierten alle Angeklagten auf „nicht schuldig". Sie waren nicht bereit, die Verantwortung für die Verbrechen gegen den Frieden, die Kriegsverbrechen und die Verbrechen gegen die Menschlichkeit zu übernehmen. Der Prozess zog sich über ein Jahr lang hin. Dies lag vor allem daran, dass alle Beweismittel im Gerichtssaal vorgelesen werden mussten. Außerdem sagten Hunderte von Augenzeugen, unter anderem Überlebende von Auschwitz, aus. Es wurden Filmaufnahmen von Massenerschießungen, Folterungen und den unmenschlichen Zuständen in den Konzentrationslagern gezeigt. Diese Aufnahmen liefen als Nachrichten auch in der „Deutschen Wochenschau" in den Kinos.

Trotz der vielen Beweise betonten die meisten Angeklagten immer wieder, von nichts gewusst zu haben. Andere behaupteten, dass sie die Befehle ausführen mussten und nichts dagegen unternehmen konnten.

Q2 Hans Frank erklärte gegenüber dem Gerichtspsychologen Gustave M. Gilbert in seiner Gefängniszelle, nachdem ein Dokumentarfilm über den Holocaust im Gerichtssaal gezeigt worden war:

Wenn man bedenkt, dass wir wie Könige lebten und an diese Bestie glaubten! Lassen Sie sich von niemand erzählen, dass sie nichts gewusst hätten! Jeder ahnte, dass etwas ganz und gar nicht in Ordnung war mit diesem System, auch wenn wir nicht alle Einzelheiten wussten. Sie wollten es nicht wissen! Es war zu bequem, sich von diesem System ernähren zu lassen, unsere Familien in fürstlicher Weise zu unterhalten und zu glauben, es sei alles in Ordnung!

Die Bedeutung des Prozesses

Durch das internationale Militärgericht war es möglich, die Verbrechen aus der Zeit des Nationalsozialismus für die Menschen im In- und Ausland aufzuzeigen und die Schuldigen zu bestrafen. Das Gericht führte die Verhandlungen auf der Grundlage vieler Beweise. Nach fast einem Jahr Verhandlungsdauer sprach das Gericht die Urteile: zwölf Todesurteile, sieben Haftstrafen und drei Freisprüche.

Die Urteile wurden unter Berücksichtigung des geltenden internationalen Völkerrechts gesprochen. Bereits vorher hatten sich die Alliierten darauf geeinigt, die NSDAP und andere nationalsozialistische Organisationen zu verbieten. Auch das Zeigen des Hakenkreuzes wurde unter Strafe gestellt. Der Straftatbestand „Verbrechen gegen die Menschlichkeit" ist seit dem Nürnberger Prozess eine Grundlage des Völkrerrechts der Vereinten Nationen (UNO). Der 1948 geschaffene Straftatbestand „Völkermord" geht ebenfalls auf den Holocaust und den Nürnberger Prozess zurück.

M3 Interessierte Zeitungsleserinnen und -leser informieren sich über die Urteilsverkündung des Nürnberger Prozesses (Foto, 01.10.1946)

ARBEITSAUFTRÄGE

1 I Nenne zu den Anklagepunkten aus Q1 Beispiele aus der NS-Zeit.
II Erkläre, warum diese Anklagepunkte gewählt wurden.
III Nimm Stellung zu den Anklagepunkten aus Q1, indem du sie in den Zusammenhang mit den Taten der Nationalsozialisten bringst. HILFE

2 Begründe die Notwendigkeit eines internationalen Gerichtshofes.
Placemat

Digital+
Film über die Nürnberger Prozesse
WES-142807-311

M1 Irma Grese (Aufseherin in den KZ Ravensbrück, Auschwitz und Bergen-Belsen) und Josef Kramer (Lagerkommandant von Auschwitz-Birkenau und Bergen-Belsen) unter Bewachung in Celle: Der sog. Bergen-Belsen-Prozess des britischen Militärs fand parallel zum Nürnberger Prozess statt. Der Anklagepunkt „Verbrechen gegen die Menschlichkeit", der erst zum Nürnberger Prozess formuliert wurde, spielte hier entsprechend noch keine Rolle. Grese und Kramer wurden neben neun weiteren Angeklagten zum Tode verurteilt. (Foto, August 1945)

Der lange Schatten der Vergangenheit

Weitere Prozesse der Alliierten

In zwölf weiteren Verfahren wurden in den sogenannten Nürnberger Nachfolgeprozessen bis April 1949 knapp 200 Funktionsträger der NS-Zeit angeklagt. Dabei handelte es sich um bekannte Ärzte, Juristen, Industrielle, Diplomaten, Beamte und Generäle. Auch gegen Angehörige von Pflege- und Heilanstalten und deren Euthanasie-Programme wurden Prozesse durchgeführt, etwa im Frankfurt-Prozess 1946–1948.

Diese Prozesse fanden allerdings nicht mehr vor einem Internationalen Gerichtshof, sondern vor Militärgerichten der einzelnen Siegermächte statt, bzw. seltener bereits vor deutschen Gerichten, wie 1947 der Dresdner Euthanasie-Prozess. Insgesamt fielen die Urteile deutlich milder aus als noch im Nürnberger Prozess. Der letzte alliierte Prozess wurde 1954 vor einem französischen Militärgericht abgeschlossen.

Seit 1949 – vor Gerichten der DDR und der Bundesrepublik

Tipp:
Weitere Informationen zur Gründung der DDR findest du auf S. 140/141.

Die DDR verstand sich von vornherein als ein Staat des „Antifaschismus". Sie begründete dies mit ihrer kommunistischen und sozialistischen Tradition, da KPD und SPD erklärte Feinde der Nationalsozialisten gewesen waren. Die politische Führung wurde weitgehend von alten NS-Kadern freigehalten, darüber hinaus gab es jedoch kaum Verfolgung von oder Prozesse gegen Menschen, die dem NS-Regime gedient hatten.

Tipp:
Weitere Informationen zur Gründung der Bundesrepublik findest du auf S. 134/135.

In der Bundesrepublik wurde 1958 die Zentrale Stelle zur Aufklärung von NS-Verbrechen gegründet. Sie bereitete u. a. die sog. Auschwitz-Prozesse der 1960er-Jahre in Frankfurt/M vor. In diesen wurden „einfache" Bedienstete des KZ angeklagt und zu Haftstrafen verurteilt. Die Gerichte beriefen sich hierbei allerdings nicht wie die alliierten Militärgerichte auf die Anklagepunkte „Verbrechen gegen die Menschlichkeit" oder „Kriegsverbrechen". Stattdessen mussten den Angeklagten direkte Beteiligungen oder Beihilfen zum Mord nachgewiesen werden. Die bloße Unterstützung eines mörderischen Systems wie des NS reichte hierfür oftmals nicht aus.

M2 Angehörige des Auschwitz-Personals vor dem Frankfurter Gericht, darunter Victor Capesius (①), der die KZ-Apotheke leitete und in dieser Funktion u. a. das Vernichtungsgas für die Gaskammern verwaltete, sowie Mitglied der Lager-Gestapo Wilhelm Boger (②), berüchtigt für grausamste Foltermethoden im KZ (Foto, 1963)

M3 Oskar Gröning, „Buchhalter von Auschwitz", als 94-Jähriger der Beihilfe zum Mord an 300 000 Menschen für schuldig befunden (Foto, 2015)

Aufarbeitung bis heute

Dies änderte sich erst in der jüngeren Vergangenheit. Seit 2011 wurden mehrere Prozesse gegen Einzelpersonen geführt. Die Anklage lautete meist auf „Beihilfe zum Mord" in bis zu hunderttausenden Fällen. Allerdings sahen es die Gerichte nun nicht länger als notwendig an, dies auch in jedem Einzelfall nachweisen zu können. Stattdessen wurde die Funktion bewertet, in der die Angeklagten das Massenmordsystem unterstützt hatten. Unter den Angeklagten waren ebenso ehemalige Wachmänner von Konzentrationslagern wie etwa auch Buchhalter oder Angehörige der Lagerverwaltung. Aufgrund des hohen Alters der angeklagten Personen wurden einige dieser Prozesse jedoch nicht bis zum Ende geführt.

Mord verjährt nicht

Dass Mord nicht verjährt, also auch Jahrzehnte später noch bestraft werden kann, ist in Deutschland heute selbstverständlich. Das war aber nicht immer so. Erst nach dem Zweiten Weltkrieg entstand die Debatte darüber, diese Verjährungsfristen aufzuheben. Denn es wurde befürchtet, nicht mehr alle Verbrechen, die im Zweiten Weltkrieg begangen worden waren, rechtzeitig vor ein Gericht bringen zu können. Da sich die Parteien lange nicht einigen konnten, wurden die Fristen für die Verjährung der NS-Verbrechen immer wieder verlängert. Im Jahr 1969 wurde deren Verjährung dann endgültig aufgehoben und 1979 auch die für Mord allgemein.

ARBEITSAUFTRÄGE

1 Graffiti
Recherchiert in Gruppen
a) den Dresdner Euthanasie-Prozess,
b) die Nürnberger Nachfolgeprozesse,
c) die Auschwitz-Prozesse,
d) aktuelle Prozesse der letzten Jahre.

2 Erstellt einen Kurzvortrag zu den einzelnen Prozessen.

Wir verlegen Stolpersteine

Liebe Schülerinnen und Schüler,
Stolpersteine sind ein Projekt des Kölner Künstlers Gunter Demnig, mit dem an die Opfer des Nationalsozialismus erinnert werden soll.
Sie bestehen aus einem 10×10×10-cm-Betonblock mit einer Messingplatte und werden an dem letzten Wohnort des Opfers in den Gehsteig eingelassen.
Wollt ihr selbst in eurer Gemeinde an Opfer des Nationalsozialismus erinnern und eine Aktion zur Verlegung eines Stolpersteins mit dem Künstler organisieren, dann müsst ihr in folgenden Schritten vorgehen:

1. Schritt: Vorbereitung
- Legt fest, welche Person aus den Opfergruppen ihr nehmen wollt.
- Recherchiert vor Ort (Heimatmuseum, Geschichtsverein, Stadtbibliothek ...).
- Holt Genehmigungen bei Gemeindeverwaltung und Tiefbauamt ein.
- Informiert euch über die Kosten und sucht nach Sponsoren (Banken, Geschäftsleute, Einzelhandel ...).
- Legt die Inschrift der Messingplatte fest (Hier wohnte/lebte, Name, Geburtsjahr, Jahr der Verschleppung, Schicksal).
- Vereinbart einen Termin mit dem Künstler (termine@stolpersteine.de).

2. Schritt: Durchführung
- Informiert die Öffentlichkeit über euer Projekt (Zeitungen, Internet).
- Gebt den Termin der Verlegung bekannt und verschickt Einladungen.
- Bereitet den Tag der Verlegung vor: Begrüßt eure Gäste, stellt den Künstler vor, informiert über das Opfer, bereitet auch passende Musik vor.

3. Schritt: Auswertung
- Schreibt einen Bericht über die Veranstaltung und veröffentlicht ihn in der Presse und auf der Website eurer Schule.
- Bedankt euch bei allen, die euch geholfen und teilgenommen haben.
- Legt fest, wer den Stolperstein pflegt (z. B. immer ein bestimmter Jahrgang eurer Schule).
- Erinnert die Öffentlichkeit immer wieder an den Stolperstein, etwa am Jahrestag der Verlegung, z. B. in lokalen Medien (Radio, Zeitung ...) oder eurer Schülerzeitung.

M1 Ein Stolperstein wird verlegt. (Foto, 2016)

M2 Stolpersteine in Trier, eine Handy-App bietet Informationen zu den Opfern (Foto, 07.11.2013)

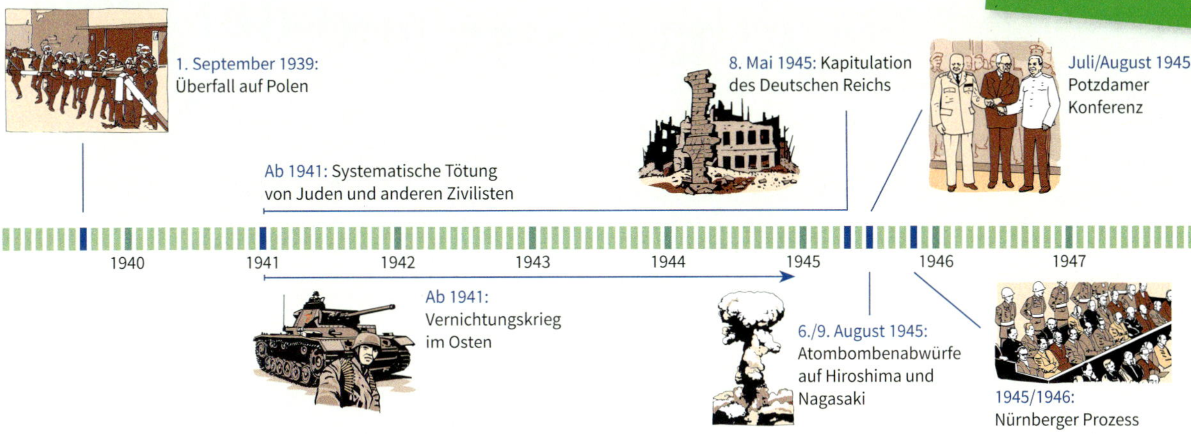

Der Nationalsozialismus – der Zweite Weltkrieg

Mit dem Überfall auf Polen begann am 1. September 1939 der Zweite Weltkrieg. In sogenannten Blitzkriegen besetzte das Deutsche Reich in den ersten Kriegsmonaten weite Teile Europas. Vor allem im Osten wurde der Krieg vom Deutschen Reich hierbei als Vernichtungskrieg geführt.

Juden, Sinti und Roma, politische Gegner, Homosexuelle, Kranke und Menschen mit Behinderungen wurden im Nationalsozialismus entrechtet, ausgegrenzt und ermordet. Aus ganz Europa deportierten die Nationalsozialisten Juden in Konzentrations- und Vernichtungslager. Im Holocaust, bzw. wahrend der Shoah ermordeten sie sechs Millionen Menschen.

Die Niederlage bei Stalingrad und der Eintritt der USA in den Krieg kennzeichneten die Kriegswende. Mit der Kapitulation Deutschlands am 8. Mai 1945 endete der Krieg in Europa, mit dem Abwurf amerikanischer Atombomben auf die japanischen Städte Hiroshima und Nagasaki im Pazifikraum.

Auf der Konferenz von Potsdam berieten die Alliierten über die Zukunft Deutschlands. Es wurde in vier Besatzungszonen aufgeteilt. Jene Nachkriegsjahre waren von der Not der Menschen und der Vertreibung aus den ehemaligen Ostgebieten des Deutschen Reichs geprägt. Im Nürnberger Prozess wurden die Hauptverbrecher des Naziregimes zur Rechenschaft gezogen.

WICHTIGE BEGRIFFE:

die Alliierten
der Antisemitismus
die Atombombe
der Blitzkrieg
die Euthanasie
das Getto
der Holocaust
das Konzentrationslager
der Nürnberger Prozess
die Potsdamer Konferenz
die Shoah
Stalingrad
der Totale Krieg
die Wannseekonferenz
der Widerstand
der Vernichtungskrieg

Die Mauer – ein Symbol für die Teilung Deutschlands, Europas und der Welt

Die bedingungslose Kapitulation des Deutschen Reichs am 8. Mai 1945 beendete den Zweiten Weltkrieg.
Die Alliierten teilten Deutschland auf und richteten Besatzungszonen ein. Sie bestimmten, wie es wirtschaftlich und politisch weitergehen sollte.
Die wachsenden Spannungen zwischen den USA und der Sowjetunion ließen für Deutschland keinen gemeinsamen Neubeginn zu.
Zwei sehr unterschiedliche Staats- und Gesellschaftssysteme bestimmten für lange Zeit die Teilung Deutschlands und die Trennung der Welt.

Blick von West-Berlin in den Ostteil der Stadt nach dem Mauerbau im August 1961
(Foto um 1961)

M1 Karikatur zur deutschen Teilung: li. die Politiker der Westalliierten, re. der sowjetische Staatschef Josef Stalin (2009)

Erste Schritte zur Spaltung Deutschlands

Unterschiedliche Interessen der Großmächte

Trotz der Beschlüsse der Potsdamer Konferenz konnten sich die Alliierten nicht auf einen Weg einigen, um die Ziele zu verwirklichen. Die USA, Großbritannien und Frankreich wollten eine freiheitliche Wirtschaft und Demokratie in ihren Besatzungszonen. Dagegen wollte die Sowjetunion eine sozialistische Wirtschaft mit einer bestimmenden Partei nach ihrem Vorbild. Beide Seiten, West und Ost, übertrugen diese sehr unterschiedlichen Vorstellungen auf ihre Gebiete in Deutschland.

Kommunismus/Sozialismus: im 19. Jh. entwickelte politische Lehre: Fabrik- und Landbesitzer werden enteignet, ihr Besitz wird vom Staat verwaltet.

Enteignung und Demontagen in der östlichen Besatzungszone

Die Sowjetunion setzte die Demontagen sehr stark um. Gut erhaltene Maschinen wurden abgebaut, andere als Rohstoffe in die Sowjetunion gebracht. Ebenso wurden Eisenbahnschienen und -schwellen demontiert oder sogar die geringen Kohleförderungen abtransportiert. Der Wiederaufbau der Wirtschaft wurde dadurch behindert. Um das sozialistische Wirtschaftssystem einzuführen, wurden Handwerks- und Industriebetriebe ihren Besitzern weggenommen. Die sowjetische Besatzungsbehörde bestimmte nun in dem Betrieb.

Der Marshallplan in den westlichen Besatzungszonen

Die Westalliierten wollten die Marktwirtschaft in ihren Gebieten wieder in Gang bringen. Die Regierung der USA startete daher ein wirtschaftliches Wiederaufbauprogramm, den sogenannten Marshallplan:

- Kredite, Rohstoffe und Maschinen wurden aus den USA eingeführt.
- Nahrungsmittellieferungen verminderten die Not in den Zonen.

Die Betriebe und Bauernhöfe blieben Privateigentum. Die Eigentümer mussten zwar mit den Besatzungsbehörden zusammenarbeiten, durften aber selbst in ihrem Betrieb über die Produktion bestimmen.

Marktwirtschaft: Voraussetzungen sind Privateigentum und freier Wettbewerb der Unternehmen

M2 Plakat aus der amerikanischen Besatzungszone, 1949.
Der Marshallplan war für den Wiederaufbau Europas gedacht, setzte aber als Bedingung eine der USA ähnliche politische Weltanschauung voraus.

M3 Plakat aus der sowjetischen Besatzungszone, 1948.
Die Sowjetunion lehnte den Marshallplan ab und verbot auch jenen europäischen Staaten, die unter ihrem Einfluss standen, die Teilnahme.

M4 Plakat aus den Vereinigten Staaten, 1948.
Auch in den USA wurde für den Marshallplan geworben. Hier ein Vorschlag aus einem Plakatwettbewerb, der im Jahr 1948 veranstaltet wurde.

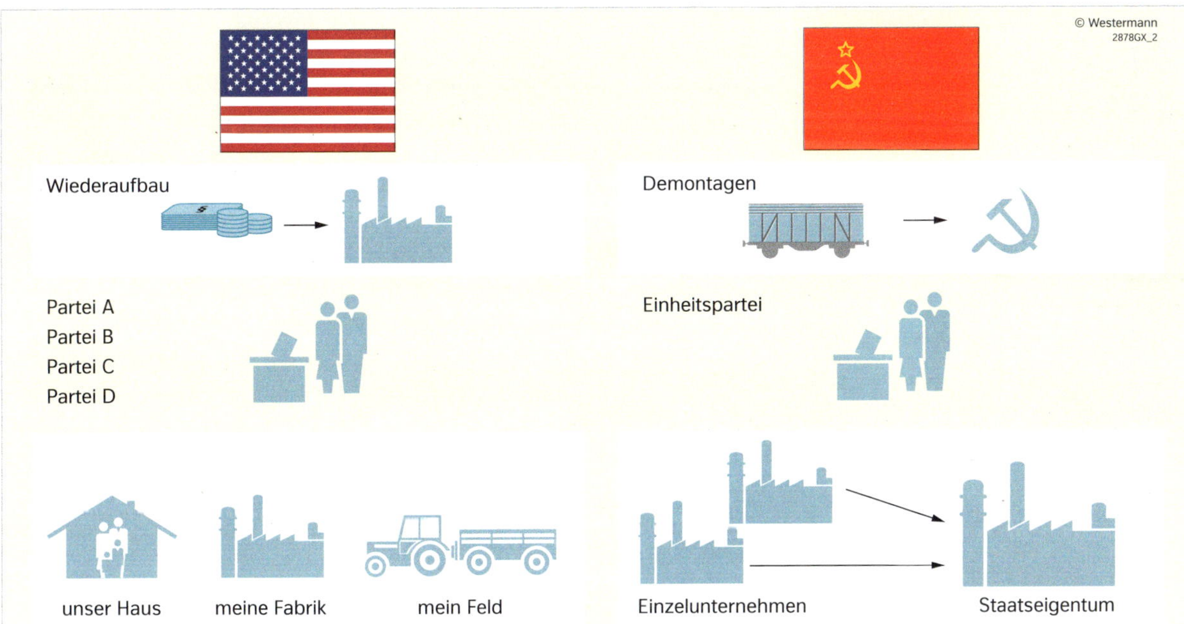

M5 Schaubild zur unterschiedlichen Wirtschafts- und Gesellschaftspolitik der Besatzungsmächte

ARBEITSAUFTRÄGE

1 I Benenne die Vorstellungen der Besatzungsmächte für ihre Zone.
II Erkläre die Karikatur M1 mithilfe der unterschiedlichen wirtschaftlichen Vorstellungen und Maßnahmen.
III Stelle die wirtschaftlichen Vorstellungen der USA und der Sowjetunion mithilfe des Schaubilds M5 einander gegenüber.

2 Erörtere die Plakate M2–M4 im Hinblick auf die Ausbildung neuer Bündnisse einerseits und neuer Konflikte andererseits.

In den westlichen Besatzungszonen

Politischer Neubeginn in den Westzonen

Die Westalliierten suchten bereits unmittelbar nach Kriegsende in den Gemeinden nach politisch Unbelasteten. Sie sollten den demokratischen Neubeginn mitgestalten. Politisches Leben wurde seit dem Frühjahr 1946 unter alliierter Aufsicht wieder zugelassen:

- Demokratische Parteien wurden gegründet.
- Bürgermeister wurden demokratisch gewählt.
- Es entstanden Länder mit Landtagen als politische Vertretung.

Die Ministerpräsidenten und Bürgermeister wurden aber noch von den alliierten Behörden kontrolliert und mussten ihre Anweisungen befolgen. Auch freie Medien, Zeitungen und Zeitschriften sowie Radiosendungen oder Nachrichtenfilme in den Kinos durften von den Deutschen gestaltet werden, unterlagen aber der Aufsicht durch die Alliierten.

Die Westzonen bekommen eine eigene Währung

Ein wichtiger Bestandteil des Marshallplans bestand für die USA darin, die Wirtschaft in ihren Besatzungszonen zu fördern. Dazu war es notwendig, dort eine neue Währung einzuführen. Am 20. Juni 1948 wurde die bisherige Reichsmark (RM) ungültig und durch die Deutsche Mark (DM) ersetzt. Jeder Einwohner der drei Besatzungszonen konnte anfangs nur 40 RM gegen DM eintauschen.

Händler boten nun Waren an, die vorher nur auf dem Schwarzmarkt gehandelt wurden. Die Menschen vertrauten daher der neuen Währung. Obwohl die Währungsreform den Bürgerinnen und Bürgern Hoffnung auf die Zukunft brachte, vertiefte sich dadurch die Spaltung der Zonen.

Digital+
Film über die Währungsreform
WES-142807-401

M1 Schaufenster einer Metzgerei in Berlin nach der Währungsreform. Produkte, die viele Jahre kaum zu bekommen waren, gab es plötzlich wieder zu kaufen. (Foto, Mai 1948)

M2 Kinder bejubeln einen „Rosinenbomber". Die Flugzeuge wurden so genannt, weil Piloten Süßigkeiten an kleinen Fallschirmen abwarfen. (Foto, 1948)

Die Sowjetunion blockiert den Zugang nach Berlin

Die sowjetische Regierung verlangte, die Währungsreform in den Westzonen zurückzunehmen. Sie behauptete, diese würde gegen das Potsdamer Abkommen verstoßen. Als Druckmittel sperrten sie im Juni 1948 alle Straßen- und Schienenwege nach West-Berlin. Die USA, Großbritannien und Frankreich versorgten nun über eine „Luftbrücke" die Stadt. Gemeinsam flogen sie Nahrung, Kleidung, Heizmaterial, Rohstoffe und Maschinen nach Berlin. Dennoch gab es viel zu wenig Nahrungsmittel und Heizmaterial.

Q1 Auszug aus der Rede des West-Berliner Bürgermeisters Ernst Reuter während der Berliner Blockade am 9. September 1948:

Ihr Völker der Welt, ihr Völker in Amerika, in England, in Frankreich, in Italien! Schaut auf diese Stadt und erkennt, dass ihr diese Stadt und dieses Volk nicht preisgeben dürft und nicht preisgeben könnt! [...]
Völker der Welt! Tut auch ihr eure Pflicht und helft uns in der Zeit, die vor uns steht, nicht nur mit dem Dröhnen eurer Flugzeuge, [...] sondern mit dem standhaften und unzerstörbaren Einstehen für die gemeinsamen Ideale, die allein unsere Zukunft und die auch allein eure Zukunft sichern können. Völker der Welt, schaut auf Berlin!

M3 Die Luftbrücke aus den westdeutschen Besatzungszonen nach Berlin

Erst nach elf Monaten lenkte die UdSSR ein und erlaubte wieder den Warentransport nach West-Berlin. Während der Luftbrücke änderte sich in den Westzonen die Sicht auf die Besatzer. Durch ihre Hilfe für Berlin wurden sie nun als Beschützer der Freiheit gesehen. Die Berliner Blockade verdeutlichte den Menschen aber auch, dass Deutschland geteilt war.

ARBEITSAUFTRÄGE

1 Suche dir eine Person in der Abbildung M1 aus. Beschreibe deren Blick. Marktplatz

AUSWAHL **2** I Benenne, an wen sich der West-Berliner Bürgermeister in Q1 wendet.
II Beschreibe mit Q1 den Anlass für die Rede von Ernst Reuter.
III Arbeite die Forderung Ernst Reuters aus Q1 heraus. HILFE

3 Stelle dir vor, du bist eines der Kinder im Bild M2. Schildere einem Journalisten deine Gefühle zur Luftbrücke. Reporter HILFE

Die Gründung der Bundesrepublik

Die Westalliierten bestimmen das Aussehen

Föderalismus: Der Staat gliedert sich in mehrere Gliedstaaten, die sich die politischen Aufgaben mit diesem teilen.

Nach der Währungsreform gaben die Regierungen der USA, Großbritanniens und Frankreichs den Anstoß, nun einen Staat aus den drei westlichen Besatzungszonen zu bilden. Dieser sollte im Sinne des Föderalismus aus Bundesländern bestehen und eine parlamentarische Versammlung deutscher Politiker sollte die neue Staatsordnung erarbeiten.

Das Grundgesetz wird erarbeitet

Grundrechte: Es sind Rechte zur Freiheit, Gleichheit und Persönlichkeit, die allen Bürgerinnen und Bürgern zustehen. Sie können eingeklagt werden.

Im sogenannten Parlamentarischen Rat brachten Politiker der unterschiedlichen Parteien ihre Vorstellungen ein. Am wichtigsten war dabei, dass für alle Bürgerinnen und Bürger Grundrechte festgeschrieben sein sollten. Obwohl nur vier Frauen mitarbeiteten, konnten sie sich durchsetzen, so dass die Gleichheit der Geschlechter festgeschrieben wurde.

Q1 Die Abgeordnete Elisabeth Selbert setzte sich für die Gleichstellung der Geschlechter ein:

Es ist eine Selbstverständlichkeit, dass man [...] den Frauen die Gleichberechtigung auf allen Gebieten geben muss. Die Frau soll nicht nur in staatsbürgerlichen Dingen gleichstehen, sondern muss auf allen Rechtsgebieten dem Manne gleichgestellt werden. Die Frau [...] hat heute einen moralischen Anspruch darauf, so wie der Mann bewertet zu werden.

Verfassung: wichtigstes Gesetz, in dem die Rechte der Bürgerinnen und Bürger, der Regierung und des Staatsoberhaupts festgelegt sind

Am 23. Mai 1949 wurde die Staatsordnung mit Mehrheit angenommen. Sie wurde nicht Verfassung, sondern Grundgesetz genannt. Aus den drei Westzonen war nun ein Staat geworden. Ein gemeinsames Deutschland aus allen vier Besatzungszonen war damals nicht möglich, blieb aber als Ziel und Zukunftswunsch vorhanden.

Info:
Konrad Adenauer (1876–1967):
Als Bürgermeister der Stadt Köln wurde er zu Beginn der NS-Diktatur abgesetzt und später inhaftiert.
Von 1949 bis 1963 war er Bundeskanzler.

M1 Unterzeichnung des Grundgesetzes: Als Präsident des Parlamentarischen Rats unterzeichnete Konrad Adenauer als erster die Urkunde. (Foto, 23.05.1949)

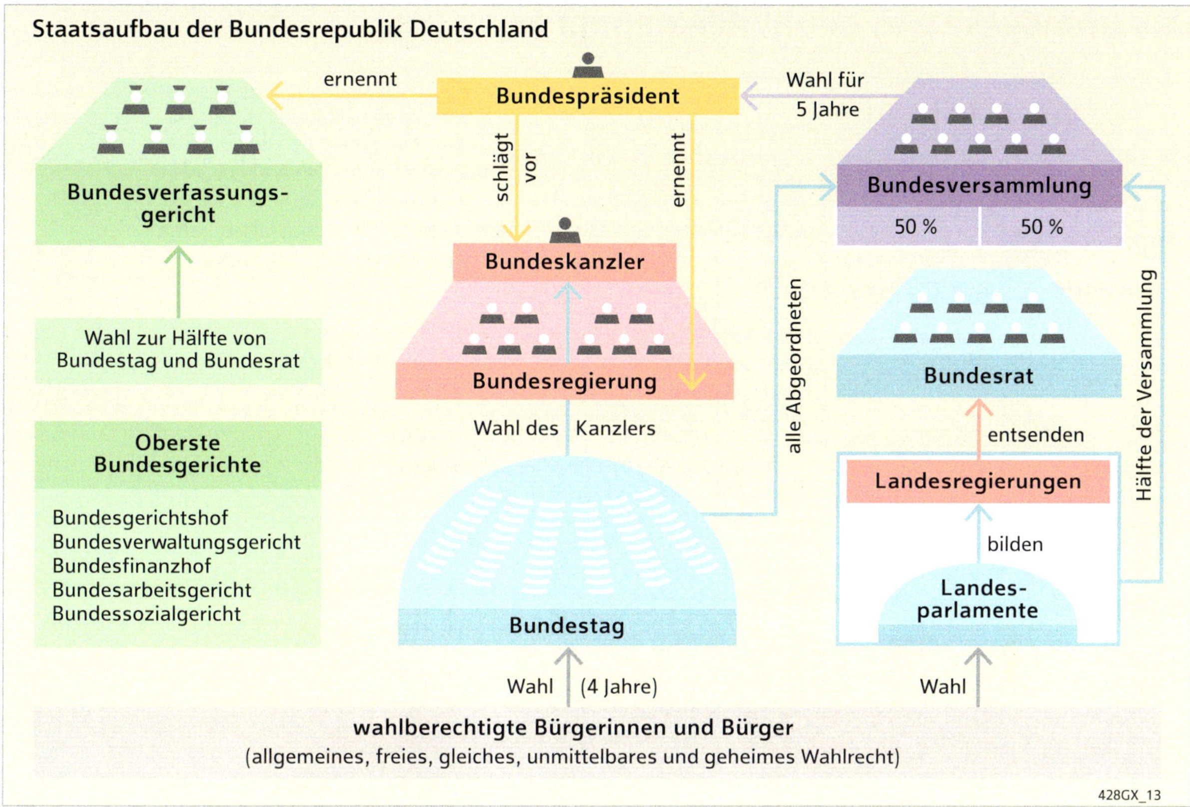

M2 Das politische System der Bundesrepublik

Die Bundesrepublik als neuer deutscher Staat

Im Sommer 1949 wurden die Abgeordneten des Bundestages demokratisch gewählt. Mit knapper Mehrheit stimmten die Abgeordneten für Konrad Adenauer (CDU) als ersten Bundeskanzler:

- In der Stadt Bonn waren Bundestag, Bundesrat und Bundesregierung, da Berlin als Regierungssitz ausschied.
- Um die Unabhängigkeit des Bundesverfassungsgerichts zu betonen, bekam dieses seinen Sitz entfernt von Bonn in der Stadt Karlsruhe.
- Für die Nationalflagge wurden die Farben „Schwarz-Rot-Gold“ festgelegt.

Erst einige Jahre nach der Gründung der Bundesrepublik gab es auch wieder eine Nationalhymne. Der damalige Bundespräsident entschied sich für die traditionelle Hymne. Er legte aber fest, dass vom „Lied der Deutschen“ nur die dritte Strophe gesungen wird. Dies sollte den Bezug des neuen Staats auf die demokratischen Traditionen betonen und gleichzeitig mögliche Missverständnisse ausschließen.

ARBEITSAUFTRÄGE

Bearbeitet in Gruppen die Gründung der Bundesrepublik. Stellt das Gruppenergebnis z. B. als Lernplakat in eurer Klasse vor.

a) Benenne die Vorgaben der Westalliierten für den neuen Staat.
b) Arbeite aus der Quelle Q1 die Forderung für das Grundgesetz heraus.
c) Recherchiere den Wortlaut von Art. 3 GG. HILFE
d) Analysiere den Staatsaufbau der Bundesrepublik nach dem Prinzip der Gewaltenteilung. HILFE
e) Stelle die Flagge und Hymne der Bundesrepublik vor.

Digital+
Film über die Gründung der Bundesrepublik
WES-142807-402

Hier kannst du nochmals nachschauen, wie du ein Lernplakat erstellst.
WES-142807-403

Das Grundgesetz in der Bundesrepublik

ARBEITSAUFTRÄGE

1 Bearbeite eine der nachfolgenden Aufgaben kooperativ mit einem Partner oder in einer Kleingruppe. Versetze dich dabei in eine der Personen.
a) Gib das genannte Grundrecht mit eigenen Worten wieder.
b) Begründe knapp, warum das genannte Grundrecht für die Person wichtig ist.

2 a) Recherchiere Art. 5 (3) des Grundgesetzes. Gib anschließend den Inhalt des Grundgesetzartikels wieder. HILFE

b) Erkläre Art. 5 (3) des Grundgesetzes in Verbindung mit dem Unterricht an Schulen.

Think-Pair-Share

M1 Versammlung der Kommunistischen Partei Deutschlands (KPD) (Foto, August 1945)

In der sowjetischen Besatzungszone

Politischer Neubeginn

Die Gesellschaft und Wirtschaft in der sowjetischen Besatzungszone sollten dem sozialistischen Vorbild der UdSSR entsprechen. Bereits unmittelbar nach Kriegsende durfte die Kommunistische Partei Deutschlands (KPD) wieder aktiv werden.

Die Kommunisten, die die Zeit der Diktatur überlebt hatten, begannen nun wieder mit ihrer politischen Arbeit. Sie wurden von der sowjetischen Besatzungsbehörde unterstützt, da die KPD ihre politischen Vorstellungen teilte.

Der wichtigste Politiker der KPD in der sowjetischen Besatzungszone war Walter Ulbricht. Er hatte während der NS-Diktatur in Moskau gelebt und hatte daher sehr gute Verbindungen in die Sowjetunion.

Q1 Ein ehemaliger KPD-Politiker überlieferte das Vorgehen bei der Besetzung politischer Ämter:

Die Bürgermeister sollen in den Arbeiterbezirken in der Regel Sozialdemokraten sein. [...] Und nun zu unseren Genossen. Der erste stellvertretende Bürgermeister, der Dezernent für Personalfragen und der Dezernent für Volksbildung – das müssen unsere Leute sein. Dann müsst ihr noch einen ganz zuverlässigen Genossen in jedem Bezirk ausfindig machen, den wir für den Aufbau der Polizei brauchen. [...] Es ist doch ganz klar: Es muss demokratisch aussehen, aber wir müssen alles in der Hand haben.

Die SPD als Widersacher

Die Sozialdemokratische Partei Deutschlands (SPD) hatte seit langem ihre Wurzeln in der Arbeiterschaft. Diese Tradition war in der NS-Zeit nicht verloren gegangen. Besonders in den großen Industrieregionen wie z.B. in Leipzig schlossen sich die Arbeiter wieder der SPD an.

Die SPD vertrat ebenfalls sozialistische Ziele, dies jedoch viel gemäßigter als die KPD. Außerdem wollte sie nicht bedingungslos dem Vorbild der Sowjetunion folgen. Für die KPD entwickelte sich die SPD mehr und mehr zu einem unübersehbaren Konkurrenten um die politische Macht.

Die Gründung der SED

Um der KPD bei Wahlen dauerhaft eine Mehrheit zu sichern, griff die sowjetische Militärbehörde gemeinsam mit Walter Ulbricht ein. Die SPD sollte auf keinen Fall weiteren Zulauf erhalten:

- Versammlungen der SPD wurden zunächst eingeschränkt und schließlich verboten.
- Sozialdemokraten wurden bedroht, verhaftet und verurteilt, wenn sie nicht in die KPD wechseln wollten.

Unter diesem Druck gab schließlich die Führung der SPD in der sowjetischen Zone nach. Im April 1946 schlossen sich KPD und SPD zusammen. Sie bildeten die „Sozialistische Einheitspartei Deutschlands“ (SED). In der Propaganda wurde es als freiwilliger Zusammenschluss dargestellt, um gemeinsam politische Ziele verwirklichen zu können. In Wirklichkeit bestimmten aber allein die Kommunisten um Walter Ulbricht gemeinsam mit der Sowjetunion über den zukünftigen politischen Weg.

M2 Der KPD-Vorsitzende Wilhelm Pieck (links) und der SPD-Vorsitzende Otto Grotewohl (Mitte) vereinbaren den Zusammenschluss. Am rechten Rand klatscht Walter Ulbricht Beifall. (Foto, 22.04.1946)

ARBEITSAUFTRÄGE

1 Schildere mithilfe der Quelle Q1 das Vorgehen der KPD bei der Besetzung politischer Ämter. Marktplatz

2 I Gib den Weg zur Gründung der SED wieder.
II Begründe das Vorgehen gegen die Sozialdemokraten bei der Gründung der SED.
III Ordne die Gründung der SED als „Zwangszusammenschluss“ ein.

3 Beurteile den Händedruck zwischen beiden Personen in M2. Placemat

Digital+
Film über die Gründung der DDR
WES-142807-404

Die Gründung der DDR

Ein weiterer deutscher Staat

Als Reaktion auf die Gründung der Bundesrepublik bereitete die sowjetische Führung die Gründung eines Staats auf dem Gebiet ihrer Besatzungszone vor. Unter der Führung der SED ließ sie den Verfassungsentwurf für einen sozialistischen Staat ausarbeiten. Im Oktober 1949 wurde die Deutsche Demokratische Republik (DDR) mit Ost-Berlin als Hauptstadt gegründet.

Die DDR – ohne Gewaltenteilung

In der DDR waren Staat und Partei kaum voneinander zu trennen. Die Mehrheit im Parlament und der Regierung stellte die SED. Deren Politiker standen an der Spitze aller Ministerien oder sonstigen politischen Gremien. Beamte in Verwaltung, Polizei oder Schulen sollten in der SED sein, in jedem Fall aber deren Meinung vertreten.

Q1 Anweisung der SED an die Wahlhelfer:

In allen Wahllokalen ist dafür zu sorgen, dass Kabinen vorhanden sind. Wo diese stehen und wie sie beschaffen sind, ist gleichgültig: Ihr versteht mich doch? Es ist darauf zu achten, dass kein Wähler in die Kabinen hineingeht. Geht er trotzdem hinein, so wird er dort keinen Bleistift vorfinden. Bleistifte liegen nur auf dem Tisch des Wahlvorstandes aus. Es ist nicht möglich gewesen, Briefumschläge für die Stimmzettel zu besorgen. Bei der morgigen Abstimmung ist das auch gar nicht nötig. Die Stimmzettel [...] sind offen dem Wahlvorstand zu übergeben.

Die Justiz war nicht wirklich unabhängig, da die meisten Richter und Staatsanwälte auch SED-Mitglieder waren. Sie erhielten von der Partei oft genaue Anweisungen, wie sie sich zu verhalten haben. Damit stand indirekt oft auch fest, welches Urteil zu fällen sei.

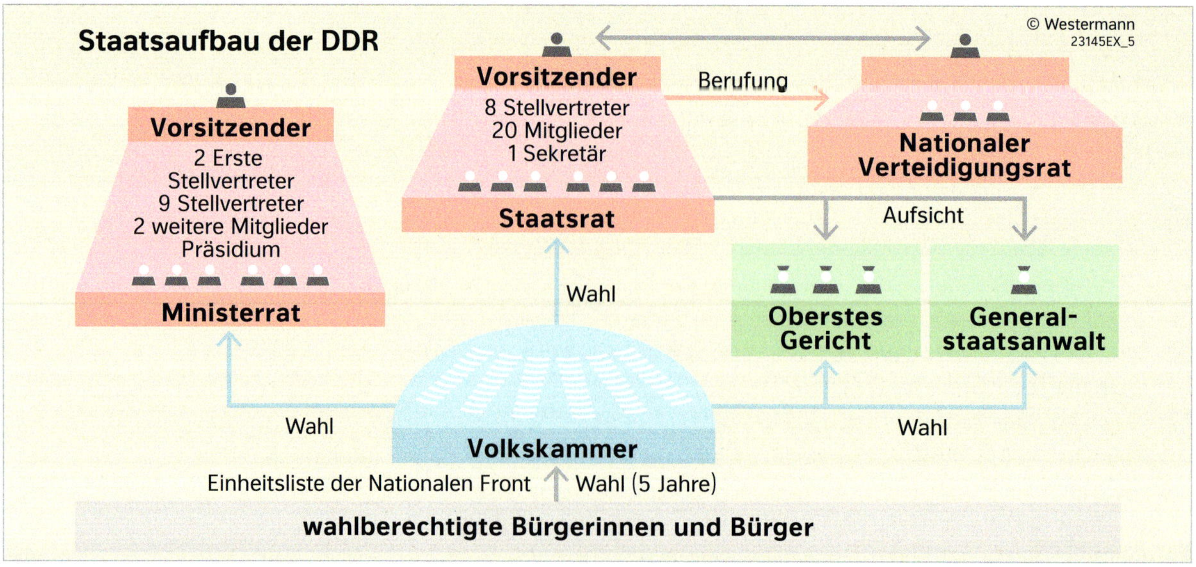

M1 Das politische System der DDR

M2 Die beiden deutschen Staaten. Das Saarland war bis 1957 französisch kontrolliert, West-Berlin verblieb unter alliierter Kontrolle, war aber ein Teil der Bundesrepublik.

Zwei deutsche Staaten in Deutschland

Die Gründung der beiden deutschen Staaten 1949, der Bundesrepublik Deutschland aus den drei Westzonen und der DDR aus der Ostzone, geschah jeweils auf Anregung der Besatzungsmächte. Deren politische, wirtschaftliche und gesellschaftliche Vorgaben bestimmten die Ausgestaltung:

- Im Westen entstand die Bundesrepublik als demokratischer Staat mit vielen Parteien und einer marktwirtschaftlichen Wirtschaftsform.
- Im Osten entstand die DDR mit der SED als bestimmender Partei und einer sozialistischen Wirtschaftsform.

Deutschland war künftig in zwei sehr unterschiedliche Staaten geteilt. In jedem der beiden wurde das eigene Staatssystem als dem anderen überlegen dargestellt und die Verbundenheit zur USA oder der Sowjetunion betont.

ARBEITSAUFTRÄGE

Gruppenpuzzle

Bearbeitet in einem Gruppenpuzzle die Gründung der DDR. Stellt das Gruppenergebnis z. B. als Lapbook in eurer Klasse vor.

a) Arbeitet aus der Quelle Q1 heraus, wie die Wahlen in der DDR abliefen.

b) Analysiert den Staatsaufbau der DDR nach dem Prinzip der Gewaltenteilung. HILFE

c) Stellt die Flagge und Hymne der DDR vor.

d) Vergleicht nun die Gewaltenteilung in der DDR mit der in der Bundesrepublik.

Digital+

Hier kannst du nochmals nachschauen, wie du ein Lapbook gestaltest.
WES-142807-405

Vorlagen für ein Lapbook
WES-142807-406

Staat und Partei in der DDR

ARBEITSAUFTRÄGE

1 Bearbeite eine der nachfolgenden Aufgaben kooperativ mit einem Partner oder in einer Kleingruppe. Versetze dich dabei in eine der Personen.
a) Gib die Kritik der von dir gewählten Figur mit eigenen Worten wieder.
b) Beantworte ihre im Rollentext gestellte Frage.

2 Beschreibe die Einflussnahme der SED auf den Unterricht an Schulen.

3 a) Vergleiche die Grundrechte in der Bundesrepublik mit den Aussagen der Figuren.
b) Diskutiert anhand der Grundrechte und beschriebenen Einschränkungen, ob in der DDR eine Demokratie gegeben war oder diese nur scheinbar bestand. Debatte

M1 Berliner Kinder reisen als Austauschschüler zu Gastfamilien in die USA. (Foto, 1960)

Die Bundesrepublik wird Partner im Westen

Orientierung an den USA

In der Politik und der Gesellschaft der Bundesrepublik wurde ein Krieg mit dem Osten als mögliche Bedrohung gesehen. Die Bundesrepublik benötigte aus Sicht von Bundeskanzler Adenauer daher die USA und die westlichen Staaten als starke Partner. Trotz der Bundeswehr und der Mitgliedschaft in der NATO blieben die Truppen der drei Westalliierten als Verbündete in der Bundesrepublik. Außerdem galten die USA mit ihrem Wohlstand, der Technik und den Großstädten mit ihren Wolkenkratzern als das fortschrittlichste Land der Welt und als Vorbild.

M2 Propagandaplakat zur Westintegration der Bundesrepublik (1952)

Partnerschaft im westlichen Europa

Die Bundesrepublik wurde im westlichen Europa seit den 1950er-Jahren wieder als gleichrangiger Partner anerkannt. Durch gegenseitige Vereinbarungen zu Handel, Wirtschaft, Politik und Forschung erfolgte die Anbindung an den Westen. Die bundesdeutsche Regierung engagierte sich sehr für eine noch engere Zusammenarbeit der westlichen europäischen Staaten. Deren freiheitliches demokratisches System und die Menschenrechte sollten gemeinsam vor jeder Bedrohung geschützt werden.

Q1 Die Zusammenarbeit in Westeuropa begründete Bundeskanzler Adenauer im Jahr 1957:

Ich denke weiter an das Recht, das in den meisten europäischen Ländern auf den gleichen Grundlagen beruht [...], und an das Bekenntnis zur freiheitlichen Demokratie [...]. Das gemeinsame Bekenntnis zur Freiheit ist es heute, das uns wieder zusammenführt gegen diejenigen Kräfte, die das freie Selbstbestimmungsrecht des einzelnen und der Völker verneinen.

M3 Konrad Adenauer (rechts) und Charles de Gaulle (links) bei einem Besuch in der Bundesrepublik (Foto, 1962)

Die Bundesrepublik und Frankreich als Freunde

Über Jahrhunderte hatten Deutschland und Frankreich oft Krieg gegeneinander geführt. Die persönliche Freundschaft der beiden Regierungschefs, Charles de Gaulle und Konrad Adenauer, förderte die deutsch-französische Verständigung. Sie vereinbarten, dass sich die Regierungen beider Länder regelmäßig treffen und ihre Politik miteinander abstimmen. Seither wird die deutsch-französische Freundschaft gepflegt und lebendig gehalten.

Tipp:
Weiteres zur deutsch-französischen Freundschaft erfährst du auf S. 212.

Q2 In seiner Biografie erinnerte sich Konrad Adenauer an seine erste Begegnung mit Charles de Gaulle im Jahr 1958:

Es würde das erste Zusammentreffen eines deutschen Regierungschefs mit de Gaulle nach dem Kriege sein. [...] Auf der langen Autofahrt, die unter anderem durch französisches Industriegebiet führt, wurde ich fast überall von der Bevölkerung erkannt und freundlich begrüßt. [...]
Auf Vorschlag de Gaulles hatten wir nur einen gemeinsamen Dolmetscher [...]. Er brauchte aber nur die Hälfte der Unterredung zu übersetzen, da de Gaulle so viel Deutsch und ich so viel Französisch konnte, dass wir uns vielfach ohne seine Hilfe verstanden. [...]
De Gaulle wies mit aller Klarheit darauf hin, dass sich die Situation zwischen Frankreich und Deutschland völlig verändert habe, dass Frankreich bis vor wenigen Jahren immer in der Furcht gelebt habe, eines Tages von Deutschland angegriffen zu werden. Nunmehr bestünde diese Furcht nicht mehr, und es gebe keine derartigen Spannungen mehr [...]. Deshalb könnten sich Frankreich und Deutschland gemeinsam und freundschaftlich den großen Aufgaben widmen, die die beiden Länder gemeinsam in Europa und in der Welt hätten.

ARBEITSAUFTRÄGE

1. Beschreibe mithilfe der Rede von Adenauer Q1, wodurch er die Bundesrepublik mit dem Westen verbunden sieht.
2. Gib mithilfe von Q2 und M3 die Grundgedanken der deutsch-französischen Zusammenarbeit wieder.

M1 Ludwig Erhard (1897–1977). Der langjährige Wirtschaftsminister war aufgrund des wirtschaftlichen Aufschwungs der 1950er-Jahre in der Bevölkerung sehr populär. (Foto, 1957)

Die 1950er-Jahre in der Bundesrepublik

Der wirtschaftliche Aufschwung

Die Kredite, Rohstoff- und Maschinenlieferungen aus den USA hatten in der Bundesrepublik einen wirtschaftlichen Neubeginn angestoßen. Der einsetzende wirtschaftliche Aufstieg der 1950er-Jahre ist eng mit dem System der Sozialen Marktwirtschaft verbunden. Sie prägt seitdem die Wirtschaftsordnung der Bundesrepublik:

- Der Staat sichert mithilfe von Gesetzen den freien Wettbewerb und das Privateigentum.
- Industriezweige können durch Unterstützung des Staates, z. B. Steuererleichterungen, gefördert werden.
- Unternehmer und Arbeitnehmer teilen sich die Beiträge zur Renten- und Krankenversicherung miteinander.

Schließlich erholte sich die Wirtschaft so schnell, dass man von einem „Wirtschaftswunder" sprach. Die demokratischen Parteien profitierten von der wirtschaftlichen Gesundung. Das Vertrauen in die Politiker und in die staatliche Ordnung wuchs. Das sozialistische Wirtschafts- und Gesellschaftssystem der DDR wurde von den meisten Bürgerinnen und Bürgern und Parteien nicht als Alternative angesehen.

„Wir sind wieder wer!"

Der wirtschaftliche Aufschwung führte dazu, dass die Kriegsschäden schneller beseitigt werden konnten als angenommen. Überall entstanden neue Straßen, Brücken und Gebäude. In der Gesellschaft breitete sich das Gefühl aus, dass es vorwärts geht.

Dieses neue Selbstwertgefühl steigerte der Titelgewinn der westdeutschen Fußballmannschaft bei der WM 1954 noch. In Umfragen gaben die Bürgerinnen und Bürger der Bundesrepublik an, dass sie sich nun gleichrangig mit anderen Nationen sahen und wieder respektiert fühlten.

M2 Die Mannschaft der Bundesrepublik als Fußballweltmeister nach Spielende (Foto, 1954)

Wachsender Wohlstand in der Gesellschaft

Die Jahre nach dem Krieg wurden durch den wirtschaftlichen Aufschwung endgültig überwunden. Zu Symbolen des Wirtschaftswunders in den 1950er-Jahren wurden Produkte wie der Volkswagen „Käfer“, ein Radio oder ein Fernsehgerät. Diese Produkte waren aber noch sehr teuer. Eine Familie musste immer noch lange sparen, bis sie sich z. B. eine Waschmaschine oder einen Kühlschrank leisten konnte. Zum Traum der Westdeutschen wurde der Bau eines Eigenheims, welches über Bankkredite finanziert werden konnte.

Zum steigenden Wohlstand gehörten bald auch wieder Reisen. Die Fahrt über Landstraßen nach Österreich und Italien, den damaligen Traumzielen, war mit den einfachen Automobilen noch ein Abenteuer. Es dauerte oft mehrere Tage, bis die Reisenden am Urlaubsort ankamen. Auch mit dem Fahrrad oder dem Motorroller reisten viele und übernachteten im Zelt oder einfachen Pensionen.

Dagegen waren Fernreisen ein echter Luxus. Ein Flug in die USA oder eine Fahrt mit dem Schiff waren für einfache Bürgerinnen und Bürger unerschwinglich. Eine Flugreise wurde daher sehr bestaunt.

M3 Werbeplakate in den 1950er-Jahren

M4 Fahrt in den Süden in den späten 1950er-Jahren (Foto, o. J.)

ARBEITSAUFTRÄGE

1 a) Recherchiere zum „Wunder von Bern“ in M2 und stelle die Besonderheit vor. HILFE

b) Begründe die Wirkung der Fußballweltmeisterschaft 1954 auf die Bürgerinnen und Bürger der Bundesrepublik.

AUSWAHL **2** I Schildere, wie das Wirtschaftswunder den Alltag veränderte.

II Beschreibe Aktivitäten mithilfe von M3, die erst durch das „Wirtschaftswunder“ wieder möglich wurden.

III Begründe, warum besonders Reisen wie in M4 als Zeichen des Wohlstands galten. HILFE

3 Diskutiert, wie stark Konsum unsere heutige Gesellschaft prägt.

Debatte

M1 Propagandaplakat zum Wiederaufbau der Städte in der DDR nach Vorbild der Sowjetunion (1952)

Die DDR ist an die Sowjetunion gebunden

Orientierung an der Sowjetunion

Die Deutsche Demokratische Republik war auf Anordnung der Sowjetunion gegründet worden. Die von der SED angeführte Regierung hob die DDR propagandistisch als den fortschrittlichsten Staat heraus. Durch die Führung der kommunistischen Partei sei der Wiederaufbau des vom Krieg verwüsteten Landes gelungen. Forschung und Technik seien dem Westen überlegen. Die Bundesrepublik und deren Bindung an die USA sollten rückschrittlich erscheinen.

Staatlich angeordnete Freundschaft

In der staatlichen Propaganda wurde stets die Freundschaft zwischen den „Völkern der Sowjetunion und der DDR" betont. Alle Parteiorganisationen und auch Kindergärten und Schulen lehrten diese Sichtweise:

- Traditionelle deutsche Märchen wurden durch russische, wie z. B. „Mischka der Bär", ergänzt und in Kinderliedern die Freundschaft zur Sowjetunion besungen.
- Als verpflichtende erste Fremdsprache erlernten die Schülerinnen und Schüler nun Russisch.
- Kirchliche Feste wie Weihnachten wurden zwar nicht abgeschafft, aber durch russische Elemente wie z. B. „Väterchen Frost" ergänzt.

M2 Propagandamarsch von Schülerinnen zur Freundschaft mit der Sowjetunion (Foto, 1955)

Die Anwesenheit von sowjetischen Truppen rechtfertigte die DDR-Führung damit, dass sie Beschützer vor der Bundesrepublik und den USA seien und so den Frieden garantieren würden. Kontakte der DDR-Bevölkerung zu den sowjetischen Truppen gab es aber kaum. Zu einer freiwilligen, in der Bevölkerung gepflegten und lebendig gehaltenen deutsch-russischen Freundschaft kam es nicht. Die staatlich angeordnete Partnerschaft zu Osteuropa verfehlte ihr Ziel.

M3 Von der SED angeordnete Inschrift an einem Bauernhof (Foto, 1952)

Gelenkte Zusammenarbeit im östlichen Europa

Als Reaktion auf den amerikanischen Marshallplan verpflichtete die sowjetische Regierung die Länder ihres Machtbereichs zur wirtschaftlichen Zusammenarbeit. Sie sollten eng an die Sowjetunion gebunden sein, um die Staaten noch besser kontrollieren zu können. Ihre Zusammenarbeit diente demnach eher politischen als wirtschaftlichen Zielen.

Auch die DDR wurde fest angebunden. Vor allem durch die Rohstofflieferungen und die Erdöl- und Gaslieferungen war die Wirtschaft der DDR an die Sowjetunion gekoppelt. Da die Liefermengen von sowjetischer Seite bestimmt wurden, musste sich wiederum die Planwirtschaft in der DDR daran orientieren.

Es war das Ziel, die Produktion aller osteuropäischen Staaten so miteinander zu vernetzen, dass Schwankungen ausgeglichen wurden. Durch ein Ineinandergreifen der Produktion und des Handels sollten Fortschritt und Wohlstand in diesen Ländern wachsen.

Doch die wirtschaftliche Leistungskraft der Industrie der einzelnen Staaten war sehr unterschiedlich. Neben der Sowjetunion war die DDR das leistungsstärkste und am höchsten entwickelte Land in Osteuropa.

ARBEITSAUFTRÄGE

1 Fasse zusammen, wodurch die DDR mit der Sowjetunion verbunden war.

2 I Zähle auf, wodurch die Freundschaft zur Sowjetunion durch den Staat gefördert werden sollte.
II Erkläre den Begriff „Völkerfreundschaft zur Sowjetunion".
III Erläutere mithilfe der Bilder M2 und M3, dass es sich um eine staatlich angeordnete Freundschaft handelte.

3 Vergleiche die Beziehung der Bundesrepublik zu den USA und Westeuropa mit der Anbindung der DDR an die UdSSR und Osteuropa.

Planmäßiger Aufbau des Sozialismus

Die Umgestaltung der Landwirtschaft

Die sowjetische Besatzungsmacht hatte bereits unmittelbar nach Kriegsende in der Landwirtschaft eine Umverteilung des Grundbesitzes angeordnet. Große Bauern wurden durch die Bodenreform enteignet und das Land an viele Kleinbauern verteilt.

Doch in der Praxis häuften sich die Schwierigkeiten. Die Lebensmittelproduktion ging zurück und die neuen Höfe waren zu klein, um Gewinn erwirtschaften zu können. Daher ordnete nun die DDR-Regierung an, dass die kleinen Höfe zu staatlich gelenkten Landwirtschaftlichen Produktionsgenossenschaften (LPG) zusammengelegt wurden.

Viele Bauern wollten ihren Hof nicht freiwillig aufgeben. Sie wollten selbst entscheiden können, was sie anbauen oder welche Tiere sie halten. Lieber trugen sie selbst das Risiko einer schlechten Ernte und eines geringen Einkommens, als den Hof abzugeben. Erst unter Zwang traten sie daher in eine LPG ein. Sie wurden zu Arbeitern auf dem eigenen Hof, mussten den Anweisungen einer vorgesetzten Behörde folgen.

Die Umgestaltung von Industrie- und Handwerksbetrieben

Die gesamte DDR-Wirtschaft sollte sich nach den Prinzipien der sowjetischen Planwirtschaft entwickeln:

- Voraussetzung war die Verstaatlichung der privaten Unternehmen.
- Es folgte deren Umgestaltung zu „Volkseigenen Betrieben“ (VEB).
- Alle Betriebe, Produktions- und Wirtschaftszweige wurden hierbei aufeinander abgestimmt.
- Schließlich wurde in einem Plan die gesamte wirtschaftliche Produktion vorausgedacht.

In sogenannten „Fünfjahresplänen“ wurden alle wesentlichen wirtschaftlichen Vorgaben von einer zentralen Planungsbehörde zum Aufbau des Sozialismus festgeschrieben.

Verstaatlichung: Handwerks- und Industriebetriebe sowie Banken werden enteignet, d.h. ihren Besitzern weggenommen. Sie werden verstaatlicht, d.h. zu Staatseigentum.

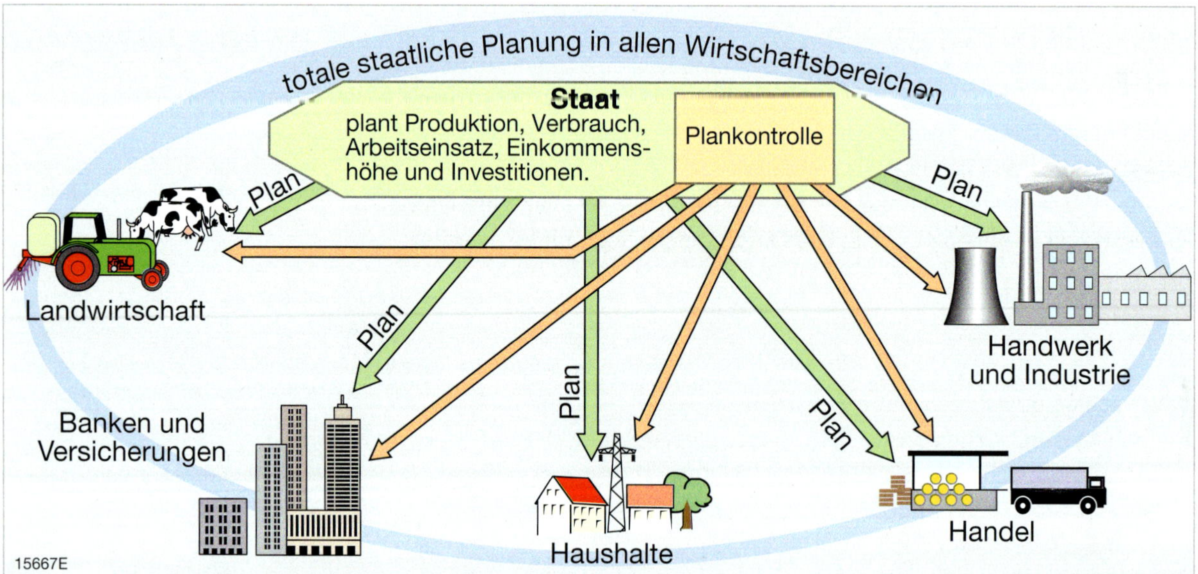

M1 Schaubild zum System einer staatlich gelenkten Planwirtschaft

M2 Eine staatliche Planungskommission begutachtet verschiedene Stoffmuster für die Produktion von Frauenkleidung. (Foto, 1953)

Mängel der Planwirtschaft

Vor allem in der Produktion von Konsumgütern erwies sich diese staatliche Lenkung als sehr schwierig und oft fehlerhaft. Den Betrieben der DDR wurde von staatlicher Seite aus vorgegeben, welche Produkte und wie viele davon produziert werden sollten. Die Bürgerinnen und Bürger mussten mit dem entsprechenden Warenangebot in den Läden zurechtkommen. Eine so große Auswahl wie in den westlichen Kaufhäusern gab es nicht.

Q1 Im Parlament der DDR wies eine Abgeordnete im Winter 1952 auf Fehler der Planwirtschaft hin:

Nicht nur in der Versorgung mit Lebensmitteln, sondern auch besonders in der Versorgung mit Textilien gab es große Mängel. [...] Sicher hat der Minister [...] keine Kinder; denn sonst könnte er in der Sorge um unsere Jüngsten nicht vergessen, dass sie Strümpfe, Windeln, Babywäsche, Hosen, Kleider und Mäntel brauchen, und zwar der Jahreszeit angepasst. Im Winter brauchen unsere Kinder keine Sandalen, die es jetzt und nicht im Sommer zu kaufen gibt. Im Winter brauchen unsere Kinder keine Kniestrümpfe, die man jetzt haben kann, während sie im Sommer fehlten.

M3 In der DDR erzeugte Waren wurden immer auf der Leipziger Messe präsentiert. (Foto, 1952)

Diese Produktionsweise führte zu einem steten Mangel an Konsumgütern. Bis weit in die 1950er-Jahre hinein versuchte die DDR, den Vorkriegsstand der Versorgung mit Lebensmitteln und Konsumgütern wieder zu erreichen.

ARBEITSAUFTRÄGE

1 Präsentiere, welche VEB es an deinem Schulort gab.

2 I Gib mithilfe des Schaubilds M1 wieder, wie die Planwirtschaft funktionierte.
II Beschreibe mithilfe von M1 und M2 die Aufgaben der Planungskommission.
III Begründe mithilfe von M1 und Q1, warum es zu Mängeln und Fehlern in der Planwirtschaft kam.

3 Begründe, warum das Paar im Hintergrund von M3 so erstaunt auf die Wurstwaren schaut. Denke dabei an die Mängel der Planwirtschaft.

Einheit von Politik und Wirtschaft

Auf dem Weg zur Europäischen Union

Im Jahr 1950 wollte der französische Außenminister Robert Schumann eine gemeinsame Union zur Kohle- und Stahlproduktion mit der Bundesrepublik Deutschland ins Leben rufen. Die Bundesrepublik stimmte zu. Im Jahr 1951 gründeten insgesamt sechs Staaten die Europäische Gemeinschaft für Kohle und Stahl (EGKS). Dies wird allgemein als die „Geburtsstunde" der Europäischen Union benannt.

Der EWG-Vertrag

Schon bald nach der Gründung der EGKS stellten die Mitglieder fest, dass eine Zusammenarbeit nur in den Bereichen Kohle und Stahl nicht ausreichte. Auch andere Wirtschaftsbereiche sollten zukünftig unter gemeinsame Verantwortung gestellt werden. Nach langen Verhandlungen unterschrieben Vertreter der sechs Staaten am 25. März 1957 in Rom den Vertrag zur Gründung der Europäischen Wirtschaftsgemeinschaft (EWG).

M1 Robert Schumann (1886–1963) bei der Unterzeichnung der römischen Verträge (Foto, 25.03.1957)

Die EWG entwickelte sich zu einem gut funktionierenden Wirtschaftsbündnis. 1967 wurde die Europäische Wirtschaftsgemeinschaft in Europäische Gemeinschaften (EG) umbenannt.

Der Beginn der politischen Zusammenarbeit der EG

Schon bei der Unterzeichnung 1957 strebten die Mitgliedsstaaten der EWG eine politische Zusammenarbeit an. Doch erst 1986 wurden auf dieser Ebene erste Erfolge erreicht. Die Staats- und Regierungschefs der EG kamen überein, einen einheitlichen Wirtschaftsraum ohne Grenzen zu schaffen. Das Europäische Parlament, das seit 1979 direkt von den Bürgern und Bürgerinnen gewählt wird, und der Ministerrat erhielten dabei das Recht, selbst Gesetze vorzuschlagen.

Der RGW – Rat für gegenseitige Wirtschaftshilfe

Der „Rat für gegenseitige Wirtschaftshilfe" wurde am 25. Januar 1949 in Moskau als Gegenstück zum Marshallplan gegründet. Oberstes Ziel war es, die Staaten Osteuropas enger an die Sowjetunion zu binden und von ihr abhängig zu machen.

Der RGW organisierte die wissenschaftliche, wirtschaftliche und technische Zusammenarbeit seiner Mitgliedstaaten. Einerseits bestand seine Aufgabe darin, eine bessere wirtschaftliche Spezialisierung und Arbeitsteilung zwischen den Staaten zu erreichen. Dadurch entstanden immer größere Abhängigkeiten, da die Staaten darauf angewiesen waren, die entsprechenden Waren von den verschiedenen Mitgliedstaaten zu bekommen. So waren u.a. folgende Spezialisierungen vorgesehen:

- Sowjetunion: z.B. Flugzeuge, U-Bahn-Wagen und Traktoren,
- DDR: z.B. landwirtschaftliche Maschinen, Schiffe, Computer.

Andererseits sollte auch eine allmähliche Angleichung der unterschiedlichen wirtschaftlichen Bedingungen der Staaten erreicht werden. Ebenso wurde in allen Ländern der RGW die Planwirtschaft eingeführt.

Tipp:
Weitere Informationen zum Marshallplan findest du auf S. 130/131.

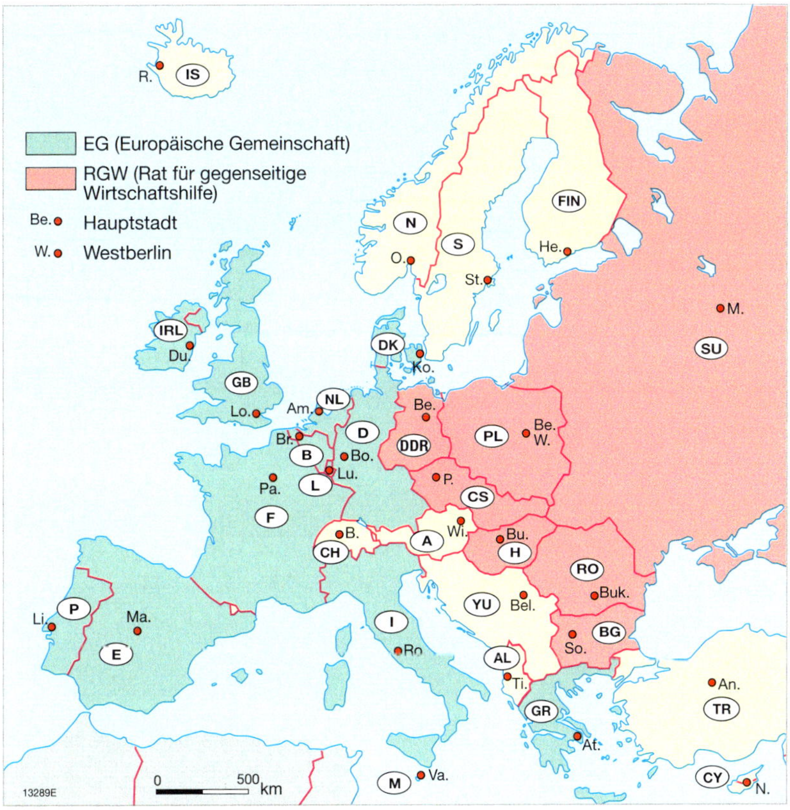

M2 EG und RGW – ein Vergleich

ARBEITSAUFTRÄGE

1 a) Nenne die Ziele des Rates für gegenseitige Wirtschaftshilfe.
b) Erkläre, warum der RGW gegründet wurde.

2 a) Nenne Ziele der Europäischen Gemeinschaften.
b) Erkläre, warum die EG gegründet wurden.

3 Vergleiche mithilfe von M2 die Europäischen Gemeinschaften mit dem Rat für gegenseitige Wirtschaftshilfe. Stühletausch HILFE

Spielfilme als Quelle analysieren

M1 Plakat für den Film „Berlin – Ecke Schönhauser..." (1957)

Berlin – Ecke Schönhauser...

Eine Gruppe Jugendlicher trifft sich jeden Abend am Prenzlauer Berg unter den U-Bahnbögen an der Ecke Schönhauser Allee. Häufig kommt es zu Konflikten mit Erwachsenen, die sich an der lauten Musik der Jugendlichen stören. Als eine Straßenlaterne zu Bruch geht, greift die Polizei ein. Dieser Vorfall spaltet die Gruppe. Jeder versucht auf seine Weise, sein Leben zu meistern.

Die politischen Führungen der DDR und der Bundesrepublik übten Kritik an dem Film. Aber während „Berlin – Ecke Schönhauser..." in der Bundesrepublik in seiner ursprünglichen Fassung lange nicht gezeigt werden durfte, kam es in der DDR nicht zu einem Aufführungsverbot.

Q1 In der Zeitschrift JUNGE WELT vom 28.12.1957 macht der Zentralrat der FDJ seine Haltung gegenüber Halbstarken deutlich:

[Dass] allen, die nur das Recht des Stärkeren anerkennen, [...] begreiflich gemacht werden muss, dass wir die Stärkeren sind. [verändert]

Q2 In einer Filmkritik der westdeutschen Zeitung DIE WELT äußerte die Journalistin bezogen auf die Probleme vieler Jugendlicher am 07.09.1957:

[D]ie [...] Akzente in diesem Film sind eindeutig gesetzt. [...] Doch sind sie nicht überzogen: Im Westen ist nicht alles „faul" und voll Gangster und Spione und im Osten nicht [...] harmlose Menschlichkeit und Fortschritt. Im Gegenteil, in der Perspektive der Jungen nähern sich zwei Welten, die in der zweigeteilten Stadt ohnehin nicht so strikt zu trennen sind, wie es die Verfechter des Kalten Krieges wünschen, in manchem aneinander an. Unverständnis, Lieblosigkeit, klare Routine und gelegentlich skrupelloser Missbrauch vonseiten der Erwachsenen sind, so [...] der Film, überall die Feinde des jugendlichen Erlebnisdranges. [verändert]

Info:
Berlin – Ecke Schönhauser..., DEFA, 1957
Regie: Gerhard Klein
Drehbuch: Wolfgang Kohlhaase
Produktionsland: DDR
Vertrieb: Der Ostfilm, 2020.

M2 Szene aus dem Film „Berlin – Ecke Schönhauser..." (Foto, 1957: Ekkehard Schall, Ilse Pagé, Harry Engel, Ernst-Georg Schwill, Manfred Borges)

Vom Geschichtsereignis zum Kinohit

Filme mit historischen Inhalten sind bei Zuschauern sehr beliebt. In Spielfilmen steht das historische Ereignis häufig im Hintergrund. Es dient dazu, eine zumeist erdachte Situation von Hauptfiguren für den Zuschauer spannend zu erzählen. Das Interesse der Zuschauer soll dadurch geweckt werden, dass Spannung aufgebaut wird. Deshalb wird in Spielfilmen manchmal die Abfolge historischer Ereignisse verändert oder Szenen werden neu erdacht. Meistens steht eine Figur im Mittelpunkt des Geschehens. Der Spielfilm folgt einem Drehbuch, das den Ablauf des Films beschreibt und den Figuren den Text vorgibt. Kameraeinstellungen, Bewegungen und Blickwinkel der Kamera, Kostüme, Lichteffekte und Ton erzeugen die Wirkung von Echtheit.

M3 Szene aus dem Film „Spur der Steine" (Foto, 1966: Eberhard Esche, Johannes Wieke, Manfred Krug, Walter Richter-Reinick, Hans-Peter Minetti, Walter Jupé)

Info:
Spur der Steine, DEFA, 1966
Regie: Frank Beyer
Drehbuch: Frank Beyer, Karl Georg Egel
Produktionsland: DDR
Vertrieb: Der Ostfilm, 2020.

Geschichte im Spielfilm

Im Geschichtsunterricht können Filme als Quelle dienen. Um deren Bedeutung beurteilen zu können, reicht es nicht aus, einen Spielfilm zu analysieren. Es ist notwendig, weitere Materialien heranzuziehen.

Spielfilme müssen also sorgfältig und kritisch ausgewertet werden. Filme vermitteln die Atmosphäre eines Geschehens. Durch das Darstellen nebensächlicher Aspekte wirkt das Gezeigte realistisch. Die Mittel der Filmsprache müssen erkannt werden, um die Wirkungsweise eines Films analysieren und verstehen zu können.

Schritte zur Analyse von Spielfilmen

1. **Schritt: Filmanalyse vorbereiten**
   - Wählt einen Spielfilm aus.
   - Ordnet den Spielfilm in den historischen Kontext ein.
   - Sucht ergänzendes Material zum Thema (Gesetze, Lexika, Sachtexte).
2. **Schritt: Film analysieren**
   - Schaut euch entscheidende Szenen des Films an.
   - Fasst den Inhalt zusammen.
   - Notiert Fragen, die geklärt werden müssen.
   - Nennt wichtige Personen, Orte und Ereignisse.
   - Beschreibt, wodurch historische Bezüge hergestellt werden (Ausstattung, Kostüme, Sprache etc.)
   - Erklärt, mit welchen Mitteln welche Wirkung erzeugt wird.
3. **Schritt: Ergebnisse auswerten**
   - Klärt noch offene Fragen.
   - Vergleicht eure Ergebnisse mit anderen Quellen und Materialien.

M4 Szene aus dem Film „Eins, zwei, drei" (Foto, 1961: Horst Buchholz)

Info:
Eins, zwei, drei (orig.: One, two, three), Mirisch Corp./United Artists, 1961
Regie: Billy Wilder
Drehbuch: Billy Wilder, I.A.L. Diamond
Produktionsland: USA
Vertrieb: Koch Media GmbH, 2021.

ARBEITSAUFTRÄGE

1. Beschreibt, wie Jugendliche in dem Film dargestellt werden.
2. Erklärt, inwiefern die Jugendlichen auffällig und unangepasst sind.
3. Vergleicht die Darstellung der Jugendlichen im Film mit den Aussagen der Quellen Q1 und Q2.
4. Diskutiert folgende Aussage: „Nicht jeder, der mal was Krummes macht, ist selber krumm!"

Unzufriedenheit mit der SED-Herrschaft

M1 Verwaltungsbezirke der DDR. Im Jahr 1952 beschloss die Regierung die Auflösung der fünf Länder. Das heutige Sachsen wurde in drei Bezirke aufgeteilt.

Die SED bestimmt über die Demokratie

Die Hoffnungen auf wirkliche Demokratie in der DDR erfüllten sich nicht. Die SED war die bestimmende Partei. Alle anderen Parteien hatten sich ihren politischen Vorstellungen zu beugen. Daher gab es keine echte Alternative oder Opposition. Die SED-Herrschaft war unantastbar.

Auch die Industriebetriebe, Bauernhöfe (LPG), die Schulen und Universitäten wurden immer von der Partei gesteuert, da an der Spitze ein Parteigenosse stand. Die zentralen Anweisungen der Regierung in Ost-Berlin mussten dann vor Ort umgesetzt werden.

Widerstand gegen die bestimmende Partei

Sich gegen die Partei zu stellen und Kritik zu äußern, war riskant. Dennoch wagten immer wieder einige, ihre Meinung über die SED, die wirtschaftlichen Schwierigkeiten oder die verordnete Anbindung an die Sowjetunion zu äußern. Vor allem kritisierten sie in Flugblättern oder in Schriftzügen an Mauern die fehlende Demokratie in der DDR.

Wenn die Urheber ermittelt werden konnten, wurden diese in der Regel zu langen Haftstrafen verurteilt. Denn auch die Richter und Staatsanwälte waren meist in der SED und urteilten nicht unbefangen.

Q1 Elisabeth Graul beschreibt ihren Widerstand gegen die SED-Herrschaft. Sie wurde erst nach elf Jahren aus der Haft entlassen:

Ich habe als junger Mensch einer Widerstandsbewegung angehört, weil ich mit vielem nicht einverstanden war. […] Ich habe damit meine Zukunft aufs Spiel gesetzt, was ich wohl wusste, und habe die Quittung auch dafür bekommen. […] Wir wollten ein wirklich demokratisches Deutschland!

M2 Gefängnis in Bautzen. Viele Systemkritiker wurden dort unter sehr schlechten Haftbedingungen gefangen gehalten und waren auch zur Zwangsarbeit verpflichtet. (Foto, 1990)

Flucht in den Westen

Andere Bürgerinnen und Bürger, die mit der SED-Herrschaft, der Staatsform der DDR und der Planwirtschaft nicht einverstanden waren, wählten den Weg in die Bundesrepublik über die innerdeutsche Grenze.

Obwohl die Grenze oft nur aus einem einfachen Zaun oder einer Markierung bestand, war es verboten, die Grenzlinie ohne Erlaubnis zu überqueren. Flüchtende riskierten, von DDR-Grenzpolizisten entdeckt und verhaftet zu werden. Vor allem in Waldgebieten konnte z.B. die Grenze zwischen Sachsen und Bayern unentdeckt überquert werden.

M3 Bei der Flucht über die Grenze mussten die Flüchtlinge den größten Teil ihres Besitzes zurücklassen. (Foto, 1952)

Die Grenze wird immer mehr bewacht

In den ersten Jahren flohen mehrere Hunderttausend DDR-Bürgerinnen und -Bürger über die sogenannte „grüne Grenze“ in den Westen. Um diese Fluchtwelle zu beenden, ließ die DDR-Regierung die Grenze viel stärker von Soldaten bewachen. Außerdem wurden Zäune und Wachtürme errichtet. Auch durfte sich niemand ohne ausdrückliche Genehmigung im Grenzgebiet zur Bundesrepublik aufhalten. Manche Dörfer, die nahe an der Grenze lagen, wurden abgerissen und die Einwohner umgesiedelt.

Um die „Abstimmung mit den Füßen“ endgültig zu verhindern, erteilte die Regierung der DDR den Befehl, auf Flüchtende im Grenzgebiet zu schießen. Jeder Fluchtversuch sollte so lebensgefährlich sein, dass niemand mehr die Flucht wagen würde.

ARBEITSAUFTRÄGE

1 Beschreibe mithilfe der Quelle Q1 den Umgang mit Kritikern der SED. Partnervortrag

2 Stelle die Gedenkstätte Bautzen vor. HILFE

3 I Zähle auf, wodurch die DDR versuchte, ihre Bürgerinnen und Bürger an der Flucht in den Westen zu hindern.
II Erkläre mit M3 den Begriff „Abstimmung mit den Füßen“. HILFE
III Begründe, warum die DDR ihre Grenze zur Bundesrepublik kontrollierte.

Aufstand gegen die Diktatur: 17. Juni 1953

M1 Streikende Arbeiter in Ost-Berlin am 16. Juni 1953 (Foto, 1953)

Unzufriedenheit macht sich breit

Innerhalb weniger Jahre hatte sich in der Bundesrepublik ein deutlich höherer Lebensstandard als in der DDR entwickelt. Die höheren Löhne der Arbeiter im Westen und deren wachsender Wohlstand waren deutlich zu sehen. Auch Zeitungen oder Verwandtschaftsbesuche zeigten den Menschen die Vorteile und Leistungen der Marktwirtschaft. Besonders das Warenangebot in den Kaufhäusern in West-Berlin machte den Einwohnern der Ostseite deutlich, wie groß der Unterschied war.

Staatliche Willkür und Widerstand

Die Unzufriedenheit der DDR-Bürgerinnen und -Bürger mit der Regierung und der Planwirtschaft wurde immer größer. Diese Spannungen wuchsen weiter an, denn die SED-Regierung wollte unbedingt die selbstgesteckten Ziele in der Wirtschaft erreichen. Daher forderte sie von den Arbeitern, mehr und länger zu arbeiten, allerdings ohne deren Löhne anzupassen.

Schließlich riefen die Arbeiter in Ost-Berlin zunächst zum Protest gegen die Arbeitsvorgaben auf. Doch bald forderten sie den Rücktritt der Regierung, demokratische Wahlen sowie ein geeintes Deutschland.

Volksaufstand in der DDR

Von Ost-Berlin ausgehend kam es in der gesamten DDR am 17. Juni 1953 zu einem Volksaufstand gegen die SED und die Regierung. Auch in den sächsischen Industriegebieten, in Leipzig, Dresden, Karl-Marx-Stadt oder Görlitz, protestierten die Arbeiter. Sie demonstrierten zunächst gegen die erhöhten Arbeitsnormen. Doch dann forderten auch sie freie und geheime Wahlen, ein Leben ohne Unterdrückung und einen vereinigten deutschen Staat.

Arbeitsnorm: Leistung, die ein Arbeiter in einer bestimmten Zeit zu erbringen hat

M2 Demonstrierende Arbeiter marschieren am 17. Juni 1953 durch das Brandenburger Tor in Richtung West-Berlin. (Foto, 1953)

Die SED braucht die Unterstützung der Sowjetunion

Schließlich kam es zu gewaltsamen Ausschreitungen. Die Demonstranten besetzten Regierungsgebäude und nahmen die Staatsangestellten und Bürgermeister gefangen. Die Herrschaft der SED drohte, in der gesamten DDR innerhalb kürzester Zeit zusammenzubrechen.

Als Ausweg blieb dem Regierungschef Walter Ulbricht nur, Hilfe von der Sowjetunion zu erbitten. Mit Panzern und Schusswaffen beendeten die sowjetischen Soldaten den Aufstand. Einige Demonstranten starben bei diesem Militäreinsatz und viele wurden zu hohen Haftstrafen verurteilt.

Q1 **Jakob Kaiser, Bundesminister für gesamtdeutsche Fragen, ordnete den Aufstand bei einer Trauerveranstaltung für die Opfer am 23. Juni 1953 so ein:**

Der 16. und 17. Juni waren der Aufstand des Menschen gegen ein Diktatsystem ohne Menschlichkeit [...]. Dass dieser Aufstand erfolgte, trotz Waffenlosigkeit auf der einen und trotz Panzern und Maschinengewehren auf der anderen Seite, zeugt für die abgrundtiefe Abneigung gegen das aufgezwungene System.

M3 Demonstranten kämpfen mit Steinen gegen einen sowjetischen Panzer. (Foto, 1953)

ARBEITSAUFTRÄGE

1 Zähle Ursachen für den Volksaufstand am 17. Juni 1953 auf
Stühletausch

WAHL **2** I Benenne mithilfe von M1 und M2 Forderungen der Demonstranten.
II Schildere mithilfe der Abbildungen M1, M2 und M3 den Verlauf des Volksaufstands. HILFE
III Bewerte das Vorgehen der DDR-Regierung gegen die Demonstranten.

3 a) Stelle die Sicht des Politikers der Textquelle Q1 zum Volksaufstand vor.
b) Recherchiere zum Gedenken an den Volksaufstand von 1953 in der Bundesrepublik. HILFE

Digital+
Film über den Aufstand am 17. Juni 1953
WES-142807-407

Die Stasi überwacht die Bevölkerung

M1 Gesammelte Geruchsproben. Die Stasi nahm von allen Untersuchungshäftlingen Geruchsproben. Mit Hunden konnten so eventuelle weitere Zusammenhänge ermittelt werden. (Aktuelles Foto)

Das Ministerium für Staatssicherheit (MfS)

Wie in einer Diktatur üblich, wurde die Bevölkerung in der DDR überwacht. Dafür wurde im Jahr 1950 das Ministerium für Staatssicherheit (MfS) gegründet. Das MfS wurde als „Schild und Schwert der Partei" bezeichnet. Es ähnelte einer Polizeibehörde, die dem Machterhalt der SED diente.

Nach dem Volksaufstand von 1953 wurde das MfS ausgebaut und seine Befugnisse wurden erweitert. Die wichtigsten Aufgaben waren,

- der Regierung Berichte über die Stimmung in der Bevölkerung zu liefern,
- regierungskritische Personen oder -gruppen zu ermitteln, zu überwachen und vor Gericht zu bringen,
- politisch Andersdenkende einzuschüchtern und deren Post, Telefon sowie Kontakte zu anderen Personen zu überwachen.

Außerdem gehörten auch die Kontrolle der Grenzübergänge und die Spionage in der Bundesrepublik oder im westlichen Ausland zum Aufgabenbereich des MfS.

Flächendeckende Überwachung

Das MfS, auch „Staatssicherheit"/„Stasi" genannt, bekam Informationen zu ihren Bürgerinnen und Bürgern vor allem über „Inoffizielle Mitarbeiter" (IM) und legte Akten zu jeder beschatteten Person an. Die IM bespitzelten die Menschen in ihrem privaten und beruflichen Umfeld und gaben Informationen weiter. Vorranging wurden deren Gesinnung und Einstellung gegenüber dem Staat ausgekundschaftet.

Die Stasi hatte in den Bezirksstädten ihre eigenen Zentralen mit den entsprechenden technischen Einrichtungen. Die gesamte DDR war von einem dichten Überwachungssystem der Stasi überzogen. Im Jahr 1989 gab es neben den rund 91 000 festen Mitarbeitern, die für das MfS arbeiteten, auch ungefähr 189 000 „Inoffizielle Mitarbeiter".

M2 Fensterloser Kleintransporter „Barkas" der Stasi. Den Verhafteten sollten die Standorte der Stasi-Gefängnisse verborgen bleiben, die Bevölkerung möglichst wenig von den Transporten wissen. (Foto, 2005)

Der Stasi ausgeliefert

Gerieten Bürger oder Bürgerinnen in den Blick der Stasi, waren sie deren Willkür ausgeliefert. Jeder konnte ohne vorherigen Gerichtsbeschluss in Untersuchungshaft genommen und psychisch terrorisiert werden. Für diese Verhöre und Untersuchungen gab es spezielle Gefängnisse. Die Festgenommenen durften weder einen Anwalt sprechen noch Kontakt zur Familie aufnehmen. Hatte die Stasi genügend Belastungsmaterial gesammelt oder erpresst, ergingen vorgefertigte Urteile mit sehr langen Haftstrafen.

Q1 Die DDR-Bürgerin Marietta Jablonski beschrieb 1997 die Verhöre im Stasigefängnis. Sie war 1971 für sechs Monate ohne Schuldnachweis in Untersuchungshaft:

Ich sehe noch heute das lauernde Gesicht, das verachtende Lächeln, die gierigen Augen, höre die unangenehme [...] Stimme, wie sie mir [...] mitteilte: „Wir haben die Macht, die unbeschränkte Macht, hier, das ist Ihnen, Frau Jablonski doch klar. Wir können mit Ihnen machen, was wir wollen, es gibt niemanden, der Ihnen helfen kann. [...] Sie kommen in einen Barkas [...], auf dem steht Brot oder Butter oder Gemüse, auf jeden Fall eine neutrale Aufschrift. Sie kommen nirgends lebend an. Daran wird uns niemand hindern, niemand interessiert sich dafür. Sie verschwinden auf ewig. Nie in Ihrem Leben werden Sie die Möglichkeit haben, über das, was Sie hier erlebt haben, zu sprechen. Sollten Sie es trotzdem tun, so überleben Sie das nicht."

M3 Rekonstruierte Zelle in einem Stasi-Gefängnis (Foto, 2005)

Q2 Der von der Stasi verfolgte und inhaftierte DDR-Bürger Roland Jahn blickte in einer Rede auf die Verhöre der Stasi zurück:

Im Gefängnis erlebten wir die Stasi-Offiziere als geschulte Psychologen. Sie drohten, dass unser Kind ins Heim kommt, wenn wir nicht aussagen. Abends schalteten sie demonstrativ das Radio ein und zwangen Petra [Jahns Lebensgefährtin und Mutter der gemeinsamen Tochter], den Abendgruß des Sandmanns zu hören – eine Kindersendung, die unsere Tochter liebte. Mir gaben sie Fotos von unserer Tochter und freuten sich, wie ich mit den Bildern weinend in der Zelle saß. In solchen Momenten war ich kurz vor dem Zusammenbruch und klammerte mich an die Hoffnung, dass es nicht ewig dauern kann. Den Stasi-Mitarbeitern sagte ich damals: „Eines verspreche ich euch, irgendwann komme ich hier raus und dann werde ich euren Kindern erzählen, was ihr hier getrieben habt."

M4 Roland Jahn war von 2011 bis 2021 der Leiter einer staatlichen Behörde, die sich um die Aufarbeitung der Stasi-Verbrechen kümmerte. (Foto, 2011)

ARBEITSAUFTRÄGE

Bearbeitet die Aufgaben kooperativ mit einem Partner oder einer Kleingruppe.

a) Begründe, warum die DDR-Regierung die Stasi benötigte.

b) Erläutere mithilfe der Quellen Q1 und Q2, wie die Stasi die Befragung von Untersuchungshäftlingen durchführte.

c) Stelle die Stasi-Gedenkstätte in Berlin-Hohenschönhausen vor. HILFE

d) Recherchiere den Lebenslauf von Roland Jahn und stelle diesen vor. HILFE

Digital+
Film über die „Stasi"
WES-142807-408

M3 Bau der Berliner Mauer. Vom Westen aus war zu sehen, dass DDR-Soldaten die Bauarbeiter bewachen mussten, damit sie nicht flohen. (Foto, 13.08.1961)

Der Bau der Berliner Mauer

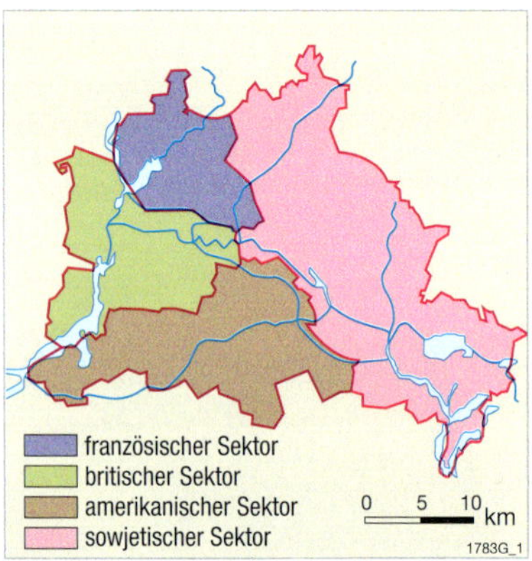

M1 Die vier Sektoren der Stadt Berlin

Berlin als Tor zum Westen

Durch die streng bewachte Grenze zur Bundesrepublik waren die Bürger und Bürgerinnen der DDR vom Westen abgeriegelt. Nur in der Viersektorenstadt Berlin war es möglich, die DDR ohne Todesgefahr zu verlassen, da es zwischen dem Ost- und Westteil der Stadt keine befestigte Grenze gab. Von West-Berlin aus konnte jeder Flüchtende dann in die Bundesrepublik gelangen. Der Flüchtlingsstrom über Berlin in den Westen bedeutete für die Führung der DDR

- einen großen volkswirtschaftlichen Schaden, weil sich unter den Übersiedlern gut ausgebildete Facharbeiter befanden,
- einen Imageschaden, weil die Fluchtbewegung die große Unzufriedenheit der Bürgerinnen und Bürger mit dem Regime signalisierte, und
- das Bekanntwerden der diktatorischen Strukturen in der DDR im Westen durch die Geflüchteten.

Daher beschloss die DDR-Führung, nach Rücksprache mit der Sowjetunion, auch in Berlin die Grenze zu befestigen.

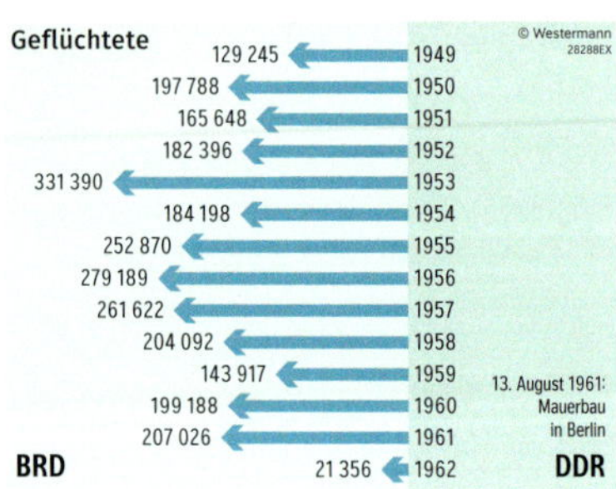

M2 Geflüchtete von der DDR in die Bundesrepublik von 1949–1962

Beseitigung des „Schlupflochs“ Berlin

In der Nacht zum 13. August 1961 positionierten sich bewaffnete DDR-Kräfte in der ganzen Stadt an den Sektorengrenzen und riegelten diese mit Stacheldraht und Barrikaden ab. Am Morgen begannen dann Bauarbeiter mit dem Bau der Berliner Mauer quer durch die Stadt und um die drei westlichen Besatzungszonen:

- Straßen und Brücken in den Westteil wurden von Soldaten versperrt,
- der S- und U-Bahnverkehr zwischen den Stadtteilen wurde eingestellt,
- der durch die Stadt fließende Fluss von Soldaten in Booten bewacht.

Innerhalb weniger Tage war West-Berlin nicht nur vom Ostteil, sondern auch vom gesamten Umland abgetrennt.

Folgen des Mauerbaus

Innerhalb weniger Wochen wurde die Grenze immer weiter befestigt. Für viele Berliner hatte der Mauerbau weitreichende Folgen:

- Viele konnten ihre Universität oder Arbeitsstätte nicht mehr erreichen.
- Menschen wurden voneinander getrennt. Familien, Verwandte, Nachbarn und Freunde konnten sich nicht mehr besuchen.

Viele West-Berliner waren über den Mauerbau empört und erhofften sich Hilfe durch die Westalliierten. Diese hielten sich aber zurück, da sie keinen Krieg mit der Sowjetunion riskieren wollten.

Q1 Der Bürgermeister von West-Berlin, Willy Brandt, kritisierte am 13. August 1961 den Mauerbau und die Teilung der Stadt:

Das wird uns nicht davon abhalten, leidenschaftlich Anklage gegen die brutale Zerreißung dieser Stadt zu erheben, gegen einen Akt, der Recht und Gerechtigkeit Hohn spricht. In Wahrheit hat das kommunistische Regime in den letzten 48 Stunden das Eingeständnis dafür geliefert, dass es selbst Schuld ist an der Flucht von Deutschen nach Deutschland. Eine Clique, die sich Regierung nennt, muss versuchen, ihr eigene Bevölkerung einzusperren. [...] Es wird keinen Bestand haben. [...] Wir wollen ein Volk bleiben.

M4 Getrennte Familien: Ein West-Berliner Ehepaar präsentiert ihre Zwillinge den Großeltern im Ostteil. (Foto, 1961)

Eine unmenschliche Grenzline

An der innerdeutschen Grenze hatten die DDR-Grenzsoldaten den Befehl, auf Flüchtende zu schießen. Dies galt auch an der Berliner Mauer. Eine Flucht von Ost- nach West-Berlin wurde so zu einem gefährlichen und fast unmöglichen Unterfangen. Bis zum Fall der Berliner Mauer gab es eine Vielzahl von „Mauertoten“ zu beklagen.

Eines der ersten Maueropfer in Berlin wurde der 18-jährige Peter Fechter. Bei seinem Fluchtversuch wurde er angeschossen und fiel auf DDR-Gebiet zurück. Augenzeugen aus dem Westen, die die Flucht beobachtet hatten, warfen dem schwer Verletzten Verbandszeug über die Mauer. Doch niemand durfte helfen, so dass Peter Fechter verblutete. Seine Leiche trugen dann DDR-Grenzsoldaten aus dem Grenzgebiet.

Die Stasi überwachte stets die Angehörigen von Geflüchteten. Deren Familien mussten dann viele Schikanen ertragen, konnten beruflich nicht aufsteigen oder durften nicht studieren. Neben der Lebensgefahr diente dieses Druckmittel zur Abschreckung vor einer Flucht.

ARBEITSAUFTRÄGE

1 Stelle dir vor, du erlebst als Reporter in West-Berlin den Mauerbau. Reporter
- I Schreibe mithilfe von M3 einen kurzen Bericht über den Ablauf der Ereignisse. HILFE
- II Schildere mithilfe von M4 die Alltagssorgen und Hoffnungen einer durch die Mauer getrennten Familie.
- III Befrage mithilfe von Q1 den Bürgermeister von West-Berlin zu seiner Sicht auf den Mauerbau und seinen Erwartungen für die Zukunft.

2 Diskutiert den Umgang der DDR mit Flüchtenden an der Grenze zur Bundesrepublik und der Berliner Mauer. Debatte

Digital+
Film über den Bau der Berliner Mauer
WES-142807-409

Der Mauerbau und dessen Darstellung

Der Bau der Berliner Mauer durch die DDR und die Abschottung von der Bundesrepublik durch eine streng bewachte Grenze sind Beispiele für eine geplante politisch motivierte Manipulation der Öffentlichkeit. Besonders die Begründungen für die innerdeutsche Grenze und deren propagandistische Darstellung zeigen dies deutlich. Alles begann aber bereits mit einer bewussten Täuschung der eigenen Bevölkerung und jener der Bundesrepublik.

Dem Mauerbau geht eine Lüge voraus

Bereits vor dem Bau der Mauer herrschte strengste Geheimhaltung gegenüber der Öffentlichkeit sowohl in der DDR als auch in der Bundesrepublik. Teils wurde diese auch bewusst belogen. Denn um eine akute Fluchtlawine aus der DDR zu verhindern, musste der geplante Mauerbau verheimlicht werden. Nur die obersten Behörden waren in die Pläne der Staatsführung eingeweiht. Zwei Monate vor dem Mauerbau belog Walter Ulbricht auf einer Pressekonferenz daher eine westdeutsche Journalistin, die die zukünftig befestigte Grenze in Berlin erahnte.

Q1 Walter Ulbricht antwortete am 15. Juni 1961 auf die Frage der Journalistin:

Ich verstehe Ihre Frage so, dass es in Westdeutschland Menschen gibt, die wünschen, dass wir die Bauarbeiter der Hauptstadt der DDR dazu mobilisieren, eine Mauer aufzurichten. Mir ist nicht bekannt, dass eine solche Absicht besteht. Die Bauarbeiter unserer Hauptstadt beschäftigen sich hauptsächlich mit Wohnungsbau, und ihre Arbeitskraft wird dafür voll eingesetzt. Niemand hat die Absicht, eine Mauer zu errichten.

Die Grenze ist keine Mauer, sondern ein Schutzwall

Die DDR-Führung beharrte stets darauf, dass die befestigte Grenze ein sogenannter antifaschistischer Schutzwall sei. Diese Propagandabezeichnung wurde in allen Medien und in der Schule verwendet. Als Grund wurde vermittelt, dass dieser Schutzwall die DDR-Bürgerinnen und -Bürger vor dem Einfluss der kapitalistischen Bundesrepublik bewahre. Er sorge dafür, dass die DDR als Staat existieren könne. Verschwiegen wurde dagegen, dass die Mauer der Unterdrückung der eigenen Bevölkerung diente, die hinter ihr eingesperrt war.

M1 Auch auf Alltagsgegenständen wie Briefmarken oder Postkarten wurde die Mauer als „antifaschistischer Schutzwall" beworben. Auf diese Weise wurde versucht, den Begriff und die Beurteilung der Mauer in das Bewusstsein der DDR-Bürgerinnen und -Bürger einzuprägen. (DDR-Briefmarke zum 25. Jahrestag der Berliner Mauer, 1986)

M2 Originaltitel: „Die Berliner Bevölkerung fühlt sich mit den bewaffneten Kräften eng verbunden, die zur Sicherung des Friedens in der Hauptstadt der DDR ihren Dienst tun. Am Kontrollpunkt Heinrich-Heine-Straße werden Blumen und kleine Geschenke übergeben.“ (Foto, 05.10.1961)

M3 Eine Plakatwand nahe der Berliner Mauer im Ostteil Berlins richtet sich an die West-Berliner Bevölkerung: „Hier beginnt die Freiheit vor imperialistischer Kriegspolitik, vor Revanchegeist, vor Spionagezentralen. Für sachliche Beziehungen mit der Westberliner Bevölkerung.“ (Foto, o. J.)

M4 Eine Plakatwand nahe der Berliner Mauer im Westteil Berlins zeigt das Zitat Walter Ulbrichts vom 15. Juni 1961. Am unteren Bildrand sind West-Berliner Bürgerinnen und Bürger zu sehen, die teils mit Ferngläsern in Richtung der Berliner Mauer schauen. (Foto, 1962)

Q2 In einem Geschichtslehrbuch der DDR findet sich folgende Erklärung für die Ereignisse am 13. August 1961:

Der Imperialismus der BRD baute seine militärische Macht systematisch aus. [...] Im Frühjahr 1961 gingen diese Kräfte verstärkt zur Kriegsvorbereitung gegen die DDR über. Zugleich verstärkte die Regierung der BRD den Wirtschaftskrieg gegen die DDR. [...] Parallel dazu forcierten Agenten und Geheimdienste ihre feindliche Tätigkeit. Die Abwerbung von Fachleuten aus der DDR durch kriminelle Menschenhändler erreichte neue Ausmaße. [...] Die Errichtung des antifaschistischen Schutzwalls, die in schnellem Tempo erfolgte, hatte die Westmächte, die BRD-Regierung und den Westberliner Senat völlig überrascht.

Q3 BRD-Botschafter Hans Kroll 1967 über ein Gespräch mit UdSSR-Regierungschef Nikita Chruschtschow:

Ich sagte ihm, dass nicht nur die Berliner Bevölkerung, sondern das ganze deutsche Volk die Sperrmauer durch seine alte Hauptstadt als Provokation empfinde [...]. Zu meiner Überraschung gab Chruschtschow zu, dass er diese Gefühle des deutschen Volkes verstehe. Wörtlich fuhr er fort: „Was sollte ich denn tun? Mehr als 30 000 Menschen, und zwar mit die besten und tüchtigsten Menschen aus der DDR, verließen im Monat Juni das Land [...]. Man kann sich unschwer ausrechnen, wann die ostdeutsche Wirtschaft zusammengebrochen wäre, wenn wir nicht etwas gegen die Massenflucht getan hätten. [...] Also blieb nur die Mauer übrig.“

ARBEITSAUFTRÄGE

1 (WAHL)
- I Beschreibe, an wen sich die Plakate M3 und M4 jeweils richteten.
- II Arbeite die Aussagen der Plakate M3 und M4 heraus.
- III Begründe, weshalb sich die Plakate M3 und M4 im Bezug auf den Bau der Berliner Mauer gegenseitig widersprechen.

2 a) Erkläre, was M1 und M2 den DDR-Staatsangehörigen vermittelten.
b) Bewerte die Beweggründe der DDR für den Mauerbau.

3 Diskutiert mithilfe von Q2 und Q3 sowie M1–M4 in der Klasse, ob es sich um eine Mauer oder einen antifaschistischen Schutzwall handelte. Grenzt hierbei Ursachen und Propaganda deutlich voneinander ab.

Historische Textquellen kritisch analysieren

Textquellen geben uns Einblick in geschichtliche Ereignisse. Allerdings sind auch immer persönliche Meinungen des Verfassers oder Wertvorstellungen früherer Zeiten in ihnen enthalten. Daher sind eine genaue Auswertung der Textquellen und ein Abgleich mit den gesicherten historischen Erkenntnissen notwendig. Nur so können Abweichungen, einseitige Verdrehungen oder Manipulationen der historischen Ereignisse herausgearbeitet werden. Durch unterschiedliche Quellen zum gleichen Thema werden zudem verschiedene Perspektiven und Standpunkte deutlich.

Schritte zur kritischen Analyse historischer Quellen

1. **Schritt: Die Textquelle beschreiben**
   - Beschreibe die Textquelle ausführlich. Wann und wo ist die Textquelle entstanden? Wer ist der Verfasser/an wen wendet er sich?
2. **Schritt: Die Textquelle verstehen**
   - Fasse den Inhalt zusammen. Markiere hierbei wichtige Wörter, Begriffe und Personen.
   - Stehen im Text für dich unbekannte Begriffe? Recherchiere diese, um deren Bedeutung in der Quelle zu entschlüsseln.
3. **Schritt: Die Textquelle auswerten**
   - Erkläre, was der Verfasser erreichen möchte. Welche Interessen oder politischen Einstellungen werden in der Quelle deutlich?
   - Gibt es in der Quelle Übertreibungen oder nimmt der Verfasser unmittelbar positive oder negative Wertungen vor?
4. **Schritt: Die Textquelle zum historischen Ereignis einordnen**
   - Überprüfe die Textquelle kritisch. Gibt es Übereinstimmungen oder Widersprüche im Zusammenhang mit den historischen Erkenntnissen? Erläutere, wie die historischen Informationen in der Textquelle verändert bzw. verfälscht wurden.
   - Vergleiche die vorliegende Quelle mit anderen zum gleichen historischen Ereignis. Mache die Unterschiede deutlich.

M1 West-Berliner Bürgerinnen und Bürger vor der sich im Bau befindenden Berliner Mauer (Foto, 15.08.1961)

Stichwortartige Musterlösung zur Analyse der Quelle Q1:

1. **Schritt: Beschreiben**
   - Verfasser: Bundeskanzler Konrad Adenauer am 13.08.1961
   - Adenauer nimmt Stellung zum Mauerbau.
   - Er wendet sich an die Deutschen in Ost u. West.
2. **Schritt: Verstehen**
   - Adenauer beschreibt den Mauerbau, dessen Gründe und nimmt Stellung dazu.
   - Regime = abwertender Begriff für eine Regierung bzw. politisches System
   - Sowjetzone = historischer Begriff für das Gebiet der DDR (hat 1961 keine Gültigkeit mehr)
   - Alliierte = Verbündete
3. **Schritt: Auswerten**
   - ablehnende Haltung Adenauers zum Mauerbau
   - kennzeichnet diesen als besonders negativen Eingriff
   - betont das Selbstbestimmungsrecht der Ostdeutschen und die Verbundenheit mit ihnen
   - kündigt Gegenmaßnahmen gemeinsam mit den Alliierten an
4. **Schritt: Einordnen**
   - keine Abweichungen oder Manipulation zu den historischen Ereignissen erkennbar
   - Bezeichnung der DDR als Sowjetzone ist inkorrekt
   - eindeutige Positionierung und Abgrenzung von der Sicht der DDR-Regierung

Q1 Bundeskanzler Konrad Adenauer nahm am 13.08.1961 in einer Pressemitteilung offiziell Stellung zum Mauerbau:

Die Machthaber der Sowjetzone haben heute Nacht damit begonnen, [...] West-Berlin von seiner Umgebung abzuriegeln. Diese Maßnahme ist getroffen worden, weil das [...] Regime der inneren Schwierigkeiten in seinem Machtbereich nicht mehr Herr wurde. [...] Der gesamten Weltöffentlichkeit wurde durch die Massenflucht aus der Zone tagtäglich gezeigt, unter welchem Druck die Bewohner stehen und dass ihnen das in der ganzen Welt anerkannte Selbstbestimmungsrecht nicht gewährt wird. [...] Im Verein mit unseren Alliierten werden die erforderlichen Gegenmaßnahmen getroffen. [...] Mit den Deutschen in der Sowjetzone und in Ost-Berlin fühlen wir uns nach wie vor aufs engste verbunden [...]. Die Bundesregierung hält an dem Ziel der deutschen Einheit in Freiheit unverrückbar fest.

M2 Konrad Adenauer besichtigt die abgeriegelte Grenze in Berlin (Foto, 18.08.1961)

Q2 Der Staatsrats- und SED-Vorsitzende Walter Ulbricht richtete sich am 18.08.1961 in einer Fernsehansprache an die DDR-Bürgerinnen und -Bürger:

Meine lieben Bürger der Deutschen Demokratischen Republik und liebe Freunde in Westdeutschland und West-Berlin! Ereignisreiche Tage liegen hinter uns. Hier und da gingen die Wogen etwas hoch. Sie glätten sich allmählich. [...]. Sie erwarten mit Recht, dass ich als Vorsitzender des Staatsrates der Deutschen Demokratischen Republik einiges zu den Geschehnissen und zu der neuen Situation sage. Doch zuvor drängt es mich, [...] den prächtigen Jungen in der Nationalen Volksarmee und in der Volkspolizei [...] im Namen der Regierung der Deutschen Demokratischen Republik und im Namen der Partei der Arbeiterklasse herzlichen Dank zu sagen. Sie haben die erfolgreiche Aktion vom 13. August hervorragend und diszipliniert, mit großartigem Kampfgeist und großartiger Moral durchgeführt. [...] Die Arbeiter und mit ihnen alle ehrlichen Werktätigen der Deutschen Demokratischen Republik atmen erleichtert auf. Das Treiben der West-Berliner und Bonner Menschenhändler und Revanchepolitiker hatten alle satt. Mit wachsendem Zorn hatten sie zugesehen, wie sie von dem militaristischen Gesindel für dumm gehalten und bestohlen wurden. Unsere Geduld wurde von den Bonner Militaristen für Schwäche angesehen. Ein peinlicher Irrtum, wie sich inzwischen erwiesen hat. [...] Wir haben – so glaube ich – einen wichtigen Beitrag zum Frieden geleistet, indem wir die Grenzen der Deutschen Demokratischen Republik gegenüber West-Berlin und gegenüber Westdeutschland gesichert haben.

M3 Walter Ulbricht bei seiner Fernsehansprache (Foto, 18.08.1961)

ARBEITSAUFTRÄGE

1. Ordne die Informationen der Musterlösung der Quelle Q1 zu.
2. Beschreibe die Quelle Q2 mithilfe der Schritte zur Analyse historischer Textquellen und orientiere dich an der Musterlösung.
3. Vergleiche beide Textquellen kritisch miteinander und erläutere die unterschiedlichen Aussagen bzw. Standpunkte zum historischen Ereignis.

DDR-Fluchtgeschichten ab 1961

M1 Andreas Kieling (Foto, o. J.)

Obwohl durch die Befestigung der Grenze eine Flucht aus der DDR gefährlicher wurde, versuchten DDR-Bürgerinnen und -Bürger immer wieder mit kreativen Ideen und auf verschiedenen Wegen, der Diktatur zu entfliehen.

Die Fliehenden waren sich dabei bewusst, dass ein Scheitern ihres Fluchtvorhabens eine Inhaftierung, Folter, Nachteile und Strafen für die ganze Verwandtschaft oder den eigenen Tod zur Folge haben konnte. Und trotzdem überwogen Motive wie die Sehnsucht nach Selbstbestimmung oder die Ablehnung des SED-Regimes.

Gelang ein Fluchtversuch, so konnten sich die ehemaligen DDR-Bürgerinnen und -Bürger noch nicht in Sicherheit wiegen. Oft wurden sie im Westen von Inoffiziellen Mitarbeitern der Stasi überwacht. Manchmal wurde sogar versucht, sie – auch unter Anwendung von Gewalt – in die DDR zurückzubringen oder zu töten.

Liebe Schülerinnen und Schüler,
anlässlich eines Gedenktags an die Opfer und Verfolgten der SED-Herrschaft führt eure Klasse ein Projekt zu Flüchtenden aus der DDR nach dem Mauerbau durch. Hierfür bearbeitet ihr das Thema in der Klasse zunächst als Gruppenpuzzle. Im Anschluss daran sollen die Ergebnisse in der Schule vorgestellt werden.

- Bildet Stammgruppen von bis zu vier Mitgliedern.
- Wählt selbst eine Fluchtgeschichte aus, z. B. aus M2 bis M5.
- Recherchiert über die flüchtenden Personen, die Vorgeschichte der Flucht, die Fluchtmotive, die Fluchtart, die Folgen der Flucht.
- Bereitet die Präsentation eurer Ergebnisse vor.
- Bildet Expertengruppen und tragt eure Ergebnisse in diesen vor, wobei ihr nur ein ausgedrucktes Bild verwendet.
- Informiert eure Stammgruppe anschließend über die neuen Inhalte aus der Expertengruppe.
- Diskutiert, wie ihr die Ergebnisse am besten präsentieren könnt, und stellt eure Ergebnisse in der Schule aus.

Info:
Andreas Kieling (*1959)
Der Tierfilmer wurde in Gotha in der DDR geboren und floh als 16-Jähriger über Tschechien und Österreich in die Bundesrepublik. Als Grund für seine Flucht führte er sein autoritäres Elternhaus und seinen Freiheitsdrang an. In der Bundesrepublik angekommen, heuerte er als Seemann auf Handelsschiffen an. Danach absolvierte er eine Ausbildung zum Berufsjäger und war international tätig. 1991 begann er seine Karriere als Dokumentarfilmer.

Q1 In einem Interview schilderte der Tierfilmer Andreas Kieling die entscheidende Situation seiner Flucht aus der DDR:

Ich bin am 16. Oktober 1976 von der Tschechoslowakei nach Österreich geflüchtet, schwamm damals durch die Donau. Ich überkletterte in der Dunkelheit Grenzbefestigungen, bis ich gegen Alarmdraht lief. Die Grenzsoldaten schossen mit Leuchtkugeln, entdeckten mich, ich verfing mich in Stacheldraht und kam erst wieder frei, als die Soldaten schon sehr nah hinter mir waren. Es war eine Art Treibjagd. Ich sprang ins Wasser, und sie schossen auf mich, obwohl ich die Mitte des Flusses, also die Grenze, schon überquert hatte. Mit einem Steckschuss im Rücken schleppte ich mich aus der Donau und quälte mich gelähmt und auf allen vieren eineinhalb Kilometer bis ins nächste Dorf. Dort kam ich um zwei Uhr morgens bei einem Erntedankfest an. Die Leute dachten erst, ich sei betrunken, als ich hereintorkelte. Danach wurde schnell Hilfe geholt. Der 16. Oktober ist seitdem mein zweiter Geburtstag. Eine Narbe an meinem Rücken erinnert mich an ihn.

M2 Familie Holzapfel (1965).
Von einem gut bewachten DDR-Regierungsgebäude aus flüchtete die dreiköpfige Familie über eine 100 m lange Seilbahn, die im Westen von Helfern befestigt wurde.
(Foto, 1965)

M3 Bernd Böttger (1968).
Eigens für den Fluchtversuch entwickelte Böttger den Aqua-Scooter, mit dem er über die Ostsee in dänische Gewässer gelangte. Dort wurde er von einem Boot an Bord geholt.
(Foto, Dezember 1968)

M4 Familien Strelzyk und Wetzel (1979).
Im dritten Versuch gelang es den beiden Familien aus Thüringen, mit einem selbst konstruierten Heißluftballon in der Nähe von Naila in Bayern zu landen.
(Foto, 16.09.1979)

M5 Familie Lehmann (1977).
Die dreiköpfige Familie benutzte bei ihrer Flucht über die Ostsee ein Schlauchboot. Sie wurden nach 17 Stunden auf See von einem westdeutschen Schiff gerettet.
(Foto, 19.01.1977)

Jugend in Ost und West

In beiden deutschen Staaten war der Übergang ins Erwachsenenleben ein wichtiger Einschnitt im Leben der Jugendlichen. Der Einfluss der Gesellschaft gestaltete sich hierbei nach den verschiedenen politischen Systemen recht unterschiedlich, während sich der Ablauf aber teils ähnelte.

Konfirmation und Firmung im Westen

Die Konfirmation im Alter von 14 Jahren ist eine Segenshandlung in den evangelischen Kirchen. In der katholischen Kirche entspricht sie der Firmung im Alter von 13 Jahren. Beide stellen jeweils das „Ja" zum christlichen Glauben dar und bestätigen die Kirchenzugehörigkeit. Zur Vorbereitung besuchen die Jugendlichen meist ein Jahr lang den Konfirmandenunterricht bzw. die Firmvorbereitung. Hier lernen sie Glaubens- und Kircheninhalte und nehmen an den Gottesdiensten teil. Konfirmation und Firmung stellen den Eintritt ins Erwachsenenleben dar sowie die Aufnahme in Kirche und Gemeinde. Die Feier selbst wird meist von einem großen Familienfest mit Geschenken begleitet.

Die Jugendweihe im Osten

Die SED wollte den Einfluss der Kirchen zugunsten der eigenen Ideologie zurückdrängen. Daher nutzte sie die Jugendweihe als Ersatzritual für Firmung und Konfirmation. Sie wurde 1954 eingeführt. Die Jugendlichen mussten sich mit der sozialistischen Weltanschauung auseinandersetzen. Die Jugendweihe stand ebenfalls im Mittelpunkt eines großen Familienfestes. Zu den Feierlichkeiten gehörten Festredner, Ansprachen und das Weihegelöbnis. Auch hier gab es Geschenke. Ab 1959 nahmen 80 % aller Schülerinnen und Schüler an der Jugendweihe teil, denn eine Weigerung konnte die Berufschancen, die Zulassung zur Erweiterten Oberschule oder zum Studium negativ beeinflussen.

Q1 Gelöbnis zur Konfirmation aus den 1980er-Jahren:

Liebe Konfirmandinnen und Konfirmanden, in eurer Taufe hat Gott „ja" zu euch gesagt. Heute ist es umgekehrt: Ihr sagt „ja" zu Gott. [...] Wenn ihr diesen Weg gehen wollt [...], dann antwortet bitte! „Ja, mit Gottes Hilfe!"
Liebe [...] Gottesdienstbesucher, ich frage euch, die ihr Zeugen dieser Konfirmation seid: Wollt ihr diese [...] jungen Menschen in eurer Mitte aufnehmen und als gleichberechtigte Mitchristen anerkennen? [...] Wollt ihr sie ermutigen, wenn sie zweifeln, ihnen aufhelfen, wenn sie zu fallen drohen? So antwortet bitte! „Ja, mit Gottes Hilfe!"

Q2 Gelöbnis zur Jugendweihe aus dem Jahre 1958:

Liebe junge Freunde! Seid ihr bereit, als treue Söhne und Töchter unseres Arbeiter- und Bauern-Staates [...] zu arbeiten und zu kämpfen, so antwortet mir! „Ja, das geloben wir!"
Seid ihr bereit, mit uns gemeinsam eure ganze Kraft für die große und edle Sache des Sozialismus einzusetzen, so antwortet mir! „Ja, das geloben wir!"
Seid ihr bereit, für die Freundschaft der Völker einzutreten und mit dem Sowjetvolk und allen friedliebenden Menschen der Welt den Frieden zu sichern und zu verteidigen, so antwortet mir! [...] „Ja, das geloben wir!"

M1 Gottesdienst mit Segnung zur Konfirmation (Foto, 1998)

M2 Jungpioniere gratulieren zur Jugendweihe. (Foto, 1974)

Jugendorganisationen im Osten

Die FDJ (Freie Deutsche Jugend) wurde 1946 als eine weiterführende überparteiliche Jugendorganisation von der SED gegründet. Ab der 8. Klasse wurden fast alle Schülerinnen und Schüler in der FDJ erfasst. Zuvor waren sie bereits als sogenannte „Pioniere" organisiert. Die Aufnahme war freiwillig, doch wer sich ihr entzog, musste mit Nachteilen rechnen.

M3 FDJ beim Nationalen Jugendfestival in Ost-Berlin (Foto, 03.06.1979)

Q3 Im Beschluss über die Ordnungstruppen der FDJ vom 22.08.1961 wurden folgende Aufgaben der Freien Deutschen Jugend beschrieben:

Die Freie Deutsche Jugend erzieht die junge Generation zur Liebe und Treue zur Partei der Arbeiterklasse, zur Arbeiter- und Bauernmacht und seinen Repräsentanten, dem Genossen Walter Ulbricht. Sie erzieht alle Jungen und Mädel zu unversöhnlichen Kämpfern gegen den westdeutschen Militarismus und alle Erscheinungen der psychologischen Kriegsführung. [...] Die Ordnungsgruppen [...] sind Helfer der Staats- und Sicherheitsorgane zur Aufrechterhaltung der öffentlichen Ordnung und Sicherheit [...]. Sie [...] führen den Kampf gegen Rowdys, kriminelle Elemente [...] und Einflüsse des Klassenfeindes.

M4 Kinder- und Jugendorganisationen in der DDR

Vereine und Jugendorganisationen im Westen

Das Vereinswesen der Bundesrepublik war nicht staatlich organisiert. Die Teilnahme war freiwillig, eine Weigerung nicht mit Nachteilen verbunden.

- Die, meist christlichen, Pfadfinder existierten bereits vor den Weltkriegen. Sie führten ihre Jugendarbeit fort.
- Sportvereine und Organisationen wie die Freiwillige Feuerwehr boten Abwechslung und Arbeit für das Gemeinwesen.
- Regionale Zusammenschlüsse wie Karnevals- oder Schützenvereine traten hinzu.

Die politischen Parteien der Bundesrepublik schufen eigene Jugendorganisationen, in denen sich Jugendliche politisch engagieren konnten. Sie traten in Konkurrenz zueinander, waren also demokratisch orientiert.

ARBEITSAUFTRÄGE

1 a) Benenne mithilfe von Q1 und Q2, wozu sich die Jugendlichen jeweils bekennen sollten.
b) Begründe, warum sich nur wenige der Jugendweihe widersetzten.

2 Beschreibe anhand von Q3 die Aufgaben der Freien Deutschen Jugend.

3 Recherchiere, welche Konsequenzen es haben konnte, sich nicht der FDJ anzuschließen. Diskutiert eure Ergebnisse in der Klasse.
Bienekorb

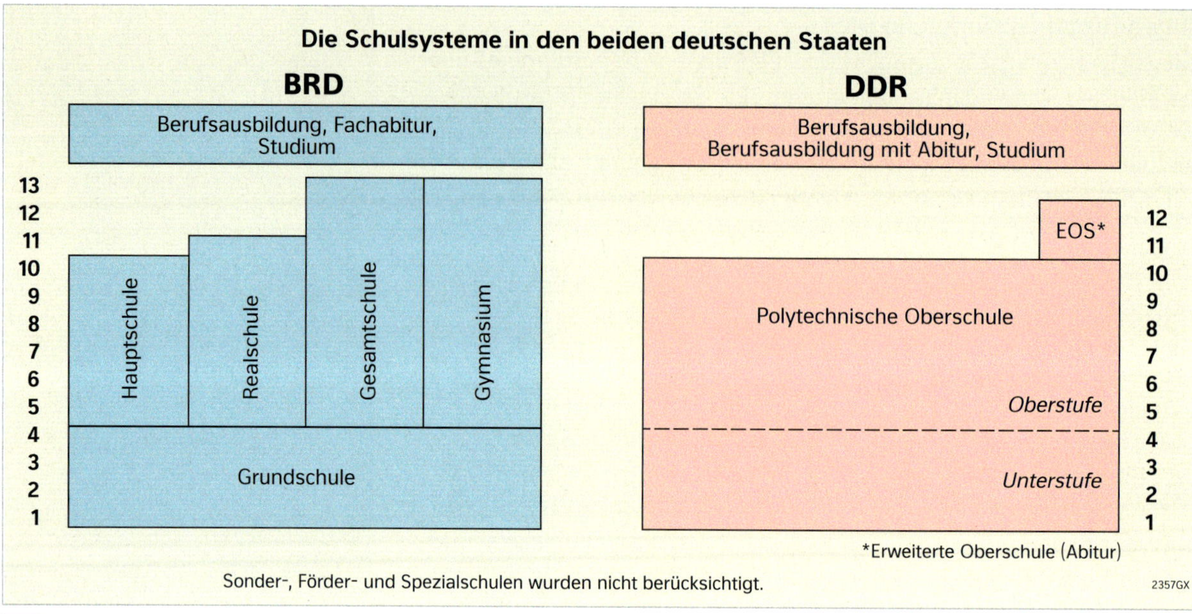

M1 Die Schulsysteme der Bundesrepublik und DDR in den 1970er-Jahren

Die Bildungssysteme in Ost und West

Bildungswettstreit in der Bundesrepublik

In der Bundesrepublik gab es von Bundesland zu Bundesland verschiedene Schulformen – Bildung war und ist „Ländersache". Zunächst herrschte hierbei das sog. dreigliedrige Schulsystem in den meisten Ländern vor. Das heißt, die Schülerinnen und Schüler besuchten nach der gemeinsamen Grundschulzeit entweder das Gymnasium oder Haupt- bzw. Realschule.

Ab den 1970er-Jahren entstand vermehrt Kritik an diesem System. Konkurrenzkampf und Wettstreit würden über die Maßen gefördert und die Berufschancen durch die unterschiedlichen Abschlüsse ungleich verteilt. Seitdem war die Gesamtschule ein Konkurrenzmodell zum dreigliedrigen System. Aber auch in der Pädagogik rückte die freie Entfaltung der Persönlichkeit von Kindern und Jugendlichen stärker in den Vordergrund.

M2 „Produktive Arbeit" im Reichsbahnausbesserungswerk Cottbus (Foto, 1984)

Bildung im Sinne des Sozialismus in der DDR

In der DDR war das Bildungswesen zentral organisiert und unterstand der SED. Es gab ein einheitliches Schulsystem, d.h., alle Schülerinnen und Schüler besuchten dieselbe Schulform – die Polytechnische Oberschule (POS). Das Ziel war, die Kinder und Jugendlichen zu sozialistischen Staatsbürgerinnen und -bürgern zu erziehen. In Schulfächern wie Staatsbürgerkunde, Geschichte und Deutsch wurden sozialistische Werte und Propaganda vermittelt. Die Schülerinnen und Schüler sollten den Standpunkt der Partei vermittelt bekommen und diesen anschließend selbst vertreten. Auf die freie Meinungsäußerung wurde dabei weniger Wert gelegt.

Zudem wurde eine frühzeitige Bindung zwischen Schule und Berufsleben gefördert. Ab der 7. Klasse wurden „Einführung in die sozialistische Produktion" (ESP) und „Technisches Zeichnen" (TZ) unterrichtet, zudem zweiwöchentlich „Produktive Arbeit" (PA), wo die Schülerinnen und Schüler in Betrieben der Industrie oder Landwirtschaft mitarbeiteten. Auf diese Weise wurde ihnen die Berufswelt nähergebracht.

Klassenstufe	1	2	3	4	5	6	7	8	9	10
Deutsch	■	■	■	■	■	■	■	■	■	■
Mathematik	■	■	■	■	■	■	■	■	■	■
Sachunterricht	■	■	■	■						
Musik	■	■	■	■	■	■	■	■	■	■
Kunsterziehung	■	■	■	■	■	■	■	■	■	■
Handarbeit/Werken	■	■	■	■						
Religion	■	■	■	■	■	■	■		■	■
Sport	■	■	■	■	■	■	■	■	■	■
Englisch					■	■	■	■	■	■
Biologie					■	■		■	■	■
Physik							■	■	■	■
Chemie								■	■	■
Erdkunde					■	■	■	■		■
Geschichte						■	■	■	■	
Wirtschaft/Politik									■	■
Technik									■	■
Hauswirtschaft									■	■
2. Fremdsprache							■	■	■	■

M3 Stundentafel Grund- und Realschule, Bundesrepublik

Klassenstufe	1	2	3	4	5	6	7	8	9	10
Deutsch	■	■	■	■	■	■	■	■	■	■
Mathematik	■	■	■	■	■	■	■	■	■	■
Heimatkunde	■	■	■	■						
Musik	■	■	■	■	■	■	■	■	■	■
Kunsterziehung	■	■	■	■	■	■	■	■	■	
Werken	■	■	■	■	■	■				
Schulgarten		■	■	■	■					
Sport	■	■	■	■	■	■	■	■	■	■
Russisch					■	■	■	■	■	■
Biologie					■	■	■	■	■	■
Physik						■	■	■	■	■
Chemie							■	■	■	■
Geographie					■	■	■	■	■	■
Geschichte					■	■	■	■	■	■
Staatsbürgerkunde							■	■	■	■
Polytechnik (ESP, TZ, PA)							■	■	■	■
Astronomie										■
2. Fremdspr. (freiwillig)							■	■	■	■

M4 Stundentafel Polytechnische Oberschule, DDR 1971

Wehrerziehung als Schulfach

Die Wehrerziehung war in der DDR ab dem Kindesalter fester Bestandteil der sozialistischen Erziehung. 1978 wurde dann ein verpflichtender „Wehrunterricht" ab der 9. Klasse eingeführt. Neben der sportlichen Betätigung wurden etwa Zivilverteidigung, Katastrophenschutz, Selbstverteidigung, Ausbildung an leichten Waffen und Möglichkeiten des Schutzes bei Atomangriffen vermittelt. Dieser Unterricht wurde sowohl von Lehrkräften als auch von Angehörigen der Nationalen Volksarmee durchgeführt.

M5 Militärische Übung einer 10. Klasse im Rahmen der Wehrerziehung (Foto, 1986)

Q1 Eine Mathematikaufgabe für Schülerinnen und Schüler der 8. Klasse:

Bei einer feindlichen Luftlandeoperation werden im Rücken der eigenen Truppen Luftlandepanzer abgesetzt. Nach dem Öffnen der Fallschirme sinken die Panzer aus einer Höhe von 1000 m mit konstanter Geschwindigkeit von 12 m/s. Es herrscht Windstille. In 3000 m Entfernung [...] befindet sich die Feuerstellung eines Flak-Geschützes und 500 m von der Feuerstellung entfernt in Richtung Aufsetzpunkt ein 80 m hoher Berg [...].
b) Welche Zeit hat [...] der Geschützführer zur Vernichtung des Zieles in der Luft zur Verfügung, wenn das Geschoss die Strecke in [...] 4 s zurücklegt?

ARBEITSAUFTRÄGE

1 a) Benenne mithilfe von M1 die Schulformen in West und Ost in der 10. Jahrgangsstufe.
b) Vergleiche mit M3 und M4, welche Schulfächer in der 10. Klasse in DDR und Bundesrepublik unterrichtet wurden. HILFE

2 Arbeite mithilfe von Q1 und M5 heraus, wie die Wehrerziehung im Schulalltag der DDR eingesetzt wurde.

3 Fasse die Bildung in der DDR zusammen. Partnervortrag

① DDR: Cover einer Ausgabe der Frauenzeitschrift „Die Frau von heute“ (Foto, 1956)

② DDR: Plakat des Freien Deutschen Gewerkschaftsbundes (FDGB) zum Internationalen Frauentag (Plakat, 1954)

③ DDR: Frauen studieren in der Ingenieurschule für Elektrotechnik, Ost-Berlin (Foto, 1969)

M1 Unterschiedliche Frauenbilder in DDR und Bundesrepublik

Rollenbilder in Ost und West

Bundesrepublik: „Hüterin“ des Hauses, „Ernährer“ der Familie

Die Aufgaben der Frauen in der Bundesrepublik blieben lange Zeit das Kinderkriegen, die Erziehung der Kinder und die tadellose Haushaltsführung. Die Rolle als Mutter und Hausfrau hatte Vorrang vor einer guten Schul- und Berufsausbildung. Doch auch wenn Frauen einen Beruf erlernt hatten, blieben sie nach der Hochzeit oftmals zu Hause. Nur mit Zustimmung ihres Ehemannes durften Frauen arbeiten gehen. Zudem war die Berufswahl sehr begrenzt. Die Erwartungen an Jungen und Männer waren nicht weniger streng. Nach einem ordentlichen Schulabschluss galt es, eine gute Ausbildung zu machen oder zu studieren, schließlich gutes Geld zu verdienen, um die Familie angemessen versorgen zu können. Die jungen Männer wuchsen in die Rolle des Familienoberhauptes und Ernähreres hinein.

Erst Ende der 1960er-Jahre kämpfte die Frauenbewegung für die Gleichberechtigung von Mann und Frau. Reformen im Bildungs- und Rechtswesen verbesserten ab den 1970er Jahren die Lage von Mädchen und Frauen, und auch das Männerbild änderte sich.

DDR: Arbeitskraft steht vor Geschlecht

In der DDR galt ein anderes Frauenbild, nach dem sich bald die Zukunftspläne vieler Mädchen richteten. Die Frauenpolitik der DDR hatte zum Ziel, dass Frauen Familie und Beruf gut vereinbaren konnten. Dies war für die Regierung vor allem aus wirtschaftlichen Gründen wichtig, weil die Frauen als Arbeitskräfte gebraucht wurden. 91 % der Frauen waren in der DDR erwerbstätig. Mit der wirtschaftlichen Unabhängigkeit der Frauen sollte zudem die Gleichberechtigung zwischen Mann und Frau erreicht werden, was ein Ideal der sozialistischen Weltanschauung war.

Im Alltag bedeutete dies für viele Frauen aber oftmals eine Doppelbelastung, da auch das Männerbild der DDR eher traditionell geprägt war: Kindererziehung und Haushalt blieben Frauensache, deren Gehälter waren geringer und Führungspositionen wurden vor allem mit Männern besetzt.

④ Bundesrepublik: Männer- und Frauenbild bis in die 1960er-Jahre (Foto, 1950er-Jahre)

⑤ Bundesrepublik: Werbung für „Küchen-Kombi", Arbeitsplatz von Frauen/Mädchen (Plakat, um 1956)

⑥ Bundesrepublik: Demonstrantin beim Internationalen Frauentag mit Plakat (Foto, 1980)

Die Rolle von Mädchen und Jungen in DDR und Bundesrepublik

Die gesellschaftliche Rolle von Jungen und Mädchen orientierte sich noch lange Zeit daran, „was sie einmal werden sollten" – also an ihren späteren Rollen als Mann und Frau. Sowohl die Erziehung als auch ihre Einbindung in die Gesellschaft zielten hierauf ab. Erst mit dem Aufkommen der Jugendkulturen boten sich den Jugendlichen neue Freiheits- und Freizeiträume, um sich von den Erwartungen von Staat und Familie zu befreien.

Von Halbstarken, Bluesern und Punks

Die erste eigenständige Jugendkultur entwickelte sich in den 1950er-Jahren in den USA: Die „Halbstarken" oder „Rocker" mit Vorbildern wie Elvis Presley oder Chuck Berry rebellierten gegen die konservativen Anforderungen der Gesellschaft. Es folgten die sog. Beat-Generation sowie die Hippies und schließlich die Punks.

Ebenso wie in der Bundesrepublik wollten auch die Heranwachsenden in der DDR eigene Wege gehen, englischsprachige Musik hören, ihre eigene Mode tragen. Teils erhielten sie eigene Namen wie „Kunden" oder „Blueser", sie orientierten sich jedoch ebenso wie die Jugendlichen in der Bundesrepublik an anglo-amerikanischen Vorbildern. All das war in der DDR jedoch viel schwieriger. Da die Vorbilder der Jugend vom „Klassenfeind" aus dem Westen stammten, fühlte sich die Staatsmacht von ihnen provoziert. Hinzu kam ein Mangel an Konsumgütern, wodurch die Jugendlichen der DDR etwa bei Mode und Tonträgern sehr auf Tauschen, Improvisation, Eigeninitiative und Handarbeit angewiesen waren.

Tipp:
Mehr zur Musikszene in der DDR erfährst du auf Seite 190/191.

ARBEITSAUFTRÄGE

1 a) Arbeite die Unterschiede bei den Rollenerwartungen an die Frauen in Ost und West heraus.
b) Begründe, weshalb die Rolle der Frauen im Osten anders war.

2 Recherchiere zu einer Jugendkultur in Ost und West. Erstelle einen Notizzettel mit Informationen. Lege diesen in der Klasse aus und warte auf Rückmeldung. Stühletausch

Digital+
Film über die Rolle der Frau in Ost und West
WES-142807-410

M1 Berliner Mauer am Brandenburger Tor von Ost-Berlin aus gesehen (Foto, 1988/89)

Veränderungen nach dem Mauerbau

Die Teilung ist besiegelt

Nach dem Mauerbau und der Abschottung der DDR von der Bundesrepublik war die Idee eines geeinten Deutschlands endgültig in weite Ferne gerückt. Die Teilung des ehemaligen Deutschen Reichs in zwei souveräne Staaten war aus der Sicht der DDR-Regierung nicht mehr umkehrbar:

- Die Nationalflagge unterschied sich von der der Bundesrepublik. Ein Ährenkranz, Zirkel und Hammer sollten das sozialistische Bündnis aller gesellschaftlichen Schichten darstellen.
- Der Text der Nationalhymne der DDR wurde nicht mehr gesungen, da in diesem ein geeintes Deutschland thematisiert wurde.

Die Grenzanlagen zur Bundesrepublik und in Berlin wurden immer weiter ausgebaut. Obwohl weiterhin viele Bürger und Bürgerinnen mit dem System nicht einverstanden waren, konnten sie die DDR nicht mehr verlassen, denn eine Flucht war kaum möglich.

1 Geländestreifen
2 Metallgitterzaun
3 Splitterminen, sog. „Selbstschussanlagen"
4 Kfz-Sperrgraben
5 Kontrollstreifen
6 Kolonnenweg
7 Beobachtungsturm
8 Beobachtungsbunker
9 Lichtsperre
10 Hundelaufanlage
11 Schutzstreifenzaun mit Signalanlagen
12 Betonsperrmauer
13 Stolperdrähte
14 Kontrollpassierpunkt zur Sperrzone
15 Hinweisschilder: „Beginn des Schutzstreifens"

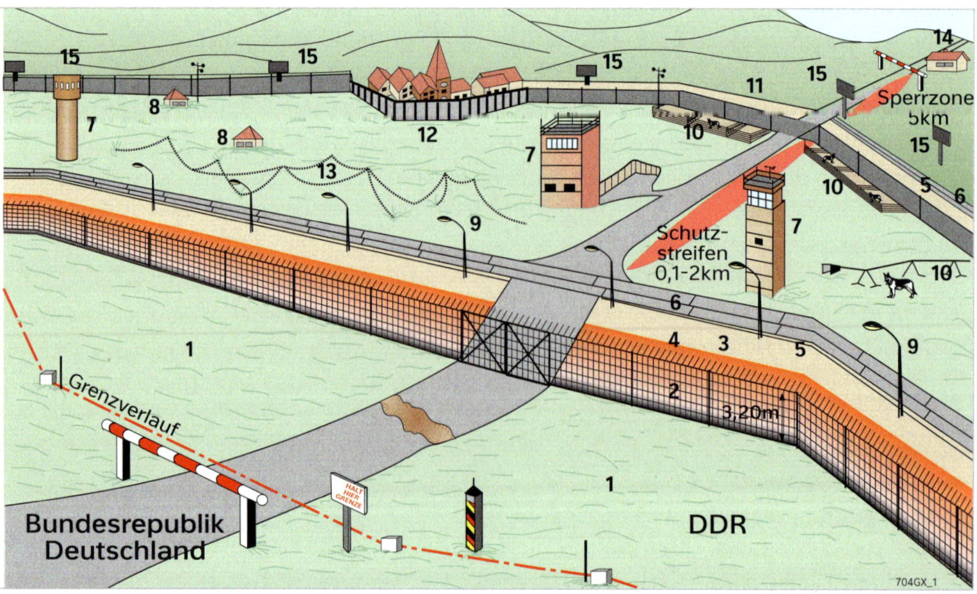

M2 Schaubild zu den Grenzanlagen der DDR zur Bundesrepublik zwischen den Jahren 1961 und 1989

Die Abschottung vom Westen bleibt bestehen

An der Spitze der DDR vollzog sich 1971 ein undemokratischer Wechsel, denn die Bürgerinnen und Bürger hatten darauf keinen Einfluss. Erich Honecker übernahm die Führung der SED und die wichtigsten Staatsämter. Der Sozialismus und die Planwirtschaft blieben unangetastet. Reisemöglichkeiten in den Westen gab es kaum. Die DDR blieb von der Bundesrepublik abgetrennt.

M3 Erich Honecker (1912–1994) spricht als SED-Vorsitzender. (Foto, 15.06.1971)

Veränderungen in der Bundesrepublik

In der Bundesrepublik vollzog sich dagegen am Ende der 1960er-Jahre ein demokratischer Wechsel. Nach den Bundestagswahlen konnte die SPD gemeinsam mit der FDP eine Regierung bilden. „Wir wollen mehr Demokratie wagen" – so beschrieb der neue Bundeskanzler Willy Brandt in seiner Regierungserklärung 1969 seine Vorstellung von der Zukunft.

Q1 Bundeskanzler Willy Brandt bezog sich in seiner Rede am 28. Oktober 1969 auch auf die jungen Erwachsenen:

Wir wenden uns an [...] jene jungen Menschen, die uns beim Wort nehmen wollen – und sollen. Diese jungen Menschen müssen aber verstehen, dass auch sie gegenüber Staat und Gesellschaft Verpflichtungen haben. [...] Mitbestimmung, Mitverantwortung in den verschiedenen Bereichen unserer Gesellschaft wird eine bewegende Kraft der kommenden Jahre sein. Wir können nicht die perfekte Demokratie schaffen. Wir wollen eine Gesellschaft, die mehr Freiheit bietet und mehr Mitverantwortung fordert [...]. Wenn wir leisten wollen, was geleistet werden muss, brauchen wir alle aktiven Kräfte unserer Gesellschaft.

M4 Bundeskanzler Willy Brandt (1913–1992) während seiner Ernennung zum Bundeskanzler (Foto, 21.10.1969)

Mithilfe vieler innenpolitischer Reformen wurden vor allem die Bürgerrechte gestärkt und soziale Unterschiede abgebaut:

- Das Wahlalter und die Volljährigkeit wurden von 21 auf 18 Jahre herabgesetzt.
- Der Staat unterstützte bedürftige Schülerinnen und Schüler, Auszubildende und Studierende finanziell.
- Rechtsreformen betrafen Ehe- und Familienrecht, das Strafrecht und den Strafvollzug, die alle modernisiert wurden.

Die Forderung der DDR-Regierung, eine eigene DDR-Staatsangehörigkeit anzuerkennen, lehnte die Bundesregierung beharrlich ab. Dem Grundgesetz entsprechend gab es für sie trotz der Teilung nur eine gemeinsame deutsche Nation.

ARBEITSAUFTRÄGE

1 a) Gib wieder, wie sich die DDR weiter von der Bundesrepublik abgrenzte.
b) Beschreibe das Schaubild M2 vom Osten aus. HILFE

2 I Beschreibe jeweils den Regierungswechsel in der DDR und der Bundesrepublik. HILFE
II Arbeite aus der Rede Q1 die genannten demokratischen Elemente heraus.
III Begründe mithilfe der Rede Q1 den Unterschied zur DDR.

3 Diskutiert die heutige Frage, schon ab 16 Jahren wählen zu dürfen.
Engel und Teufel HILFE

Das Westpaket

Pakete, die Westdeutsche an Familienangehörige und Freunde in der DDR sandten, wurden kurz als Westpaket bezeichnet. Statistisch gesehen bekamen alle DDR-Bürgerinnen und -Bürger jährlich mindestens eines: 25 Millionen Pakete gingen jedes Jahr von West nach Ost, allerdings auch ca. 9 Millionen als „Dankeschön" zurück in den Westen.

Weil sich die Familien wegen der Reisebeschränkungen überhaupt nicht oder nur schwer besuchen konnten, stellten die Pakete eine Möglichkeit der Kommunikation und Solidarität dar. Sie waren Ausdruck der persönlichen Hilfsbereitschaft, wurden seit den 1950er-Jahren aber gleichfalls von Organisationen wie der „Bruderhilfe Ost" oder dem Hilfswerk „Deutsche helfen Deutschen" sowie auch von kirchlichen Stellen verschickt.

Die SED-Führung wusste, dass das Land auf die Westpakete angewiesen war. Deshalb ließ sie diese zu, belegte den Verkehr aber mit unzähligen Vorschriften, die auf Druck des Westens nach und nach gelockert wurden. Das Westpaket wurde stillschweigend zu einer festen Plangröße.

Q1 Text eines westdeutschen Handzettels:

Dein Päckchen nach drüben soll ein Zeichen der Verbundenheit mit den Verwandten, Freunden und Bekannten jenseits der Elbe und Werra sein. [...] Dein Päckchen nach drüben ist mehr als ein Beitrag zum täglichen Leben – es öffnet den Weg von Mensch zu Mensch und gibt unseren Landsleuten drüben das Gefühl, nicht vergessen zu sein. Dein Päckchen nach drüben soll helfen, die Bindungen zu erhalten und zu vertiefen, die uns Deutsche über die politische Zonengrenze hinweg zusammenhalten.

M1 Weihnachtspakete für die DDR im Postamt Braunschweig. Das Postamt Braunschweig war eine der fünf Zentralstellen im Postverkehr mit der DDR. Zu Feiertagen halfen hier mehrere hundert Menschen bei der Paketabfertigung (Foto, 13.12.1974)

M2 Sichtweise des ostdeutschen Satire-Magazins „Eulenspiegel" (Karikatur, 1961)

M3 Werbe-Plakat, 1960er-Jahre

Q2 Zeitzeugin Gerda Quentel erinnerte sich im Jahr 2000 an das Westpaket:

Westpakete waren für unsere Familie immer eine große Freude und eine echte Hilfe. [...] Kamen erst Pakete von den Schwiegereltern und einer [...] Cousine, so erhielten wir dann auch mit einer gewissen Regelmäßigkeit Pakete von fremden Leuten, die unsere Adresse über die Kirche bekommen hatten. Das Auspacken im Familienkreis war immer ein Fest. Die Lebensmittelpakete, in denen auch Süßwaren für die Kinder waren, außerdem Kakao, Kaba, Schoko-Brotaufstrich und Kaffee, halfen immer wieder ein Stück weiter. Manchmal kamen auch Kleiderpakete und Schuhe, und in der großen Familie konnte alles verwendet werden.

Q3 Das Westpaket in Zahlen:

Fünf Milliarden DDR-Mark entspricht der Warenwert der jährlich eintreffenden 25 Millionen Päckchen aus dem Westen [...]. Davon sind allein 12 000 Tonnen Röstkaffee, durch die die DDR zwanzig Prozent weniger Importe braucht. Bei Kleidung sieht es noch viel gravierender aus. Gehen pro Jahr circa dreieinhalb Millionen Damenblusen eigener Produktion über die DDR-Verkaufstische, kommen übers Westpaket ganze fünf Millionen Stück zusätzlich ins Land.

ARBEITSAUFTRÄGE

1. Arbeite aus Q1 und M3 Motive für den Versand der Westpakete heraus.
2. I Beschreibe die Karikatur M2.
   II Vermute anhand von M2, was der Grund für die negative Einstellung zu den Westpaketen gewesen sein mag.
   III Arbeite mit M2 und Q3 die widersprüchliche Einstellung der DDR-Führung zu den Westpaketen heraus.
3. Führe ein Interview mit älteren Freunden oder Verwandten zum Thema „Westpakete" und vergleiche ihre Aussagen mit Q2

Tipp:
Du kannst dich an der Zeitzeugenbefragung auf S. 230/231 orientieren.

M1 „Gastarbeiter“ im Kohlebergbau (Foto, 1962)

Arbeitskräfte kommen in die Bundesrepublik

Arbeitskräfte aus Südeuropa sichern das Wachstum

Seit der Gründung der Bundesrepublik gab es ein stetes wirtschaftliches Wachstum. Anfang der 1960er-Jahre herrschte in vielen Industriezweigen ein großer Arbeitskräftemangel. Um das wirtschaftliche Wachstum aufrecht zu erhalten, warb die Bundesrepublik darum, als „Gastarbeiter“ ins Land zu kommen. Arbeitskräfte aus südeuropäischen Staaten wie z. B. Italien, Spanien, Griechenland oder der Türkei schlossen die Lücken:

- Sie verrichteten in den Betrieben oder auf Baustellen oft einfache oder schlecht bezahlte Tätigkeiten.
- Sie lebten häufig in einfachen Gemeinschaftsunterkünften in Fabriknähe.

Bis zur Mitte der 1970er-Jahre kamen insgesamt ungefähr 11 Millionen dringend benötigte Arbeitskräfte in die Bundesrepublik – anfangs in die großen Industrieregionen, wenig später auch in die kleineren Städte.

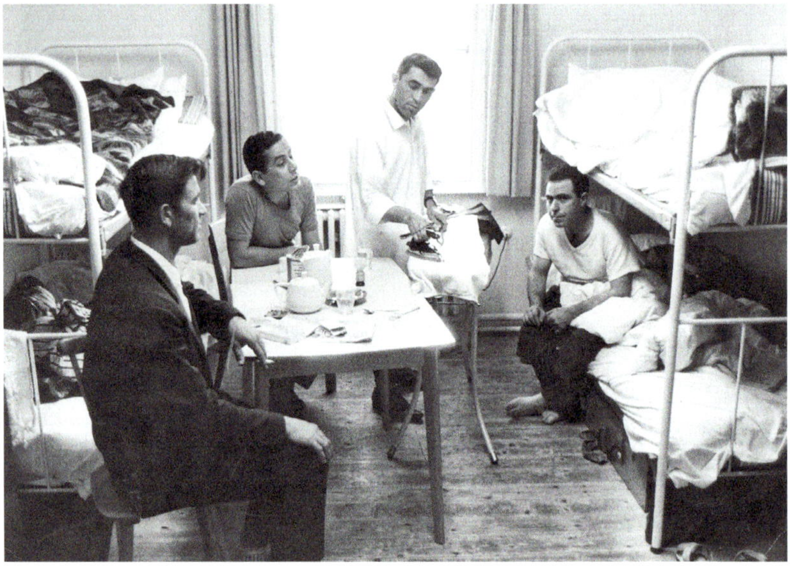

M2 Wohnheim italienischer „Gastarbeiter“ (Foto, 1965)

Probleme der Gastarbeiter

Es gab aber auch Probleme, denn die Gesellschaft stand den fremden Menschen oft auch mit Vorurteilen gegenüber:

- Die Kontakte zu der einheimischen Bevölkerung gestalteten sich aufgrund fehlender Sprachkenntnisse schwierig.
- Besonders deutlich wurde die Ablehnung wegen Vorbehalten der Vermieter bei der Wohnungssuche. In den Industriestädten bildeten sich sogenannte „Gastarbeiterviertel“.
- Die Kinder hatten aufgrund der Sprachbarriere häufig Leistungsschwierigkeiten in der Schule und erhielten auch keine individuelle Förderung.

Die deutschen Behörden dachten damals, dass „Gastarbeiter“ nur für kurze Zeit in Deutschland arbeiten und leben würden. Sie glaubten, dass diese nach wenigen Jahren wieder in ihre Heimat zurückkehren und sich die Probleme damit von alleine lösen würden. Anfangs halfen die staatlichen Behörden deshalb kaum bei Lösungsversuchen mit. Die Integration blieb den „Gastarbeitern“ und ihren Familien überlassen.

Integration: der vorurteilsfreie Einbezug von Gruppen in die Gesellschaft

M3 Drei Generationen in Deutschland. In einer Zeitungsreportage wurde eine Familie vorgestellt. Während sich der Großvater noch als türkisch sah, sagte der Vater, dass er deutsch-türkisch lebe. Der Sohn kann sich dagegen kein dauerhaftes Leben in der Türkei vorstellen. (Foto, 2011)

Die Gastarbeiter bereichern die Gesellschaft

Trotz der Schwierigkeiten nutzten die „Gastarbeiter" die sich bietenden Lebensperspektiven und holten ihre Familien nach. Die meisten arrangierten sich mit dem für sie anfangs fremden Land.

Q1 Hatice Akyün beschrieb 2008 in einem Roman ihre Familiengeschichte:

Es war die Geschichte eines einfachen Ehepaares [...]. Der Mann verließ sein Dorf für ein besseres Leben. Er wollte in einem fremden Land die Arbeit suchen, von der es in seinem zu wenig gab. Seine Reise führte ihn nach Duisburg, in ein Bergwerk, und später holte er seine Ehefrau und seine zwei Kinder nach. Und eines Tages, als das Paar seinen Ruhestand an der türkischen Ägäis genoss, stellte es fest, dass Deutschland seine Heimat geworden war. Mein Vater merkte es daran, dass er in der Türkei seinen Mercedes und die doppelt verglasten Fenster seines Duisburger Hauses vermisste, und meine Mutter sehnte sich immer öfter nach ihrem ruhigen Leben in Deutschland.

M4 Die Journalistin Hatice Akyün wurde für ihr Engagement um Integration mehrfach ausgezeichnet. (Foto, 04.04.2016)

In Bildung und Forschung oder in der Wirtschaft sind heute viele Menschen tätig, deren ursprüngliche Wurzeln einmal in „Gastarbeiterländer" lagen. Sie bereichern seither mit ihrer Kultur und ihrem Wissen die Gesellschaft. Trotzdem müssen sie auch heute noch häufig gegen gesellschaftliche Vorurteile ihnen gegenüber ankämpfen.

ARBEITSAUFTRÄGE

WAHL **1** I Zähle Gründe für die Anwerbung von Arbeitern aus Südeuropa auf.
II Beschreibe die Lebensverhältnisse der Arbeiter.
III Erläutere die Schwierigkeiten der „Gastarbeiter" in der Bundesrepublik. HILFE

2 Begründe die im Romanauszug Q1 beschriebene Sichtweise der Eltern.

3 Diskutiert, ob der Begriff „Gastarbeiter" heute noch gebraucht werden sollte. Fishbowl

Aus Biografien lernen

Sowohl in die Bundesrepublik als auch in die DDR kamen Menschen aus anderen Ländern, um dort zu arbeiten. In der Bundesrepublik wurden sie als Gastarbeiter, in der DDR als Vertragsarbeiter bezeichnet. Sie kamen zum Beispiel aus Griechenland, Italien oder der Türkei bzw. aus Vietnam, Mosambik oder Kuba.

Diese Menschen beherrschten anfangs nicht die deutsche Sprache. Zudem kannten sie sich mit den Lebensbedingungen und kulturellen Eigenheiten nicht aus und waren getrennt von ihren Familien und Freunden. Wenn ehemalige Gastarbeiter oder Vertragsarbeiter an diese Zeit zurückdenken, erzählen sie von Ängsten und Unsicherheiten, aber auch von Hoffnungen und Erfolgen. Ihre Biografien erzählen ihre Lebensgeschichten. Sie beschreiben ihren Werdegang ebenso wie ihr Lebensgefühl. Aus ihren Erinnerungen lassen sich somit viele Dinge sowohl über ihr Leben als auch über ihre Herkunfts- und Aufnahmeländer erfahren.

M1 Ali Başar (Foto, 2011)

Q1 Im Jahr 2011 erinnert sich Ali Başar an seine Arbeit auf einer Baustelle. Er kam 1961 aus der Türkei als sogenannter Gastarbeiter in die Bundesrepublik:

Einmal, als ich dabei war, Kies zu schaufeln, kam ein Mann auf mich zu, schick gekleidet, nahm mir die Schaufel aus der Hand und zeigte mir, wie ich das machen sollte. „Die Schaufel ganz tief unter den Haufen schieben, voll machen und schnell abladen." Er gab mir mein Werkzeug zurück und ging. Ich staunte einen Moment, dann lief ich empört hinter ihm her, meine Schaufel in der Luft wedelnd, und rief: „Ey, wer bist du eigentlich, dass du mir meinen Job erklärst?" Leider stellte sich heraus, dass der Mann unser Chef war. In der Nacht darauf tat ich kein Auge zu. Ich war sicher, sie würden mich in die Türkei zurückschicken, alle dachten das. Was würde mich daheim erwarten? Arbeitslosigkeit, Armut, Ärger, Spott. Ich war verzweifelt. Als ich am nächsten Morgen zur Arbeit kam, sah ich meinen Chef schon von Weitem. Er lächelte mir zu! Ach, mir fiel ein Stein vom Herzen! Er würde mich nicht in die Türkei schicken. Offenbar konnte er über die Sache lachen. Da wurde mir auf einmal klar: Das ist also das Europa, von dem alle immer sprechen. Verständnisvoll und tolerant. So was hätte es in meiner Heimat nicht gegeben.

M2 Frau C. (Foto, 1990)

Q2 Im Jahr 2007 erinnert sich die Vietnamesin Frau C. an ihre Arbeit in einer Ost-Berliner Großwäscherei, in der sie ab 1988 als Vertragsarbeiterin tätig war:

[Ich musste] die Nummernabschnitte den passenden Textilien zuordnen. Es war eine langweilige Arbeit. Aber das Einkommen war sehr gut. [...] Um fünf Uhr schnell aufstehen. Halb sechs mit dem Bus zum Betrieb nach Pankow fahren. Sechs Uhr Beginn der Arbeit. Acht Uhr Frühstück. Halb zwölf Mittagessen. Vierzehn Uhr Feierabend. Wir durften nicht im Betrieb duschen, da haben wir dann im Wohnheim geduscht. Dann Einkaufen gehen, bisschen gucken, sechs Uhr Abendbrot kochen und sieben Uhr essen. [verändert]

M3 Vertragsarbeiter aus Kuba und Mosambik im „Volkseigenen Betrieb“ (VEB) Oberlausitzer Textilbetrieb Neugersdorf in Sachsen (Foto, 1979)

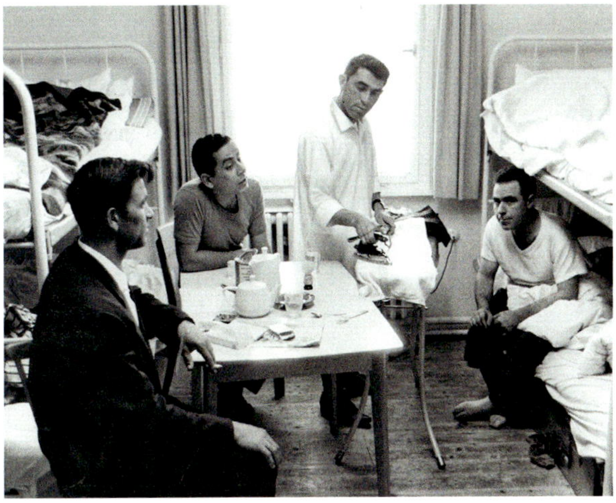

M4 Vier Gastarbeiter teilen sich ein 20 m^2 großes Zimmer in einem Wohnheim in West-Berlin (Foto, 1965)

So geht ihr vor:

1. **Schritt: Die Biografie erfassen**
   - Wähle die Biografie einer Person in Q1 oder Q2 aus oder recherchiere selbstständig eine Person.
   - Arbeite möglichst viele Einzelheiten zu dieser Person heraus.
   - Stelle die Lebensbedingungen in Deutschland dar.
   - Erforsche das Lebensgefühl der Person.
2. **Schritt: Die Biografie historisch einordnen**
   - Überprüfe, ob es vergleichbare Biografien gibt.
   - Recherchiere weitere Informationen zu den Lebensbedingungen von Gastarbeitern und Vertragsarbeitern.
   - Vergleiche die Biografie der von dir gewählten Person mit der erforschten Person eines Partners/einer Partnerin.
3. **Schritt: Biografische Angaben reflektieren**
   - Diskutiert, welche Erkenntnisse man durch Biografien erhalten kann.
   - Was würdet ihr gern darüber hinaus erfahren wollen?

Mögliche Fragen:

- Wie heißt die Person? Wie alt ist sie? Aus welchem Land stammt sie?
- Wie waren die Lebensverhältnisse in dem Heimatland?
- Welcher Arbeit geht sie nach?
- Wie lebt die Person? Wie gestaltet sie ihren Tagesablauf? Welche Freizeitaktivitäten übt sie aus?
- Welche Gedanken macht sich die Person über das Leben und Arbeiten?
- Wie fühlt sie sich dabei? Äußert die Person Sorgen oder Hoffnungen?
- Welche Gründe hatte die Person, ihre Heimat zu verlassen/in die Bundesrepublik oder die DDR zu kommen?
- Gibt es vergleichbare Erfahrungen? Handelt es sich um ein Einzelschicksal?
- Was ist auffällig?
- Welche Bedeutung hatten Gastarbeiter oder Vertragsarbeiter für die wirtschaftliche Entwicklung des Landes?
- Wie wurden sie von der deutschen Gesellschaft aufgenommen?

M1 Rudi Dutschke (1940–1979) während einer Demonstration (Foto, 1968)

Studierendenproteste in der Bundesrepublik

Die 1968er-Generation

Die Jugend in der Bundesrepublik strebte am Ende der 1960er-Jahre gesellschaftliche Veränderungen an. Insbesondere Studentinnen und Studenten kritisierten die mangelnde Aufarbeitung der nationalsozialistischen Vergangenheit der „Elterngeneration" und hinterfragten deren gesellschaftliche Vorgaben. Sie stellten traditionelle Werte wie die Ehe infrage und ersetzten diese durch alternative Familienformen ohne Trauschein. Sie erprobten gemeinschaftliche Lebensformen und gründeten Wohngemeinschaften, sog. Kommunen.

Aus den Reihen der Studierenden formierte sich schließlich die sog. „außerparlamentarische Opposition" (APO). Hintergrund war eine 1966 geschlossene „Große Koalition" aus SPD und CDU, die das Land ohne wirkliche Opposition im Bundestag regierte. Studierende, aber auch Schülerinnen und Schüler gingen dagegen vor.

Der Protest weitet sich aus

- Die APO forderte eine Reform des Bildungssystems, mehr Mitbestimmungsrechte und mehr gesellschaftliche Offenheit.
- Den Medien warf sie eine verzerrte Darstellung der Wirklichkeit und politische „Hetze" vor. Die Presse sollte demokratisch kontrolliert und die Verlage sollten in öffentliches Eigentum überführt werden.
- Auch der Krieg in Vietnam gab Anlass für Demonstrationen und Protestaktionen, verbunden mit Forderungen nach Solidarität mit den Menschen und Ländern der Dritten Welt.

Ein Wortführer dieser Bewegung war Rudi Dutschke. Er kämpfte für eine sozialistische Revolution in der Bundesrepublik. Im April 1968 wurde er Opfer eines Attentats, an dessen Folgen er Jahre später verstarb. Hatte bereits im Jahr 1967 die Tötung des Studenten Benno Ohnesorg durch einen Polizisten die Proteste intensiviert, so eskalierte nun abermals die Situation. Bei Straßenschlachten mit der Polizei wurden in der Folge viele Menschen verletzt.

Tipp:
Mehr zum Vietnamkrieg erfährst du auf Seite 205.

M2 Demonstration von Studierenden gegen den Vietnamkrieg in West-Berlin: Die Fahnen und Transparente zeigen zum Teil sozialistische und kommunistische Staatsführer und Revolutionäre. (Foto, 1968)

M3 Nach dem Attentat auf Rudi Dutschke am 11.04.1968 eskalierten viele der Proteste und Demonstrationen wie hier während der sogenannten „Oster-Unruhen" in West-Berlin. (Foto, 12.04.1968)

M4 Aufkleber, mit denen für die Teilnahme am „Sternmarsch" geworben wurde

Neue Notstandsgesetze

Die Bemühungen der Großen Koalition, sog. Notstandsgesetze zu verabschieden, heizten die Stimmung weiter an. Denn diese Gesetze konnten die Macht der Regierung gegenüber Justiz und Zivilgesellschaft erheblich steigern. Zwar musste hierfür das Grundgesetz geändert werden – doch die Große Koalition besaß die dazu notwendige Zwei-Drittel-Mehrheit im Bundestag. Die APO befürchtete eine Aushebelung der Demokratie und erinnerte an die Notstandsgesetze aus dem Jahr 1933. Dem sog. „Sternmarsch" nach Bonn schlossen sich dann nicht nur Studierende, sondern auch Gewerkschaften und Menschen aus vielen weiteren Teilen der Gesellschaft an.

M5 „Sternmarsch" gegen die Notstandsgesetze (Foto, 11.05.1968)

Bilanz der „1968er"

Mit ihren konkreten politischen Zielsetzungen war die 1968er-Generation nur wenig erfolgreich. So wurden etwa die Notstandsgesetze im Juni 1968 verabschiedet und sind bis heute in Kraft. Allerdings veränderte sich die Gesellschaft durch die langfristige Übernahme vieler Wertvorstellungen:

- Politisches Handeln war nun nicht mehr allein obrigkeitsstaatlich geprägt und auf Regierungen, Parlamente und Parteien beschränkt.
- Selbstinitiative und Zivilcourage erhielten einen höheren Stellenwert.
- Rollenmuster von Familie, Mann und Frau wurden neu gedacht und leisteten einen wichtigen Beitrag für Emanzipation und Gleichberechtigung.
- Auch Werte wie Verantwortung für die weltweiten Auswirkungen westlichen Konsums, Aufarbeitung der nationalsozialistischen Vergangenheit oder Antirassismus rückten stärker ins gesellschaftliche Bewusstsein.

Eine negative Folge von 1968 war die Wendung zum Terrorismus, die ein kleiner Teil der 1968er-Generation vollzog. Die Gründung der Terrorgruppe „Rote Armee Fraktion" und der daraus resultierende Konflikt haben die positiven Wirkungen der 1968er lange Zeit überschattet.

ARBEITSAUFTRÄGE

1 I Zähle die gesellschaftlichen und politischen Ziele der APO auf.
II Vergleiche die gesellschaftlichen Ziele der APO mit den politischen.
III Beurteile die gesellschaftlichen und politischen Ziele der APO.

2 Recherchiere mithilfe von M4 und M5
a) zur Person und Biographie Kurt Georg Kiesingers,
b) zu den Schlagworten „Staatsstreich" und „Notstandsgesetz".
c) Setze beides mit der Kritik und den Bedenken der APO in Beziehung.

3 Diskutiert aus heutiger Sicht den Einfluss der 1968er-Generation auf die Gesellschaft. Debatte

Digital+
Film über die APO
WES-142807-411
Film über die „1968er"
WES-142807-412

① Bombenanschlag auf das Verlagshaus Axel Springer (Foto, 19.05.1972)

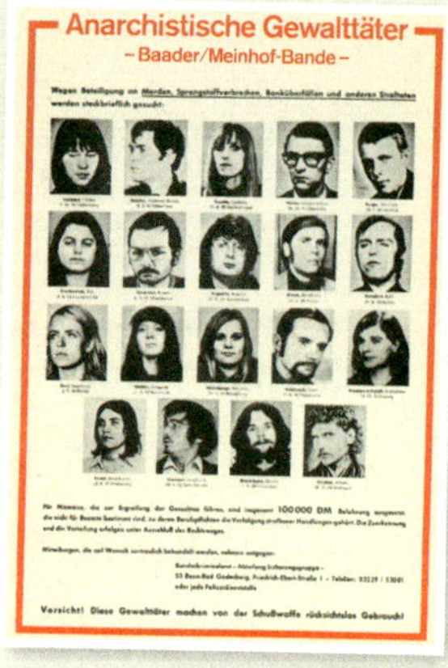

② Fahndung des Bundeskriminalamts nach der RAF (Plakat, 1972)

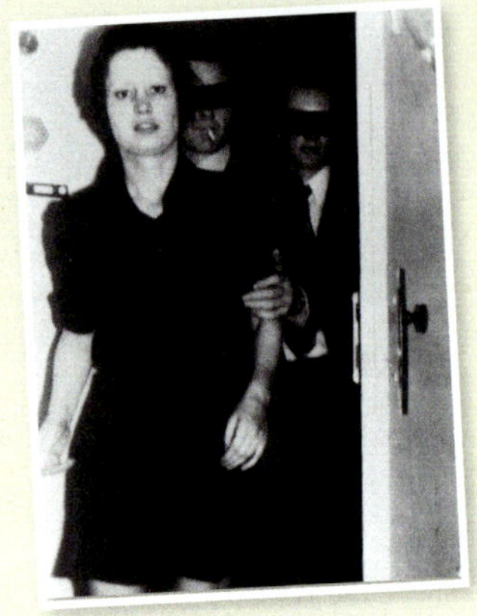

③ Ulrike Meinhof bei ihrer Festnahme in Hannover (Foto, 15.07.1972)

M1 Taten und Verlauf des RAF-Terrors in den 1970er-Jahren

RAF und „Deutscher Herbst“

Enttäuscht von den Reaktionen der Bevölkerung und des Staates auf die Aktionen der APO spaltete sich 1970 eine kleine linksradikale Gruppe von ihr ab. Horst Mahler, Andreas Bader, Gudrun Ensslin sowie die Journalistin Ulrike Meinhof bauten im Untergrund die Rote Armee Fraktion (RAF) auf. Die RAF begann mit Brandstiftungen in Kaufhäusern und ging zu Bombenanschlägen gegen Militäreinrichtungen, Polizeistationen und Verlagshäuser über. Zur Geldbeschaffung führte sie auch mehrere Banküberfälle durch. Bei all diesen Aktionen schreckte sie auch vor Mord nicht zurück.

Q1 Ulrike Meinhof in einem Interview aus dem Jahr 1967:

Ich halte die Straße keineswegs für ein ganz besonders geeignetes Mittel, seine Meinung bekannt zu machen. Wenn einem aber nichts anderes übrig bleibt, dann bin ich […] der Ansicht, dass es […] demokratisch ist, wenn es Leute gibt, die die einzige Öffentlichkeit, nämlich die der Straße, benutzen und davon öffentlich Gebrauch machen.

Q2 In ihrem Text „Das Konzept Stadtguerilla“ schreibt Ulrike Meinhof 1970:

Wir behaupten, dass die Organisierung von bewaffneten Widerstandsgruppen zu diesem Zeitpunkt in der Bundesrepublik und Westberlin richtig ist, möglich ist, gerechtfertigt ist.

Q3 Meinhof 1970 nach ihrem Abtauchen in den Untergrund:

Wir sagen, der Typ in Uniform ist ein Schwein, kein Mensch. Und so haben wir uns mit ihnen auseinanderzusetzen. Das heißt, wir haben nicht mit ihm zu reden, und es ist falsch, überhaupt mit diesen Leuten zu reden. Und natürlich kann geschossen werden.

④ Nach der Ermordung Siegfried Bubacks und seines Fahrers (Foto, 07.04.1977)

⑤ Hanns Martin Schleyer in der Gewalt der RAF (Foto, 28.09.1977)

⑥ Befreiung der Lufthansa-Maschine „Landshut“ (Foto, 10.10.1977)

Der „Deutsche Herbst“ 1977

Auch nach der Verhaftung von Baader, Ensslin und Meinhof im Jahr 1972 setzte die RAF ihren Terror fort. Eine neue Dimension erreichte dieser im September und Oktober 1977 nach Meinhofs Selbstmord im Jahr zuvor: Die RAF erschoss Generalbundesanwalt Siegfried Buback und dessen Fahrer auf offener Straße sowie den Vorstandssprecher der Dresdner Bank Jürgen Ponto in dessen Haus. Schließlich entführte sie Arbeitgeberpräsident Hanns Martin Schleyer und ermordete dessen vier Begleiter.

Als Preis für Schleyers Freilassung verlangten die Terroristen die Auslieferung von elf inhaftierten Gesinnungsgenossen. Da die Forderungen nicht erfüllt wurden, entführten palästinensische Terroristen im Auftrag der RAF eine Lufthansa-Maschine mit deutschen Mallorca-Touristen. Eine Spezialeinheit des Bundesgrenzschutzes befreite sie in einer dramatischen Rettungsaktion. Wenige Stunden danach begingen die RAF-Anführer Baader, Ensslin und Jan Carl Raspe im Gefängnis Stuttgart-Stammheim Selbstmord. Einen Tag später wurde die Leiche Hanns Martin Schleyers gefunden.

Palästinenser: Bezeichnung für die arabische Bevölkerung der Region Palästina im Nahen Osten, seit 1948 zu großen Teilen Teil des Staates Israel

Reaktionen des Staates

Im Kampf gegen den Terrorismus waren sich Regierung und Opposition weitgehend einig. Unter dem Eindruck der Anschläge beschloss der Bundestag im Juli 1976 erste Anti-Terror-Gesetze, 1977 kamen weitere hinzu. Auch weite Teile der Öffentlichkeit forderten ein energisches Vorgehen des Staates gegen die Terroristen und härtere Strafen. Kritiker befürchteten hingegen eine Gefährdung des Rechtsstaats und eine Einschränkung der individuellen Freiheiten durch die Anti-Terror-Gesetze.

ARBEITSAUFTRÄGE

1 I Nenne mithilfe von M1 Formen des Terrors der RAF.
II Erkläre mit Q1–Q3 und M1 die Ziele und Formen des linken Terrors.
III Charakterisiere mit Q1–Q3 und M1 den Terror der RAF.

2 Arbeite aus Q1–Q3 die Radikalisierung von Ulrike Meinhof heraus.

3 Erörtere mögliche Folgen einer Anti-Terror-Gesetzgebung.
Engel und Teufel

4 Recherchiere zur weiteren Entwicklung der RAF bis in die 1990er-Jahre. Stelle die wichtigsten Ereignisse auf einer Zeitleiste dar.

Tipp:
Einen Webcode zur Erstellung einer Zeitleiste findest du auf S. 17.

Film über den „Deutschen Herbst“ 1977
WES-142807-413

M1 Fischsterben im Rhein nach einem Unfall in einer Chemiefabrik (Foto, 1986)

Gesellschaftlicher Wandel im Westen

Grenzen des wirtschaftlichen Wachstums

In der Mitte der 1970er-Jahre setzte in der Wirtschaft der Bundesrepublik ein Wandel ein. Durch die damals neuartige Roboter- und Computertechnologie wurden Arbeitsschritte automatisiert. Hierdurch verloren Fabrikarbeiter, die vor allem einfache Tätigkeiten ausübten, ihre Anstellung. Höhere Qualifikationen oder berufliche Weiterbildung wurden immer wichtiger, um den eigenen Arbeitsplatz zu sichern.

Das industrielle Wachstum führte zu deutlich sichtbaren Umweltfolgen. Ungefilterte Industrie- und Verkehrsabgase schädigten den Wald, giftige Industrieabfälle verschmutzten die Flüsse.

Engagement für den Umweltschutz

Die Folgen von Luft- oder Wasserverschmutzung hinterfragten seit den 1970er-Jahren immer mehr Menschen. Sie engagierten sich in Umweltgruppen. Gemeinsam demonstrierten sie für einen schonenderen Umgang mit der Natur. Auch ein lebenswerteres Umfeld mit Lärm- und Luftschutz, Schutz des Waldes, der Tiere und die Ablehnung der Atomenergie gehörten zu deren Engagement.

Die Umweltgruppen schlossen sich schließlich zusammen. Gemeinsam mit anderen engagierten Bürgerinnen und Bürgern gründeten sie 1980 die Partei „Die Grünen“. Der Umweltschutz wurde danach zu einem wichtigen Ziel aller politischen Parteien. Insgesamt wurden viele Ziele der damaligen Bürgerbewegungen übernommen und sind heute selbstverständlich.

M2 Demonstration von Umweltgruppen (Foto, 1985)

Die Vorstellungen vom Leben verändern sich

In den 1970er- und 1980er-Jahren hinterfragte vor allem die jüngere Generation die vorgegebenen Lebensmuster der Gesellschaft. Sie wollten ihr Leben nicht mehr wie die Eltern, sondern anders gestalten:

- Sie stellten traditionelle Werte wie z. B. die Ehe in Frage und ersetzten diese durch alternative Familienformen ohne Trauschein.
- Jeder sollte seine Persönlichkeit und Vorstellungen selbst frei entfalten können. Dazu gehörte auch die Akzeptanz von gleichgeschlechtlichen Beziehungen.
- Kinder sollten mit möglichst wenigen Vorschriften und frei von jeder Gewalt erzogen werden.
- Materieller Wohlstand erschien dieser Generation weniger erstrebenswert als früher und sie versuchte, ohne übermäßigen Konsum zu leben.

Auch die Lebenswelt der Frauen änderte sich. Bildung und höhere Qualifikationen ergaben andere Berufschancen, ermöglichten finanzielle Unabhängigkeit und ein selbstbestimmtes Leben. Die Entwicklung der Anti-Baby-Pille veränderte die Empfängnisverhütung.

Es dauerte noch einige Zeit, bis diese veränderten Wertvorstellungen vom großen Teil der Gesellschaft akzeptiert wurden.

M3 „Punks" in West-Berlin. Deren Kleidung oder Frisur führten zu Konflikten und wurde unmittelbar mit Drogenkonsum und Unmoral in Verbindung gebracht. (Foto, 1982)

M4 Demonstration für eine Veränderung des Strafrechts. Da ungewollte Schwangerschaften nicht straffrei beendet werden konnten, forderten Frauen unter dem Motto „Mein Bauch gehört mir" eine Reform. (Foto, 1983)

ARBEITSAUFTRÄGE

1 a) Schildere mit Hilfe von M2 und M4, wie sich Bürgerinnen und Bürger für ihre Ziele einsetzen.
b) Begründe mithilfe von M1 und M2 das Engagement der Bürgerinnen und Bürger für den Umweltschutz.

2 Erkläre die Begriffe „Saurer Regen" und „Waldsterben". HILFE

3 a) Benenne gesellschaftliche Forderungen der 1970er- und 1980er-Jahre.
b) Beurteilt, inwieweit die damals geforderten Veränderungen in der heutigen Gesellschaft umgesetzt sind. Kugellager

4 Stelle aktuelle Umweltschutzbewegungen oder Protestgruppen vor, z. B. „Fridays for Future" oder die LSBTIQ-Community.

M1 Kleingartenanlage in Berlin (Foto, 08.09.1982)

M2 Reparatur eines Trabant in Erfurt (Foto, 01.07.1980)

Gesellschaftlicher Stillstand in der DDR

Die DDR – eine Nischengesellschaft?

Da sie die großen Freiheiten nicht hatten, genossen die Menschen in der DDR die kleinen Freiheiten, die ihnen der Staat gewährte, umso mehr. Ohne gegen das System vorzugehen, zogen sich viele in ihr Alltagsleben zurück. Der westdeutsche Journalist Günter Gaus nahm dies zum Anlass, die DDR-Gesellschaft insgesamt als „Nischengesellschaft“ zu bezeichnen:

- Überall gab es Kreise, Zirkel, Klubs und Vereinigungen für z. B. Briefmarkensammler, Zierfischzüchter, Jäger, Kleingärtner und Angler.
- Dem Breitensport kam eine große Bedeutung zu. Im Jahr 1985 machten mehr als vier Millionen DDR-Bürgerinnen und -Bürger, ein Viertel der Bevölkerung, das Sportabzeichen.

Bei allem Rückzug ins Private waren sich die Menschen in der DDR aber bewusst, dass auch die Nischen von der Stasi streng überwacht wurden. Deshalb versuchten sie, ihren Widerspruch auch hier eher zu verstecken.

Ostrock – die Rolle der Musik

Sinnbild eines Widerstands, der sich nicht offen zu erkennen geben durfte, war die Musikszene der DDR. Seit in den 1950er-Jahren die ersten Rock'n'Roll-Bands auftauchten, übernahmen die Musikerinnen und Musiker der DDR die meisten der internationalen Musikstile. Die DDR-Führung versuchte stets, dem entgegenzuwirken, musste die meisten Stile schließlich jedoch akzeptieren. Stattdessen schuf sie ein strenges Regelwerk:

- Bands mussten einer Kommission vorspielen, um eine Spielerlaubnis zu erhalten, und konnten mit einem Auftrittsverbot belegt werden.
- Insbesondere die Texte der Lieder wurden auf „Staatstreue“ geprüft.
- Auch die Fans der Musik wurden kontrolliert. Passte ihr Verhalten der DDR-Führung nicht, so konnten sie als „Rowdys“ zu empfindlichen Strafen verurteilt werden. Hierfür existierte sogar ein eigener Paragraf im Strafgesetzbuch der DDR.

All dies veranlasste viele Bands des sog. „Ostrock“, wie Puhdys, Karat, City oder Silly, ihre Kritik am System eher in versteckter Weise zum Ausdruck zu bringen, etwa in ihren Texten. Viele Fans verstanden diese Andeutungen, sie konnten jedoch nicht als eindeutig „unsozialistisch“ verboten werden.

„Härte gegen Punk"

Brachte man seine Ablehnung des Systems offen zum Ausdruck, so gingen Stasi und Polizei dagegen vor. Dies betraf etwa die Punks. Der SED missfielen deren Aussehen, Auftreten und Einstellung. Punkkonzerte und -bands wie Planlos, Wutanfall oder Dritte Wahl wurden verboten, spielten aber weiterhin illegale Konzerte in weniger vom Staat kontrollierten Kircheneinrichtungen. 1983 befahl Stasi-Chef Erich Mielke dann noch mehr „Härte gegen Punk". In der Folge wurden Punks mit Platz- oder Stadtverboten und Hausarresten belegt. Ihre Wohnungen wurden durchsucht, sie wurden verhaftet und kamen etwa wegen Rowdytums ins Gefängnis. Zudem konnten sie in den Westen abgeschoben oder in die NVA eingezogen werden.

Q1 City, „Am Fenster", Gedicht v. Hildegard M. Rauchfuß, Sudioaufnahme 1976, veröffentl. 1977 als Single (Amiga):

Einmal wissen, dieses bleibt für immer,
ist nicht Rausch,
der schon die Nacht verklagt,
ist nicht Farbenschmelz noch Kerzenschimmer,
von dem Grau des Morgens längst verjagt.
Einmal fassen, tief im Blute fühlen,
dies ist mein und es ist nur durch dich.
Nicht die Stirne mehr am Fenster kühlen,
d'ran ein Nebel schwer vorüber strich.
Einmal fassen, tief im Blute fühlen,
dies ist mein und es ist nur durch dich.
Klagt ein Vogel: Ach, auch mein Gefieder
nässt der Regen, flieg' ich durch die Welt?
Flieg' ich durch die Welt.
Flieg' ich durch die Welt.
Flieg' ich durch die Welt.

Q2 Planlos, „Überall wohin's dich führt", Proberaumaufnahme 1981, veröffentlicht 1983 auf Audiokassette:

Überall wohin's dich führt,
wird dein Ausweis kontrolliert.
Und sagst du einen falschen Ton,
was dann geschieht, du weißt es schon.
Ganz egal wohin man schaut,
sind Kameras aufgebaut,
begleiten dich auf Schritt und Tritt,
die Sicherheit geht mit dir mit.
Irgendwann muss was gescheh'n,
denn wer will länger tatenlos steh'n?
Bist du denn geboren worden,
um dich allem unterzuordnen?
Ist das nicht ein großer Staat,
wo jeder seine Meinung sagt?
Ist das nicht ein großer Staat,
wo jeder seine Freiheit hat?

M3 City beim DDR-Jugendradio „DT64" (Foto, 15.07.1976)

M4 Planlos in ihrem Proberaum in Ostberlin (Foto, o. J.)

ARBEITSAUFTRÄGE

1 Erkläre den Rückzug vieler Menschen in der DDR in ihren Alltag.

2 Nenne die Maßnahmen, mit denen die DDR die Musik reglementierte.

3 I Beschreibe die Kritik, die in Q1 und Q2 geäußert wird.
II Stelle die in Q1 und Q2 geäußerte Kritik einander gegenüber.
III Begründe, weshalb die in Q1, Q2 geäußerte Kritik unterschiedlich war.

Alltagskultur der DDR entdecken

Digital+
Webseite der Ausstellung „Alltag in der DDR“ in der Kulturbrauerei, Berlin
WES-142807-414

Sammlung von DDR-Alltagsgegenständen im DDR-Museum, Berlin
WES-142807-415

Informationen zum DDR-Alltagsmuseum im Film-Palast, Malchow
WES-142807-416

Medial finden sich häufig eher eindimensionale, undifferenzierte und schwarz-weiß-geprägte Bilder und Wertungen über 40 Jahre DDR-Alltag. Dabei gestaltete er sich für die DDR-Bürgerinnen und -Bürger durchaus facettenreich. So machte es einen großen Unterschied, ob man etwa in Dresden, Ost-Berlin oder auf Rügen geboren wurde und in welcher Umgebung man folglich wohnte. Auch das Alter und die soziale Herkunft, ob man Punk war oder in der FDJ spielten eine Rolle. Die persönliche Einstellung zum Staat, die individuelle Lebenssituation und das direkte Lebensumfeld prägten den Alltag der Menschen in 40 Jahren DDR ganz unterschiedlich.

Die Zeitzeugen von heute unterliegen diesen idividuellen Einflüssen von damals. Fotos hingegen sind wie ein Spiegel dieser Zeit mit einem Gedächtnis. Und auch Alltagsgegenstände, Gebäude, Lieder, literarische Werke, Denkmäler, Insignien sind Zeitzeugnisse, die sachlich und ohne „Zorn und Eifer“ befragt und eingeordnet werden müssen.

Heimlicher Alltag – DDR-Witze

Der politische Witz stellt zu jeder Zeit eine besondere Form der Satire dar. Man verbreitet ihn für gewöhnlich hinter vorgehaltener Hand, im vertrauten Umfeld. Er ist häufig knapp gehalten, wird zügig auf eine Pointe hin erzählt. Hierin gleicht er einer politischen Karikatur. In der Zeit der Entstehung wohnt ihm eine Ventilfunktion inne.

Einem Mann in der DDR ist der Papagei entflohen. Der Besitzer läuft sofort zur Stasi und versichert: „Ich möchte Ihnen nur mitteilen, dass ich die politischen Ansichten meines Papageis nicht teile.“

Ein DDR-Bürger will ein paar Schuhe kaufen und geht versehentlich in eine Metzgerei: „Sie haben keine Schuhe hier?“ Sagt der Metzger: „Keine Schuhe gibt‘s nebenan. Hier haben wir kein Fleisch.“

Einem DDR-Bewohner wird das Telefon entzogen. Er beschwert sich und fragt nach den Gründen. „Sie haben den Staatssicherheitsdienst verleumdet.“ „Ich? Inwiefern?“ „Sie haben wiederholt am Telefon behauptet, er würde ihr Telefon abhören!“

Warum gab es in der DDR so wenig Banküberfälle? Weil Bankräuber 15 Jahre auf das Fluchtauto warten mussten!

Warum ist die Banane krumm? Weil sie einen Bogen um die DDR macht.

Zwischen Altbestand, Plattenbau und Einfamilienhaus – Wohnen in der DDR

Der sog. „Plattenbau“ war für viele DDR-Familien Wohn- und Lebensmittelpunkt. Teils waren sie in ganzen Neubaugebieten (①, Halle, 1976) inkl. Freizeitangeboten angelegt und boten so engen Kontakt mit der Nachbarschaft im Alltag. Doch auch der Bedarf nach Eigenheimen wurde seit Ende der 1970er-Jahre bedient. So war das „Einzelwohnhaus (EW) 58“ (②, Calau, 1988) in verschiedenen Typen zwar vorrangig Parteigenossen vorbehalten, erreichte bis zum Ende der DDR aber dennoch fast 300 000 Bauten. Hinzu kamen Altbauten in Stadt (③, Halberstadt, 1981) und Land, die jedoch nur unzureichend oder gar nicht saniert wurden.

1

2

3

Kreativität in Küche und Werkstatt – Umgang mit Versorgungsmängeln

Über einen Katalog (①, 1984) der DDR-Firma Genex konnten Bürgerinnen und Bürger der Bundesrepublik ihren Verwandten und Freunden im Osten (Luxus-)Güter als Geschenke zukommen lassen. Die meisten dieser Produkte wurden zwar in der DDR selbst produziert, waren aber im normalen Alltag nur schwer oder gar nicht zu bekommen. Musste man etwa für Bananen oder Pfirsische lange Warteschlangen in Kauf nehmen (②, Ost-Berlin, 1982), bzw. auf ein Auto oder einen Fernseher mehrere Jahre warten, so wurden all diese Dinge über Genex teils innerhalb weniger Wochen geliefert. Die Grundversorgung mit Lebensmitteln war in der DDR hingegen stets gesichert, Probleme glichen die Menschen mit Kreativität aus. So wurde etwa für ein Jägerschnitzel statt eines Schweineschnitzels einfach Jagdwurst paniert und mit Nudeln und Tomatensauce serviert (③). Einmal gelieferte Autos oder elektrische Geräte wurden sorgsam gepflegt und in Heimarbeit repariert und getunt.

①

②

③

Erholung mit Einschränkungen – mobil mit Schwalbe, Trabi und Wartburg

Die Reisebeschränkungen zwischen den osteuropäischen Staaten waren weit weniger streng als ins kapitalistische Ausland. Kreativität und Engagement waren jedoch auch hier stets gefragt. Die Camping-Plätze waren begehrt und brauchten eine Genehmigung, Umbauten an PKW und Motorrädern versprachen zusätzliche unkomplizierte Mobilität. Gegenseitige Information und Unterstützung regelten oftmals den Rest.

Q1 Urlaub im sozialistischen Ausland:

Mitte der 60er hatten meine Eltern [...] einen Motorroller, mit dem mein Vater das Gepäck transportierte. Meine Mutter fuhr mit mir mit der Bahn, und der Vater holte uns dann dort am Bahnhof ab. [...] 1971 bekamen meine Eltern endlich ihren ersten Trabant auf die sieben Jahre alte Anmeldung meines Vaters. [...] In den 70ern erweiterten wir unsere Kreise dann auch bis nach Ungarn. Dort erschlug uns fast das Angebot in den Läden. Gegen die Kaufhäuser in der DDR war das hier für uns der Westen, vor allem, was Klamotten, Obst und Schallplatten anbelangte.

Q2 Camping-Urlaub in der DDR:

1953 [...] kamen die Ersten mit ihren Zelten in die Dünen. Dann wurden es von Jahr zu Jahr immer mehr. Vor allem angezogen durch [...] FKK. [...] Im Sommer bevölkerten 20 Mal so viele Urlauber wie Einwohner das kleine Prerow. Allein auf dem Zeltplatz fanden sich bis zu 10 000 Besucher ein. Die Diskotheken „Dünenhaus", „Helgoland", „Seestern" waren in der ganzen DDR bekannt. [...] Hier trafen sich Liebespärchen, Stasi und Studenten. Es wurden [...] wichtige Fragen geklärt: „Wie bekomme ich nächstes Jahr meinen Zeltschein, wo kann man sich Getränke organisieren?"

ARBEITSAUFTRÄGE

Gruppenpuzzle

a) Legt für euch wichtige Stichworte fest, die euren Alltag bestimmen.
b) Füllt diese Stichworte mit weiteren Inhalten.
c) Vergleicht eure Ergebnisse mit den Lehrbuchinhalten zum DDR-Alltag.
d) Sprecht abschließend über Herausforderungen an historische Darstellungen zum Thema „Alltagsleben in der DDR".

M1 Jürgen Sparwasser vom 1. FC Magdeburg erzielt das Siegtor im Spiel bei der WM 1974. (Foto, 1974)

M2 Ehemalige Spieler der WM 1974 bei einem gemeinsamen Treffen; von links: Franz Beckenbauer, Jürgen Sparwasser und Eberhard Vogel (Foto, 09.10.2020)

Tipp:
Einen Webcode zur Gestaltung eines Lernplakats findest du auf S. 135.

Fußball spielt Geschichte

Die Fußballweltmeisterschaft 1974 fand in der Bundesrepublik statt. In den Gruppenspielen trafen die Mannschaften der beiden deutschen Staaten aufeinander. Die Presse in der Bundesrepublik stellte das Spiel im Vorfeld wie ein Duell der beiden Systeme dar. Auch für die Spieler der beiden Mannschaften war es etwas Besonderes, da es bis dahin nie zu einem direkten Vergleich gekommen war.

Mit dem Anpfiff begann ein normales Fußballspiel. Die Mannschaft der Bundesrepublik galt als hoch favorisiert. Doch die Spieler der DDR waren gleichwertig. Schließlich erzielte Jürgen Sparwasser sogar das einzige Tor. Die DDR-Mannschaft entschied das Spiel für sich.

Die Regierung der DDR nutzte den Sieg für die Propaganda und feierte diesen in allen Nachrichten. Dagegen wurde das Spiel in der Presse der Bundesrepublik als besonders dramatisch dargestellt. Die Niederlage sei den Spielern nicht zu verzeihen. Auch die bundesdeutschen Fans waren maßlos enttäuscht. Obwohl deren Team später trotzdem noch Weltmeister wurde, schmerzte sie die Niederlage gegen die DDR.

Den damaligen Spielern aus Ost und West blieb das Fußballspiel gleichfalls in Erinnerung. Doch sie denken vor allem an ihre Leistungen auf dem Platz.

ARBEITSAUFTRÄGE

Gruppenpuzzle

Gestaltet ein Lernplakat in Form eines Fußballfeldes mit Figuren der Spieler, einer Anzeigetafel und Sprechblasen für Aussagen.

a) Recherchiert z. B. Spielort, Datum, Mannschaftsaufstellung, Trikots.

b) Gestaltet vier Steckbriefe von Spielern, z. B. Heimatverein, Anzahl der Länderspiele oder -tore. Ihr könnt auch ein Portrait für die Figur ausdrucken.

c) Befragt einen Zeitzeugen/eine Zeitzeugin, wie er/sie das Spiel erlebt hat und welche Gefühle er/sie damit verbindet. Ergänzt die Aussagen als Sprechblasen am Rand des Spielfelds.

d) Recherchiert zur Person von Jürgen Sparwasser und dessen Leben nach 1974.

17.06.1953: Volksaufstand in der DDR

1961: Bau der Berliner Mauer

1949: Gründung der beiden deutschen Staaten

1968: Studierendenproteste und „1968er" in der Bundesrepublik

1980er-Jahre: Versorgungsmängel in der DDR

1950 · 1960 · 1970 · 1980

1948–1952: Marshallplan

1957: EWG

1960er-Jahre: „Gastarbeiter" (Bundesrepublik), Vertragsarbeiter (DDR)

ab den 1970er-Jahren: Terror der RAF

Sept.–Okt. 1977: „Deutscher Herbst"

Die Mauer – ein Symbol für die Teilung Deutschlands, Europas und der Welt

Die Gründung der beiden deutschen Staaten 1949 war in die Auseinandersetzung zwischen den USA und der Sowjetunion eingebunden. In der Bundesrepublik wurde eine parlamentarische Demokratie auf der Grundlage des Grundgesetzes geschaffen. Die DDR entstand dagegen als sozialistisches Land mit einer Scheindemokratie.

In der Bundesrepublik wuchs die Wirtschaft so schnell, dass „Gastarbeiter" angeworben wurden. Die soziale Marktwirtschaft sicherte den Wohlstand vieler Bevölkerungskreise. Dennoch kam es Ende der 1960er-Jahre zu zahlreichen Protesten der sog. 1968er-Generation. Die Proteste waren von zunehmender Gewalt auf beiden Seiten geprägt. Ein kleiner Teil der 1968er-Generation gründete schließlich die Rote Armee Fraktion (RAF) und verübte politisch motivierte Morde und weitere schwere Delikte.

Die DDR war an die Sowjetunion gebunden. Unter der Vorherrschaft der SED kam es zur Errichtung einer Planwirtschaft. Das Ministerium für Staatssicherheit (MfS, „Stasi") bespitzelte und überwachte die Bürgerinnen und Bürger. Nach dem Volksaufstand am 17. Juni 1953 schottete die Regierung die DDR noch mehr von der Bundesrepublik ab. Mit dem Mauerbau vertieften sich die Teilung und unterschiedliche Entwicklung der beiden deutschen Staaten weiter.

WICHTIGE BEGRIFFE:

die 1968er-Generation
der Bau der Berliner Mauer
die Besatzungszonen
der „Deutsche Herbst"
der EWG-Vertrag
die Gastarbeiter
der Marshallplan
das MfS
die Planwirtschaft
die RAF
die SED
die soziale Marktwirtschaft
die Vertragsarbeiter
der Volksaufstand am 17. Juni 1953
das Wirtschaftswunder

Zwei deutsche Staaten in Europa und der Welt

DIe Bundesrepublik und die DDR waren Teil eines größeren Konflikts zwischen Staaten des liberal-demokratischen Westens und des sozialistisch geprägten Ostens. Die beiden Machtblöcke um die USA auf der einen und die Sowjetunion auf der anderen Seite führten einen „Kalten Krieg“ gegeneinander. Dieser war von militärischer Aufrüstung, Provokationen und Stellvertreterkriegen geprägt. Erst nach gesellschaftlichen und politischen Veränderungen seit den 1970er-Jahren entspannte sich die Situation ein wenig. Schließlich führten die Reformpolitik in der Sowjetunion und die friedliche Revolution in der DDR zur deutschen Wiedervereinigung im Jahr 1990.

Nach der Grenzöffnung am Tag zuvor feiern Bürgerinnen und Bürger beider deutschen Staaten auf der Berliner Mauer nahe dem Brandburger Tor. (Foto, 10.11.1989)

M1 Spielende Kinder in Wien (Foto, 1945)

Europa – zerstört, geteilt, machtlos

Die Folgen des Zweiten Weltkriegs

Am Ende des Zweiten Weltkriegs 1945 lagen große Teile Europas in Trümmern. Der Kontinent, der über Jahrhunderte die Weltgeschichte mitbestimmt hatte, war nur knapp einer Katastrophe entgangen. Die neuen Weltmächte USA und Sowjetunion bestimmten von nun an die politische und wirtschaftliche Entwicklung Europas. Europa schien bedeutungslos geworden zu sein.

Die Zerstörungen des Zweiten Weltkriegs hatte tiefgreifende Auswirkungen auf die Menschen vieler europäischer Staaten:

- Bombenangriffe hatten in vielen Ländern jede Lebensgrundlage zerstört.
- Materielle und kulturelle Werte waren in vielen Städten Europas unwiederbringlich vernichtet.
- Ganze Landstriche, besonders im Osten Europas, waren verwüstet.
- Europas Wirtschaft war mehr als zur Hälfte zerstört.
- Traditionelle Handelswege und Beziehungen waren unterbrochen.

Zudem schienen die Aufdeckung der Kriegsverbrechen und der Verbrechen gegen die Menschlichkeit der Nationalsozialisten ein friedliches Zusammenleben der Europäer kaum mehr möglich zu machen.

M2 Luftaufnahme von Warschau nach dem Zweiten Weltkrieg (Foto, 1945)

Erste Schritte für ein gemeinsames Europa

Die Folgen des Zweiten Weltkriegs boten aber auch die Chance eines europäischen Neuanfangs. Der Wille zum Frieden ließ die Idee eines gemeinsamen Europas neu aufleben.

Q1 Winston Churchill schlug 1946 in Zürich in einer Rede an die Jugend vor:

Wir müssen eine Art Vereinigte Staaten von Europa schaffen. [...] Der erste Schritt zu einer Neuschöpfung der europäischen Völkerfamilie muss eine Partnerschaft zwischen Frankreich und Deutschland sein. [...] Es gibt kein Wiederaufleben Europas ohne ein geistig großes Frankreich und ein geistig großes Deutschland [...]. Die Struktur der Vereinigten Staaten von Europa, wenn sie gut und echt errichtet wird, muss so sein, dass die materielle Stärke eines einzelnen Staates von weniger großer Bedeutung ist. Kleine Nationen zählen ebenso viel wie große [...].

M3 Winston Churchill während seiner Rede in Zürich (Foto, 19.09.1946)

Anfänge des Einigungsprozesses

Während der Gedanke an ein vereintes Europa Gestalt annahm, begann gleichzeitig eine Spaltung Europas. Das vereinte Europa beschränkte sich auf Westeuropa, während die UdSSR ihren Einfluss auf die osteuropäischen Länder verstärkte. Im Mai 1948 versammelten sich in Den Haag in den Niederlanden mehr als 700 Politiker aus fast allen westeuropäischen Ländern, um für ein vereintes Europa einzutreten. Als Folge dieser Beratungen gründeten zehn Staaten 1949 den Europarat. Das erklärte Ziel war, die Einheit und Zusammenarbeit der europäischen Nationen zu festigen.

M4 Churchill auf dem Haager Kongress (Foto, 1948)

Der Schuman-Plan verändert Westeuropa

Deutschland und Frankreich hatten auch nach der Gründung der Bundesrepublik ein angespanntes Verhältnis. Doch die Erinnerung an die Kriegsereignisse führte in beiden Ländern zu der Einsicht, dass neue Kriege nur durch ein Miteinander von Deutschen und Franzosen verhindert werden können.

Q2 Am 9. Mai 1950 erklärte der französische Außenminister Robert Schumann:

Europa lässt sich nicht mit einem Schlag herstellen und auch nicht durch eine einfache Zusammenfassung: Es wird durch konkrete Tatsachen entstehen. [...] Die Vereinigung der europäischen Nationen erfordert, dass der jahrhundertealte Gegensatz zwischen Frankreich und Deutschland ausgelöscht wird.

ARBEITSAUFTRÄGE

WAHL **1** I Beschreibe die Situation in Europa nach dem Zweiten Weltkrieg. HILFE
II Erkläre die Auswirkungen, die der Zweite Weltkrieg auf Europa hatte.
III Beurteile mit M1, M2 die Folgen des Zweiten Weltkriegs für Europa.

2 Erkläre mithilfe von Q1, wie Churchill den Aufbau eines Vereinten Europas sieht.

3 Erläutere mithilfe von Q2, welche besondere Bedeutung Deutschland und Frankreich für ein geeintes Europa spielen. Placemat

M1 „Ja, der hat's gut, der lebt unter einem anderen Himmel." (Karikatur, 1946)

Die Welt ist in Lager aufgespalten

Ungleiche Partner

Auf der Potsdamer Konferenz hatten die USA und die Sowjetunion noch Einigkeit demonstriert. Doch die Gegensätze zwischen den beiden politischen, wirtschaftlichen und gesellschaftlichen Systemen waren sehr groß:

- einerseits Demokratie, Marktwirtschaft und freie Entfaltung jedes Einzelnen, so wie in den USA und den westlichen Demokratien,
- andererseits das sozialistische Wirtschaftssystem, die Herrschaft einer Partei und die Unterordnung des Einzelnen wie in der Sowjetunion.

Beide Seiten sahen ihre Weltanschauung als allein gültig an.

Die Teilung in Ost und West

Der britische Politiker Winston Churchill beschrieb den unüberbrückbaren Graben und Gegensatz als „Eisernen Vorhang".

Eiserner Vorhang: Bezeichnung für die Grenze zwischen Ost und West und für die innerdeutsche Grenze zwischen der DDR und der Bundesrepublik

Q1 Rede von Winston Churchill am 5. März 1946:

Von Stettin an der Ostsee bis hinunter nach Triest an der Adria ist ein „Eiserner Vorhang" über den Kontinent gezogen. Hinter jener Linie liegen alle Hauptstädte der alten Staaten Zentral- und Osteuropas [...].
Die kommunistischen Parteien, die in allen diesen östlichen Staaten Europas bisher sehr klein waren, sind überall großgezogen worden. [...] [E]ines steht fest, das ist sicher nicht das befreite Europa, für dessen Aufbau wir gekämpft haben. Es ist nicht ein Europa, das die unerlässlichen Elemente eines dauernden Friedens enthält.

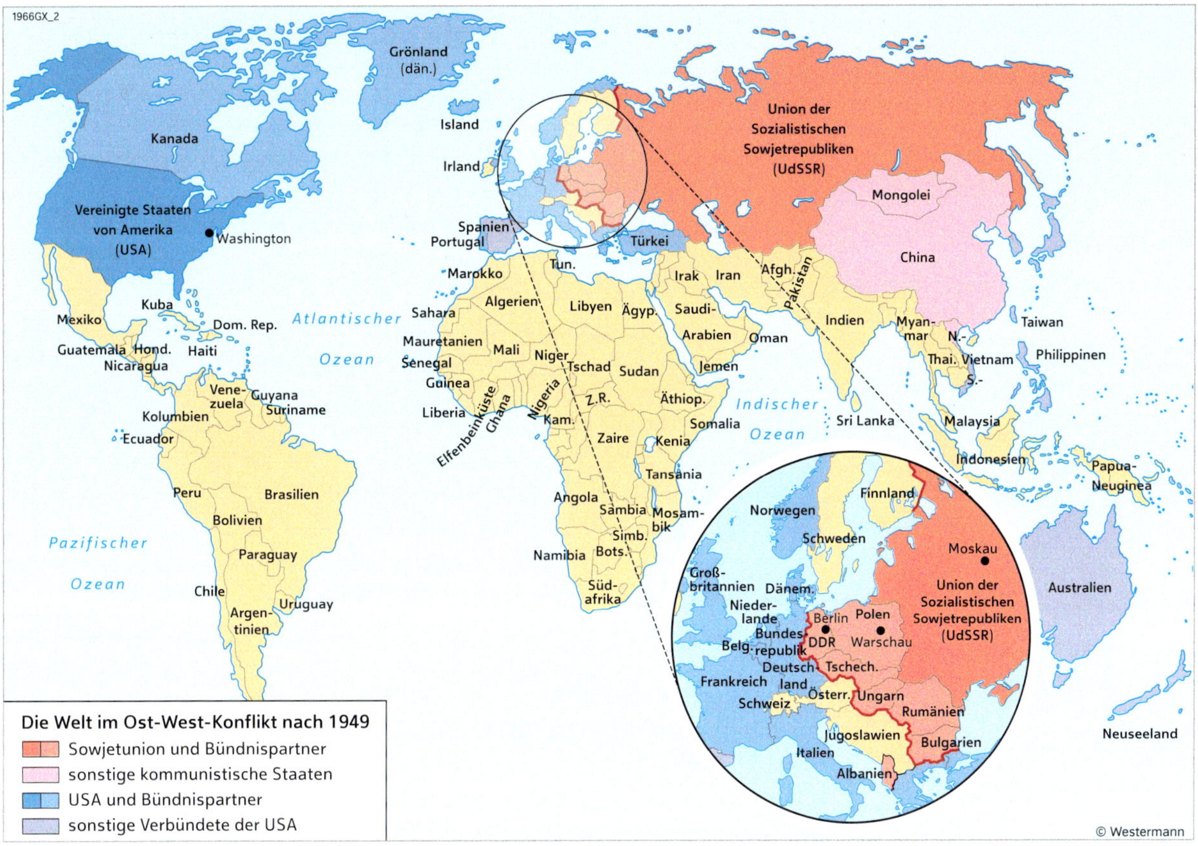

M2 Die Spaltung der Welt in zwei Lager

Zwei Militärbündnisse stehen sich feindlich gegenüber

Die USA und die Sowjetunion besaßen Atombomben, was sie militärisch deutlich heraushob. Jede von ihnen führte ein Militärbündnis an, das auch für das jeweilige Wertesystem eintrat:

- Im Westen verbündeten sich Staaten zur NATO (North Atlantic Treaty Organization). Sie stimmten sich demokratisch ab, auch wenn die USA der mächtigste Partner im Bündnis war
- Im Osten bildeten Staaten das Bündnis des Warschauer Vertrags, in dem die Sowjetunion die eindeutige Führungsmacht war.

Mitten durch Deutschland verlief der „Eiserne Vorhang", der die Trennung der Welt in zwei gegensätzliche Lager darstellte. Daher waren auch die beiden deutschen Staaten betroffen. Ihnen wurden wieder Soldaten erlaubt und vom jeweiligen Partner wurden sie mit Waffen ausgerüstet. Sie durften aber keine Atomwaffen haben. Nun standen sich die beiden deutschen Staaten auch bewaffnet gegenüber: die Nationale Volksarmee (NVA) der DDR und die Bundeswehr in der Bundesrepublik. Sie wurden in das westliche oder östliche Bündnis einbezogen.

ARBEITSAUFTRÄGE

WAHL **1** I Beschreibe mithilfe der Rede Q1 den „Eisernen Vorhang".
II Weise mithilfe der Quelle Q1 die Spaltung der Welt nach. HILFE
III Arbeite aus der Rede Q1 die Sicht auf die Sowjetunion heraus. HILFE

2 Ordne mithilfe der Karte M2 die beiden deutschen Staaten und zwei weitere europäische Staaten dem jeweiligen Lager zu.

Die Auseinandersetzung der Systeme

Der Kalte Krieg

Die Spaltung der Welt in zwei Lager führte zu großen Spannungen. Beide Seiten wollten die eigene Vormachtstellung festigen und die Gegenseite einschüchtern. Ziel der beiden Machtblöcke war, stärker als die andere Seite zu sein, um den anderen von einem Angriff abzuhalten. Daher rüsteten beide Lager mit immer neuen Waffen auf.

Zu einem direkten Krieg zwischen „West“ und „Ost“ kam es nicht. Beide schreckten zurück, da dies zu einem vernichtenden Atomkrieg geführt hätte. Sie führten einen „Kalten Krieg“ in der Wirtschaft, der Technologie und spionierten sich gegenseitig aus.

Kalter Krieg: So wird die Auseinandersetzung zwischen Staaten genannt, bei der nicht mit Waffen gegeneinander gekämpft wird. Ein „Kalter Krieg“ kann jederzeit in einen militärischen Konflikt umschlagen.

Der Sputnik-Schock

Die damals neuartige Raketen- und Weltraumforschung war ein wichtiges Feld im Kalten Krieg. Am 4. Oktober 1957 umkreiste ein sowjetischer Satellit als erster die Erde. Dieser technologische Erfolg schockierte die westliche Welt. Jahrelang war in den USA bereits an der Raketentechnik geforscht worden. Doch nun fühlte sich der Westen dem Osten unterlegen. Die Medien bezeichneten den Rückstand nach dem Namen des Satelliten als „Sputnik-Schock“.

Nun setzten die USA alles daran, als erstes einen Menschen ins Weltall zu schicken. Doch auch hier war die Sowjetunion schneller. Im April 1961 umkreiste Juri Gagarin die Erde und kehrte sicher zurück.

M1 Der sowjetische Kosmonaut Juri Gagarin (1934–1968) kurz vor dem Start zum ersten Weltraumflug (Foto, 1961)

Das Wettrennen zum Mond

Den Rückstand wollten die USA nicht nur aufholen, sondern die Führung übernehmen. Präsident John F. Kennedy setzte daher als Ziel, bis zum Ende der 1960er-Jahre einen US-Amerikaner zum Mond zu bringen.

Das wollte auch die Sowjetunion und es war unklar, wer das „Wettrennen zum Mond“ für sich entscheiden würde: Ost oder West. Beide Seiten investierten viel Geld und lieferten immer wieder Schlagzeilen über neue Zwischenerfolge. Am 21. Juli 1969 betraten schließlich Neil Armstrong und Edwin Aldrin, zwei US-Astronauten, als erste Menschen den Mond. Dieses Wettrennen hatten die USA gewonnen.

Digital+
Podcast zur Mondlandung und zum Kalten Krieg
WES-142807-501

M2 Astronaut Edwin Aldrin vor der amerikanischen Flagge auf dem Mond (Foto, 1969)

Kampf der Kulturen

Auch im kulturellen Bereich konkurierten die beiden Machtblöcke miteinander. In Spielfilmen, Romanen oder Comics wurden Ängste wie ein drohender Atomkrieg, Spionage oder die Unterwanderung der Gesellschaft thematisiert, teils aber auch erst hervorgerufen.

Geheimagenten wie James Bond oder Superhelden wie Captain America kämpften gegen die Machenschaften des Kommunismus. Ihre sowjetischen Pendants gingen hingegen heldenhaft gegen den Imperialismus und Kapitalismus des Westens vor. Die Geschichten warnten hierbei entweder direkt vor einer militärischen Invasion oder aber auch vor einer Beeinflussung der Bevölkerung durch „feindliche" Ideen und Einstellungen.

Die Sowjetunion und ihrer Partnerländer kontrollierten ihre Kulturschaffenden hierbei vielfach direkt: Kunst und Kultur waren „Staatsangelegenheit". Aber auch die westlichen Geheimdienste stellten weltweit Geld zur Verfügung, mit denen Künstler und Künstlerinnen gefördert wurden, die sich zu den demokratisch-liberalen Werten bekannten.

M3 James Bond, Heldenfigur während des Kalten Krieges (Filmplakat, 1964)

ARBEITSAUFTRÄGE

1 I Beschreibe, in welcher Form der „Kalte Krieg" geführt wurde.
II Erkläre den Begriff „Kalter Krieg".
III Begründe, warum es ein „Kalter Krieg" war.

2 Stelle den Wettlauf im All auf einer Zeitleiste dar. Recherchiere dazu weitere Ereignisse der Raumfahrtgeschichte.

3 Erstelle einen Steckbrief zu Captain America, James Bond oder einer anderen Heldenfigur, bzw. einem Spielfilm aus der Zeit des Kalten Kriegs. Präsentiere dein Ergebnis in der Klasse.

Tipp:
Einen Webcode zur Erstellung einer Zeitleiste findest du auf S. 17.

M1 Die Lage von Korea

Stellvertreterkriege als Kampf um Einfluss

Zwei Großmächte beeinflussen das Weltgeschehen

Der Gegensatz zwischen den Großmächten USA und Sowjetunion verfestigte sich während des Kalten Kriegs in Stellvertreterkriegen. Beide militärisch weit überlegenen Staaten mischten sich in Konflikte anderer Länder ein. Sie unterstützten dabei jeweils eine Konfliktpartei. Ohne direkt selbst gegeneinander Krieg zu führen, kämpften sie also indirekt in fremden Ländern und versuchten, den anderen zu schwächen.

Korea als Spielball zwischen beiden Lagern

Den asiatischen Staat Korea besetzten nach dem Zweiten Weltkrieg amerikanische und sowjetische Truppen. Ähnlich wie im geteilten Deutschland entwickelten sich zwei gegensätzliche Gesellschafts- und Wirtschaftssysteme.

- In Nordkorea bestimmte die kommunistische Partei, unterstützt durch die Sowjetunion und das benachbarte China.
- Südkorea war westlich geprägt und hatte enge Beziehungen zu den USA.

Beide Teilstaaten wollten aber das gesamte Korea beherrschen und suchten dabei Unterstützung bei den jeweiligen Partnern.

Der Koreakrieg

Im Juni 1950 griffen Truppen aus Nordkorea den Süden an. Die Sowjetunion und vor allem das kommunistische China unterstützten die nordkoreanischen Soldaten. Auf der Seite von Südkorea griff sofort die USA in den Konflikt ein. Bis September 1950 eroberten sie im Gegenzug fast den gesamten Norden. Doch auch sie wurden dann wieder zurückgedrängt. Erst nach drei Jahren Krieg einigten sich 1953 die Konfliktparteien auf einen Waffenstillstand.

Beide Seiten nahmen in den Kämpfen keine Rücksicht auf die Zivilbevölkerung. Städte und Dörfer wurden bombardiert, Straßen und Schienenwege, Häuser und Versorgungseinrichtungen zerstört. Korea blieb seitdem in zwei sehr unterschiedliche Staaten geteilt. Frieden herrscht bis heute nicht.

M2 US-Soldaten und koreanische Kriegsflüchtlinge (Foto, um 1950)

Vietnam als Spielball zwischen beiden Lagern

In den 1960er-Jahren zeichnete sich in Südostasien ein neuer Konflikt ab. Auch Vietnam war ein geteilter Staat mit einem kommunistischen Norden und westlich orientierten Süden. Erneut mischten sich die Sowjetunion und China bzw. die USA ein. Sie unterstützten in dem vietnamesischen Konflikt wieder den jeweiligen Teilstaat.

M3 Die Lage von Vietnam

Der Vietnamkrieg

Mehr als eine halbe Million US-Soldaten kämpften gegen Nordvietnam, unterstützt durch massive Bombardierungen. Die US-Luftwaffe versprühte rücksichtslos das Gift „Agent Orange“. Dieses Gift entlaubte die Bäume des Regenwaldes. Die Blätter verdorrten einfach. Die nordvietnamesischen Soldaten sollten sich nicht im Dschungel verstecken können und leichter zu finden sein. Allerdings wurden gleichzeitig auch die übrigen Pflanzen getroffen und die Ernte der Bauern vernichtet. Das Gift führte bei ungeborenen Kindern auch zu massiven gesundheitlichen Schäden und Missbildungen. Hunderttausende Vietnamesen leiden an den Spätfolgen. Noch heute werden aufgrund des Giftes missgebildete Kinder geboren. Der Vietnamkrieg schädigte das Ansehen der USA für viele Jahre. Die Opfer der vietnamesischen Bevölkerung werden auf über fünf Millionen geschätzt.

Die US-Streitkräfte konnten sich aber nicht durchsetzen und verließen 1973 das vom Krieg schwer gezeichnete Land. 1975 endete der Vietnamkrieg mit dem Sieg des kommunistischen Nordens. Heute ist Vietnam ein gemeinsamer Staat, in dem die Teilung überwunden ist. Der Krieg hinterließ jedoch in den Familien deutliche Spuren.

M4 Bombardierung eines vietnamesischen Dorfes mit Brandbomben. Das damals fotografierte nackte Mädchen heißt Kim Phuc Phan Thi. Sie engagiert sich heute gegen Krieg und Waffengewalt. (Foto, 1972)

ARBEITSAUFTRÄGE

Erstellt ein Lernplakat zum Korea- oder Vietnamkrieg:

a) Benennt die Gruppen, die miteinander im Konflikt waren.

b) Beschreibt das Eingreifen der USA und der Sowjetunion in den jeweiligen Konflikt.

c) Begründet, warum es ein „Stellvertreterkrieg“ war.

d) Recherchiert weitere Informationen zu eurem Thema.

Tipp:

Einen Webcode zur Gestaltung eines Lernplakats findest du auf S. 135.

M1 Karikatur aus dem Jahr 1962 zur Kuba-Krise und dem drohenden Krieg

M2 Die Lage von Kuba

Die Kuba-Krise

Kuba wird ein sozialistischer Staat

Die USA hatten enge wirtschaftliche Verbindungen zu Kuba. Sie unterstützten die dortige Regierung, obwohl diese nicht demokratisch war und die Bevölkerung unterdrückte.

1959 kam es auf der Karibikinsel zu einer Revolution und ihr Anführer Fidel Castro formte das Land in einen sozialistischen Staat um.

In den USA befürchtete die Regierung um den Präsidenten John F. Kennedy, dass Kuba zum Vorbild für eine Ausdehnung des Kommunismus in Süd- und Mittelamerika würde. Deshalb unterstützte sie kubanische Politiker. Deren Versuch scheiterte, wieder Macht über Kuba zu bekommen.

Die USA fühlen sich bedroht

Aufgrund des sozialistischen Staatssystems und um sich gegen die USA zu wehren, erbat Fidel Castro Schutz durch die Sowjetunion. Diese unterstützte Kuba mit Waffen, und Offiziere bildeten die kubanischen Soldaten aus.

Im Oktober 1962 entdeckten US-Aufklärungsflugzeuge, dass Anlagen errichtet wurden, um militärische Raketen starten zu können. Die USA erkannten die modernen Waffen als große Bedrohung:

- Von Kuba aus konnte jede größere Stadt der US-Ostküste mit Raketen beschossen werden.
- Aufgrund der räumlichen Nähe wäre kaum Zeit geblieben, um auf einen eventuellen Raketenangriff zu reagieren.
- Möglicherweise konnten sogar Raketen mit Atomsprengköpfen gestartet werden.

Es schien nur noch eine Frage der Zeit, bis die Waffen einsatzbereit seien. Daher versuchte die Regierung der USA zunächst, den Konflikt diplomatisch über Gespräche mit der Sowjetunion zu lösen.

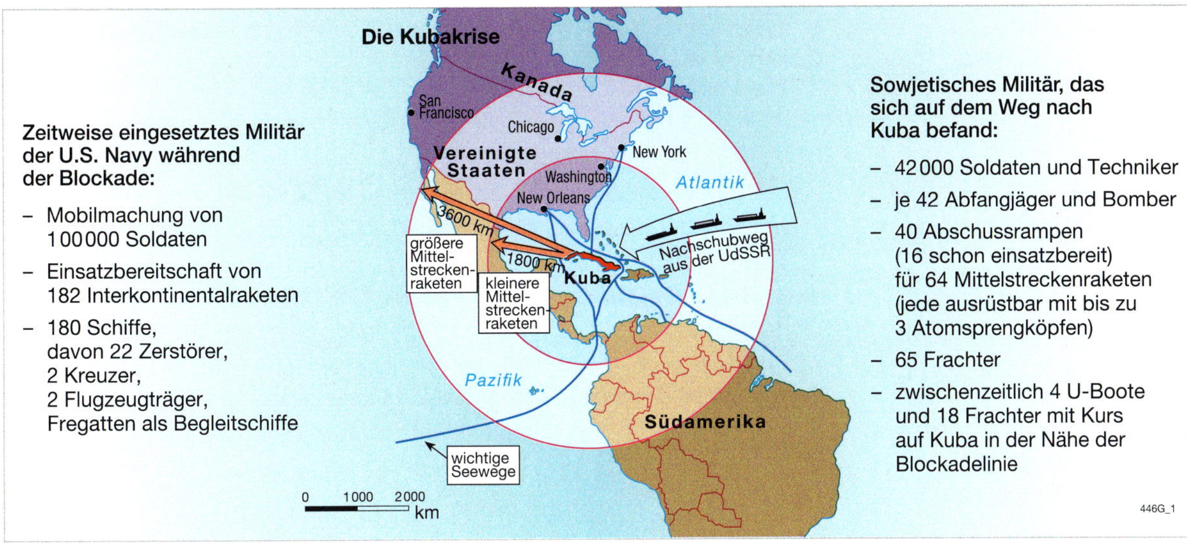

M3 Schaubild zur Kuba-Krise

Am Abgrund eines Atomkrieges

Sowjetische Schiffe mit weiterem militärischem Material befanden sich bereits kurz vor Kuba. US-Präsident Kennedy forderte die UdSSR und Kuba auf, die Raketen bedingungslos abzubauen. Er gab gleichzeitig eine sofortige Seeblockade um Kuba bekannt.

Ein verheerender Krieg zwischen den USA und der Sowjetunion schien bevorzustehen. In diesem wäre auch Europa zum Schlachtfeld geworden, weil hier die westliche und östliche Welt aufeinanderprallten. Beide Militärbündnisse, die NATO und der Warschauer Vertrag, hätten dann auch Atomwaffen eingesetzt.

Die Lösung des Konflikts

Auf Druck der USA lenkte die sowjetische Regierung im letzten Moment ein. Sie verzichtete auf die Raketen in Kuba, im Gegenzug bauten die USA in der Türkei dortige Raketenstellungen ab.

- Beide Regierungen hatten der jeweils anderen Zugeständnisse gemacht.
- USA und Sowjetunion erkannten sich gegenseitig als mächtigen Gegner an.
- Für die Zukunft versuchten sie, eine erneute Auseinandersetzung zu vermeiden und direkt miteinander zu sprechen.

Diplomatische Gespräche zwischen beiden Großmächten führten schließlich zu Vereinbarungen. Sie einigten sich auf Obergrenzen für die Zahl ihrer Soldaten, Panzer, Schiffe und Atomraketen.

14.10.1962: Luftaufnahmen von Raketenbasen mit Abschussrampen für Mittelstreckenraketen auf Kuba

16.10.1962: Krisensitzung unter US-Präsident Kennedy

22.10.1962: Information der US-Öffentlichkeit über Kuba-Krise

24.10.1962: US-Seeblockade vor Kuba, schließlich Abdrehen der sowjetischen Schiffe

26./27.10.1962: bei Raketenabzug der UdSSR aus Kuba Verzicht auf US-Invasion auf Kuba und Raketenabzug aus der Türkei

27.10.1962: Abschuss eines US-Spionageflugzeugs, dennoch Zusage eines US-Invasionsverzichts bei Raketenabzug aus Kuba

28.10.1962: Die sowjetische Regierung gibt den Abzug der Waffen auf Kuba bekannt.

M4 Verlauf der Kuba-Krise

ARBEITSAUFTRÄGE

1. Stelle mithilfe von M3 die Bedrohung der USA durch Raketen auf Kuba dar.
2. a) Beschreibe die Karikatur M1 in Verbindung zur Kuba-Krise. Bushaltestelle
   b) Begründe mithilfe der Karikatur M1 die Kuba-Krise als Auseinandersetzung im Kalten Krieg. Think-Pair-Share
3. Analysiere mithilfe von M3 und M4 den Verlauf der Kuba-Krise. HILFE
4. Fasse die Auswirkungen der Kuba-Krise zusammen.

Digital+
Film über die Kuba-Krise 1962
WES-142807-502

Die DDR ringt um internationale Anerkennung

Etappe 1
Anerkennung durch die Sowjetunion und durch die von ihr dominierten sozialistischen Länder (v.a. in Osteuropa) direkt nach der Staatsgründung; später Abschluss von bzw. Beitritt zu internationalen Verträgen dieser sozialistischen Staatengemeinschaft (z.B. Warschauer Vertrag, RGW)

Etappe 2
Aufnahme von Handels- und diplomatischen Beziehungen v.a. zu den sogenannten jungen afrikanischen Nationalstaaten, verstärkt ab Mitte der 1950er- bis Ende der 1960er-Jahre

Etappe 3
nach dem Grundlagenvertrag Beitritt zur UNO (1973) und nachfolgend Aufnahme diplomatischer Beziehungen mit fast allen Staaten der Welt

M1 Etappen der außenpolitischen Anerkennung der DDR

Die Prinzipien der Außenpolitik der DDR

Grundsätzlich bevorzugte die DDR die Einbindung in die kommunistische Weltbewegung. Deshalb orientierte sich auch ihre Außenpolitik maßgeblich an den Vorstellungen der Sowjetunion und an deren Bündnissen. Offiziell ging die politische Führung aber auch von der Möglichkeit eines friedlichen Nebeneinanders der unterschiedlichen politischen Systeme aus.

Ziel der DDR-Außenpolitik war es, ihre internationale Isolierung, die durch die Teilung Deutschlands entstanden war, zu durchbrechen. Hierzu wollte sie die völkerrechtliche Anerkennung als souveräner Staat erreichen. Insbesondere die Bundesrepublik versuchte lange Zeit, dem entgegenzuwirken, da sie die Teilung Deutschlands nicht akzeptierte.

Q1 Im Artikel 6 der DDR-Verfassung vom 6. April 1968 heißt es:

1. Die Deutsche Demokratische Republik hat [...] den deutschen Militarismus und Nazismus ausgerottet. Sie betreibt eine dem Sozialismus und dem Frieden, der Völkerverständigung und der Sicherheit dienende Außenpolitik. [...] 3. Die Deutsche Demokratische Republik unterstützt die Staaten und Völker, die gegen den Imperialismus und sein Kolonialregime, für nationale Freiheit und Unabhängigkeit kämpfen [...]. Die Deutsche Demokratische Republik tritt für die Verwirklichung der Prinzipien der friedlichen Koexistenz von Staaten unterschiedlicher Gesellschaftsordnungen ein [...]. 4. Die Deutsche Demokratische Republik setzt sich für Sicherheit und Zusammenarbeit in Europa, für eine stabile Friedensordnung in der Welt und für allgemeine Abrüstung ein.

Erste Erfolge

Ägyptens Staatspräsident Gamal Abd el Nasser lud Walter Ulbricht Anfang 1965 zu einem Staatsbesuch ein. Dieser Besuch erregte international großes Aufsehen: Ägypten befand sich im Konflikt mit Israel und hatte bereits einen Krieg gegen seinen Nachbarstaat geführt. Obwohl der Besuch noch nicht die Anerkennung der DDR durch Ägypten oder andere arabische Staaten zur Folge hatte, förderte er doch ihr internationales Ansehen. Der Durchbruch in der sog. „Dritten Welt" erfolgte am 8. Mai 1969, als Kambodscha die DDR als erstes Land völkerrechtlich anerkannte.

Israel: Staat im Nahen Osten, der 1948 in der Region Palästina gegründet wurde und vorwiegend von Menschen jüdischen Glaubens bewohnt wird

M2 Walter Ulbricht (li.) und Ägyptens Staatspräsident Abd el Nasser leisten Unterschriften während Ulbrichts Besuch in Ägypten. Es wurden Abkommen über wirtschaftliche, technische, wissenschaftliche und kulturelle Zusammenarbeit getroffen. (Foto, 02.03.1965)

M3 Internationale Anerkennung der DDR

„Botschafter im Trainingsanzug"

Die Teilnahme von Sportlerinnen und Sportlern der DDR an bedeutenden internationalen Wettkämpfen wie Olympischen Spielen oder Weltmeisterschaften bot für die DDR eine Möglichkeit, sich international darzustellen. Sport wurde in der DDR allgemein sehr gefördert, doch insbesondere Leistungssporttreibende galten als „Botschafter in Trainingsanzügen":

- Die möglichst erfolgreichen Sportlerinnen und Sportler sollten das Image der DDR verbessern und internationales Ansehen gewinnen.
- Zudem sollten das Selbstbewusstsein und darüber die Zufriedenheit der DDR-Einwohner gestärkt werden.
- Auch eine Überlegenheit des Sozialismus sollte demonstriert werden.

Später kam es zu Enthüllungen über zweifelhafte Praktiken bei der Auswahl der Elitesporttreibenden, den Trainingsmethoden und vor allem der sportmedizinischen Betreuung. Seit Mitte der 1970er-Jahre war in manchen Disziplinen flächendeckend gedopt worden, oftmals ohne Zustimmung oder Wissen der betroffenen Sportler und Sportlerinnen. Noch bis heute erfolgt eine Aufarbeitung dieser Dopingvorwürfe.

M4 Olympische Winterspiele in Grenoble, Frankreich, 1968. Erstmals nahmen zwei deutsche Mannschaften an den Spielen teil. Das Bild zeigt den Einmarsch der beiden Mannschaften – vorne die der Bundesrepublik, dahinter die der DDR. Beide Fahnenträger tragen eine schwarz-rot-goldene Flagge mit den Olympischen Ringen. (Foto, 06.02.1968)

ARBEITSAUFTRÄGE

1. Arbeite mit M1–M4 die Grundsätze der Außenpolitik der DDR heraus.
2. Vermute mit Q1, weshalb sich die DDR zunächst um die Anerkennung vieler ehemaliger Kolonialstaaten bemühte.
3. a) Recherchiere zum Besuch Walter Ulbrichts in Ägypten.
   b) Beurteile mit Q1, ob die DDR mit Ulbrichts Besuch ihren außenpolitischen Grundsätzen und ihrer deutschen Geschichte gerecht wurde.
4. Erkläre die Rolle des Sports für das internationale Ansehen der DDR.

Freundschaft mit Frankreich und Aussöhnung mit Polen

M1 Denkmal für die im Ersten Weltkrieg gefallenen Soldaten von Verdun (Aktuelles Foto)

Die Beziehung zwischen Deutschland und Frankreich

Im 20. Jahrhundert standen sich Deutsche und Franzosen in zwei Kriegen gengenüber. Nach 1945 setzte sich in Teilen der Bevölkerung in beiden Ländern die Erkenntnis durch, nur durch Aussöhnung und Zusammenarbeit zukünftige Auseinandersetzungen vermeiden zu können.

Ein erster Schritt in diese Richtung war, wirtschaftlich zusammenzuarbeiten. Die deutsch-französische Verständigung wurde besonders durch die Freundschaft zwischen dem französischen Staatspräsidenten Charles de Gaulle und dem deutschen Bundeskanzler Konrad Adenauer gefördert. Beide trieben die intensive Zusammenarbeit ihrer Staaten voran.

Q1 Bundeskanzler Adenauer am 20. Januar 1963 in einem Interview mit einem Reporter des französischen Rundfunks:

Über vier Jahrhunderte hindurch haben zwischen dem französischen und dem deutschen Volke Streit und Spannungen bestanden, die oft zu blutigen Kriegen geführt haben. Diese Zeit [...] ist für immer vorbei. Das französische und das deutsche Volk stehen in Zukunft zusammen in gemeinsamem Vertrauen, in gemeinsamer Arbeit für Frieden und Freiheit [...] zwischen ihnen und für Frieden in Europa und in der Welt.

Begegnung und Annäherung

Élysée: Amtssitz des französischen Staatspräsidenten

Am 22. Januar 1963 unterzeichneten Charles de Gaulle und Konrad Adenauer den sogenannten Élysée-Vertrag. Darin wurde die zukünftige deutsch-französische Zusammenarbeit festgeschrieben. Kernstück des Élysée-Vertrages ist die Förderung und Stärkung der Zusammenarbeit zwischen Frankreich und Deutschland:

- regelmäßig stattfindende Treffen auf allen politischen Ebenen,
- gegenseitige Besuche der Staats- und Regierungschefs zweimal im Jahr und der Außenminister alle drei Monate,
- Förderung des Sprachunterrichts,
- Anerkennung der Gleichwertigkeit der Diplome,
- Zusammenarbeit in der wissenschaftlichen Forschung.

M2 Konrad Adenauer und Charles de Gaulle (1890–1970) bei der Unterzeichnung des Élysée-Vertrags (Foto, 22.01.1963)

Polen und Deutschland – eine schwierige Nachbarschaft

Am 01.09.1939 überfielen deutsche Truppen Polen. Nach der polnischen Niederlage teilten das Deutsche Reich und die Sowjetunion das Land unter sich auf. Die Polen litten sehr unter der deutschen Herrschaft. Insgesamt wurden über sechs Millionen Polen Opfer des Zweiten Weltkriegs.

Nach dem Krieg war eine Neugestaltung der Beziehungen zunächst schwierig. Vielen Polen waren die Verbrechen der deutschen Besatzer noch in frischer Erinnerung. Die deutsche Seite beklagte sich über die Vertreibung von Millionen Menschen aus den ehemals deutschen Ost-Gebieten. Während Polen und die DDR als Mitglieder der sozialistischen Staatengemeinschaft eine eher verordnete Freundschaft pflegten, blieb das Verhältnis der Bundesrepublik zu Polen angespannt. Das änderte sich erst ab 1970 mit der sog. Neuen Ostpolitik des Bundeskanzlers Willy Brandt. Ziel dieser Politik war eine Versöhnung zwischen beiden Staaten.

Tipp:
Mehr Informationen zur Neuen Ostpolitik erhältst du auf den Seiten 212/213.

M3 Willy Brandt – Kniefall von Warschau: Der Kanzler der Bundesrepublik kniete bei einer Kranzniederlegung mehrere Sekunden lang vor dem Ehrenmal der Toten des Warschauer Gettos nieder. (Foto, 07.12.1970)

Q2 Egon Bahr, Freund und politischer Ratgeber von Willy Brandt, schilderte in seinen Memoiren den Kniefall am Warschauer Denkmal:

[V]or uns eine Wand von Journalisten, als es plötzlich ganz still wurde. Auf die Frage, was denn los sei, zischte einer: „Er kniet." Am Abend allein mit dem Freund traute ich mich zu sagen: „Das war aber doll." Darauf Brandt: „Ich hatte das Empfinden, ein Neigen des Kopfes genügt nicht." Da hatte einer, der frei von geschichtlicher Schuld war, geschichtliche Schuld seines Volkes bekannt. Mehr musste nicht gesagt werden.

ARBEITSAUFTRÄGE

1 a) Beschreibe mit M1 und Q1 das schwierige Verhältnis zischen Deutschland und Frankreich.
b) Erkläre, was der Élysée-Vertrag hieran ändern sollte.

2 Recherchiert zum Kniefall von Warschau.
a) Tauscht euch über eure Ergebnisse aus. Kugellager
b) Diskutiert mithilfe von Q2 und M3, was Willy Brandt mit seinem Kniefall ausdrücken wollte. Debatte

Digital+
Film über den Kniefall von Warschau
WES-142807-503

Die Neue Ostpolitik

Die Ostverträge – Außenpolitik unter Willy Brandt

„Wir wollen mehr Demokratie wagen“ – so beschrieb der neugewählte Bundeskanzler Willy Brandt in seiner Regierungserklärung 1969 die Vorstellung einer Reihe von Reformen. Vor allem in der Politik zur Sowjetunion, der DDR und zu den übrigen Staaten in Osteuropa vollzog sich ein Wandel.

Durch Verträge mit den osteuropäischen Staaten sollte die starre Trennung aufgebrochen werden. Der wichtigste Gesprächspartner war hierfür die sowjetische Regierung, da diese die Politik in Osteuropa bestimmte.

Innerhalb weniger Jahre wurden die sogenannten Ostverträge geschlossen. Beteiligt waren viele ehemals verfeindete Staaten, die sich nun um ein friedlicheres Miteinander bemühten.

Vertrag: Moskauer Vertrag, Warschauer Vertrag

Staat: UdSSR, Polen

Jahr: 1970

Inhalt: Anerkennung der Nachkriegsgrenzen aller europäischen Staaten, Anerkennung der Oder-Neiße-Grenze zwischen Deutschland und Polen

M1 Bundeskanzler Willy Brandt (li.) und der sowjetische Ministerpräsident Alexej Kossygin (1904–1980) bei Unterzeichnung des Moskauer Vertrags (Foto, 12.08.1970)

Vertrag: Vier-Mächte-Abkommen

Staat: UdSSR, USA, Großbritannien, Frankreich

Jahr: 1971

Inhalt: West-Berlin, ungehinderter Zugang zu den Westsektoren Berlins

M2 Unterzeichnung des Vier-Mächte-Abkommens (Foto, 03.09.1971)

Vertrag: Grundlagenvertrag

Staat: DDR

Jahr: 1972

Inhalt: Gleichberechtigung beider Staaten – die Teilung wird anerkannt; bereits 1971 „Transitabkommen", das den Verkehr nach West-Berlin und in die DDR vereinfachte

M3 Unterzeichnung des Grundlagenvertrags (Foto, 21.12.1972)

Vertrag: UNO-Mitgliedschaft

Staat: UNO-Staaten

Jahr: 1973

Inhalt: DDR und Bundesrepublik werden Mitglied der Vereinten Nationen

M4 Unterzeichnung der UNO-Mitgliedschaft, Orden für Grenzsoldaten: Wegen des Schießbefehls an der Grenze wurde die Aufnahme der DDR in die UNO auch kritisch gesehen. (Karikatur, 1973)

Vertrag: Prager Vertrag

Staat: ČSSR

Jahr: 1973

Inhalt: Aufnahme diplomatischer Beziehungen, Gewaltverzicht

M5 Demonstration für die Ostverträge in Bonn (Foto, Anfang der 1970er-Jahre)

ARBEITSAUFTRÄGE

Gruppenpuzzle

1 a) Recherchiert Informationen zu den einzelnen Verträgen.
b) Stellt Stichpunkte zu folgenden Punkten zusammen:
- den Beteiligten,
- den wichtigsten Inhalten.

Stellt eure Ergebnisse in der Klasse vor.

2 Erstellt eine Zeitleiste zu den Verträgen.

Tipp:
Einen Webcode zur Erstellung einer Zeitleiste findest du auf S. 17.

Die Schlussakte von Helsinki

Ein Dokument des Vertrauens

Am 3. Juli 1973 eröffneten in Helsinki die Vertreter von 33 europäischen Staaten sowie Kanada und den USA die Konferenz über Sicherheit und Zusammenarbeit in Europa (KSZE). Es war ein Gesprächsforum für gemeinsame Projekte in den Bereichen Kultur, Wissenschaft, Wirtschaft, Umweltschutz und Abrüstung.

Innerhalb von zwei Jahren entstanden vielfältige Beziehungen, die wesentlich zur Vertrauensbildung beitrugen. Die Konferenz endete im August 1975 mit der Unterzeichnung der Schlussakte von Helsinki. Sie enthielt Prinzipien des Handelns der Staaten, vertrauensbildende Maßnahmen auf militärischem Gebiet und das Bekenntnis zu einer geregelten Zusammenarbeit.

Q1 Erklärung Helmut Schmidts anlässlich der Unterzeichnung der Schlussakte:

Grenzen sind unverletzlich; sie müssen aber friedlich und einvernehmlich verändert werden können. Unser Ziel bleibt es, auf einen Zustand des Friedens in Europa hinzuwirken, in dem das deutsche Volk in freier Selbstbestimmung seine Einheit wiedererlangt.

Q2 Erklärung Erich Honeckers anlässlich der Unterzeichnung der Schlussakte:

In Anbetracht der historischen Lehren und der aktuellen Erfordernisse der europäischen Politik ist die Achtung und Anerkennung des Prinzips der Unverletzlichkeit der Grenzen das Entscheidende. Die Sicherheit der europäischen Staaten war und ist vor allem die Sicherheit ihrer Grenzen.

M1 Helmut Schmidt (1918–2015, Kanzler der Bundesrepublik, ①), Erich Honecker (damals Erster Sekretär des Zentralkomitees der SED, ②) und US-Präsident Gerald Ford (1913–2006, ③) unterzeichnen das Schlussdokument. (Foto, 01.08.1975)

M2 Prinzipien und Grundsätze der Schlussakte von Helsinki

Die KSZE und die Menschenrechte

In den Staaten des Ostens sorgte insbesondere die Anerkennung der Menschenrechte durch ihre Regierungen für einen Zulauf in der Menschen- und Bürgerrechtsbewegung. Die Menschen in den sozialistischen Ländern konnten sich in der Frage der Menschenrechte jetzt auf die Schlussakte von Helsinki berufen, die wie vereinbart vollständig und in gedruckter Form in allen Teilnehmerstaaten erschien.

Q3 Aus der KSZE-Schlussakte von Helsinki am 1. August 1975:

Die Teilnehmerstaaten werden die Menschenrechte und Grundfreiheiten, einschließlich der Gedanken-, Gewissens-, Religions- oder Überzeugungsfreiheit für alle ohne Unterschied der Rasse, des Geschlechts, der Sprache oder der Religion achten. [...] In diesem Rahmen werden die Teilnehmerstaaten die Freiheit des Individuums anerkennen und achten, sich allein oder in Gemeinschaft mit anderen zu einer Religion oder einer Überzeugung in Übereinstimmung mit dem, was sein Gewissen ihm gebietet, zu bekennen und sie auszuüben.

Bürgerrechts- und Friedensgruppen nahmen das Dokument von Helsinki als Grundlage für ihr Handeln. Sie forderten verstärkt freie Wahlen, freie Gewerkschaften, Presse- und Reisefreiheit. Damit wurden die Regierungen in den sozialistischen Staaten immer mehr unter Druck gesetzt.

ARBEITSAUFTRÄGE

1 Vergleiche mithilfe von Q1 und Q2 die Positionen Helmut Schmidts und Erich Honeckers miteinander.

2 a) Nenne die Prinzipien und Grundsätze der Schlussakte von Helsinki.
b) Bewerte die Bestimmungen in M2 aus heutiger Sicht.

3 a) Analysiere Q3 im Hinblick auf ihren Aussagegehalt.
b) Beurteile die Bedeutung der KSZE für die Staaten des Ostens.

Kalter Krieg auf allen Kanälen

Fast nahtlos überzog der sogenannte Kalte Krieg das geteilte Deutschland. Die stationierten Soldaten, Panzer und Flugzeuge konnten den „Eisernen Vorhang" relativ gut sichern. Funkwellen ließen sich hingegen weitaus schwieriger begrenzen. Der Fernseh- und Radiokrieg zwischen den beiden Machtblöcken erreichte hier neue Dimensionen.

Zwei deutsche Staaten in Senderwiderstreit

Allabendlich gab es insbesondere zur Hauptsendezeit einen regelrechten Wettstreit um die Deutungshohheit des aktuellen Geschehens in den beiden deutschen Staaten und der Welt. Pünktlich um 19:30 Uhr strahlte das DDR-Fernsehen seit 1952 seine „Aktuelle Kamera" aus. In einer halben Stunde wurden in erster Linie Erfolgsmeldungen voller sozialistischer Botschaften von und für die Werktätigen des Landes verkündet. Der Kalte Krieg dominierte die Wortwahl der Berichte über die Ereignisse in der Welt. Im gleichen Jahr begann um 20:00 Uhr die „Tagesschau" mit ihrer Sicht auf oft genau die gleichen Geschehnisse. In der Sache gab man sich auch hier unversöhnlich.

Die Deutschen in Ost und West lebten in einem medialen „Zwei-Fronten-Krieg". Doch der Anteil derer, die die Rundfunk- und Fernsehsendungen des jeweils anderen konsumierte, war nicht ausgewogen. Insbesondere in den grenznahen Regionen favourisierten viele DDR-Bürgerinnen und -Bürger das sog. „Westfernsehen". Antennnenwälder auf den Dächern zeugten davon. Ihre Kreativität brachte hierbei u.a. die sogenannte „Ochsenkopfantenne" hervor – mit ihr konnte das vom bayerischen „Sender Ochsenkopf" abgestrahlte Fernsehbild empfangen werden.

M1 ① Logo der Tagesschau, 1950er-Jahre; ② Wilhelm Wieben, Nachrichtensprecher 1978–1990, auch „Mister Tagesschau" genannt (Foto, 1983); ③ Logo der „Aktuellen Kamera", 1950er-Jahre; ④ Klaus Feldmann, Nachrichtensprecher 1961–1990, auch „Mister Aktuelle Kamera" genannt (Foto, 1988); ⑤ nach Westen gerichteter „Antennwald" in Helbra, Südharz (Foto, 07.05.1983)

M2 ① Gerhard Löwenthal, „ZDF-Magazin" (Foto, 1984); ② Karl-Eduard von Schnitzler, „Der Schwarze Kanal" (Foto, 1985); ③ Testbild, ZDF; ④ Testbild, DDR-Fernsehen; ⑤ Sender auf dem „Ochsenkopf", Fichtelgebirge, Bayern (Foto, 2016)

Verräterische Dachantennen

Die Führung der DDR nahm die „Aufrüstung" auf den Dächern des Landes jedoch nicht tatenlos hin. In bestimmten Regionen, wie auf Rügen oder im Dresdner Raum, war ein Empfang von „Westfernsehen" im UKW-Bereich so gut wie unmöglich. Doch etwa um Berlin, im heutigen Thüringen oder in Sachsen-Anhalt musste der Staat eingreifen.

Oft wurden Funktionäre zu den Mietshäusern geschickt, die die Antennen einfach abknickten. Oder die Feuerwehr musste mit fadenscheinigen Begründungen (etwa Gefährdung der Flugsicherheit) ausrücken und die Anlagen demontieren. Teils wurden sogar Kinder in den Kindergärten und Schulen danach befragt, ob die Uhr vor den Abendnachrichten transparent oder schwarz-weiß sei, bzw. welche Farben und Balken das Testbild hatte.

Testbild: während der Sendepausen ausgestrahltes Fernsehbild, mit dessen Hilfe man den Kontrast und die Farbe seines Fernsehgerätes einstellen konnte

„Schwarzer Kanal" gegen „ZDF-Magazin"

Einer der bekanntesten wie auch verpöntesten Journalisten der DDR war Karl-Eduard von Schnitzler. Fast 30 Jahre lang kommentierte er nach dem Montagsfilm überaus scharfzüngig Sendungen des West-Fernsehens. Sein westliches Gegenstück, Gerhard Löwenthal, nutzte das mittwochs ausgestrahlte ZDF-Magazin für schonungslose Berichte über politisch Verfolgte in der DDR. „Hilferufe von drüben" war eine geradezu missionarisch geprägte Rubrik des bekennenden „Kommunistenkritikers" Löwenthal.

ARBEITSAUFTRÄGE

1 Recherchiert zur Darstellung einzelner Themen des Kalten Krieges in verschiedenen Medien der damaligen Zeit. Stellt die unterschiedliche Darstellung dieser Themen einander gegenüber. HILFE

2 Reflektiert die Einflüsse von Medien heute (Internet, SocialMedia, KI) auf eure persönlichen Haltungen und Einstellungen. Erstellt hierzu eine Tabelle und diskutiert eure Ergebnisse in der Klasse.
Fishbowl HILFE

Abschreckung und Entspannung

M1 John F. Kennedy (1917–1963) (Foto, 1962)

Tipp:
Zur Kuba-Krise kannst du noch einmal auf den Seiten 206/207 nachlesen.

Strategie der Abschreckung

Während der Zeit des Kalten Krieges strebten die Weltmächte USA und UdSSR lange Zeit danach, militärisch stärker als der Gegner zu sein. Wurde von einem Staat ein neues Waffensystem entwickelt, bemühte sich der Gegner um ein noch besseres und stationierte ebenfalls neue Waffen. Diese Politik, den Gegner durch ein größeres Waffenpotenzial einzuschüchtern und so von militärischen Aktionen abzuhalten, nennt man die „Strategie der Abschreckung".

Entspannung durch Verhandlungen

Mit den USA und der UdSSR standen sich während des Kalten Krieges auch zwei Atommächte unversöhnlich gegenüber. Den führenden Politikern der beiden Weltmächte wurde allerdings mehr und mehr bewusst, dass ein atomarer Krieg nicht zu gewinnen wäre. Bereits die Kuba-Krise hatte gezeigt, dass eine Eskalation schnell erfolgen konnte.

Q1 Rede von US-Präsident John F. Kennedy im Juni 1963:

I speak of peace because of the new face of war. Total war makes no sense [...] in an age when a single nuclear weapon contains almost ten times the explosive force delivered by all the allied air forces in the Second World War. It makes no sense in an age when the deadly poisons produced by a nuclear exchange would be carried by wind and water and soil and seed to the far corners of the globe and to generations yet unborn. [...] Some say that it is useless to speak of world peace [...] or world disarmament – and that it will be useless until the leaders of the Soviet Union adopt a more enlightened attitude. I hope they do. I believe we can help them do it. But I also believe that we must reexamine our own attitude – as individuals and as a Nation – for our attitude is as essential as theirs.

Entspannung durch Verträge

In der Folge erkannten die Supermächte, dass ein Miteinander der einzige Weg war, um den Frieden zu wahren. Die Rüstungskontrolle war dabei die wichtigste Strategie. Nach zähen Verhandlungen wurden schließlich erste Erfolge erreicht.

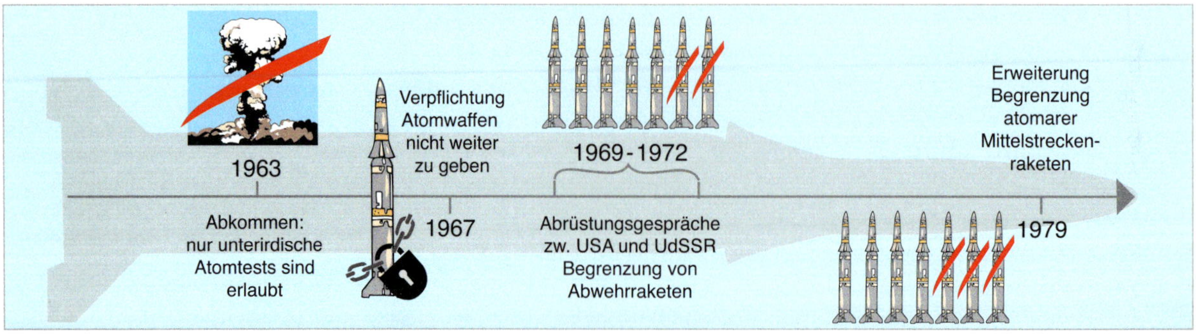

M2 Abrüstungsverhandlungen zwischen der UdSSR und den USA

Afghanistan – ein weiterer Stellvertreterkrieg

Allerdings war die Entspannungspolitik nicht von allzu langer Dauer. Einen erneuten Tiefpunkt erreichte die Beziehung zwischen den USA und der UdSSR bereits 1979.

In diesem Jahr marschierte die Sowjetunion in Afghanistan ein, um eine von ihr unterstützte Regierung an die Macht zu bringen. Die Rebellengruppen – die sogenannten Mudschahedin – wurden von den USA und einigen weiteren NATO-Staaten sowie von Ländern des Nahen und Mittleren Ostens durch Waffen und andere Materialien unterstützt. So entwickelte sich der Afghanistankrieg zu einem weiteren Stellvertreterkrieg.

In der Folge nahm in den 1980er-Jahren auch die atomare Aufrüstung wieder zu. Es begann eine neue Phase im Kalten Krieg, die von atomarer Abschreckung und zunehmenden Protesten gesellschaftlicher Friedensbewegungen geprägt war.

M3 „Der Rüstungswettlauf" (Karikatur, 1981)

ARBEITSAUFTRÄGE

1 I Beschreibe, wie sich das Verhältnis zwischen den USA und der Sowjetunion entwickelte.
II Erkläre die Hauptaussage der Karikatur M3.
III Beurteile, ob die Strategie der Abschreckung ein sinnvolles Mittel ist, Frieden zu bewahren.

2 Begründe, warum die Zeit bis 1979 als Phase der Entspannung bezeichnet wird. Reporter

3 Erkläre mithilfe von Q1, welches Ziel Kennedy verfolgt.

4 Recherchiere, welche Staaten aktuell Atomwaffen besitzen.

Digital+
Hier findest du eine Übersetzung von Kennedys Rede Q1.
WES-142807-504

Friedensbewegung in Ost und West

Protestbewegungen in der Bundesrepublik

Mit der Neuen Ostpolitik entspannten sich langsam die Beziehungen zwischen den beiden deutschen Staaten und in Europa. In Mitteleuropa hielten jedoch die USA und die Sowjetunion sehr viele Waffen und Atomraketen bereit.

Viele Jahrzehnte lang war dies aus Angst vor der Sowjetunion in der Bundesrepublik geduldet worden. Doch in den 1980er-Jahren demonstrierten vor allem jüngere Menschen dagegen. Diese Waffen ließen in ihren Augen einen verheerenden Krieg immer wahrscheinlicher werden. Unter dem Motto „Frieden schaffen – ohne Waffen" demonstrierten sie gegen den Transport der Atomwaffen.

M1 Friedensdemonstration in Bonn (Foto, 1981)

Q1 In dem in den 1980er-Jahren sehr populären Protestsong „Das weiche Wasser" drückten sich die Ängste der Menschen zur atomaren Rüstung aus:

Europa hatte zweimal Krieg
der dritte wird der letzte sein.
Gib bloß nicht auf, gib nicht klein bei,
das weiche Wasser bricht den Stein. [...]

Raketen steh'n vor uns'rer Tür,
die soll'n zu uns'rem Schutz hier sein.
Auf solchen Schutz verzichten wir,
das weiche Wasser bricht den Stein. [...]

Die Rüstung sitzt am Tisch der Welt
und Kinder die vor Hunger schrei'n.
Für Waffen fließt das große Geld,
doch weiches Wasser bricht den Stein.

Komm feiern wir ein Friedensfest,
und zeigen, wie sich's leben lässt.
Mensch, Menschen können Menschen sein,
das weiche Wasser bricht den Stein.

„Schwerter zu Pflugscharen“

Das SED-Regime beobachtete mit Misstrauen die Friedens- und Umweltbewegungen, die sich zu Beginn der 1980er-Jahre entwickelten. Da in der DDR politisches Engagement von Andersdenkenden öffentlich kaum möglich war, fanden viele solcher Aktivitäten in Räumen der Kirchen statt. Unter dem Motto „Schwerter zu Pflugscharen“ organisierten sie sich.

Der Bund der Evangelischen Kirchen veranstaltete seit 1980 jährlich Friedenswochen. In einigen Städten organisierten oppositionelle Gruppen Friedensgebete, eine Verbindung aus politischer Veranstaltung und Gottesdienst. Mit Unterbrechung gab es sie seit 1981. An ihnen nahmen auch nicht religiöse, aber politisch interessierte Bürgerinnen und Bürger teil. Menschen versammelten sich, um für den Frieden zu beten, Vorträge zu hören, Informationen auszutauschen und Protestaktionen vorzubereiten.

M2 Zeichen der Friedensbewegung der Kirche. Es durfte in der Öffentlichkeit nicht gezeigt werden.

M3 Eine Demonstration von Mitgliedern der DDR-Friedensbewegung vor der US-Botschaft wird von der Volkspolizei aufgelöst. (Foto, 01.09.1983)

Die verordnete Friedensbewegung der SED

Neben der kirchlich organisierten Friedensbewegung gab es auch eine offizielle. Diese richtete sich vor allem gegen die Aufrüstung der USA. Alle fünf Jahre versammelten sich Zehntausende von der FDJ abkommandierte Jugendliche, um für Frieden zu demonstrieren.

ARBEITSAUFTRÄGE

1 I Nenne übereinstimmende Ziele der Friedensbewegung in der DDR und der Bundesrepublik.
II Beschreibe die Ziele der Friedensbewegung in beiden Staaten.
III Arbeite mithilfe von Q1 die verschiedenen Formen des Protestes heraus.

2 Vermute mithilfe von Q1, warum sich besonders Jugendliche engagierten. Bushaltestelle

3 a) Stelle mithilfe des Liedtextes Q1 die Ängste der Menschen vor der atomaren Rüstung in den 1980er-Jahren dar.
b) Befragt Zeitzeugen, wie sie die Friedensbewegungen in den 1980er-Jahren miterlebt haben.

Das Ende des Kalten Kriegs

Schwierigkeiten der UdSSR

Die hohen Rüstungsausgaben belasteten die UdSSR, sodass Lebensmittelpreise und Preise für Energie immer weiter stiegen und es schließlich zu Versorgungsengpässen kam. Mitte der 1980er-Jahre stand das Land vor schweren politischen, wirtschaftlichen und sozialen Problemen, was auch zu Korruption und Kriminalität führte. Es schien, als sei die sowjetische Führung handlungsunfähig. Im März 1985 wurde Michail Gorbatschow zum Vorsitzenden der Kommunistischen Partei. Er leitete Reformen ein.

Reformen – Glasnost und Perestroika

Für die sowjetische Bevölkerung waren vor allem die innenpolitischen Maßnahmen wichtig. Unter dem Motto Glasnost durften in den Medien plötzlich Missstände offen kritisiert werden.

Glasnost: Offenlegung der Ziele der sowjetischen Regierung gegenüber der Bevölkerung

Daneben verfolgte Gorbatschows Politik der Perestroika die Veränderung der Gesellschaft. Die Planwirtschaft sollte reformiert werden, Partei und politische Führung sollten getrennt werden.

Perestroika: Prozess zum Umbau und zur Modernisierung des gesellschaftlichen, politischen und wirtschaftlichen Systems der Sowjetunion

Q1 In seinem Buch „Die zweite russische Revolution" von 1987 erklärte Michail Gorbatschow:

Perestroika bedeutet Initiative der Massen: Entwicklung der Demokratie [...], sozialistische Selbstverwaltung, Förderung von [...] schöpferischer Arbeit, Stärkung von Ordnung und Disziplin, mehr Offenheit, Kritik und Selbstkritik in allen Bereichen [...]; ein Höchstmaß an Achtung des Individuums und Wahrung seiner persönlichen Würde [...]. Das Wesen der Perestroika liegt in der Tatsache, dass sie Sozialismus und Demokratie miteinander verbindet [....]. Wir wollen Offenheit in allen öffentlichen Angelegenheiten und in allen Bereichen des Lebens. Das Volk muss wissen, was gut und was schlecht ist, um das Gute zu mehren und das Schlechte zu bekämpfen. So sollten die Dinge im Sozialismus sein. [verändert]

Innerhalb der Partei wurde die Modernisierung kritisiert und abgelehnt. Im Ausland jedoch wurde Gorbatschows Politik sehr positiv empfunden. Zugleich machte im Jahr 1986 ein katastrophaler Unfall im Kernkraftwerk Tschernobyl (ehemals UdSSR, heute Ukraine) die Gefahren der Atomkraft für alle deutlich.

M1 Der explodierte Reaktor 4 des Kernkraftwerks Tschernobyl. Die Zahl der Opfer, die entweder direkt durch die Explosion oder durch Langzeitschäden durch die nukleare Strahlung starben, wird zwischen einigen tausend und mehreren hunderttausend Menschen geschätzt. (Foto, 30.04.1986)

M2 Der amerikanische Präsident Ronald Reagan (1911–2004) und der sowjetische Parteichef Michail Gorbatschow bei einem Gespräch in Moskau (Foto, 1988)

Die USA und die Sowjetunion kommen ins Gespräch

Gorbatschows Politik hatte die Neugestaltung der Gesellschaft zum Ziel. Dies konnte aber nur erreicht werden, wenn genügend Geld zur Verfügung gestellt werden konnte. Deshalb musste das Wettrüsten begrenzt und sogar gestoppt werden. Hinzu kam, dass das Reaktorunglück von Tschernobyl die Gefahren der Atomkraft nochmals deutlich vor Augen führte.

Mehrere Treffen zwischen US-Präsident Ronald Reagan und Staatschef Gorbatschow halfen, das bestehende Misstrauen allmählich zu überwinden und die Sicherheitslage in der Welt zu verändern. Der 1987 unterzeichnete Vertrag zur vollständigen Vernichtung aller atomaren Mittelstreckenraketen war der vorläufige Abschluss der Abrüstungsverhandlungen. Ein neuer Schritt in Richtung Entspannung hatte begonnen.

M3 Vernichtung russischer SS-20-Atomraketen in Gegenwart US-amerikanischer Experten (Foto, 1989)

ARBEITSAUFTRÄGE

1 I Nenne Folgen der Perestroika für die Gesellschaft der Sowjetunion.
II Beschreibe mithilfe von Q1 den Begriff „Perestroika" und seine Folgen für die Gesellschaft der Sowjetunion.
III Erkläre die Notwendigkeit von Gorbatschows Politik.

2 a) Beschreibe mit M2 die Stimmung der beiden Regierungschefs.
b) Beurteile, ob der Begriff „Kalter Krieg" zum Bild M2 passt.
Bienenkorb HILFE

Veränderungen in Osteuropa

M1 Protestierende blockieren einen Panzer während des „Prager Frühlings“. (Foto, 21.08.1968)

Jahrzehnte der Unterdrückung

In den Ländern Osteuropas wurden die Vormacht der UdSSR und ihre Vorgaben zu Politik und Wirtschaft keineswegs kritiklos hingenommen. Zu den größeren Protesten gehörten der Volksaufstand in der DDR 1953, die Proteste in Ungarn 1958 und der sogenannte „Prager Frühling“ in der Tschechoslowakei 1968. Lange Zeit hatte die UdSSR gemeinsam mit den Staaten des Warschauer Vertrags diese Proteste militärisch niedergeschlagen. Erst die Neuausrichtung der Sowjetunion ab Mitte der 1980er-Jahre ermöglichte eine andere Politik in den osteuropäischen Staaten und erhöhte die Chancen der Opposition.

Wandel in Polen

In Polen gründete sich 1980 die unabhängige Gewerkschaft Solidarność, die sogleich von der polnischen Regierung verboten wurde. Unter ihrem Vorsitzenden Lech Wałęsa blieb sie jedoch als Protestbewegung im Untergrund tätig. 1988 erzwang sie durch Streiks von der polnischen Führung eine Rücknahme des Verbots und einen Übergang zur Demokratie.

M2 Umbruch in Polen: Lech Wałęsa spricht auf der Leninwerft in Danzig zu den streikenden Arbeitern. (Foto, 1980)

Q1 Der polnische Regimekritiker Jacek Kuron sagte in einem Interview über die Motive der Protestbewegung in Polen:

Der Lebensstandard sinkt schon seit langem. Das gibt sogar die Regierung indirekt zu. Allenthalben fehlt es an Waren und Gütern, und die Waren, die vorübergehend vorhanden sind, werden immer teurer. [...] Im Bereich des Gesundheitswesens, der Versorgung mit Medikamenten, ja in allen Lebensbereichen ist [...] ein solches Desaster entstanden, dass dem Durchschnittspolen seine Lebensverhältnisse unerträglich erscheinen. [...] Der einzige Ausweg, den ich sehe, ist, schnellstens die Möglichkeit zu schaffen, dass sich die Arbeiter aus freiem Willen organisieren können. [...] Dies ist der einzige Weg zur Rettung für unser Land, ein Weg zur Demokratie und zur Überwindung der Krise zugleich: Nur eine in freien Wahlen organisierte Gesellschaft ist in der Lage, ein vernünftiges Programm anzunehmen. [verändert]

M3 Öffnung der österreichisch-ungarischen Grenze 1989: Der Außenminister Ungarns, Gyula Horn (1923–2013) (r.), schneidet mit seinem Amtskollegen Alois Mock (1934–2017) (l.) an der Grenze ein Stück des „Eisernen Vorhangs" mit der Drahtschere symbolisch aus dem Stacheldrahtzaun. (Foto, 27.06.1989)

Wandel in Ungarn

In Ungarn wurden Widerstandsgruppen gebildet, die Demokratisierung und das Ende des sozialistischen Regimes forderten. Im August 1989 kam es beim sogenannten Paneuropäischen Picknick an der ungarisch/österreichischen Grenze zu einer kurzen symbolischen Grenzöffnung. Diese wurde von DDR-Bürgerinnen und -Bürgern zur Flucht genutzt.

M4 Denkmal der Europäischen Freiheit von Miklos Melocco. Das Denkmal steht im Paneuropäische Picknick Memorial Park in Fertörakos, Ungarn. (Foto, 2011)

ARBEITSAUFTRÄGE

Gruppenpuzzle

a) Recherchiert weitere Informationen zu den Entwicklungen in den 1980er-Jahren in Ungarn und Polen.

b) Erstellt ein Lernplakat, auf dem ihr die Informationen zu den beiden Ländern zusammenfasst.

c) Präsentiert eure Ergebnisse in der Klasse in Form eines Galeriegangs.

Galeriegang

Tipp:
Einen Webcode zur Gestaltung eines Lernplakats findest du auf S. 135.

Digital+
Film über Ungarns Öffnung der Grenzen
WES-142807-505

Veränderungen in der DDR

Die DDR isoliert sich

Der Name Gorbatschow stand für viele Menschen in der DDR für Hoffnung auf Freiheit. Die Menschen hofften, dass die Reformpolitik in der Sowjetunion auch für sie zu Veränderungen führen würde. Bei der DDR-Führung stießen „Glasnost" und „Perestroika" dagegen auf Ablehnung.

Q1 Kurt Hager, SED-Mitglied, fragte in einem Interview mit der Zeitschrift Stern im Jahr 1987:

Würden Sie [...], wenn Ihr Nachbar seine Wohnung neu tapeziert, sich verpflichtet fühlen, Ihre Wohnung ebenfalls neu zu tapezieren?

Der Staatschef Erich Honecker bestand weiterhin auf dem Führungsanspruch der SED und war nicht bereit, Reformen einzuleiten.

Q2 Erich Honecker reagierte im Januar 1989 auf die Forderung von westlichen Politikern, die Mauer abzubauen:

Mit dem Bau des antifaschistischen Schutzwalles im Jahre 1961 wurde die Lage in Europa stabilisiert, der Frieden gerettet. Die Mauer wird [...] in 50 und auch in 100 Jahren noch bestehen bleiben, wenn die dazu vorhandenen Gründe noch nicht beseitigt sind.

Massenflucht

Im Mai 1989 fanden in der DDR Kommunalwahlen statt, bei denen angeblich 98,85 % der Bürgerinnen und Bürger für die von der SED angeführte Einheitsliste gestimmt haben sollen. Wahlbeobachter konnten Fälschungen bei den Auszählungen aufdecken. Daraufhin fanden Protestaktionen statt, zahlreiche Verhaftungen folgten.

Trotzdem lehnten sich die DDR-Bürgerinnen und -Bürger immer mehr gegen die Staatsmacht auf und demonstrierten weiter. Viele von ihnen sahen jedoch nur noch im Verlassen der DDR eine Zukunft. Durch die erneute Grenzschließung Ungarns konnten sie nicht mehr über diese Grenze fliehen. Stattdessen flohen sie in die Botschaften der Bundesrepublik in Prag, Budapest und Warschau.

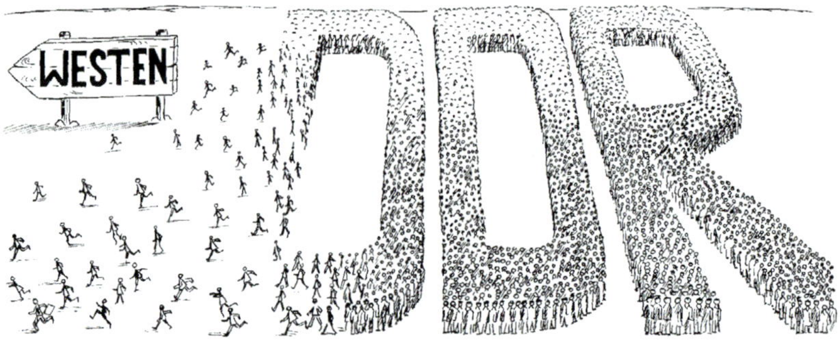

M1 Abstimmung mit den Füßen (Karikatur, 1989)

M2 DDR-Geflüchteten-Camp im Garten der westdeutschen Botschaft in Prag im Oktober 1989. Zwischen August und November 1989 flohen über die Botschaft 20 000 Ostdeutsche nach Westdeutschland. (Foto, 1989)

M3 Busse brachten die Geflüchteten zum Bahnhof. Von dort fuhren Züge in die Bundesrepublik. (Foto, 1989)

M4 Ostdeutsche Flüchtende aus der Botschaft in Prag steigen in einen Sonderzug in die Bundesrepublik Deutschland im Oktober 1989. (Foto, 1989)

M5 Ankunft eines Zuges mit Geflüchteten in Hof, Bayern (Foto, 1989)

ARBEITSAUFTRÄGE

1 I Nenne Gründe dafür, dass die DDR-Führung die Politik Gorbatschows ablehnte.
II Erkläre mithilfe von Q2 die ablehnende Haltung der DDR-Führung gegenüber der Politik Gorbatschows.
III Beurteile mithilfe von Q1 und Q2, warum die SED-Führung die Politik Gorbatschows ablehnte.

2 Stelle dir vor, du bist eine der flüchtenden Personen. Schreibe mit M2–M5 einen Tagebucheintrag zu den Ereignissen. Stelle ihn der Klasse vor.

3 Analysiere die Karikatur M1. Partnervortrag HILFE

Digital+
Film über die Geflüchteten in der Prager Botschaft
WES-142807-506

Hier kannst du nochmals nachschauen, wie du Karikaturen analysierst.
WES-142807-507

Die friedliche Revolution

Der 40. Jahrestag der DDR

Trotz der angespannten Stimmung im Land feierte die DDR-Führung am 7. Oktober aufwendig den 40. Jahrestag der Staatsgründung. Die SED versuchte noch einmal, sich mit allen Mitteln positiv darzustellen. Auch Michail Gorbatschow war als Ehrengast anwesend. Erich Honecker verkündete, der Sozialismus stehe in Deutschland auch in Zukunft auf unerschütterlichem Boden. Währenddessen ging die Staatsmacht auf den Straßen mit Gewalt gegen die Demonstranten vor.

Q1 Beim festlichen Empfang am 7. Oktober 1989 verkündete Erich Honecker in einer Rede:

Liebe Freunde und Genossen, meine Damen und Herren [...], liebe Gäste! Nehmen sie die Gewissheit mit nach Hause, dass unsere Republik auch im fünften Jahrzehnt ihrer Existenz ein bedeutender [...] Friedensfaktor im Zentrum Europas sein wird. Unsere Freunde in aller Welt seien versichert, dass der Sozialismus auf deutschem Boden [...] auf unerschütterlichen Grundlagen steht.

Kurze Zeit später wurde Honecker abgesetzt. Doch auch der neuen Staatsführung vertrauten die Menschen nicht. Die Proteste gingen weiter.

M1 Der 7. Oktober 1989 in Ost-Berlin: ① Offizielle Feierlichkeiten zum Jahrestag der Gründung der DDR; ② und ③ Polizeigewalt gegen Demonstranten (Fotos, 07.10.1989)

Die Öffnung der Grenze

Am 9. November 1989 überschlugen sich die Ereignisse. SED-Sprecher Günter Schabowski gab auf einer Pressekonferenz bekannt, dass es allen DDR-Bürgern und -Bürgerinnen möglich sei, in den Westen zu reisen. Dies löste einen Massenansturm in Ost- und West-Berlin aus.

Die DDR-Grenzsoldaten waren darauf völlig unvorbereitet. Am Übergang Bornholmer Straße war der Andrang besonders groß. Um 23.30 Uhr stellten die Grenzer dort alle Kontrollen ein und öffneten den Schlagbaum. Gegen Mitternacht standen alle Übergänge offen. Ganz Deutschland feierte den Mauerfall.

M2 SED-Sprecher Günter Schabowski während der Pressekonferenz, die zwischen 18.00 und 19.00 Uhr abends stattfand (Foto, 09.11.1989)

M3 Geöffnete Schlagbäume und Tore am Grenzübergang Bornholmer Straße, nur wenige Stunden nach Schabowskis Pressekonferenz (Foto, 09.11.1989)

M4 Menschen aus Ost- und West-Berlin kletterten in der Nacht vom 9. auf den 10. November auf die Mauer am Brandenburger Tor. (Foto, 09.11.1989)

M5 Autokolonnen durchfahren den Grenzübergang „Helmstedt/Marienborn" zwischen Niedersachsen und Sachsen-Anhalt am Folgetag des Mauerfalls (Foto, 10.11.1989)

ARBEITSAUFTRÄGE

Ihr könnt in der Gruppe oder auch einzeln arbeiten.

1. Stelle die Ereignisse im Sommer und Herbst 1989, die zur Öffnung der Grenze führten, in einer Zeitleiste dar.
2. Erläutere den Begriff „Friedliche Revolution" und stelle dar, warum dieser Begriff zu den Ereignissen im Herbst 1989 passt.
3. Erstelle ein Lernplakat zu den Ereignissen im Herbst 1989.
4. Führt einen Galeriegang durch. Galeriegang

Tipp:
Webcodes zur Gestaltung von Zeitleiste/Lernplakat findest du auf S. 17/135.

Digital+
Film über den Fall der Mauer am 09.11.1989
WES-142807-508

Zeitzeugen im Geschichtsunterricht

Schritte zur Analyse von Zeitzeugenaussagen

1. Schritt: Biografie
- Wer ist die Person (Alter, Beruf, Werdegang)?
- Wie alt war die Person, als das Ereignis, worüber sie berichtet, passiert ist?
- Wie viele Jahre sind seitdem vergangen?
- Warum will er oder sie über diese Zeit berichten?

2. Schritt: Inhalt
- Worüber wird berichtet?
- Welche Passagen fallen eindeutig unter „persönliche Wahrnehmung"?
- Bei mehreren Zeitzeugen: Wo gibt es gemeinsame Sichtweisen bzw. wo unterscheiden sich die Aussagen?

3. Schritt: Deutung
- An welchen Stellen bilden die Aussagen eine objektive Betrachtung?
- An welchen Stellen weichen die Schilderungen von einer allgemeingültigen Version der Ereignisse ab?
- Bei mehreren Zeitzeugen: Was sind mögliche Gründe für unterschiedliche Aussagen und Wertungen?

Viele eurer Eltern und Großeltern haben den Kalten Krieg, die Teilung Deutschlands oder die Wiedervereinigung miterlebt oder waren von den Ereignissen selbst betroffen. Sie können ihre persönlichen Eindrücke und Erfahrungen darüber vermitteln, wie es war, in diesen Zeiten zu leben. Sie sind Zeitzeugen. Durch zahlreiche Einzelheiten, die in Zeitzeugenberichten dargestellt werden, wird vieles besser vorstellbar und Zusammenhänge werden deutlich.

Zeitzeugenaussagen sind Quellen, die wie andere historische Quellen kritisch hinterfragt werden müssen. Dies ist wichtig, da zwischen dem Ereignis und der Zeitzeugenbefragung häufig eine lange Zeit liegt. Die Erinnerung an das Ereignis oder dessen Bewertung aus heutiger Sicht kann sich beim Zeitzeugen verändert haben. Besonders interessant ist es, wenn man zu einem Ereignis zwei oder mehrere Personen befragen kann. So ergeben sich womöglich unterschiedliche Aussagen, z.B. aufgrund des Alters oder der Perspektive.

Tipps für Fragen:
- Wie heißen Sie?
- Wie alt sind Sie jetzt?
- Wie alt waren Sie, als ...?
- Wie lebten Sie damals?
- Wer waren wichtige Personen für Sie?
- An welche Situationen erinnern Sie sich noch genau?
- Warum war das damals für Sie bedeutsam?
- Welche Gefühle hatten Sie damals?
- Wie bewerten Sie das heute?
- Welche Gefühle haben Sie, wenn Sie sich heute daran zurückerinnern?
- ...

Karl-Heinz Ruckdeschel ist 1934 geboren worden. Zur Zeit der Wiedervereinigung war er Stadtkämmerer der Stadt Hof. Durch die Nähe zur innerdeutschen Grenze war er unmittelbar mit den Ereignissen der Jahre 1989/90 konfrontiert. Er war damals 56 Jahre alt und in seiner Funktion als Stadtkämmerer für die Auszahlung des Begrüßungsgeldes verantwortlich. Der Beitrag schildert die Ereignisse in der Stadt Hof in den ersten Tagen nach dem Mauerfall. In seinen Schilderungen wird deutlich, dass die Hofer Bürger die Menschen aus der DDR wohlwollend begrüßt hätten. Lediglich habe es mit ortsfremden Händlern Ärger gegeben, die überteuerte Preise verlangt hätten. Mit diesem Zeitzeugenbeitrag wird der Fokus auf einen kleinen Baustein des großen Ganzen gelegt.
Karl-Heinz Ruckdeschel verstarb 2017

M1 Der Mauerfall aus West-Sicht

Digital+
Bericht Karl-Heinz Ruckdeschel
WES-142807-509

Rainer Eppelmann wurde am 12. Februar 1943 in Berlin geboren. Als er mit 23 Jahren den Wehrdienst und den Fahneneid verweigerte, wurde er für acht Monate inhaftiert. 1969–1974 studierte Eppelmann evangelische Theologie in Berlin. Ab 1974 arbeitete er in Berlin als Gemeinde- und Kreisjugendpfarrer. Er organisierte u.a. innerhalb der Kirche umstrittene Veranstaltungen für Jugendliche. 1982 veröffentlichte er zusammen mit Robert Havemann den „Berliner Appell – Frieden schaffen ohne Waffen". Darin wurde vor einem Atomkrieg gewarnt, zur Abrüstung in Ost und West aufgefordert und das Recht auf freie Meinungsäußerung verlangt. Im Oktober 1989 gründete Eppelmann mit Gleichgesinnten die Partei Demokratischer Aufbruch (DA) und nahm von Dezember 1989 bis März 1990 als Vertreter des DA am „Runden Tisch" teil. Im Februar 1990 wurde er Minister der DDR in der Regierung von Hans Modrow, im April 1990 Minister für Abrüstung und Verteidigung in der Regierung von Lothar de Maizière. Von 2008 bis 2013 war Eppelmann Mitglied des Beirats beim BStU (Bundesbeauftragter für die Unterlagen des Staatssicherheitsdienstes der ehemaligen DDR). Seit 1998 ist er zudem Vorstandsvorsitzender der Bundesstiftung zur Aufarbeitung der SED-Diktatur.

M2 Der Mauerfall aus Ost-Sicht

Digital+
Bericht Rainer Eppelmann
WES-142807-510

Horst M. Teltschik ist am 14. Juni 1940 in Klantendorf, heutige Tschechische Republik, geboren worden. Nach dem Ende des Zweiten Weltkriegs floh seine Familie nach Bayern, wo er am Tegernsee in Oberbayern aufwuchs. Nach dem Abitur und Studium arbeitete er in der CDU, wo er bis zum außenpolitischen Berater Helmut Kohls aufstieg. Später leitete er auch die Münchner Sicherheitskonferenz. Zur Zeit der Wiedervereinigung ist er ein wichtiger Berater des deutschen Bundeskanzlers und einer der maßgeblichen Unterhändler der BRD. Nach der Wiedervereinigung war er u.a. Vorstandsmitglied bei BMW und Präsident von Boeing Deutschland.

M3 Ein Zeitzeuge berichtet aus der West-Perspektive.

Digital+
Bericht Horst Teltschik
WES-142807-511

Ulrike Poppe wurde am 26. Januar 1953 in Rostock geboren. Sie studierte in Ost-Berlin und engagierte sich in Bürgerrechtsgruppierungen, was die Führung der DDR als Kritik am System versteht. Zur Zeit des Mauerfalls und der Wiedervereinigung ist sie in der Bürgerbewegung „Demokratie Jetzt". Zahlreiche Ehrungen werden ihr aufgrund ihres Engagements für Menschenrechte zuteil. Von 2010–2017 ist sie Beauftragte zur Aufarbeitung der Folgen der kommunistischen Diktatur in Brandenburg, wo sie u.a. Opfer der SED-Diktatur berät.

M4 Eine Zeitzeugin berichtet aus der Ost-Perspektive.

Digital+
Bericht Ulrike Poppe
WES-142807-512

ARBEITSAUFTRÄGE

Gruppenpuzzle

1 a) Bearbeitet mithilfe der Schritte und der Webcodes die Zeitzeugenaussagen M1–M4.
b) Stellt eure Ergebnisse der Klasse vor.

2 Vergleicht die Zeitzeugenaussagen. HILFE

Das Zeitgeschichtliche Forum Leipzig virtuell erkunden

Entstehung

Stiftung
Haus der Geschichte
der Bundesrepublik Deutschland
HAUS DER GESCHICHTE BONN
ZEITGESCHICHTLICHES FORUM LEIPZIG

M1 Logo des Zeitgeschichtlichen Forums Leipzig

Das Zeitgeschichtliche Forum wurde 1999 als Ausstellungs-, Informations- und Dokumentationszentrum eröffnet. Leipzig ist als Standort ausgewählt worden, da in der Stadt die Friedliche Revolution von 1989/1990 ihren Anfang nahm. Träger des Forums ist die Stiftung Haus der Geschichte der Bundesrepublik Deutschland. Über 3,7 Millionen Menschen besuchten die Ausstellungen bis 2021.

M2 Webseite des Zeitgeschichtlichen Forums Leipzig

Q1 Der Internetauftritt des Museums gibt Auskunft zur Organisation:

Geschichte erleben – im Zeitgeschichtlichen Forum Leipzig.
Mit Ausstellungen, Veranstaltungen, Online-Angeboten und Publikationen präsentieren wir deutsche Geschichte vom Ende des Zweiten Weltkriegs bis in die Gegenwart. Unser Haus ist damit eines der vier Museen der Stiftung Haus der Geschichte der Bundesrepublik Deutschland.
Unsere Dauerausstellung veranschaulicht mit rund 2000 Objekten, Fotos und Filmen die Geschichte des geteilten Deutschlands und der Zeit nach der Wiedervereinigung. Bis zu drei Wechselausstellungen pro Jahr beleuchten zusätzlich aktuelle Themen. Mit Podiumsdiskussionen, Vorträgen, Lesungen und Filmvorführungen bietet unser Veranstaltungsprogramm eine Plattform für gesellschaftliche Diskurse mit Zeitzeugen, prominenten Vertretern aus Politik, Wissenschaft, Kultur sowie Medien und fördert die öffentliche Auseinandersetzung mit aktuellen Themen. Unser Bildungsprogramm stellt lebenslanges Lernen in den Mittelpunkt und vermittelt die Ausstellungen zielgruppenorientiert an Kinder, Jugendliche und Erwachsene. Weit über das Museum hinaus reichen unsere digitalen Angebote im Netz zu Geschichte Online. Sammeln und Bewahren sind auch zentraler Bestandteil unserer Arbeit. Unsere Sammlung zur Geschichte der DDR umfasst mehr als 200 000 Objekte, darunter herausragende Bestände zu Opposition und Widerstand in der DDR, aber auch den Nachlass Johannes Hegenbarths, Autor des DDR-Comics „Mosaik“, oder private Gegenstände des Entertainers Heinz Quermann.
Wir verstehen uns als einzigartiges Forum für die Auseinandersetzung mit jüngerer deutscher und europäischer Geschichte.

Virtuelle Erkundung

Ist ein Besuch des Zeitgeschichtlichen Forums nicht möglich, bietet der Internetauftritt verschieden Varianten, sich der Thematik virtuell zu nähern.

So gewährt ein Museumspodcast ungewöhnliche Einblicke und Erkenntnisse. In ihm geht es sowohl um die Museumsarbeit hinter den Kulissen als auch um die Geschichte und Hintergründe einzelner Ausstellungsstücke.

Darüber hinaus können in dem im Internet aufrufbaren Audioguide die Austellungsräume online abgeschritten werden. 25 Objekte der Dauerausstellung lassen sich auf diese Weise virtuell erkunden.

ZEITGESCHICHTE(N)

Wir haben einen Museumspodcast!

Geschichte zum Hören: Unser Podcast "Zeitgeschichte(n) – Der Museumspodcast" gibt in 10 Folgen mit herausragenden Objekten exklusive Einblicke in die Museumsarbeit und erzählt spannende Geschichten.

M3 Verweis auf den Museumspodcast des Zeitgeschichtlichen Forums Leipzig

M4 Verweis auf den Audioguide des Zeitgeschichtlichen Forums Leipzig

ARBEITSAUFTRÄGE

1. Erläutere unter Nutzung von Q1 die Intention des Zeitgeschichtlichen Forums in Leipzig.
2. Erkunde das Museum unter Nutzung von Podcast und Audioguide.
3. Erkläre, inwiefern die Konfrontation der Systeme thematisch eine Rolle in den Präsentationen spielt.
4. Bewerte den Internetauftritt des Zeitgeschichtlichen Forums nach selbstgewählten Kriterien. Bienenkorb
5. Begründe, inwiefern Schülerinnen und Schüler deiner Generation dieses Forum online oder direkt besuchen sollten.

Die deutsche Einheit 1990

Der Wunsch nach Wiedervereinigung

Nach der Grenzöffnung siedelten viele DDR-Bürger und -Bürgerinnen in die Bundesrepublik über. Um dies zu verringern, bestand nach Ansicht der Verantwortlichen nur die Möglichkeit, die DDR wirtschaftlich neu aufzubauen. Der dazu ausgearbeitete Staatsvertrag trat am 1. Juli 1990 in Kraft. Damit übernahm die DDR das wirtschaftliche und sozialpolitische System der Bundesrepublik und führte die westdeutsche Währung ein.

M1 Zur Einführung der D-Mark standen viele Menschen Schlange vor den Banken und Sparkassen. (Foto, 01.07.1990)

Ein gemeinsames Deutschland entsteht

Die Bundesrepublik und die DDR vereinbarten am 31. August 1990 im Einigungsvertrag den einseitigen Beitritt des Gebietes der DDR zur Bundesrepublik. Damit entstand also nicht ein neuer Staat, sondern die Bundesrepublik und der Geltungsbereich des Grundgesetzes wurden um das Gebiet der DDR erweitert. Den Staat DDR gab es nicht mehr.

Die Alliierten erlauben die Wiedervereinigung

Die vier Siegermächte bestanden allerdings auf ihr Mitspracherecht bei der Einheit. Dies war 1945 in der Potsdamer Konferenz so festgelegt worden. Am 12. September 1990 wurde in Moskau der „Vertrag über die abschließende Regelung in Bezug auf Deutschland", kurz 2+4-Vertrag, von den vier Siegermächten und beiden deutschen Regierungen unterzeichnet. Damit konnte die deutsche Wiedervereinigung am 3. Oktober vollzogen werden.

M2 Die Regeln des Zwei-plus-Vier-Vertrags

Q1 Aus der Fernsehansprache des letzten DDR-Ministerpräsidenten Lothar de Maizière am 2. Oktober 1990:

Es ist ungewöhnlich, dass sich ein Staat freiwillig aus der Geschichte verabschiedet [...]. Die Geschichte der letzten vier Jahrzehnte ist trotz aller Widersprüche [...] ein Teil unserer persönlichen Biografie [...]. Sie hat uns geprägt [...]. Die Deutsche Einheit ist mit dem Beitritt nicht abgeschlossen. Sie ist und bleibt eine Gemeinschaftsaufgabe aller Deutschen [...]. Die Einheit will nicht nur bezahlt, sondern auch mit dem Herzen gewollt werden.

Q2 Aus der Ansprache des Bundespräsidenten Richard von Weizsäcker beim Festakt am 3. Oktober 1990:

Unser Dank gilt den Bürgerbewegungen und Völkern in Ungarn, in Polen und in der Tschechoslowakei. Die Menschen in Warschau, Budapest und Prag haben Beispiele gegeben. Sie haben den Weg zur inneren Freiheit in der DDR [...] ermutigt. Unvergessen ist auch ihre Hilfe für die Flüchtlinge und damit ihr ganz direkter Beitrag zur Überwindung von Mauer und Stacheldraht. Das vereinte Deutschland wird mit ihnen in Zukunft eine offene und enge Nachbarschaft suchen.

M3 Am Abend des 3. Oktober 1990 feierten die Menschen vor dem Reichstagsgebäude in Berlin ... (Foto, 03.10.1990)

M4 ... und ebenso am Brandenburger Tor. (Foto, 03.10.1990)

M5 Während der Feierlichkeiten: ① Altbundeskanzler Willy Brandt, dessen Neue Ostpolitik wesentlich zur Annäherung von Ost und West beigetragen hatte; ② Außenminister Hans-Dietrich Genscher, dessen Verhandlungen in Ungarn, Polen und mit der DDR die Wiedervereinigung prägten; ③ Kanzlergattin Hannelore Kohl; ④ Bundeskanzler Helmut Kohl, auch heute noch „Kanzler der Einheit“ genannt; ⑤ Bundespräsident Richard von Weizsäcker, der das Einigungsgesetz unterschrieb; ⑥ Lothar de Maizière, der erste frei gewählte und zugleich letzte DDR-Ministerpräsident (Foto, 03.10.1990)

ARBEITSAUFTRÄGE

1. Nenne die verschiedenen Stationen auf dem Weg zur Wiedervereinigung.
2. Erkläre, warum die Alliierten bei der Wiedervereinigung mitbestimmten.
3. a) Begründe, warum die Menschen ein geeintes Deutschland wollten.
   b) Beurteile, warum es für die Regierung der DDR keinen anderen Ausweg gab.
4. a) Recherchiere, welche Veränderungen es in deiner Region nach der Wiedervereinigung gab.
   b) Stelle deine Ergebnisse in der Klasse vor.
5. a) Befragt Zeitzeugen zu den positiven Seiten und zu den Problemen, die sie durch die Wiedervereinigung erlebt haben.
   b) Tragt eure Ergebnisse auf einem Plakat zusammen.
   c) Stellt die positiven Seiten und die Probleme gegenüber.

Digital+
Film über die deutsche Wiedervereinigung
WES-142807-513

Gedenken an die innerdeutsche Grenze

Mödlareuth – ein geteiltes Dorf

Mitten durch das Dorf Mödlareuth fließt der Tannbach. Er teilt das Dorf in einen Ost- und einen Westteil. Nach der Gründung der beiden deutschen Staaten gehörte der Ostteil Mödlareuths zur DDR, der Westteil zur Bundesrepublik. Die DDR errichtete hier zunächst einen Bretterzaun, schließlich eine Betonsperranlage. Der Tannbach querte die Mauer unterirdisch und bildete weiterhin die offizielle Grenze. Heute bildet der Tannbach die Grenze zwischen Bayern und Thüringen.

Digital+
Webseite des Deutschen-Deutschen Museums Mödlareuth
WES-142807-514

Checkpoints/Grenzübergangstellen

Zwischen den westalliierten Besatzungszonen und der sowjetischen wurden ab 1945 Kontrollstützpunkte errichtet. Die Westalliierten nannten sie „Checkpoints“, UdSSR und DDR „Grenzübergangsstellen“ (GÜSt).

An allen Grenzübergangsstellen erfolgten intensive Pass- und Zollkontrollen. Es wurde nach Schmuggelware gesucht und nach Schriften, Büchern oder Tonträgern, die in der DDR verboten waren. Außerdem sollte sichergestellt werden, dass sich keine DDR-Bürger und -Bürgerinnen in den Westen schmuggeln ließen.

M1 PKW-Kontrolle, Checkpoint Bravo/ GÜSt Drewitz-Dreilinden (Foto, 1972)

Checkpoint Alpha/GÜSt Marienborn

Die westalliierten Checkpoints wurden mit Buchstaben benannt. Beim Checkpoint „A“ war dies das Alpha. Die GÜSt Marienborn/Checkpoint Alpha bei Helmstedt entwickelte sich zur größten Kontrollstelle außerhalb von Berlin. Die Autobahn, die von hier aus nach Berlin führte, wurde von Stasi und Volkspolizei streng überwacht und durfte von den Transitreisenden nicht verlassen werden.

Digital+
Webseite der Gedenkstätte Deutsche Teilung Marienborn
WES-142807-515

Checkpoint Charlie/GÜSt Friedrichstraße

Der Checkpoint Charlie befand sich mitten in Berlin. Er trennte den US-amerikanischen vom sowjetischen Sektor der Stadt. Während der „Berlinkrise“ standen sich im Oktober 1961 sowjetische und US-amerikanische Panzer am Checkpoint Charlie schussbereit gegenüber. Hintergrund waren die Drohung der sowjetischen Führung, die Aus- und Einreisekontrolle nach West-Berlin an die DDR zu übergeben, sowie der im August des Jahres erfolgte Mauerbau.

Digital+
Webseite des Mauermusuems
WES-142807-516

M2 Luftaufnahme von Mödlareuth: ① DDR, ② Bundesrepublik, ③ Grenzmauer, ④ Verlauf des Tannbachs (Foto,1971)

M3 Am Checkpoint Charlie: ① US-Panzer, ② UdSSR-Panzer, ③ Wachthaus des Checkpoints (Foto, 27.10.1961)

M4 Einfahrt zur GÜSt Lübeck-Schlutup/Selmsdorf: ① Erstkontrollhäuschen, ② Abfertigungsbahnen für PKW und LKW, ③ Schild „Fotografieren verboten" (Foto, 01.05.1981)

M5 Auf der F5 Richtung Berlin: ① Raststätte Quitzow – einzige genehmigte Haltestelle für Transitreisende, denn auch auf der F5 galt das „Durchreisegebot" (Foto, 28.08.1963)

GÜSt Lübeck-Schlutup/Selmsdorf

Im heutigen Mecklenburg-Vorpommern trennte die innerdeutsche Grenze die Bezirke Rostock und Schwerin von Schleswig-Holstein und Niedersachsen. Selmsdorf war der nördlichste Kontrollpunkt zum Grenzübertritt. Der Ort lag im sog. Grenz-Sperrgebiet. Dieses fünf Kilometer breite und mit Zäunen, Sperrmauern, Selbstschussanlagen und Minenfeldern gesicherte Gebiet zog sich entlang der Grenze durch die gesamte DDR.

Personen, die nicht als systemkonform galten oder von denen Widerspruch zu erwarten war, wurden von Stasi und Volkspolizei aus den Ortschaften des Grenz-Sperrgebiets zwangsweise umgesiedelt („Aktion Ungeziefer" 1952, „Aktion Kornblume" 1961). Die verbleibende Bevölkerung wurde mit Sondervermerken im Personalausweis identifiziert. Passierscheine waren notwendig, wenn Verwandte von außerhalb zu Besuch kommen wollten. Ein Betreten ohne Passierschein war streng untersagt. Bürger und Bürgerinnen der Bundesrepublik durften überhaupt nicht in das Grenz-Sperrgebiet einreisen.

Digital+
Webseite des Grenzdokumentationsstätte Lübeck-Schlutup e. V.
WES-142807-517

GÜSt Lauenburg/Horst

Ebenfalls im Grenz-Sperrgebiet lag die Ortschaft Horst (Nostorf) als Teil der GÜSt Lauenburg/Horst. Die von hier ausgehende Fernverkehrstraße 5 war die einzige Möglichkeit, den Weg nach Berlin über eine Landstraße zurückzulegen. Sie durfte auch mit Fahrrädern, Mofas etc. genutzt werden.

Auf ihrem Weg führte die F5 direkt durch mehrere Ortschaften der DDR. Dies war der DDR-Führung ein Dorn im Auge, da ein zu enger Kontakt zwischen den Menschen befürchtet wurde. 1982 wurde der Grenzübertritt deshalb verlagert. Fortan führte er über Gudow/Zarrentin auf eine Autobahn, die nur noch von PKW und LKW befahren werden durfte.

M6 DDR-Grenzsoldaten verlegen Landminen im Grenz-Sperrgebiet bei Horst. (Foto, 28.08.1963)

ARBEITSAUFTRÄGE

1 Stelle dir vor, du wohnst zur Zeit der deutschen Teilung in Mödlareuth. Schildere einem Journalisten oder einer Journalistin die Auseinanderentwicklung des Dorfes. Reporter HILFE

2 Recherchiert in Gruppen Ortschaften im Grenz-Sperrgebiet und Menschen, die in solchen Ortschaften lebten.
a) Führt eine Zeitzeugenbefragung durch.
b) Tragt eure Ergebnisse in der Klasse zusammen. Galeriegang
c) Gestaltet ein gemeinsames Plakat zum Thema.

Kalter Krieg im Jugend-Radio und -TV der DDR

M1 Blick in das Studio 6 des Jugendradios DT64: 1986 wurde aus dem mehrstündigen Nachmittagsprogramm ein eigener Sender. (Foto, 02.05.1989)

M2 DDR-Kofferradio Dynamic II aus den 1970er-Jahren (Aktuelles Foto)

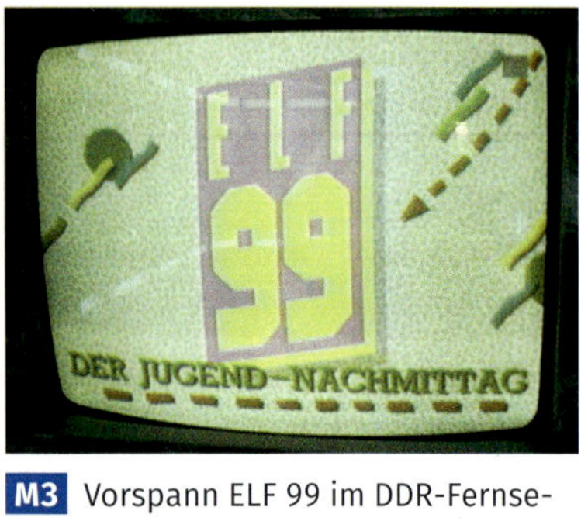

M3 Vorspann ELF 99 im DDR-Fernsehen (Foto, 1989)

Die Kinder und Jugendlichen der DDR wurden im Sprachgebrauch der SED-Führung als die „Kampfreserve" der Partei angesehen. Deshalb überließen die Funktionäre im Bereich von Kultur, Rundfunk und Fernsehen kaum etwas dem Zufall. Der „antifaschistische Schutzwall" konnte „Westsender" jedoch nur schwer aufhalten.

Musik hören, nach aktuellen Hits tanzen, sich mit den musikalischen Idolen befassen – all dies bekam spätestens seit der sog. Beat-Generation der 1960er-Jahre mit Bands wie The Beatles und The Rolling Stones eine neue Dimension. Nicht nur die Sender der Bundesrepublik, sondern auch die der Westallierten wie RIAS oder BBC strahlten die neue Musik bis in die DDR hinein, wo sie aufgenommen und weiter verbreitet werden konnte.

1964 schuf die DDR-Führung mit DT64 eine eigene tägliche Jugendsendung im Radio, deren Programm und Ausrichtung sie Ende 1965 jedoch wieder reglementierte, da zu viel westliche Beatmusik gespielt wurde. Ostrock zu hören, war unter den Jugendlichen in der DDR allerdings eher verpönt. Daran konnten weder DT64 noch die immer wieder „doppelbödigen" Texte einzelner Rock- und Pop-Gruppen wie Renft, Lift oder Stern Meißen etwas ändern.

Ab Mitte der 1980er-Jahre entstanden immer offener systemkritische Bands wie Pankow oder Keimzeit. Als am 1. September 1989 die Jugendfernsehsendung ELF 99 startete, stand die friedliche Revolution jedoch bereits kurz bevor. Dieser letzte Versuch der DDR-Führung, die Jugend im musikalischen „Kulturkampf" des Kalten Krieges zurückzugewinnen, war somit erneut gescheitert.

So geht ihr vor:

1. **Schritt: Auswahl der Projekte**
   - Schließt euch zu etwa gleich großen Arbeitsgruppen zusammen und wählt jeweils einen der folgenden Themenvorschläge zur Bearbeitung aus:
     – Maßnahmen der DDR zur Kontrolle westlichen Einflusses auf die Jugend (Alternativangebote, Gesetze, Verbote, Zugeständnisse ...)
     – DDR-Musiktexte zwischen Anpassung und Opposition
     – Hitparaden und Jugendsendungen in Ost und West
     – Technikgeschichte vom Campingradio zum Walkman
2. **Schritt: Recherche**
   - Recherchiert in eurem familiären Umfeld und im Internet weitere Informationen, Dokumente, Zeitzeugenaussagen und Fotos.
3. **Schritt: Auswahl der Präsentationsform**
   - Wählt ein geeignetes Format für eine Darstellung und mögliche Präsentation eurer Arbeitsergebnisse aus.
4. **Schritt: Präsentation und Diskussion**
   - Stellt eure Projekte in der Klasse vor.
   - Führt eine Diskussion zu den Präsentationen durch.

1950–1953: Koreakrieg

Oktober 1962: Kuba-Krise

1964–1973: Vietnamkrieg

1980er-Jahre: Wettrüsten

1950–1991: Kalter Krieg und Stellvertreterkriege

1950 | 1960 | 1970 | 1980 | 1990

1963: Deutsch-französischer Vertrag

07.12.1970: Kniefall von Warschau

1972: Grundlagenvertrag

09.11.1989: Fall der Berliner Mauer

03.10.1990: Deutsche Wiedervereinigung

Zwei deutsche Staaten in Europa und der Welt

Nach dem Ende des Zweiten Weltkriegs kam es rasch zu Spannungen zwischen den USA, Großbritannien, Frankreich auf der einen und der UdSSR auf der anderen Seite. Es bildeten sich zwei Machtblöcke heraus: die NATO und die Warschauer Vertragsstaaten. Es folgten Jahrzehnte, die von einer enormen militärischen Aufrüstung geprägt waren. Während der Kuba-Krise drohte dies, in einen Atomkrieg zu münden. In „Stellvertreterkriegen" wie in Korea, Vietnam und Afghanistan wurde der Konflikt auch militärisch ausgetragen. Allerdings trafen die Armeen der Weltmächte hierbei nie direkt aufeinander, weshalb diese Phase als „Kalter Krieg" bezeichnet wird.

Beide deutsche Staaten waren in die Machtblöcke des Kalten Kriegs eingebunden. Dies belastete ihre Beziehung noch zusätzlich. Die sog. Neue Ostpolitik des Bundeskanzlers Willy Brandt bemühte sich, sowohl das Verhältnis zur DDR als auch zu weiteren osteuropäischen Staaten zu verbessern. Durch den Wandel in der Sowjetunion und in deren verbündeten Ländern während der 1980er-Jahre konnte die Politik des Kalten Krieges schließlich überwunden werden.

Für Deutschland war dies ein wichtiger Schritt zur Wiedervereinigung. Den Menschen in der DDR gelang es, im Herbst 1989 durch die friedliche Revolution den Fall der Mauer herbeizuführen. Der Einigungsvertrag besiegelte 1990 schließlich die Wiedervereinigung beider deutschen Staaten.

WICHTIGE BEGRIFFE:

der Einigungsvertrag
der Élysée-Vertrag
die Entspannungspolitik
die Friedensbewegung
die friedliche Revolution 1989
der Kalte Krieg
der Koreakrieg
die Kuba-Krise
der Mauerfall
die Montagsdemonstrationen
die Neue Ostpolitik
die Solidarnosc
die Stellvertreterkriege
der Vietnamkrieg
die Wiedervereinigung
der 2+4-Vertrag

Deutschland nach der Wiedervereinigung

Nach der Wiedervereinigung waren die Hoffnungen groß, dass sich auch die Lebensverhältnisse in Ost und West bald angleichen würden. Dieser Prozess gestaltete sich jedoch problematisch. Auch politisch ergaben sich neue Problemfelder wie das Wiedererstarken des Rechtsextremismus.
Heute sind die meisten Länder Europas Mitglied in der Europäischen Union oder eng mit ihr verbunden. Um einen dauerhaften Frieden zu wahren, arbeiten sie als Partner in unterschiedlichen Bereichen zusammen und unterstützen sich gegenseitig.
Da sich inzwischen aber auch die Kritiken an der Europäischen Union häufen und Länder aus ihr austreten wollen, steht Europa vor großen Herausforderungen.

Das Europäische Parlament in Straßburg (Frankreich) (Aktuelles Foto)

Willkommen
Vitajte
Fáilte
Witamy
Bine ați venit
Добре дошли
Tervetuloa
Sveiki atvykę
Bienvenue
Benvenuti

M1 Deutschland seit der Wiedervereinigung

Herausforderungen der Wiedervereinigung

Politische Situation

Nach der deutschen Wiedervereinigung zeigte sich, dass der neue Staat vor zahlreichen Herausforderungen stand. Die neue politische Situation stellte sich folgendermaßen dar:

- Die neuen Bundesländer gaben sich eigene Landesverfassungen. Seither besteht die Bundesrepublik Deutschland aus 16 Bundesländern.
- 1991 beschloss der Bundestag, dass Berlin zukünftig die Hauptstadt Deutschlands sein sollte.
- Das wiedervereinigte Deutschland wurde wie die „alte“ Bundesrepublik sowohl Mitglied der NATO als auch der Europäischen Union.
- Die SED benannte sich um in „Partei des demokratischen Sozialismus“ (PDS) und vereinigte sich später mit der „Wahlalternative Arbeit & soziale Gerechtigkeit“ (WASG) zur Partei „Die Linke“. Sie war seither vor allem in den ostdeutschen Bundesländern erfolgreich.

Der Erfolg der PDS und ihrer Nachfolgeparteien in den neuen Bundesländern ließ sich auch darauf zurückführen, dass sie den Menschen als ostdeutsche Partei galt. Dies kann als Hinweis gelten, dass sich viele Menschen in Ostdeutschland von den westdeutschen Parteien der Bundesrepublik nicht ausreichend vetreten sahen und sehen.

Wirtschaftliche Situation

Zu den politischen Herausforderungen traten weitere hinzu. Besonders schwierig erwies sich die Umstellung der DDR-Wirtschaft vom planwirtschaftlichen auf das marktwirtschaftliche System. Im März 1990 wurde deshalb die Treuhandanstalt gegründet, deren Aufgabe es war, die Betriebe an private Unternehmen zu verkaufen. Dies erwies sich als schwierig, denn viele Betriebe waren nicht konkurrenzfähig und mussten schließen:

- Die Produktionsstätten der DDR waren veraltet,
- die Fabriken waren marode,
- die Infrastruktur befand sich in einem schlechten Zustand,
- beträchtliche Umweltschäden kamen hinzu.

Finanziert wurde die Umstrukturierung Ostdeutschlands u.a. aus Steuermitteln wie dem Solidaritätszuschlag. Vorrangige Ziele waren der Ausbau der Infrastruktur, die Förderung des Wohnungsbaus und die Beseitigung der Umweltschäden. Es wurden bewusst im Osten neue Industrien angesiedelt. Dadurch sollten die Lebensqualität der Menschen im Osten verbessert und neue Perspektiven geschaffen werden.

Solidaritätszuschlag: steuerlicher Abzug bei der Einkommenssteuer, der u.a., aber nicht nur zur Finanzierung der deutschen Einheit genutzt wurde

M2 Entsorgung eines „Trabi“: einst begehrtes DDR-Gut, nach der Wiedervereinigung nur noch Müll? (Foto, 1990)

Gesellschaftliche Situation

In den ersten drei Jahren nach der Wiedervereinigung schrumpfte die ostdeutsche Industrieproduktion auf ein Drittel ihrer früheren Größe. Die Arbeitslosigkeit in den neuen Ländern stieg daraufhin stark an. Vor allem gut ausgebildete, junge Menschen verließen den Osten, weil sie im Westen bessere Arbeitsmöglichkeiten fanden.

Doch auch die verschiedenen Lebenswege und Erfahrungen der Deutschen in Ost und West machten zuweilen eine Verständigung schwierig. Viele Menschen im Osten waren enttäuscht über die wirtschaftliche und soziale Lage und fühlten sich im neuen Deutschland als „Bürger zweiter Klasse". Ein weiterer Vorwurf traf die Treuhand, die die Industrie des Ostens an Unternehmen „verschachert" habe, ohne auf das Leben der Menschen zu achten. Umgekehrt waren manchen Westdeutschen die Kosten der Wiedervereinigung zu hoch oder sie stellten gar deren Sinn infrage.

in %	Deutschland	West	Ost
1989	–	7,9	–
1991	7,3	6,2	10,2
1993	9,8	8,0	15,4
1995	10,4	9,1	14,8
1997	12,7	10,8	19,1
1999	11,7	9,6	18,7

M3 Entwicklung der Arbeitslosigkeit in Ost und West bis 1999 – Ost inklusive Berlin, West ohne Berlin

M4 Demonstrationen gegen Schließungen ehemaliger Volkseigener Betriebe vor der Treuhand-Zentrale in Berlin (Fotos, 1992)

Aufarbeitung der Vergangenheit

Als herausfordernd erwies sich auch die Aufarbeitung der DDR-Vergangenheit. Vor allem die vollständige Öffnung der Archive der Stasi war eine wichtige Forderung der Bürgerrechtsbewegung. Diesem Begehren kam der deutsche Staat 1991 nach. Zugleich schuf der Bundestag eine Behörde, die allen DDR-Bürgerinnen und -Bürgern die Möglichkeit gab, ihre personenbezogenen Unterlagen einzusehen. Aus den Akten wurde deutlich, wie dicht das Netz der Beobachtung gewesen war. Nachbarn, Verwandte und sogar Ehepartner hatten einander bespitzelt und verraten.

ARBEITSAUFTRÄGE

1. Fasse mithilfe von M1 die politischen Veränderungen im vereinten Deutschland zusammen.
2. Erläutere die wirtschaftlichen Probleme und Herausforderungen nach der Wende mithilfe von M2, M3 und M4. Think-Pair-Share
3. Benenne gesellschaftliche Schwierigkeiten im geeinten Deutschland nach 1990.
4. Erkläre die Notwendigkeit der Aufarbeitung der DDR-Vergangenheit.

① Bombenanschlag auf das Oktoberfest in München (Foto, 26.09.1980)

② Brennendes Asylbewerberwohnheim in Lübeck (Foto, 18.01.1996)

③ NSU-Nagelbombenattentat in Köln (Foto, 09.06.2004)

M1 Rechtsradikalismus und Fremdenfeindlichkeit in Deutschland

Erstarken des Rechtsextremismus

Migration und Fremdenfeindlichkeit als Dauerthema

Rassimus, Antisemitismus und Fremdenfeindlichkeit gehörten zu den grausamsten Merkmalen der NS-Ideologie. Mehrere Millionen Menschen fielen ihr zum Opfer. Einigen Menschen schien deshalb das wiedervereinigte Deutschland wegen seiner nationalsozialistischen Vergangenheit zu groß und gefährlich zu sein. Denn auch heutzutage existieren Bewegungen, die Menschen aus anderen Kulturkreisen feindlich gegenüberstehen.

- Gruppen wie die „Reichsbürger“ erkennen die Bundesrepublik als Staat nicht an und wenden sich gegen Personen aus anderen Kulturkreisen.
- Wehrsportgruppen, Freie Kameradschaften oder die sog. „Identitäre Bewegung“ richten sich vor allem an Jugendliche und junge Erwachsene. Sie haben oftmals eine klar nationalsozialistische Ausrichtung.
- Die „Pegida“-Bewegung warnt vor einer angeblichen „Überfremdung“ Deutschlands vor allem durch muslimischgläubige Menschen.

Hierbei machen viele keinen Unterschied, ob diese Menschen bereits vor langer Zeit eingewandert sind, hier geboren wurden oder deutsche Staatsangehörige sind. Ihre „fremde“ Herkunft macht dies angeblich unmöglich – „Deutschsein“ wird stattdessen wie in der NS-Zeit über „Blutsverwandschaft“ definiert.

Rechtsextreme Parteien

In der Bundesrepublik hatte es immer schon rechtsextreme Parteien gegeben. Je nach gesellschaftlicher Lage waren sie bei Wahlen mehr oder weniger erfolgreich. Im Einparteienstaat der DDR waren sie hingegen wie alle anderen Parteien von vornherein nicht zugelassen. Mit der Wiedervereinigung versuchten Parteien wie die NPD oder die Republikaner, ihren Wählerkreis im Osten Deutschlands zu erweitern. Die angespannte wirtschaftliche und soziale Lage Anfang der 1990er-Jahre kam ihnen hierbei zu Hilfe. In manchen Landtagen, vor allem aber in vielen Kommunen konnten sie Erfolge verzeichnen. Seit 2021 wird die „Alternative für Deutschland“ (AfD) vom Bundesamt für Verfassungsschutz als rechtsextremer „Verdachtsfall“ beobachtet, die AfD geht allerdings gerichtlich dagegen vor.

④ Wahlwerbung mit rassistischen Cliches (Plakat, 2013)

⑤ Pegida-Demonstration in Dresden (Foto, 24.08.2015)

⑥ Gedenkstelle für die Opfer von Hanau in Frankfurt/Main (Foto, 2020)

Rechtsterrorismus: Einzeltäter oder Netzwerk?

Die Geschichte rechtsextremer Morde und Anschläge in Deutschland reicht ebenfalls weit zurück:

- So starben im Jahr 1980 bei einem Attentat auf das Münchner Oktoberfest durch einen rechtsextremen Bombenleger 13 Menschen.
- 2016 wurden ebenfalls in München neun Menschen in einem Einkaufszentrum erschossen. Alle Opfer hatten ein „südländisches“ Aussehen.
- Beim Anschlag von Hanau erschoss der Täter 2020 neun Menschen mit Migrationshintergrund sowie seine Mutter und anschließend sich selbst.
- Bei den Brandanschlägen von Mölln (1992) und Solingen (1993) starben acht türkischstämmige Menschen. Das jüngste Opfer war vier Jahre alt.
- Zahlreiche weitere Taten – wie der Brandanschlag auf ein Asylbewerberwohnheim in Lübeck 1996, bei dem überwiegend Kinder und Jugendliche starben – wurden nie einer rechtsextremen Täterschaft zugeordnet.

Bei der Einordnung der Attentate und Morde taten sich Polizei und Staatsanwaltschaft jeweils schwer. Handelte es sich um Einzeltäter oder agierten diese in einem Netzwerk aus Unterstützern und Mittätern?

Der NSU

Besondere Aufmerksamkeit erhielt hierbei die Mordserie des Nationalsozialistischen Untergrunds (NSU). Die drei Hauptpersonen konnten seit dem Jahr 2000 deutschlandweit zehn Morde begehen. Die Ermittlungsbehörden vermuteten die Täter jedoch lange Zeit im Umfeld der getöteten Menschen selbst. Deren migrantischer Hintergrund vehinderte somit die Aufklärung und ermöglichte so weitere Morde. Zudem wurde erst später ermittelt, dass der NSU auf ein breites Netzwerk an Unterstützern zurückgreifen konnte, die etwa die Tatwaffe besorgten oder Unterschlupf gewährten.

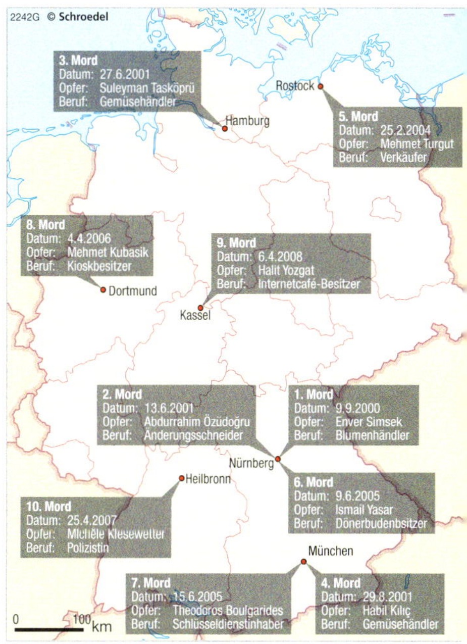

M2 Mordserie des NSU 2000–2007

ARBEITSAUFTRÄGE

1 I Benenne, was viele Rechtsextreme als „deutsch“ verstehen.
II Weise nach, dass eine „Herkunft des Blutes“ auf NS-Ideologie fußt.
III Beurteile, ob die Herkunft oder die Staatsbürgerschaft darüber entscheiden sollte, wer in Deutschland leben darf.

2 Recherchiere zu den Taten des NSU während der 2000er-Jahre. Beachte hierbei auch die Rolle des Verfassungsschutzes.

Tipp:
Zur Weltanschauung des Nationalsozialismus kannst du noch einmal auf S. 58/59 nachlesen.

Die Ausschreitungen in Rostock-Lichtenhagen

Im Rostocker Stadtteil Lichtenhagen kam es vom 22. bis 28. August 1992 zu einigen der schwersten fremdenfeindlichen Ausschreitungen in der deutschen Nachkriegsgeschichte. Eine aufgebrachte Menschenmenge belagerte tagelang eine Unterkunft für Asylbewerber sowie ein danebenliegendes Wohnheim, das von ehemaligen vietnamesischen Vertragsarbeitern bewohnt wurde. Es kam zu Gewalt, Brandstiftungen und Plünderungen.

Im Vorfeld

Seit Anfang der 1990er-Jahre herrschte in der Bundesrepublik eine angespannte Stimmung aufgrund steigender Zahlen von Asylbewerbern und geflüchteten Personen. Ein Großteil dieser Geflüchteten stammte aus dem ehemaligen Jugoslawien, das zu jener Zeit wegen einer Vielzahl brutaler Bürgerkriege keine sichere Heimat mehr bot. Hinzu kamen viele in ihrer Heimat diskriminierte Sinti und Roma sowie die sog. Spätaussiedler. Die wirtschaftlichen und sozialen Probleme seit der Wiedervereinigung traten als verstärkende Faktoren hinzu. In Rostock-Lichtenhagen spielten darüber hinaus lokale Faktoren eine Rolle:

- Die Unterkunft für Asylbewerber, das sog. „Sonnenhaus", befand sich in einem dicht besiedelten sozial schwachen Stadtteil, in dem es bereits Spannungen zwischen verschiedenen Bevölkerungsgruppen gab.
- Vielen Geflüchteten wurde keine Unterkunft angeboten. Sie mussten unter freiem Himmel nahe der Flüchtlingsunterkunft campieren. Öffentliche Toiletten wurden nicht aufgestellt.
- Rechtsextreme Gruppen und Parteien verbreiteten Gerüchte und Falschinformationen, um die Stimmung weiter anzuheizen.

All dies führte schließlich zu einem mehrere Tage andauernden Gewaltausbruch.

Spätaussiedler: deutsche Staatsangehörige, die über Generationen hinweg in Staaten Osteuropas gelebt hatten und seit Ende der 1980er-Jahre zurückkehren konnten

Der Beginn der Ausschreitungen

Am 22. August 1992 versammelten sich erstmals bis zu 2000 Menschen auf dem Vorplatz des Sonnenhauses. Sie skandierten ausländer- und verfassungsfeindliche Parolen und griffen das Gebäude mit Steinen und Brandsätzen an. Die anrückenden Polzeikräfte wurden ebenfalls attackiert und teils schwer verletzt. Am Folgetag stürmten mehrere Hundert Menschen das Wohnheim und wurden erst spät von der Polizei aufgehalten.

M1 Brennende Fassade des „Sonnenhauses" (Foto, 22.08.1992)

M2 Einsatz von Polizeikräften (Foto, 25.08.1992)

M3 Ausgebrannte Wohnungen (Foto, 25.08.1992)

M4 Abschirmung des „Sonnenhauses" durch die Polizei (Foto, 26.08.1992)

M5 Rechtsextreme stecken Müllcontainer/Autos in Brand. (Foto, 26.08.1992)

M6 Die Polizei reagiert erst spät mit Wasserwerfern. (Foto, 26.08.1992)

Die Ausschreitungen lassen nicht nach

Die Gewalt eskalierte nochmals am 24. August. Aus einer Versammlung von rund 3000 Menschen wurden Brandsätze auf das Gebäude geworfen. Nicht alle Anwesenden beteiligten sich, doch viele applaudierten, jubelten und halfen dabei, die Polizei vom Geschehen fernzuhalten. Ohne deren Schutz konnte auch die Feuerwehr lange Zeit nicht eingreifen.

Die Bewohner des brennenden Wohnheims mussten sich selbst in Sicherheit bringen. Die meisten konnten sich auf das Dach eines Nebengebäudes retten. Der Weg hinaus wurde ihnen von der Menschenmenge versperrt. Erst am späten Abend wurden die Bewohner unter Beschimpfungen aus der Menge von der Polizei herausgeführt und in Sicherheit gebracht.

Die Folgen

Die Ausschreitungen von Rostock-Lichtenhagen hatten weitreichende Folgen, sowohl auf politischer als auch auf gesellschaftlicher Ebene.

- Die Bilder der brennenden Gebäude lösten weltweit Empörung aus und führten zu einer Debatte über Fremdenfeindlichkeit in Deutschland.
- Es wurden mehrere Untersuchungen und Prozesse geführt, sowohl gegen die meist jugendlichen Randalierer und Brandstifter als auch gegen die Polizei, die vielfach nur zögerlich und spät eingegriffen hatte.
- Im Jahr 1993 einigten sich Regierung und Opposition auf den sog. „Asylkompromiss". Das Grundrecht auf Asyl wurde eingeschränkt und hat in seiner damaligen Form bis heute Bestand.
- Bereits vor, aber auch nach den Ausschreitungen gab es eine Vielzahl fremdenfeindlicher Morde, Übergriffe und Anschläge in ganz Deutschland und Mecklenburg Vorpommern. Die Gewalt ebbte nur langsam ab, bzw. verlagerte sich mit der Mordserie des NSU in den Untergrund.

Im Zuge der Ausschreitungen entstanden aber auch zahlreiche Initiativen und Projekte, die sich für Toleranz und Minderheitenschutz einsetzen.

ARBEITSAUFTRÄGE

1 Stelle die Ereignisse in Rostock-Lichtenhagen auf einer Zeitleiste dar.

2 Recherchiere zum sog. „Asylkompromiss" von 1993
a) die politische Diskussion zum Asylrecht im Vorfeld,
b) den Einfluss fremdenfeindlicher Ausschreitungen auf die Diskussion.
c) Bewerte den Einfluss der Ausschreitungen auf den Asylkompromiss.

3 Recherchiere in deiner Heimatregion zu einem Projekt, das sich gegen Fremdenfeindlichkeit einsetzt. Stelle es in der Klasse vor.

Tipp:
Einen Webcode zur Erstellung einer Zeitleiste findest du auf S. 17.

M1 Der Vertrag von Maastricht

Von der Wirtschaftsgemeinschaft zur Union

Jahrhundertelang war Europa ein sehr kriegerischer Kontinent gewesen. Nach den zwei verheerenden Weltkriegen des 20. Jahrhunderts reifte deshalb die Idee, zukünftigen Konflikten dadurch vorzubauen, dass sich die europäischen Staaten in gegenseitiger Zusammenarbeit enger miteinander verbanden. Die Verhinderung weiterer Kriege war von Beginn an ein Grundpfeiler dieser „europäischen Idee".

Neue Ziele in der Zusammenarbeit

Tipp:
Zur Gründung der EWG und EG kannst du noch einmal auf Seite 152 nachlesen.

Nach der Gründung der EWG im Jahr 1957 wurde mit der Zeit deutlich, dass ein gemeinsames und erfolgreiches Europa nicht nur wirtschaftlich, sondern auch politisch stärker zusammenarbeiten musste. Nach der deutschen Wiedervereinigung im Jahr 1990 trat 1993 deswegen der Vertrag von Maastricht in Kraft. Durch ihn wurde es möglich, aus den Europäischen Gemeinschaften (EG) eine politische Union zu formen.

Aus den EG wurde nun die Europäische Union (EU), mit den drei Säulen, die auch heute noch Bestand haben. Dies ermöglichte z. B.
- gemeinsame Gesetze und Rechtsprechung,
- gemeinsamen Umweltschutz,
- gemeinsame Außen- und Sicherheitspolitik.

Die EU fasste 2009 die unterschiedlichen Verträge der EU im Vertragswerk von Lissabon zusammen. Seither gibt es nur noch einen Gesamtvertrag, der alle wichtigen Regeln, Bestimmungen und Bedingungen enthält.

Der gemeinsame Binnenmarkt

Die Europäische Union hat durch einheitliche Rechtsvorschriften einen gemeinsamen Markt geschaffen. Wichtige Bestandteile dieses EU-Binnenmarktes sind:
- die Erleichterung des Handels,
- der Wegfall von Zöllen zwischen den einzelnen EU-Mitgliedstaaten,
- einheitliche Qualitätsstandards aller Waren aus EU-Ländern,
- freie Wahl des Wohn-, Studien- oder Arbeitsorts innerhalb der EU,
- die gegenseitige Anerkennung der meisten beruflichen und schulischen Abschlüsse.

Mit diesen Freiheiten will die EU die Lebens- und Qualitätsstandards innerhalb ihrer Mitgliedstaaten angleichen bzw. verbessern.

M2 Unterschiedliche Zonen an einem Flughafen: Für EU-Bürgerinnen und -Bürger sind die Passkontrollen bspw. an Flughäfen sehr vereinfacht oder entfallen sogar ganz. (Foto, 2006)

Eine gemeinsame Währung

Eine gemeinsame Währung war von Beginn an eine Absicht der Europäischen Union. Zum ersten Mal konnten, nach langen Verhandlungen, am 1. Januar 2002 einige Mitgliedstaaten mit dem Euro bezahlen.

Seither ist das Handeln mit anderen Euro-Ländern leichter, weil die Länder eine gemeinsame Währung haben. Für die deutsche Wirtschaft ist die Eurozone ein Vorteil, weil Deutschland ein Exportland ist. Das bedeutet, dass es mehr Güter ins Ausland verkauft, als es von dort bezieht.

Die Vorteile des Euro
- Der Euro trägt dazu bei, dass die Währung zwischen den Ländern stabil bleibt. Die Herstellung von Produkten wird hierdurch billiger.
- Der Euro stärkt den Wettbewerb, denn die Kunden können die Preise nun besser miteinander vergleichen.
- Für Reisen in Euro-Ländern entfällt der Umtausch des Geldes. Bankgebühren und Wechselkurse fallen weg, das Reisen wird günstiger.
- Überweisungen kosten im gesamten Euro-Gebiet genauso viel wie innerhalb des jeweiligen Heimatlandes.
- Das Abheben von Geld und das Bezahlen mit EC- und Kreditkarten kosten im Euro-Gebiet nicht mehr als zuhause.

M3 Schaufenster in Griechenland, Preise in Euro (Foto, 2021)

Ein gemeinsames Recht

Die EU ist auch eine Gemeinschaft des Rechts. So sind im Vertrag von Lissabon etwa die Achtung der Menschenwürde, Demokratie, Gleichheit und die Wahrung der Menschenrechte als Werte definiert. Verstößt ein Mitglied gegen diese Werte, so können Strafmaßnahmen verhängt werden. Zudem sind die Staaten der EU verpflichtet, von der EU getroffene Entscheidungen und Gesetze in ihren eigenen Gesetzen umzusetzen. Dies kann auch für Probleme sorgen, wenn nationale Interessen dem entgegenstehen.

ARBEITSAUFTRÄGE

1 I Nenne Vorteile des EU-Binnenmarkts.
II Erkläre mithilfe von M2, warum der Binnenmarkt eine Verbesserung der Leben der EU-Bürgerinnen und -Bürger bedeutet.
III Bewerte, inwieweit der Binnenmarkt die Lebens- und Qualitätsstandards innerhalb der EU verbessert.

2 Diskutiert mithilfe von M3 Vorteile und Nachteile, die eine gemeinsame Währung in Europa bringt. Fishbowl

Digital+
Film über die Entstehung der EU
WES-142807-601

Film über den EU-Binnenmarkt
WES-142807-602

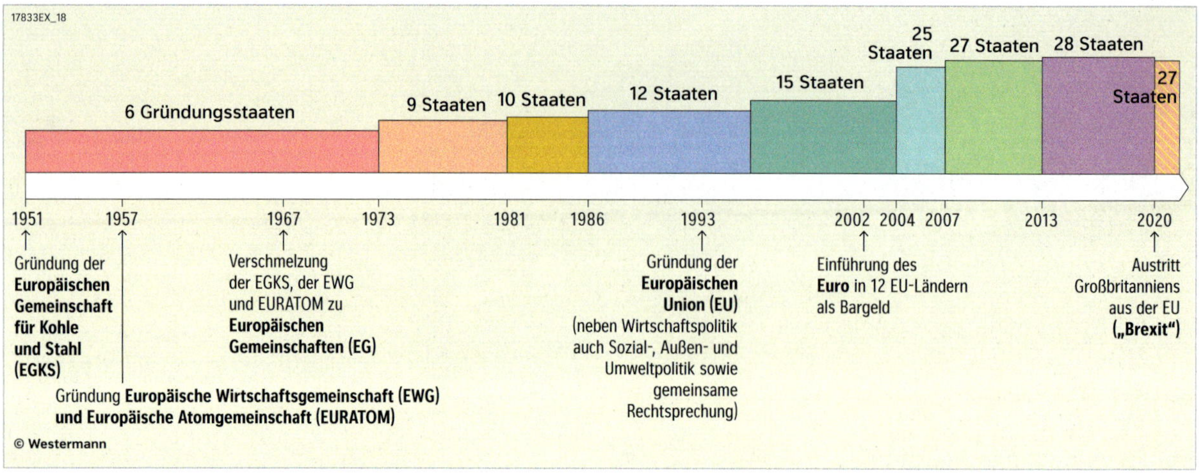

M1 Die Entwicklung der EU

Europa entwickelt sich

Die EU wird erweitert

Bis 1995 hatte sich die EU von sechs auf 15 Mitgliedstaaten erweitert. 2004 traten gleich zehn neue europäische Staaten bei. Diese bisher größte Erweiterungswelle wird auch als „Osterweiterung" bezeichnet. Mit dem Beitritt von Rumänien, Bulgarien und Kroatien 2007 bestand die EU mehrere Jahre lang aus 28 Mitgliedstaaten. Nach einer Volksabstimmung trat jedoch Großbritannien 2020 wieder aus der EU aus (sog. „Brexit").

M2 Die Erweiterung der EU

M3 In Kroatiens Hauptstadt Zagreb feiern junge Menschen den Beitritt ihres Landes zur Europäischen Union am 1. Juli 2013 (Foto, 31.06.2013)

Die Mitgliederentwicklung der EU

Die EU könnte sich rein geografisch noch weiter über den europäischen Kontinent ausdehnen. Die Schweiz und Norwegen sind zum Beispiel noch keine Mitglieder der EU. Beide Länder streben diesen Status aber auch nicht an. Andere Länder, gerade in Osteuropa, wären gerne Mitglied der EU. Wenn ein Land Mitglied in der EU werden will, muss es allerdings ein kompliziertes Antragsverfahren durchlaufen. Die größten Hindernisse entstehen dabei durch

- zu niedrige wirtschaftliche Leistungsfähigkeit der Länder,
- schlechte finanzielle Versorgung in den Ländern,
- unzureichende Gewaltenteilung,
- nicht ausreichende gemeinsame Grundwerte, wie z. B. Demokratie, Menschenrechte und Selbstbestimmung der Menschen.

Q1 Aus einer Broschüre des Europäischen Parlamentes:

Beitrittskandidaten müssen wirtschaftliche und politische Bedingungen [...] für den Beitritt erfüllen [...]. Gegenwärtige und künftige Kandidatenländer [...] dürfen zur Erlangung der EU-Mitgliedschaft in ihren Reformanstrengungen nicht nachlassen. Entscheidend sind die Schaffung eines funktionierenden Rechtssystems, die Gewährung der Meinungsfreiheit, die Gestaltung gutnachbarschaftlicher Verhältnisse, die faire Behandlung ethnischer Minderheiten sowie der Kampf gegen Korruption und organisierte Kriminalität.

ARBEITSAUFTRÄGE

1. Liste mit M2 die EU-Staaten und ihr jeweiliges Beitrittsjahr auf.
2. I Nenne die Beitrittskriterien der EU.
   II Erkläre mithilfe von Q1 die Beitrittskriterien der EU.
   III Begründe mithilfe von Q1, welche Voraussetzungen Beitrittskandidaten der EU erfüllen müssen.
3. Arbeite die Stimmung der Menschen in M3 heraus. Marktplatz
4. Recherchiere die Hintergründe zum Brexit.

Die europäischen Institutionen

Wer ist in der EU zuständig?

Die Europäische Union ist kein eigenständiger Staat, sondern ein Zusammenschluss verschiedener Mitgliedsländer, die eng zusammenarbeiten und gemeinsame Beschlüsse fassen. Politische Entscheidungen werden von den verschiedenen Institutionen der Europäischen Union getroffen.

Alle fünf Jahre wählen die Bürgerinnen und Bürger der EU das Europäische Parlament. Jedes Mitgliedsland wird nach Bevölkerungszahl durch Abgeordnete vertreten.

Insgesamt gibt es sieben Institutionen in der EU. Jede ist für einen bestimmten Bereich zuständig. Vier dieser Institutionen sind direkt für die Politik der EU verantwortlich. Jeder Mitgliedstaat ist in ihnen durch Fachkräfte, Ministerinnen und Minister vertreten. Im Europäischen Rat kommen die Regierungschefs der Mitgliedstaaten zusammen.

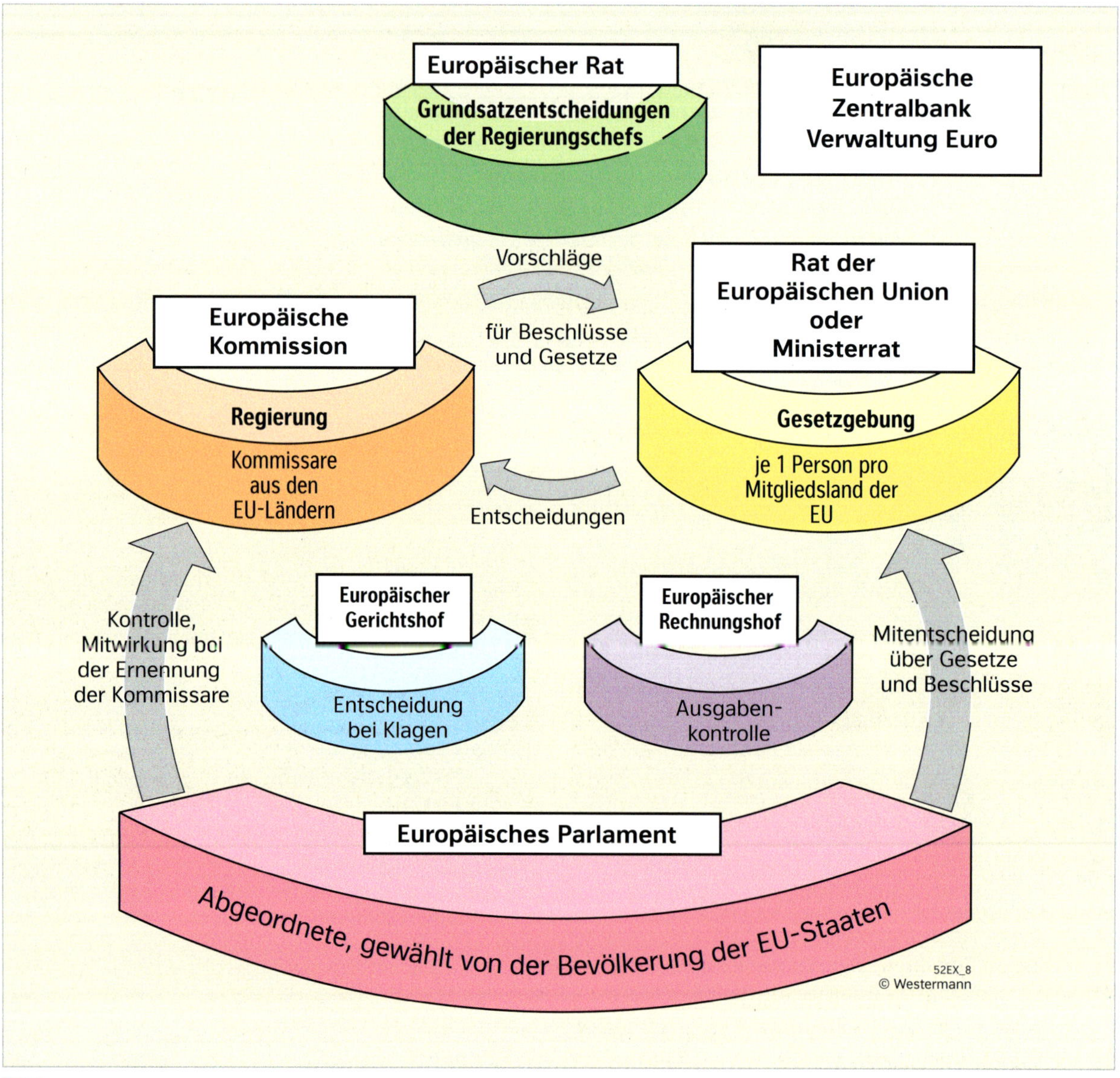

M1 Einrichtungen der Europäischen Union

Europäischer Rat
Die Regierungschefs der Mitgliedsländer bilden den Europäischen Rat. Er legt die Leitlinien der Politik fest und tagt mindestens zweimal jährlich in unterschiedlichen europäischen Städten.

Die **Europäische Zentralbank** in Frankfurt/Main verwaltet den Euro und ist für die Währungspolitik zuständig. Sie versucht unter anderem, Verbraucherpreise stabil zu halten, und legt sogenannte Leitzinsen fest, die im gesamten Euroraum gelten.

Europäische Kommission
Die Europäische Kommission in Brüssel ist die Regierung der EU. Sie kontrolliert die Einhaltung der Gesetze und verwaltet den Haushalt. Sie kann Gesetze zur Abstimmung vorschlagen. Jedes Mitgliedsland stellt einen Kommissar.

Ministerrat (Rat der Europäischen Kommission)
Er ist an der Gesetzgebung beteiligt und tagt in Brüssel. Zum Ministerrat gehören die Fachminister der Mitgliedsländer. Geht es um Wirtschaftsfragen, treffen sich die Wirtschaftsminister, geht es um die Außenpolitik, treffen sich die Außenminister, etc.

Der **Europäische Gerichtshof** in Luxemburg urteilt bei Rechtsstreit zwischen Mitgliedsländern. Er sorgt auch dafür, dass EU-Regeln und -Gesetze in allen Mitgliedsländern umgesetzt und eingehalten werden.

Der **Europäische Rechnungshof** in Luxemburg kontrolliert die Einnahmen und Ausgaben, also den Haushalt der EU. Einmal pro Jahr legt er einen Bericht hierüber vor.

Europäisches Parlament
Das Europäische Parlament ist an der Gesetzgebung beteiligt und kontrolliert die Arbeit der Regierung. Zudem genehmigt es den Haushalt der EU. Sein Sitz befindet sich in Brüssel. Es besteht aus über 700 Abgeordneten aus den EU-Mitgliedsländern.

M2 Europäische Zentralbank in Frankfurt/Main (Foto, o. J.)

M3 Sitzungssaal des Europäischen Parlaments (Foto, 2009)

ARBEITSAUFTRÄGE

1. Ordne die Textkarten dem Schaubild in M1 zu.
2. a) Beschreibe eine der Institutionen der EU genauer.
   b) Recherchiere weitere Informationen zur ausgewählten Institution.
3. Diskutiert, welche Schwierigkeiten ein Parlament hat, das aus Menschen aus verschiedenen Staaten besteht. Fishbowl

Digital+
Film über die europäischen Institutionen
WES-142807-603

M1 Ratspräsident Herman Van-Rompuy (li.), Kommissionschef Jose Manuel Barroso (Mitte) und Parlamentspräsident Martin Schulz (re.) nehmen den Friedensnobelpreis gemeinsam entgegen. (Foto, 2012)

Friedensnobelpreis für die EU

Ein Preis für alle EU-Bürger

Der Friedensnobelpreis ist mit einem Preisgeld verbunden und wird jedes Jahr an eine Person oder Organisation vergeben, die sich für den Frieden auf der Welt einsetzt. Im Jahr 2012 ging dieser Preis nicht an eine Einzelperson, sondern an die Europäische Union. Damit wurde der Beitrag der EU für einen bis dahin über 60 Jahre andauernden Frieden in Europa gewürdigt. Drei wichtige EU-Politiker nahmen den Preis in Oslo stellvertretend für alle EU-Bürgerinnen und -Bürger entgegen. Ob die EU den Friedensnobelpreis auch wirklich „verdient" hat, wurde aber kontrovers diskutiert.

Nobelpreis: ein Preis, finanziert aus dem Vermögen des schwedischen Erfinders Alfred Nobel (1833–1896), der jedes Jahr an Personen vergeben wird, die der Menschheit Nutzen bringen

Q1 Ein Journalist kommentierte zum Friedensnobelpreis der EU:

Für EU-Parlamentspräsident Martin Schulz sind alle Europäer Friedensnobelpreisträger. Doch nicht alle sind glücklich mit dem Preis: „Die EU beteiligt sich an militärischen Missionen. Insofern kann man in Teilen eher von Kriegspolitik als von Friedenspolitik sprechen", meint eine Europäerin. Dabei hat Europa den Preis nicht für seine derzeitige Außenpolitik bekommen. In der Erklärung des Nobelpreis-Komitees heißt es, die EU habe über sechs Jahrzehnte hinweg dazu beigetragen, Frieden und Aussöhnung, Demokratie und Menschenrechte zu fördern. „Es hat viele Konflikte, Meinungsverschiedenheiten und dramatische Ereignisse gegeben. Aber die Europäische Union war so etwas wie ein andauernder Friedenskongress", sagt Torbjörn Jagland, Vorsitzender des Nobel-Komitees.

Die Flüchtlingspolitik in der EU – ein Kritikpunkt

Seit 1995 können sich die Menschen zwischen den meisten EU-Staaten frei bewegen. Gleichzeitig wurde aber die Kontrolle der Außengrenzen verstärkt und es wird gemeinsam gegen illegale Einwanderung vorgegangen.

Die Medien berichten immer wieder von afrikanischen Flüchtlingen, die in überfüllten Booten versuchen, ein europäisches Land zu erreichen. Die Flüchtlinge riskieren ihr Leben, in der Hoffnung, in Europa Arbeit und ein besseres Leben zu finden, da sie in ihrem Heimatland in völliger Armut leben und häufig politisch verfolgt werden. Tausende Menschen sterben jährlich beim Versuch, Europa zu erreichen.

Viele EU-Bürgerinnen und -Bürger sehen in der hohen Zahl an Geflüchteten eine Gefahr für Europa und ihre nationalen Staaten. Es gibt aber auch Stimmen, die in der Zuwanderung Chancen sehen. Diese argumentieren, dass die Zugewanderten die Bevölkerung Europas jünger und ethnisch vielfältiger machen und dringend benötigte Arbeitskräfte darstellen.

M2 Ein überfülltes Boot mit Geflüchteten vor der lybischen Küste (Foto, 15.04.2017)

Waffenexporteur EU

Ein weiterer Kritikpunkt sind die Waffenlieferungen der EU. So hebt etwa Amnesty International die Unterstützung der EU für ein internationales Abkommen zur Waffenkontrolle positiv hervor. Zugleich kritisiert sie aber, dass die EU-Staaten Waffen lieferten, die für das Niederschlagen von Protesten eingesetzt wurden und werden. Beispielsweise gab es 2011 Waffenexporte von EU-Staaten nach Ägypten, die vor allem Technologie für Waffenentwicklung, Kampfflugzeuge, Bomben und Raketen enthielten.

Amnesty International: eine nicht staatliche Organisation, die sich weltweit für Menschenrechte einsetzt und über Menschenrechtsverletzungen recherchiert

M3 Friedensnobelpreis trotz Waffenexporten (Karikatur, 2012)

ARBEITSAUFTRÄGE

1. Erkläre, warum der Europäischen Union der Friedensnobelpreis verliehen wurde.
2. Erläutere die Gründe für eine Flucht aus Afrika nach Europa.
3. Arbeite die Kritikpunkte an der Einwanderungspolitik der EU heraus.
4. Bewerte mit Q1, M2 und M3 die Kritik am Friedensnobelpreis für die EU.
5. Recherchiere zur politischen Situation in Ägypten im Jahr 2011. Erstelle einen Kommentar zur Angemessenheit der Waffenexporte.

Was bringt mir ein vereinigtes Europa?

Europa und wir

Binnenmarkt, einheitliche Qualitätsstandards, Reisefreiheit, eine gemeinsame Währung – all diese Errungenschaften der Europäischen Union klingen zunächst einmal abstrakt. Doch sie haben große Auswirkungen auf die Menschen, die in der EU leben.

M1 Internet-Shopping

Jana, 16, berichtet über einen Einkauf im Internet:

„Neulich habe ich mir Fanartikel von meiner Lieblingsband in Spanien bestellt. Dort sind sie deutlich billiger als hier bei uns. Dadurch, dass Spanien auch in der EU ist, musste ich auch keine Zollgebühren zahlen. Ich musste sogar nur ein paar Euro Versandkosten zahlen. Insgesamt habe ich 5 € weniger ausgegeben, als wenn ich mir die Sachen in Deutschland gekauft hätte.“

Sarah, 17, erzählt von ihrem Italien-Urlaub:

„Ich hatte Glück. Nach einem Badeunfall wurde ich im örtlichen Krankenhaus ohne große Bürokratie direkt behandelt. Ich musste nur meine Krankenversichertenkarte vorzeigen. Die gilt überall in der EU. Damit habe ich bei Reisen Anspruch auf medizinisch notwendige Leistungen des öffentlichen Gesundheitswesens des jeweiligen EU-Landes.“

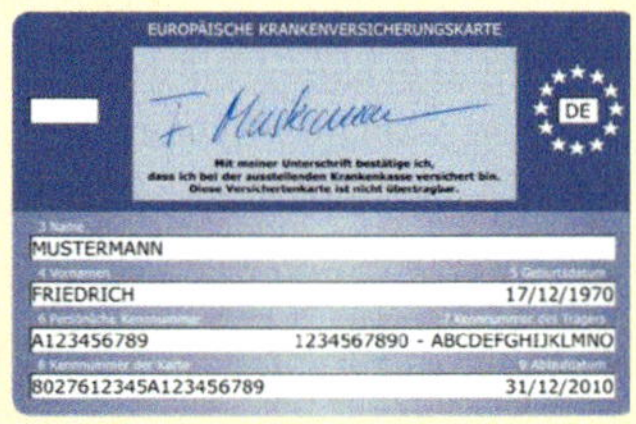

M2 Krank im Urlaub

M3 Lebensmittel aus der EU

Theo, 14, erklärt, worauf seine Mutter beim Einkauf achtet:

„In meiner Familie essen wir alle total gerne Honig. Neulich sollte ich neuen Honig kaufen. Ich habe einfach irgendeinen gekauft. Meine Mutter sagte dann, dass ich den falschen Honig gekauft habe. Sie kauft immer Honig, der nur aus EU-Ländern kommt. Hierdurch fördert man auch in Europa die Bienenvölker, die für die Bestäubung der Pflanzen wichtig sind.“

Leonard, 15, erzählt von der Arbeit seines Vaters:

„Mein Vater muss für seinen Job viel in Europa herumreisen. Glücklicherweise ist er dabei jedoch fast immer in der EU unterwegs. Wir skypen dreimal in der Woche und telefonieren auch sonst sehr häufig. Da es aber das EU-Roaming gibt, haben wir keine Extrakosten. So können wir immer sehr lange miteinander sprechen.“

M4 EU-Roaming

Die Europäische Union und unser Alltag

Die Europäische Union, besteht aus derzeit 27 Staaten. Sie arbeiten in vielen Bereichen eng zusammen, wie zum Beispiel in der
- Wirtschafts- und Währungspolitik,
- Außenpolitik,
- Arbeits- und Sozialpolitik,
- Landwirtschaft.

An vielen Stellen haben wir direkt mit der Europäischen Union zu tun, ohne das überhaupt zu merken – etwa beim Einkaufen, beim Reisen, beim Arbeiten oder bei unserer Gesundheit. In allen diesen Bereichen gibt es viele Entscheidungen der Europäischen Union, die direkte Auswirkungen auf unseren Alltag haben.

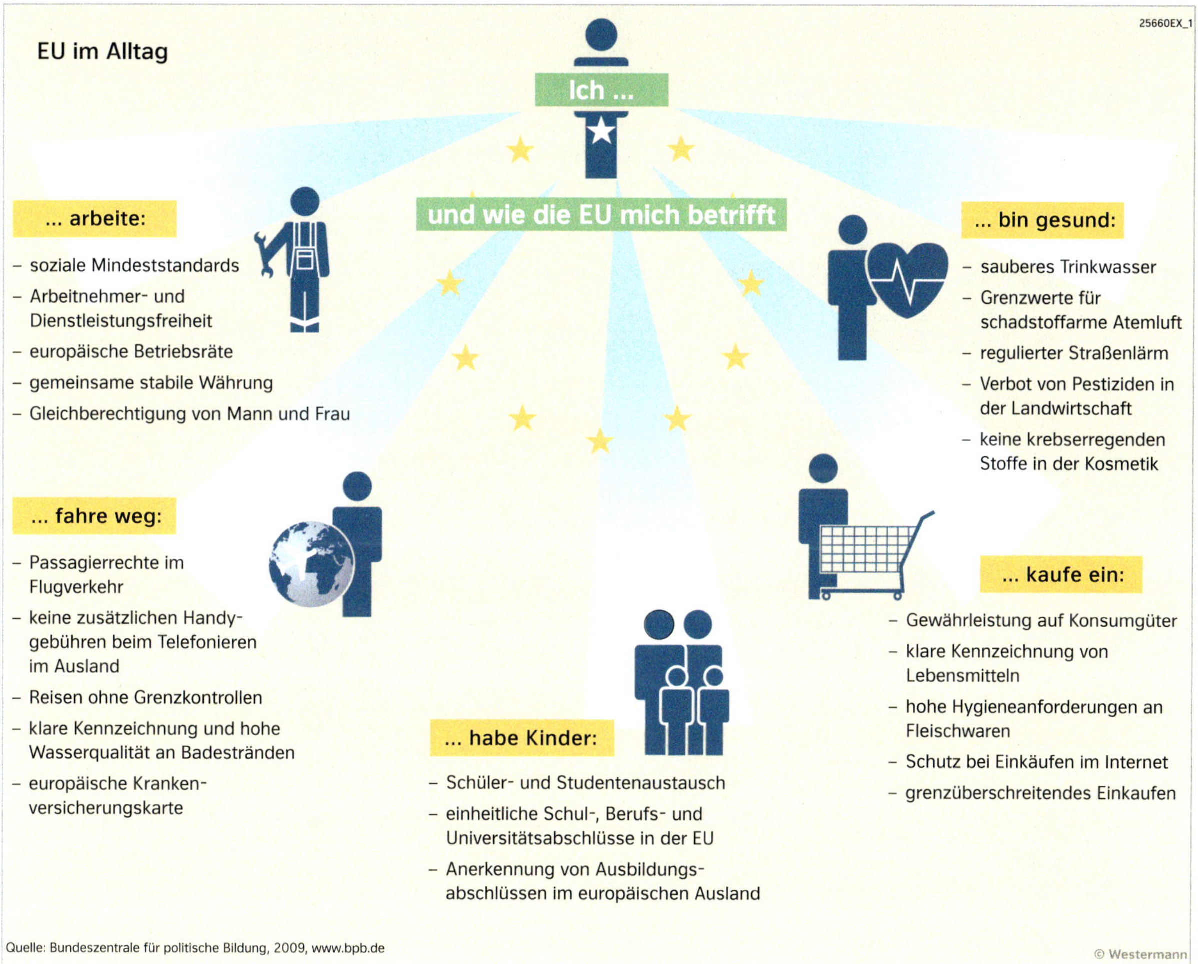

M5 EU im Alltag

ARBEITSAUFTRÄGE

Ihr könnt die Aufgaben alleine oder in Gruppen lösen.

USWAHL **1** I Nenne mithilfe von M1–M4 Bereiche, in denen die EU für dich eine Rolle spielt.

II Beschreibe mithilfe von M1–M5 Vorteile, die die EU in deinem persönlichen Alltag bietet.

III Bewerte mithilfe von M1–M5, welche Rolle die EU für dich spielt.

Lerne einen europäischen Staat kennen

Jeder Staat Europas, egal wie klein oder groß, hat spezielle kulturelle und gesellschaftliche Eigenheiten. Wir sollten versuchen, die nationalen Besonderheiten unserer Partnerländer zu verstehen und in unsere allgemeine europäische Identität zu übernehmen. Denn nur dann können wir uns tatsächlich als Europäer fühlen und bezeichnen. Damit wir dies leisten können, müssen wir uns allerdings zuerst einmal mit den europäischen Staaten beschäftigen.

So geht ihr vor:

1. Schritt: Planung des Projekts
- Schließt euch zu Arbeitsgruppen zusammen.
- Wählt einen europäischen Staat aus, den ihr bearbeiten wollt. Dieser kann ein Mitglied der EU sein, muss es aber nicht.

2. Schritt: Themen der Untersuchung festlegen
- Überlegt euch, welchen Fragen ihr nachgehen wollt.
- Folgende Stichwortliste kann euch helfen:
  - Wirtschaft: Landwirtschaft, Industriezweige, Dienstleistung, Währung, Arbeitslosigkeit, Bruttoinlandsprodukt (BIP)
  - Geschichte und Politik: Seit wann gibt es dieses Land in den aktuellen Grenzen? Wichtige geschichtliche Daten, Beziehung zu Europa, Kriege, heutige Staatsform, aktuelle Regierung
  - Kultur und Sport: Sprache, Religion, Bauwerke, Sportler, Musikgruppen
  - Erdkunde: Lage des Landes, Nachbarstaaten, Flächengröße, Bevölkerungszahl, Hauptstadt, Rohstoffe, Infrastruktur
  - Besonderheiten: landestypisches Essen, besondere Feiertage, Bräuche mit besonderen Festen, besondere Produkte

3. Schritt: Informationsbeschaffung und Auswertung
- Sucht Informationen zusammen und wertet sie aus.
- Fundstellen sind: Lexika, Länderberichte, Geschichtsbücher, Reiseführer, Bildbände, Videos, Filme, Zeitschriften und das Internet.

4. Schritt: Vorbereitung der Präsentation
- Wählt eine Form der Präsentation. Dies kann ein Zeitungsartikel, ein kleines Buch oder eine Mappe, ein Referat oder eine digitale Präsentation sein. Wichtig ist, dass ihr informative und kurze Texte schreibt und diese durch Karten, Tabellen, Diagramme, Fotos usw. veranschaulicht.

ARBEITSAUFTRÄGE

Löst die Aufgaben alleine oder in Gruppen.

1 Recherchiert zu einem europäischen Staat. HILFE

2 a) Erstellt eine Präsentation zu eurem Staat.
b) Stellt euren Staat in der Klasse vor.

3 Gestaltet eine Ausstellung in der Schule.

- **ab 1990:** wirtschaftliche Probleme nach der Wiedervereinigung
- **26.09.1980:** Bombenattentat auf das Oktoberfest in München
- **August 1992:** Ausschreitungen in Rostock-Lichtenhagen
- **2000–2007:** Mordserie des NSU
- **22.07.2016:** Mordanschlag von München
- **19.02.2020:** Mordanschlag von Hanau

1980 · 1990 · 2000 · 2010 · 2020

- **1993:** Gründung der EU
- **1993:** Binnenmarkt

- **2002:** Euro-Einführung

- **2004/2007:** EU-Osterweiterung
- **2020:** Brexit

Deutschland nach der Wiedervereinigung

Die Wiedervereinigung Deutschlands schuf Freiheiten für die ehemaligen Bürgerinnen und Bürger der DDR. Neben allen positiven Aspekten kam es jedoch auch zu Problemen. Die Umstrukturierung der DDR-Wirtschaft hatte eine hohe Arbeitslosigkeit zur Folge. Viele Menschen verließen daraufhin die neuen Bundesländer, um sich ein neues Leben aufzubauen. Zudem erhielten Rechtsextremismus und Rechtsterrorismus in der wiedervereinigten Bundesrepublik neuen Auftrieb. Zahlreiche Anschläge, Morde und Ausschreitungen zeigten, dass das friedliche demokratische Miteinander keine Selbstverständlichkeit ist.

Die Idee zur Schaffung eines vereinten Europas sollte die Kriegsgefahr in Europa für immer beseitigen. Als Ergebnis intensiver Bemühungen einer wirtschaftlichen Zusammenarbeit seit den 1950er-Jahren entstand im Jahr 1993 mit dem Vertrag von Maastricht die Europäische Union (EU).

Die gemeinsame Wirtschaftspolitik wird vor allem durch den EU-Binnenmarkt geprägt. In der Außen- und Sicherheitspolitik geht die EU ebenfalls gemeinsame Wege, um die Sicherheit der eigenen Grenzen zu gewährleisten und um Demokratie und Menschenrechte sowie die internationale Sicherheit zu stärken. Trotz allem gab und gibt es immer auch Kritik an der EU, etwa beim Umgang mit Geflüchteten oder bei Waffenexporten in Krisengebiete.

WICHTIGE BEGRIFFE:

der Brexit
der EU-Binnenmarkt
die EU-Osterweiterung
der Euro
die Europäischen Gemeinschaften
die Europäische Union
der NSU
die Probleme der Wiedervereinigung
der Rechtsextremismus
der Rechtsterrorismus
der Vertrag von Lissabon
der Vertrag von Maastricht

Worterklärungen

A

Alliierte
Die bei Ausbruch des Ersten Weltkriegs gegen die Mittelmächte verbündeten Staaten Frankreich, Großbritannien und Russland, zu denen später weitere hinzutraten. Für sie ist auch die Bezeichnung „Triple Entente" gebräuchlich. Im Zweiten Weltkrieg hießen die gegen Deutschland verbündeten Mächte ebenfalls Alliierte. Die Hauptalliierten der „Anti-Hitler-Koalition" waren die Sowjetunion, die USA, Großbritannien und die Volksrepublik China. Nach der Befreiung des Landes im Jahr 1944 kam Frankreich als Hauptalliierter hinzu.

AfD (Alternative für Deutschland)
2013 gegründete EU-kritische und → populistische Partei. Das → Bundesamt für Verfassungsschutz charakterisiert die AfD als in Teilen rechtsextrem und beobachtet die Partei sowie ihre Jugendorganistaion seit 2021 wegen des Verdachts, die → freiheitliche demokratische Grundordnung der Bundesrepublik gefährden oder abschaffen zu wollen. Eine Klage der AfD gegen die Beobachtung wurde 2022 abgewiesen, da es laut Gericht ausreichend Anzeichen für verfassungsfeindliche Bestrebungen innerhalb der AfD gibt. Hiergegen ging die AfD jedoch in Berufung.

Antisemitismus
Abneigung oder Feindseligkeit gegenüber Juden. Bezeichnung für völkisch-rassistische Anschauungen, die sich auf soziale, religiöse und ethnische Vorurteile stützen. Derartige Vorstellungen spielten eine zentrale Rolle in der Ideologie und späteren Politik der Nationalsozialisten.

Appeasement-Politik
(engl. = Beschwichtigung) Bezeichnung für die entgegenkommende britische Außenpolitik gegenüber dem NS-Staat. Großbritannien machte gegenüber Deutschland Zugeständnisse, um Hitler von einer kriegerischen Durchsetzung seiner Ziele abhalten zu können.

Arisierung
Mit diesem Begriff bezeichneten die Nationalsozialisten die Enteignung der Juden und die Überführung ihres Eigentums in „arischen", d. h. nichtjüdischen Besitz. Die Folge dieser Ausplünderungen waren eine Verarmung der jüdischen Bevölkerung.

B

Berliner Blockade
Von der sowjetischen Besatzungsmacht verhängte Blockade West-Berlins durch Sperrung aller Zufahrtswege am 24.06.1948. Dieser Versuch der Sowjetunion, ganz Berlin unter ihre Kontrolle zu bringen, scheiterte am Widerstand der Westmächte. Sie versorgten West-Berlin über eine Luftbrücke, sodass die sowjetische Regierung die Blockade am 12.05.1949 wieder aufhob.

Besatzungsstatut
Wurde von den drei Westmächten parallel zur Gründung der Bundesrepublik Deutschland erlassen. Mit ihm traten sie wesentliche Hoheitsrechte an den neuen Staat ab, behielten sich jedoch Kontrollbefugnisse und die außenpolitische Vertretung vor. 1955 hoben die Pariser Verträge das Statut nach mehrfacher Lockerung endgültig auf, doch blieben den Alliierten weiterhin Rechte in Berlin sowie Notstandsbefugnisse vorbehalten.

Besatzungszonen
Die Besatzungsgebiete der vier alliierten Siegermächte, in die Deutschland nach einem Abkommen vom 05.06.1945 aufgeteilt wurde. Berlin wurde ebenfalls in vier Sektoren unterteilt.

Binnenmarkt
Wirtschaftsraum, der durch den freien Verkehr von Waren, Dienstleistungen, Kapital und Personen gekennzeichnet ist. Innerhalb dieses Wirtschaftsraums gibt es somit weder Zölle noch sonstige Handelsbeschränkungen. Die größten Binnenmärkte sind die USA, die Europäische Union, China und Indien.

Blockbildung
Der Gegensatz zwischen Ost und West wurde nach der → Berliner Blockade 1948 zu einem globalen Konflikt, der zu einer weltweiten Blockbildung führte. Die USA und ihre westlichen Verbündeten schlossen ein Militärbündnis, die → NATO, welches den Staaten des → Warschauer Vertrags gegenüberstand. Beide Seiten rüsteten mit Atomwaffen auf, um die Gegenseite abzuschrecken.

Bundesamt für Verfassungsschutz (BfV)
1950 gegründetes Amt, das vor allem die Sicherung der → freiheitlichen demokratischen Grundordnung der Bundesrepublik zur Aufgabe hat. Es untersteht dem Bundesinnenministerium und teilt sich seine Aufgabe mit den Verfassungsschutzämtern der Bundesländer, die wiederum den jeweiligen Innenministerien der Länder unterstehen. Das BfV sammelt Informationen über Organisationen, Gruppierungen, Parteien oder Einzelpersonen, die im Verdacht stehen, die Demokratie in der Bundesrepublik gefährden oder abschaffen zu wollen. Das → Bundesverfassungsgericht entscheidet dann über deren Verbot. Zur Informationsbeschaffung arbeitet das BfV häufig mit sogenannten Vertrauensleuten („V-Leuten"). Dies sind Menschen, die in den jeweils beobachteten Parteien, Gruppen oder Organisationen hohe Ämter bekleiden. Sowohl beim Verbotsverfahren gegen die → NPD als auch während der Ermittlungen zum → NSU war diese Arbeitsweise Anlass für Kritik.

Bundeskanzler/-in
Deutsches Regierungsoberhaupt, das von einer Mehrheit des → Bundestages auf Vorschlag des/der → Bundespräsidenten/-in gewählt wird. Er/Sie bestimmt die Richtlinien der Politik und ist Chef/-in der ausführenden Gewalt (Exekutive).

Bundespräsident/-in
Deutsches Staatsoberhaupt, das von der Mehrheit der Bundesversammlung für fünf Jahre gewählt wird. Die Aufgaben

sind die Vertretung Deutschlands und der Abschluss von Verträgen des Bundes mit dem Ausland sowie die Verkündigung und Ausfertigung der Gesetze. Außerdem besitzt er/sie das Recht, den/die → Bundeskanzler/-in vorzuschlagen. Er/sie ernennt das Regierungsoberhaupt und entlässt es auf Ersuchen des Deutschen → Bundestages.

Bundesrat
Der Deutsche Bundesrat ist die zweite Kammer des Parlaments in Deutschland. Durch ihn wirken die Bundesländer bei der Gesetzgebung unter Verwaltung des Bundes und in Angelegenheiten der → Europäischen Union mit.

Bundesstaat
Zusammenschluss von Bundesländern zu einem Gesamtstaat. Jedes Bundesland hat ein Landesparlament, eine Landesregierung und eine Landesverwaltung. Die Bundesrepublik Deutschland besteht aus 16 Bundesländern.

Bundestag
Parlament in Deutschland. Seine Mitglieder, die Abgeordneten, werden in allgemeiner, unmittelbarer, freier, gleicher und geheimer Wahl für vier Jahre von den deutschen Bürgern und Bürgerinnen gewählt. Der Bundestag wählt unter anderem den/die → Bundeskanzler/-in und beschließt Gesetze (Legislative).

Bundesverfassungsgericht (BVerfG)
Das oberste Gericht der Bundesrepublik Deutschland wurde 1951 gegründet. Es hat die Aufgabe, zu kontrollieren, ob Gesetze, Gerichtsurteile, Parteien oder andere Organisationen vor dem → Grundgesetz, also der → Verfassung der Bundesrepublik bestehen können. Ist dies nicht der Fall, so kann das Bundesverfassungsgericht Gesetze ablehnen, Gerichtsurteile aufheben, Parteien oder Organisationen verbieten. Als Grundlage für Urteile des BVerfG dienen häufig die individuellen Grundrechte, die nicht eingeschränkt werden dürfen, oder die → freiheitliche demokratische Grundordnung, die ebenfalls nicht eingeschränkt oder abgeschafft werden darf.

D

Demokratie
(griech. = „Herrschaft des Volkes") In einer repräsentativen Demokratie, wie z. B. der Bundesrepublik Deutschland, wählen die Bürgerinnen und Bürger ihre Repräsentanten, die Politiker. Direkte Demokratie durch Volksabstimmungen oder Volksentscheide ist in der Bundesrepublik Deutschland nur bedingt möglich.

Demontage
Erzwungener Abbau von Industrieanlagen in einem besiegten Land. In den westlichen → Besatzungszonen wurde die Demontage ab 1946 nur teilweise durchgeführt und 1951 endgültig eingestellt. Grund dafür war der sich verschärfende Ost-West-Konflikt. In der sowjetischen Besatzungszone kam es hingegen zu umfassenden Demontagemaßnahmen, die den Wiederaufbau stark behinderten.

Deutsch-Sowjetischer Nichtangriffspakt
Am 23. August 1939 in Moskau unterzeichneter Vertrag, auch Hitler-Stalin-Pakt genannt. Beide Staaten sicherten sich im Fall eines Kriegs gegenseitige Neutralität zu. Bedeutender war ein „Geheimes Zusatzprotokoll", das die Interessengebiete beider Mächte in Osteuropa voneinander abgrenzte und „für den Fall einer territorialen Umgestaltung" gelten sollte.

Diktatur
Herrschaft einer einzelnen Person oder einer Gruppe, die die gesetzgebende, ausführende und richterliche Gewalt des Staates vereint und damit unkontrollierbar wird. Diese Machtkonzentration bewirkt die weitgehende Rechtlosigkeit des Volkes.

E

Einigungsvertrag
Vertrag zwischen der BRD und der DDR, der die Auflösung der DDR, den Beitritt zur Bundesrepublik und die Deutsche Einheit regelt. Nachdem im Mai 1990 die wirtschaftliche und soziale Einheit durch die Währungs-, Wirtschafts- und Sozialunion hergestellt war, wurde durch den Vertrag vom 31.8.1990 die politische und staatliche Einheit vollzogen.

Einparteienstaat
Ein Staat, in dem nur eine Partei das Machtmonopol besitzt, während andere Parteien und Verbände entweder verboten oder gleichgeschaltet sind. Das Prinzip der Gewaltenteilung ist aufgehoben und eine Opposition, die eine demokratische Willensbildung ermöglichen würde, nicht vorhanden. Einparteienstaaten lassen sich durch Scheinwahlen bestätigen.

Eiserner Vorhang
Von Winston Churchill 1945 geprägtes Schlagwort. Es bezeichnet die waffenstarrende Grenze in Europa, mit der die Sowjetunion nach dem Zweiten Weltkrieg ihren Machtbereich von der übrigen Welt abriegelte.

Élysée-Vertrag
Am 22.01.1963 geschlossener Vertrag über die deutsch-französische Zusammenarbeit und Zeichen der Aussöhnung beider Staaten. Um die Zusammenarbeit zu stärken, wurden regelmäßige Treffen auf politischer Ebene festgelegt. Zudem wurden das Deutsch-Französische Jugendwerk sowie zahlreiche Städtepartnerschaften ins Leben gerufen, um auch eine gesellschaftliche Annäherung der Menschen zu fördern.

„Endlösung der Judenfrage"
Am 20.01.1942 kamen führende Vertreter der Reichsregierung und der SS zur Berliner Wannseekonferenz zusammen. Die dort beschlossenen Maßnahmen zielten auf die Vernichtung der europäischen Juden durch Massenmord. Die Wannseekonferenz leitete den größten Völkermord der Geschichte ein, dem etwa 6 Millionen Juden zum Opfer fielen.

Entnazifizierung
Bestrafung der Nationalsozialisten bzw. deren Entfernung aus allen staatlichen, politischen und wirt-

schaftlichen Schlüsselstellungen. Die US-Amerikaner errichteten dazu sogenannte Spruchkammern, die über die Schuld des Einzelnen entschieden.

Ermächtigungsgesetz
Ein Gesetz, durch das ein Parlament die Regierung dazu ermächtigt, an seiner Stelle Gesetze oder Verordnungen zu erlassen. Die Gewaltenteilung ist damit aufgehoben und die demokratische Ordnung gefährdet. Katastrophale Folgen hatte das Ermächtigungsgesetz vom 24.03.1933 („Gesetz zur Behebung der Not von Volk und Reich"). Es übertrug die gesamte Staatsgewalt der nationalsozialistischen Regierung und schuf die Grundlage der NS-Diktatur.

Europäische Union (EU)
Entstand aus dem 1957 erfolgten Zusammenschluss der Bundesrepublik Deutschland, Frankreichs, Italiens sowie der Benelux-Staaten zur → Europäischen Wirtschaftsgemeinschaft (EWG). Nach ihrer Verschmelzung mit der Montanunion und der Europäischen Atomgemeinschaft (EURATOM) entstanden 1967 die Europäischen Gemeinschaften (EG), denen weitere europäische Staaten beitraten. 1992 kam es mit dem Vertrag von Maastricht zu einer grundlegenden Ergänzung, später zum Beitritt zahlreicher osteuropäischer Staaten. Die Europäische Union (EU) ist heute eine Gemeinschaft von 27 Staaten

Europäische Wirtschaftsgemeinschaft (EWG)
Am 25.03.1957 schlossen die Regierungen von Belgien, der Bundesrepublik Deutschland, Frankreich, Italien, Luxemburg und den Niederlanden den Vertrag über die Gründung der Europäischen Wirtschaftsgemeinschaft. Die Vertragsstaaten verpflichteten sich, untereinander alle Zoll- und sonstigen Handelsschranken schrittweise abzubauen. Diese Zollunion war der Beginn der wirtschaftlichen Einigung in Westeuropa.

F

Freiheitliche demokratische Grundordnung
Die freiheitliche demokratische Grundordnung ist eine wiederkehrende Formulierung im → Grundgesetz der Bundesrepublik Deutschland. Sie wurde 1952 in einem Urteil durch das → Bundesverfassungsgericht präzisiert. Als Prinzipien der freiheitlichen demokratischen Grundordnung gelten seither u.a. die Achtung der Menschenrechte, das Recht der Menschen auf Leben und freie Entfaltung, die Gewaltenteilung, die Unabhängigkeit der Gerichte und das Recht auf politische Oppostion.

Friedliche Revolution
Wende in der DDR von der → Diktatur zur parlamentarischen → Demokratie, eingeleitet durch von der Bevölkerung ausgehende Initiativen und Proteste. Die Friedliche Revolution führte zum Ende der SED-Herrschaft und machte die → Wiedervereinigung möglich.

Föderalismus
(lat.: foedus = Bündnis, Vertrag): Gliederung eines Staates in mehrere gleichberechtigte, in bestimmten politischen Bereichen selbstständige Bundesländer, die an der Willensbildung des Bundes mitwirken.

G

Gastarbeiter
Arbeiter, aus anderen Ländern (z. B. Türkei, Italien), denen in der Bundesrepublik ab den 1950er-Jahren ein zeitlich befristeter Arbeitsvertrag zugesichert wurde. Mit Ende der zeitlichen Befristungen setzte sich der Begriff Arbeitsmigranten durch. In der DDR wurden ausländische Arbeiter mit befristeten Verträgen → Vertragsarbeiter genannt.

Gestapo (Geheime Staatspolizei)
Die Gestapo wurde 1933 nach der Machtübernahme der NSDAP gegründet. Sie verfolgte, folterte und tötete politische Gegner der → Nationalsozialisten und spielte eine zentrale Rolle während des → Holocaust und weiterer Massenmorde und Tötungen in der NS-Zeit.

Gewaltenteilung
Teilung der Staatsgewalt in eine gesetzgebende (legislative), gesetzesvollziehende (exekutive) und rechtsprechende (judikative) Gewalt. Sie soll einen Missbrauch staatlicher Macht verhindern. Dem Prinzip entsprechen die voneinander unabhängigen Verfassungsorgane Parlament, Regierung und Gerichte.

Gewerkschaften
Zusammenschlüsse von Arbeitnehmern und Arbeitnehmerinnen zur Wahrung ihrer wirtschaftlichen Interessen.

Glasnost und Perestroika
Von Michail Gorbatschow in den 1980er-Jahren veranlasste Reformen, die die Sowjetunion modernisierten und liberalisierten. Glasnost (russ. = „Offenheit") meinte die offene Diskussion gesellschaftlicher Probleme. „Perestroika" (russ. = „„Umbau") bezeichnete wirtschaftliche und soziale Maßnahmen, die das System der Planwirtschaft reformieren sollten.

Gleichschaltung
Bezeichnet die Durchdringung des Staates und die Ausrichtung aller staatlichen Organe und Interessenverbände auf die nationalsozialistische Reichsregierung. Entsprechende Gleichschaltungsgesetze beseitigten ab 1933 die Länderparlamente, machten die NSDAP zur alleinigen Staatspartei, zentralisierten Gesetzgebung und Verwaltung und zwangen Presse und Kultur unter die Leitung des Propagandaministeriums. Interessenverbände wie z. B. die Gewerkschaften wurden entweder zerschlagen oder durch NS-Organisationen ersetzt.

Grundgesetz
Die vom → Parlamentarischen Rat ausgearbeitete und 1949 in Kraft getretene → Verfassung der Bundesrepublik Deutschland. Die Benennung als Grundgesetz und nicht als → Verfassung sollte dessen provisorischen Charakter angesichts der deutschen Teilung verdeutlichen. Ein Gebot des Grundgesetzes war es, diese Teilung aufzuheben.

Grundlagenvertrag
Vertrag von 1972 „über die Grundlagen der Beziehungen zwischen der Bundesrepublik und der DDR". Der Vertrag erkannte erstmals die Sou-

veränität der → DDR an und sollte im Rahmen der → Neuen Ostpolitik der damaligen Bunderegierung eine Normalisierung zwischen beiden deutschen Staaten einleiten.

H

Hippies
Jugendkultur der 1960er- und 1970er-Jahre, die sich aus dem politischen Protest gegen den Vietnamkrieg Ende der 1960er-Jahre entwickelte. Hippies strebten eine antiautoritäre, freie und klassenlose Gesellschaft an. „Make love, not war!" war ihr Motto. Sie hörten laute Gitarrenmusik als Weiterentwicklung des → Rock'n'Roll und konsumierten illegale Drogen wie Haschisch oder LSD.

Holocaust
(griech. = Brandopfer) Bezeichnung für den Massenmord am jüdischen Volk durch die Nationalsozialisten in den Vernichtungslagern. In Israel wird dafür auch der hebräische Begriff „Shoah" (= Zerstörung, Katastrophe) verwendet, welcher inzwischen auch allgemein anerkannter ist als „Holocaust".

I

Industrielle Revolution
Wirtschaftlicher und gesellschaftlicher Umwälzungsprozess, ausgelöst durch die um 1760 in England einsetzende Industrialisierung. Sie erreichte um 1840 Deutschland und breitete sich später weltweit aus. Zu ihren Voraussetzungen zählte der Einsatz von Maschinen, was neue industrielle Produktionsweisen nach sich zog (Massenfabrikation, Arbeitsteilung, Fabriken). Speziell in ihrer Anfangsphase war sie mit sozialer Verelendung verbunden.

Inflation
Geldentwertung, die eine Erhöhung der Preise zur Folge hat. Wegen des riesigen Geldbedarfs der kriegsführenden Staaten im Ersten Weltkrieg stieg die Inflation überall an, weil die Regierungen massiv Papiergeld drucken ließen. Die Auswirkungen hiervon dauerten über das Ende des Krieges an. So erlebte Deutschland den weltweit stärksten Währungsverfall im sogenannten „Krisenjahr" 1923.

Inoffizieller Mitarbeiter (IM)
Ein IM war in der DDR eine Person, die verdeckt Informationen an das → Ministerium für Staatssicherheit (MfS) lieferte, ohne ein Dienstverhältnis mit dem MfS zu haben. Das Netz der rund 189 000 IM deckte nahezu alle gesellschaftlichen Bereiche ab und war ein wichtiges Instrument zur Durchdringung der Gesellschaft durch das MfS.

J

Jugendkultur
Subkulturen von Jugendlichen. Jugendkulturen sind geprägt von den jeweiligen Lebensvorstellungen und Erwartungen junger Menschen. Sie charakterisieren sich z. B. durch verschiedene Musik- und Modestile.

Jugendweihe
Religionsunabhängige Feierlichkeit als Ritual beim Übergang vom Kindes- zum Erwachsenenalter. Die Jugendweihe hat ihre Wurzeln im 19. Jhdt. und besonders in der Arbeiterbewegung. In der DDR wurde sie gefördert und sollte der sozialistischen Wertevermittlung dienen und die Jugendlichen durch ein Gelöbnis an den Staat binden. Religiöse Gegenstücke sind die → Konfirmation (evangelisch) und die Firmung (katholisch).

K

Kalter Krieg
Machtpolitischer und ideologischer Konflikt zwischen den USA und der Sowjetunion nach dem Zweiten Weltkrieg. Es standen sich die Militärblöcke der → NATO und des → Warschauer Vertrags gegenüber. Die beiden Supermächte vermieden eine direkte militärische Konfrontation, da beiden die Vernichtungskraft ihrer nuklearen Waffen bewusst war. Stattdessen versuchten sie, die Position des Gegners durch Militärbündnisse, Spionagetätigkeit, wirtschaftlichen Druck und → Stellvertreterkriege zu schwächen. Dennoch kam es häufig bis an den Rand einer kriegerischen Auseinandersetzung. Nach 1963 ließen Entspannungsbemühungen den Kalten Krieg abklingen, der Zerfall des Ostblocks 1989/90 führte zu seinem endgültigen Ende.

Kapitalismus
Von Karl Marx geprägter Begriff, der zur Beschreibung einer Wirtschafts- und Gesellschaftsordnung verwendet wird, die nach → marktwirtschaftlichen Prinzipien funktioniert.

Kapp-Putsch
Umsturzversuch rechtsradikaler Politiker um Wolfgang Kapp und unzufriedener Armeeteile um General v. Lüttwitz. Am 13.03.1920 besetzte eine Marinebrigade das Berliner Regierungsviertel und rief Kapp zum Reichskanzler aus. Mangelnde Unterstützung von der Reichswehr und den Beamten ließen den Putsch rasch scheitern.

Kollektivierung
Überführung von Produktionsmitteln – vor allem landwirtschaftlichem Privatbesitz – in Gemeineigentum, das von Genossenschaften bewirtschaftet wird. Die Kollektivierung der sowjetischen Landwirtschaft erfolgte hauptsächlich nach 1927 unter Josef Stalin. Nach 1945 kollektivierten auch die sozialistischen Ostblockstaaten ihre Landwirtschaft, so z. B. die DDR in Form der → Landwirtschaftlichen Produktionsgenossenschaften (LPG).

Kommunismus
Von Karl Marx und Friedrich Engels begründete Ideologie, die im „Kommunistischen Manifest" 1848 zusammengefasst wurde. Der Kommunismus enthält die Vorstellung einer klassenlosen Gesellschaft, in der das Privateigentum abgeschafft ist und die Produktionsmittel in Gemeineigentum überführt worden sind.

Konfirmation
Feier am Übergang vom Kindsein zum Erwachsenwerden. In der evangelischen Kirche ist sie mit einer zermoniellen Segenshandlung verbunden. In der katholischen Kirche wird dieser Übergang ins Erwachsenenleben als sog. Fir-

mung gefeiert. Eine religionsunabhängige Feierlichkeit in einem ähnlichen Lebensalter ist die → Jugendweihe.

Konzentrationslager (KZ)
Nach ihrer Machtübernahme 1933 errichteten die Nationalsozialisten Konzentrationslager, in denen politische Gegner, später auch „rassisch“ oder religiös Verfolgte inhaftiert wurden. Die Lager dienten der Einschüchterung, Ausschaltung und Vernichtung und unterstanden der SS. Zwangsarbeit, Hunger, Seuchen und sadistische Quälerei brachten vielen Häftlingen den Tod. Im Rahmen der sogenannten „Endlösung der Judenfrage“ errichtete die SS seit 1942 Vernichtungslager in den eroberten Ostgebieten. Etwa 6 Millionen Juden aus allen Teilen des besetzten Europas wurden hier durch Giftgas ermordet.

Kriegsschuldfrage
Die Frage nach der Verantwortung für den Ausbruch des Ersten Weltkriegs. Mit der alliierten Behauptung, Deutschland habe den Krieg geplant und vorsätzlich herbeigeführt, wurden die geforderten Reparationen begründet (Haftpflicht). Die deutsche Regierung lehnte diese Behauptung ab und unterzeichnete den Versailler Vertrag nur unter Protest. Eindeutig beantwortet ist die Kriegsschuldfrage bis heute nicht.

L

LPG (Landwirtschaftliche Produktionsgenossenschaften)
Nach dem Vorbild der Sowjetunion führte auch die DDR die → Kollektivierung der Landwirtschaft durch. Bäuerliche Betriebe wurden meist zwangsweise zu LPG zusammengeschlossen, der Boden wurde einheitlich bestellt und gemeinsam bewirtschaftet.

Liberalismus
Der Libearlismus ist eine Weltanschauung, die Freiheit, Eigenverantwortung und freie Entfaltung des Einzelnen in den Mittelpunkt stellt. Im Wirtschaftsliberalismus soll der Staat möglichst wenig in die Wirtschaft eingreifen, ihm wird lediglich eine koordinierende Rolle zugedacht.

M

Marktwirtschaft
Wirtschaftsordnung, die nicht durch den Staat gelenkt wird, sondern dem freien Spiel der Kräfte des Marktes gehorcht. Art und Umfang der erzeugten Güter werden von der Nachfrage bestimmt, die Preisregulierung erfolgt im Wettbewerb mit Konkurrenzprodukten. Voraussetzungen einer Marktwirtschaft sind Privateigentum, Gewerbe- und Vertragsfreiheit, freie Berufs- und Arbeitsplatzwahl sowie ein freier Wettbewerb. Das Gegenmodell zur Marktwirtschaft ist die → Planwirtschaft.

Marshallplan
Vom US-Außenminister George C. Marshall 1947 angeregtes Europäisches Wiederaufbauprogramm, das in Form von Maschinen, Nahrungsmitteln und Krediten als Wirtschaftshilfe für das im Zweiten Weltkrieg zerstörte Europa diente. Die Ostblockstaaten lehnten den Marshallplan unter sowjetischem Druck ab und gründeten unter Führung der UdSSR 1949 den → Rat für gegenseitige Wirtschaftshilfe (RGW).

Marxismus
Bezeichnung für die von Karl Marx und Friedrich Engels im 19. Jh. begründete Theorie des wissenschaftlichen → Sozialismus. Für den Marxismus ist der → Kapitalismus ein System profitorientierten Eigentums, das die Lohnarbeiter ausbeutet und ihre Verelendung bewirkt.

Ministerium für Staatssicherheit (MfS, „Stasi“)
Geheimpolizei der DDR und Überwachungsinstrument der → SED gegenüber der eigenen Bevölkerung. Gängige Methoden waren Überwachung, Bespitzelung, Unterdrückung, Einschüchterung und Freiheitsberaubung.

N

NPD (Nationaldemokratische Partei Deutschlands)
1964 gegründete rechtsradikale Partei. 2003 und 2017 wurden gegen die NPD Parteiverbotsverfahren vor dem → Bundesverfassungsgericht verhandelt. Beide scheiterten, obwohl die Verfassungsfeindlichkeit der Partei jeweils klargestellt wurde. 2003 hatte dies verfahrenstechnische Gründe: Das → Bundesamt für Verfassungsschutz stützte die Ergebnisse seiner Ermittlungen vor allem auf Informationen von sog. Vertrauensleuten („V-Leuten“) aus der Führungsriege der NPD selbst. Diese arbeiteten also für den Verfassungsschutz, dies war nicht zulässig. 2017 hingegen bezeichnete das → Bundesverfassungsgericht die NPD als zu unbedeutend, um annehmen zu können, dass wirklich eine Abschaffung der → freiheitlichen demokratischen Grundordnung von ihr ausgehen könne. 2023 benannte sich die NPD in „Die Heimat“ um.

Nationalsozialismus
Nach dem Ersten Weltkrieg in Deutschland entstandene rechtsradikale Bewegung, die nationalistische, expansive und demokratiefeindliche Ziele vertrat. Der Nationalsozialismus ist eine deutsche, deutlich radikalere Ausformung des Faschismus.

NSU (Nationalsozialistischer Untergrund)
Um 1999 gegründetes Netzwerk aus Rechtsextremisten, das bis 2011 mehrere Morde, Mordversuche, Sprengstoffanschläge und Banküberfälle durchführte. Zwei der Haupttäter, Uwe Mundlos und Uwe Böhnhardt, wurden 2011 tot in einem ausgebrannten Wohnmobil gefunden. Mittäterin Beate Zschäpe stellte sich wenige Tage später der Polizei. Mehrere weitere Personen unterstützten den NSU und wurden auch gerichtlich verurteilt.

Nationalversammlung
Gewählte Volksversammlung einer Nation, die vor allem zur Ausarbeitung einer → Verfassung zusammentritt. So z. B. die französische Nationalversammlung 1789–1792 oder die Frankfurter Nationalversammlung 1848–1849.

Neue Ostpolitik
Verständigungspolitik der Bundesrepublik unter der Regierung des

→ Bundeskanzlers Willy Brandt mit der DDR und anderen osteuropäischen Staaten. Die westdeutsche Außenpolitik sollte der internationalen Entspannung angepasst werden und die zwischen beiden deutschen Staaten entstandenen Differenzen abbauen.

NATO (North Atlantic Treaty Organization)

Ein im Jahr 1949 gegründetes westliches Verteidigungsbündnis, dessen ursprüngliches Ziel es war, die kommunistischen Staaten von einem Angriff abzuschrecken. Nach dem Ende des → Kalten Kriegs zählt der weltweite Einsatz für Frieden und Freiheit zu den Hauptaufgaben. 2022 waren 30 europäische und nordamerikanische Staaten Mitglied des Bündnisses. Die Bundesrepublik trat 1955 bei.

Notverordnung

Durch Artikel 48 der → Weimarer Verfassung war der Reichspräsident ermächtigt, bei Gefährdung der „öffentlichen Sicherheit und Ordnung" gesetzesvertretende Verordnungen zu erlassen, welche die Grundrechte völlig oder teilweise außer Kraft setzten. Diese Maßnahmen mussten zwar auf Verlangen des Reichstags rückgängig gemacht werden, doch der Reichspräsident konnte den Reichstag auflösen. In der Endphase der Weimarer Republik (1930–1933) wurden Notverordnungen zum eigentlichen Regierungsinstrument.

Novemberrevolution

Im November 1918 in Deutschland ausgebrochene Aufstände, die zum Ende der Monarchie führten und den Übergang zur parlamentarischen Republik einleiteten. Zu den Ursachen zählten Deutschlands militärischer Zusammenbruch im Ersten Weltkrieg, die langjährige Verweigerung innerer Reformen sowie die wirtschaftliche Notlage. Der Streit, ob der revolutionäre Weg zu einer Räterepublik oder einer verfassunggebenden Nationalversammlung führen sollte, wurde zugunsten der parlamentarischen Lösung entschieden. Die Wahlen zur Nationalversammlung am 19.01.1919 machten den Weg zur Weimarer Republik frei.

Nürnberger Gesetze

Diskriminierende Gesetzgebung gegenüber der jüdischen Bevölkerung. Der Entzug zentraler Bürgerrechte deklassierte sie zu minderen Staatsangehörigen; Eheschließungen und sexuelle Beziehungen zwischen „Deutschen" und Juden waren als „Rassenschande" verboten und wurden mit Zuchthaus bestraft. Die rechtliche Diskriminierung zog die gesellschaftliche Isolierung nach sich.

O

Ostverträge

Bezeichnung für mehrere Verträge, die die Bundesregierung unter → Bundeskanzler Willy Brandt (SPD) schloss. Hierzu zählen der Moskauer Vertrag mit der Sowjetunion von 1970, der Warschauer Vertrag mit Polen aus demselben Jahr und der Grundlagenvertrag mit der DDR von 1972. In diesen Verträgen erkannte die Bundesrepublik u. a. die Unverletzlichkeit der polnischen Westgrenze und die Souveränität der DDR an.

P

Palästina

Region im Nahen Osten am süd-östlichen Mittelmeer. Heutzutage liegen hier vor allem die Staaten Israel und Palästina. In Folge zahlreicher Kämpfe und Kriege wurden die jüdischen Bewohner Palästinas seit der Antike nach und nach vertrieben. Sie siedelten sich im Mittelmeerraum und in Europa an, wo sie fortan lebten. Spätestens seit dem Mittelalter wurde Palästina dann mehrheitlich von arabischen Menschen bewohnt. Sie nennt man auch heute noch Palästinenser. Insbesondere durch die Verfolgung der europäischen Juden während der NS-Zeit kehrten viele von ihnen nach Palästina zurück. Seit Gründung des Staates Israel als parlamentarische Demokratie im Jahr 1948 nennt man diese heute wieder in Israel lebenden Juden Israelis – dies ist jedoch nicht ganz korrekt, da über 20 % der israelischen Bevölkerung muslimischen Glaubens sind. Seit der Staatgründung Israels kämpfen Israelis und Palästinenser um die Vorherrschaft in der Region. Zusätzlich wurde Israel seither von vielen seiner Nachbarstaaten angegriffen.

Parlamentarische Demokratie

In einer parlamentarischen Demokratie wählen die Bürgerinnen und Bürger eines Landes politische Vertreter, die im Parlament (franz. = Unterredung) die Politik gestalten, die Regierung kontrollieren und die Gesetze erlassen.

Parlamentarischer Rat

Am 01.09.1948 in Bonn zusammengetretene Versammlung, die auf Anordnung der Westmächte eine → Verfassung für die Länder der westdeutschen → Besatzungszonen ausarbeiten sollte. Der Rat umfasste 65 Mitglieder, die von den elf Landtagen der damaligen Bundesländer delegiert worden waren. Zum Präsidenten des Rats wurde Konrad Adenauer (CDU) gewählt. Am 08.05.1949 verabschiedete der Rat das → „Grundgesetz für die Bundesrepublik Deutschland", das am 23.05.1949 verkündet wurde.

Parteien

Parteien sind Organisationen politisch gleichgesinnter Menschen. Sie verfolgen bestimmte wirtschaftliche, gesellschaftliche und andere Vorstellungen, die meist in Parteiprogrammen festgeschrieben sind. Parteien haben das Ziel, den Staat zu regieren.

Pegida

Die Patriotischen Europäer gegen die Islamisierung des Abendlandes (Pegida) sind eine islam- und fremdenfeindliche Organisation und wurden 2014 in Dresden gegründet. Seither demonstriert Pegida während sog. „Montagsspaziergänge" gegen Migration und eine angebliche „Überfremdung" Deutschlands vor allem durch Menschen muslimischen Glaubens. Das Landesamt für Verfassungsschutz Sachsen stuft Pegida als rechtsextrem ein, einige ihrer Sprecher und Vorstände wurden verurteilt.

Planwirtschaft

Bezeichnung für ein Wirtschaftssystem, in dem der Staat die gesamte Volkswirtschaft lenkt und kontrolliert. Produktion, Verteilung von Waren und Preisfestsetzung erfolgen nach einem einheitlichen Plan, dessen Erfüllung eine zentrale Planbehörde überwacht. Ein Wettbewerb ist in diesem System nicht vorgesehen. Das freie Spiel der Kräfte des Marktes zur Regulierung von Angebot, Nachfrage und Preisen ist außer Kraft gesetzt. Die Planwirtschaft – auch Zentralverwaltungswirtschaft genannt – ist vor allem in sozialistischen Staaten verbreitet. Das gegensätzliche Modell ist die → Marktwirtschaft.

Populismus

(lat.: populus=Volk) Politikform, die sich vor allem dadurch auszeichnet, dass für komplizierte gesellschaftliche Probleme einfachste, aber nicht funktionierende Lösungen angeboten werden. Populismus orientiert sich hierbei stark an Vorurteilen, Emotionen und Ängsten der Menschen und hofft, hierdurch die Zustimmung breiter Bevölkerungskreise zu gewinnen. Hinzu kommen oftmals eine überhöhte Darstellung einzelner Personen, denen teils heldenhafte Züge zugesprochen werden. Außerdem setzt er den politischen Gegner vielfach moralisch herab und schreckt auch nicht davor zurück, zum Nutzen seiner Ideen Lügen zu verbreiten, die bspw. in der Bevölkerung genau die Ängste schüren oder erst entstehen lassen, die dann zu seiner Grundlage werden.

Potsdamer Konferenz

Konferenz der drei Hauptalliierten des Zweiten Weltkrieges (USA, UdSSR, Großbritannien), 17.07.–02.08.1945 in Potsdam. Die Regierungschefs der → Siegermächte trafen dort zusammen, um über die deutsche Nachkriegsordnung zu beraten. Im Potsdamer Abkommen vom 02.08.1945 verankerten sie wichtige Beschlüsse wie Demilitarisierung und Denazifizierung. Die Beschlüsse der Potsdamer Konferenz bestimmten die Deutschlandpolitik nach 1945 entscheidend, wurden jedoch infolge des ausbrechenden → Kalten Krieges und der Gründung der beiden deutschen Staaten in vielen Bereichen bedeutungslos.

Prager Frühling

Als Prager Frühling werden die Versuche der tschechoslowakischen Kommunistischen Partei (KPČ) verstanden, den Sozialismus des Landes mit mehr Freiheitsrechten zu versehen. Hierzu versuchte sie im Frühjahr 1968, Reformen durchzusetzen. Dabei ging es um Wirtschaftsreformen, aber auch um mehr Presse- und Meinungsfreiheit. Es sollte ein demokratischer Sozialismus entstehen. Dies wurde von einer breiten Öffentlichkeit begrüßt und unterstützt. Am 21. August 1968 marschierten Truppen des Warschauer Vetrags in die Tschechoslowakei ein. Am 23. August 1968 wurden unter dem Druck der militärischen Präsenz alle Reformversuche rückgängig gemacht. Der Prager Frühling war vorbei. Laut offiziellen Angaben wurden beim und im Nachgang des Einmarsches 98 tschechoslowaksche Demonstranten getötet.

Propaganda

Eine Form der Beeinflussung von Menschen. Die Mittel, die Propaganda nutzt, sind denen des → Populismus ähnlich. Darüber hinaus möchte Propaganda jedoch die Medien möglichst unter eine vollständige Kotrolle bringen, um keine abweichenden Informationen und Kritik mehr zulassen zu müssen. So existierte etwa im nationalsozialistischen Deutschland ein eigenes Propagandaministerium, das alle Informationen filterte, manipulierte, steuerte und Lügen verbreitete.

Punk

Jugend- und Protestbewegung der 1970er-Jahre und 1980er-Jahre. Jugendliche wollten mit bewusst rüdem Auftreten und ebenso schrillem wie schockierendem Äußeren auffallen. In Ost und West wollten sie ihre Abneigung zu Staat und Gesellschaft zum Ausdruck bringen. Sie hörten aggressive Gitarrenmusik, den „Punkrock", tranken öffentlich Alkohol und nahmen teils auch illegale Drogen wie Heroin.

R

Räterepublik

Staatsform, die unterprivilegierte Bevölkerungsschichten direkt an der Macht beteiligt. Gewählte Delegierte bilden einen Rat, der alle Entscheidungsbefugnisse besitzt und ausführende, gesetzgebende und richterliche Gewalt in seiner Hand vereinigt. Die Gewaltenteilung ist damit aufgehoben. Die Räte sind ihrer Wählerschaft direkt verantwortlich und jederzeit abwählbar. Während der Revolution im Deutschen Reich 1918 sowie im Zuge der → Russischen Revolution entwickelten sich Räterepubliken, die jedoch jeweils nur von kurzer Dauer waren: In Deutschland entstand die → Weimarer Republik als → parlamentarische Demokratie, in Russland die Sowjetunion als → Einparteienstaat.

Rat für gegenseitige Wirtschaftshilfe (RGW)

Der RGW wurde 1949 von der Sowjetunion und fünf weiteren Ostblockstaaten als Reaktion auf den → Marshallplan der USA gegründet. Die DDR trat dem RGW 1950 bei. Ziel des RGW war, die einzelnen Volkswirtschaftspläne der Ostblockstaaten zu koordinieren und so zu einer internationalen sozialistischen Arbeitsteilung zu gelangen.

Reichsbürger

Die Reichsbürgerbewegung existiert seit den 1980er-Jahren und zeichnet sich dadurch aus, dass ihre Anhänger die Bundesrepublik Deutschland nicht als Staat anerkennen. Vielfach wird stattdessen ein Fortbestand des Deutschen Kaiserreichs propagiert. Damit erkennt die Bewegung auch die Demokratie nicht an, sondern behauptet, nach wie vor in einer deutschen Monarchie zu leben. Das → Bundesamt für Verfassungsschutz stuft rund 1000 Reichsbürger zusätzlich als rechtsextrem ein und beobachtet die Bewegung. Viele Reichsbürger besitzen illegale Waffen, von denen einige auch gegenüber Polizeikräften oder anderen Staatsbediensteten Gebrauch machen.

Reichspogromnacht

Die sogenannte Reichspogromnacht leitete eine neue Phase der Judenverfolgung im Deutschen Reich ein. In der Nacht vom 9. zum 10. November 1938 zerstörten nationalsozialistische Kolonnen etwa 7000 jüdische Geschäfte. Sie setzten Synagogen in Brand und demolierten Wohnungen, Schulen und Betriebe. Im Verlauf des Pogroms wurden zahlreiche jüdische Bürgerinnen und Bürger misshandelt, getötet oder ohne Rechtsgrundlage in „Schutzhaft" genommen. Das Pogrom ist auch unter dem beschönigenden Namen „Reichskristallnacht" bekannt geworden.

Republikaner
1983 in München gegründete rechtsorientierte Partei, die 1989 im Europaparlament und von 1992–2001 im Landtag von Baden-Württemberg vertreten war.

Revolution
Gewaltsamer Umsturz der bestehenden Ordnung, der zu tiefgreifenden politischen und gesellschaftlichen Veränderungen führt. Sie wird von breiten Bevölkerungsschichten getragen, im Gegensatz zum Staatsstreich oder Putsch, wo nur eine neue Führungsgruppe die Macht an sich reißt.

Russische Revolution
Zum Ende des Ersten Weltkriegs kam es in Russland zu einem Bürgerkrieg. Zunächst beendeten Streiks, Aufstände und militärische Auseinandersetzungen im Februar 1917 die Zarenherrschaft Nikolaus II. Erste, noch demokratisch orientierte Arbeiter- und Soldatenräte wurden eingerichtet. Während der sog. „Oktoberrevolution“ desselben Jahres übernahmen dann die Anhänger des → Kommunisten Wladimir Iljitsch Lenin, die sog. „Bolschewiki“ (russ. = Mehrheitler), die Macht. Es schloss sich ein weiterer Bürgerkrieg an, den die Bolschewiki und die von ihnen gegründete „Rote Armee“ im Jahr 1922 für sich entschieden. Russland war fortan ein → kommunistischer Staat, die Sowjetunion.

S

SA (Sturmabteilung)
Militärisch organisierter Kampfverband der Nationalsozialisten. Sie war seit den 1920er-Jahren bei Saalschlachten und Straßenkämpfen als Schlägertruppe gefürchtet, verlor jedoch nach Ausschaltung ihrer Führungsspitze 1934 (Röhm-Putsch) und einem Erstarken von → Gestapo und → SS an Bedeutung.

Solidarnoscz
Erste freie und unabhängige Gewerkschaft Polens, die 1980 aus einer Streikbewegung entstand. Sie war die wichtigste polnische Protestbewegung und wurde 1981 verboten. Eine erneute Streikwelle 1988 unter Führung der Gewerkschaft trug zum politischen Wandel in Polen bei. Bei den Parlamentswahlen von 1989 siegte die Solidarnoscz, ihr Vorsitzender Lech Walesa wurde Staatspräsident.

Sozialismus
Im 19. Jh. entstandene politische Bewegung, die bestehende gesellschaftliche Verhältnisse mit dem Ziel sozialer Gleichheit und Gerechtigkeit verändern will. Als Mittel hierzu dient die Abschaffung des Privateigentums, die Überführung der Produktionsmittel in Gemeineigentum und die Beseitigung der Klassenunterschiede.

Soziale Marktwirtschaft
Wirtschaftsordnung, die auf → marktwirtschaftlichen Prinzipien basiert, dem Staat jedoch die Aufgabe zuweist, sozialpolitische Korrekturen vorzunehmen und auf sozialen Ausgleich hinzuwirken. Unter Bundeswirtschaftsminister Ludwig Erhard wurde dieses Modell zur Grundlage des deutschen Wirtschaftssystems.

Spielerlaubnis
Bevor Musiker in der DDR Platten aufnehmen oder auftreten durften, mussten sie sich einstufen lassen, um eine Spielerlaubnis zu erhalten. Bei Erfolg erhielten sie Zahlungen für Auftritte, doch die Hürden waren hoch. Sie mussten einem Gremium vorspielen, Musiktitel und Bandnamen wurden geprüft und ggf. verboten. Kritik am System war unerwünscht und öffentliche musikalische Betätigung ohne eine Einstufung/ Spielerlaubnis war illegal.

SS (Schutzstaffel)
Elite- und Terrororganisation der Nationalsozialisten, die 1925 mit Sicherungsaufgaben der NSDAP und ihres „Führers“ Adolf Hitler betraut wurde. Unter der Leitung von Heinrich Himmler stieg sie nach 1933 zum stärksten Machtfaktor im nationalsozialistischen Deutschland auf. Als Himmler 1936 die Geheime Staatspolizei (Gestapo) mit ihrem Spitzelsystem übernahm, verfügte die SS über die totale Macht im Staat. Die SS verübte viele Verbrechen, wie die brutale Verfolgung politischer Gegner und den millionenfachen jüdischen Völkermord in den Vernichtungslagern.

Stellvertreterkrieg
In der Zeit des → Kalten Krieges kam es nie zu einer direkten militärischen Auseinandersetzung der beiden Großmächte USA und UdSSR. Beide griffen aber mehrfach in kriegerische Konflikte kleinerer verbündeter Staaten ein, um eine Ausweitung des gegnerischen Machtbereichs zu verhindern. Diese Konflikte bezeichnet man als Stellvertreterkriege. Die bekanntesten und weitreichendsten waren der Koreakrieg 1950–1953, der Vietnamkrieg 1955–1975 und der Krieg der UdSSR in Afghanistan 1979–1988.

Streik
Die planmäßige Niederlegung der Arbeit durch eine größere Zahl von Arbeitnehmern, um höhere Löhne oder bessere Arbeitsbedingungen vom Unternehmer zu erzwingen. Im 19. Jh. führten Arbeitsniederlegungen von Industriearbeitern zur Gründung von Gewerkschaften und der Streik wurde zum wichtigsten Mittel, gewerkschaftlichen Forderungen Nachdruck zu verleihen.

T

Terror
(lat. = Schrecken) Gewalttätige oder auch kriegerische Form des politischen Machtkampfs, um jeden Widerstand durch Furcht zu ersticken. Terror kann durch den Staat ausgeübt werden (Staatsterrorismus) oder von extremen Organisationen, um die herrschende Staats- oder Gesellschaftsordnung zu stürzen.

Terrorismus
Strategische Anwendung von Gewalt bestimmter Gruppen, die sich gegen eine politische oder religiöse Ordnung richtet. Mit diesen Aktionen werden Menschen eingeschüchtert, das Interesse der Medien geweckt und gleichzeitig die eigene Anhängerschaft in ihrem Kampfeswillen bestärkt.

Treuhand
Die Vereinigung „Anstalt zur treuhändischen Verwaltung des Volkseigentums“ wandelte staatliche Betriebe der ehemaligen DDR in private Unternehmen um oder löste sie auf. Die Treuhand

war u.a. der Kritik ausgesetzt, ob durch behutsamere Privatisierung und Staatshilfen nicht der Zusammenbruch vieler Betriebe zu verhindern gewesen wäre, was in den 1990er-Jahren zu großen wirtschaftlichen und sozialen Problemen im Osten Deutschlands führte.

V

Vereinte Nationen
(engl. = United Nations Organization, UN/UNO) Die UNO wurde 1945 gegründet, ihr Hauptsitz ist in New York. 2024 sind 193 Staaten Mitglied der Vereinten Nationen. Ihre Hauptaufgaben sind die Sicherung des Friedens und die Garantie der internationalen Sicherheit sowie der Schutz der Menschenrechte. Die UNO verfügt über fünf Hauptorgane: Zentrale Beratungsinstanz ist die Generalversammlung, die aus den Vertretern der Mitgliedsstaaten besteht. Sie wählt die nichtständigen Mitglieder des Sicherheitsrats, den Wirtschafts- und Sozialrat sowie den Generalsekretär. Ihre Beschlüsse haben den Charakter von Empfehlungen. Der Sicherheitsrat entscheidet über Maßnahmen zur Friedenssicherung. Er umfasst fünf ständige Mitglieder mit Vetorecht (USA, Russland, Volksrepublik China, Großbritannien, Frankreich) sowie zehn nichtständige Mitglieder. Weitere Organe sind der Internationale Gerichtshof in Den Haag sowie der Generalsekretär als ausführende Instanz. Zahlreiche Sonderorganisationen nehmen sich weiterer Aufgaben der UNO an.

Verfassung
(auch: Konstitution, lat.: constitutio = „Zusammensetzung") Die politische Grundordnung eines Staates, die alle Regelungen über die Staatsform, die Herrschaftsausübung und die Bildung und Aufgaben der Staatsorgane enthält.

Vertragsarbeiter
Ausländische Arbeitskräfte, die in der DDR zeitlich befristet arbeiteten und ohne Integrationsabsicht angeworben wurden. Sie gingen nach Ablauf ihrer Verträge in ihre Herkunftsländer zurück. Ausländische Arbeiter mit zeitlich befristeten Verträgen wurden in der Bundesrepublik → Gastarbeiter genannt.

Vertrag von Lissabon
Mit dem 2009 in Kraft getretenen Vertrag kam es zum Ausbau der Entscheidungen, die der Rat der → EU mit einer qualifizierten Mehrheit beschließen kann. Außerdem wurde die Beteiligung der nationalen Parlamente an der europäischen Gesetzgebung erweitert und die außenpolitische Zusammenarbeit verstärkt. Daneben wurde das Amt des Präsidenten des Europäischen Rates geschaffen, das die meisten Aufgaben des früheren Vorsitzenden des Europäischen Rats übernommen hat.

Völkerbund
Der Völkerbund war eine internationale Einrichtung, die von US-Präsident Woodrow Wilson nach dem Ersten Weltkrieg 1920 ins Leben gerufen wurde. Er sollte künftig den Weltfrieden sichern und Sanktionen gegen Kriegstreiber verhängen. Nach Gründung der → Vereinten Nationen wurde der Völkerbund 1946 aufgelöst.

W

Warschauer Vertrag
1955 in Warschau gegründetes Militärbündnis, dem sieben Ostblockstaaten unter Führung der Sowjetunion angehörten (Warschauer Vertragsstaaten). Albanien trat 1968 aus. Der Vertrag entstand als Reaktion der UdSSR auf den Beitritt der Bundesrepublik zur → NATO. Der Warschauer Vertrag erwies sich rasch als Herrschaftsinstrument der Sowjetunion. Mit der deutschen → Wiedervereinigung verließ 1990 die DDR den Warschauer Vertrag. Das wiedervereinigte Deutschland blieb Mitglied der NATO. Mit dem weiteren Zerfall des Ostblocks löste sich der Warschauer Vertrag 1991 auf.

Weimarer Republik
Bezeichnung einer von 1919–1933 währenden Epoche deutscher Geschichte, die nach dem ersten Tagungsort der verfassungsgebenden Nationalversammlung 1919 benannt ist. Die → Weimarer Verfassung, welche die Nationalversammlung 1919 verabschiedete, ersetzte die Monarchie durch eine parlamentarische Republik. Sie fiel 1933 der nationalsozialistischen Diktatur zum Opfer.

Weimarer Verfassung
Die nach der Revolution von 1918 in Weimar entwickelte → Verfassung einer parlamentarischen Republik mit einer in Artikel 48 verankerten starken Stellung des Reichspräsidenten und einem Vielparteiensystem. Der Präsident konnte das Parlament auflösen (Art. 25), den Reichskanzler ernennen und entlassen.

Weltwirtschaftskrise
Ende der 1920er-Jahre verschlechterten sich die Wirtschaftsdaten der USA. Die Gründe lagen in einer hohen Überproduktion, einem Absatzrückgang sowie einem aufgeblähten Kreditvolumen. Hinzu kamen die destabilisierende Wirkung von Reparationszahlungen und die Schuldenlast, welche die Alliierten der USA noch aus der Zeit des Ersten Weltkriegs trugen. Dies führte am 24.10.1929 („Schwarzer Freitag") zu einem Kurssturz an der New Yorker Börse, der eine weltweite Wirtschaftskrise auslöste, die auch Deutschland erfasste. Die sozialen Folgen der Weltwirtschaftskrise trugen erheblich zur politischen Radikalisierung bei.

Wiedervereinigung
So wird der durch die friedliche Revolution in der DDR angestoßene Prozess der Jahre 1989 und 1990 bezeichnet, der zum Beitritt der DDR zur Bundesrepublik Deutschland am 3. Oktober 1990 führte. Die damit vollzogene Deutsche Einheit beendete die als Folge des Zweiten Weltkrieges entstandene deutsche Teilung.

Z

Zwei-plus-Vier-Vertrag
Staatsvertrag zwischen der DDR, der Bundesrepublik und den alliierten Siegermächten des Zweiten Weltkriegs Frankreich, USA, Großbritannien und der Sowjetunion. Er machte den Weg für die → Wiedervereinigung Deutschlands frei und trat am 15. März 1991 in Kraft. Der Vertrag markiert das Ende der Nachkriegszeit und ist ein diplomatischer Beitrag zur Friedensordnung in Europa. Es handelt sich um einen sogenannten „Statusvertrag", dessen Rechtswirkungen sich auch auf dritte, nicht direkt betroffene Staaten erstrecken.

Hilfen

Hier findest du zu allen Aufgaben mit diesem Symbol HILFE Hilfen zur Bearbeitung der Aufgaben.

Deutschland und Europa nach dem Ersten Weltkrieg

Seite 13 Aufgabe 3

Mache dir zunächst kurze Notizen für die Diskussion. Überlege dir hierbei z. B., welche Gefahren und Risiken bestehen. Bedenke zudem auch die Ungewissheit, ob die Revolution erfolgreich sein wird.

Seite 15 Aufgabe 2 b)

Überlege dir, welches Ziel beide Redner haben und welchen Weg sie einschlagen wollen, um dieses Ziel zu erreichen.

Seite 15 Aufgabe 3

Beziehe in die Beantwortung die politischen Mitbestimmungsrechte der Arbeiter vor dem Ersten Weltkrieg mit ein. Bedenke auch die Zustimmung der SPD zu Kriegskrediten.

Seite 17 Aufgabe 1

Bedenke etwa folgende Punkte:

- Gründung der Erholungsgebiete
- Ausbau und Infrastruktur
- Herkunft des Publikums (sozial, regional, gesellschaftlich)
- Vergleich vor/während/nach Erster Weltkrieg
- ...

Seite 21 Aufgabe 2

Beachte bei der Beantwortung der Aufgabe die Legende der Karte. Lege dann eine Tabelle an und führe diese fort:

abgetretene Gebiete	besetzte Gebiete
Nord-Schleswig	...
...	...

Seite 21 Aufgabe 3

1. Überlege dir, ob du für oder gegen den Versailler Friedensvertrag bist.
2. Begründe deine Meinung.
3. Versuche auch, die Gegenposition einzunehmen und diese ebenso begründet darzustellen.

Seite 23 Aufgabe 2 III

Beachte dabei in der Quelle Q1 die Textaussagen, die auf Gemeinsamkeit abzielen.

Seite 25 Aufgabe 2 III

Beachte die Pfeile, die vom Reichspräsidenten ausgehen:

- Wie konnte er den Reichskanzler kontrollieren?
- Wie in die Rechte des Reichstags eingreifen?
- Welche Rechte hatte er außerdem?
- ...

Seite 29 Aufgabe 2

Überlege dir den Widerspruch, der in der Aussage steckt. Ein Millionär kann sich normalerweise fast alles kaufen und muss keinen Hunger leiden. Aber waren die Bürger 1923 wirklich reich? Beachte besonders den in der Statistik dargestellten Preisanstieg ab dem Jahr 1922.

Seite 33 Aufgabe 2

Informationen zu den Personen und politischen Morden findest du etwa hier:
https://www.zeitklicks.de/top-menu/zeitstrahl/navigation/topnav/jahr/1922/ermordung-von-walther-rathenau/
https://www.zeitklicks.de/top-menu/personen/navigation/topnav/buchstabe/e/erzberger/
https://www.dhm.de/lemo/kapitel/weimarer-republik/innenpolitik/ermordung-rathenaus-1922.html
https://www.bundestag.de/dokumente/textarchiv/2021/kw33-matthias-erzberger-854906

Seite 35 Aufgabe 3

Beachte in der Quelle die Aussage des Politikers Gustav Stresemann zu dem vom Deutschen Reich geliehenen Geld. Was geschieht seiner Meinung nach, wenn das Geld vom Deutschen Reich zurückgezahlt werden muss? Benenne die Folgen, die Stresemann daraus ableitet.

Seite 37 Aufgabe 2 III

Erinnere dich für die Bearbeitung der Aufgabe an die Methode zur Analyse von Kriegspropaganda aus Band 8, S. 154/155 und an die Beschreibung der gestalterischen Mittel, die hier aufgeführt sind. Die in der

Methode aufgezeigten Schritte beinhalten:
1. Inhalt des Plakats beschreiben:
   Beschreibe die Darstellung ausführlich.
   ...
2. Das Plakat einordnen:
   Ordne das Plakat in den geschichtlichen Ablauf ein.
   ...
3. Aussageabsicht des Plakats ermitteln:
   Vermute Wahrnehmungen, Gefühle und Stimmungen, die beim Betrachter erzeugt werden sollen.
   ...
4. Propaganda des Plakats auswerten:
   Bewerte das Plakat und dessen Propaganda vor dem geschichtlichen Hintergrund.
   ...

Seite 45 Aufgabe 2
1. Benenne zunächst, was durch die Line ausgesagt wird.
2. Beschreibe dann deren Verlauf. Ist die Linie gleichförmig? Steigt oder sinkt sie?
3. Begründe deine Aussage. Denke dabei auch an das Schaubild M2.

Seite 47 Aufgabe 1
1. Denke bei der Erstellung deiner Zeitleiste daran, dass du sowohl einzelne Ereignisse darstellen kannst als auch längere Prozesse.
2. Orientiere dich bei der Gestaltung an den Methodenschritten zur Erstellung einer digitalen Zeitleiste auf S. 44.

Seite 47 Aufgabe 3 b)
Bedenke vor allem die Befugnisse des Reichspräsidenten Paul von Hindenburg.
- Welche Eingriffsmöglichkeiten hatte er?
- Wie wirkte sich dies auf die Gewaltenteilung im Deutschen Reich aus?

Herrschaft und Alltag im Nationalsozialismus

Seite 53 Aufgabe 2 b)
Folgende Punkte solltest du bei der Beantwortung untersuchen:
- den Zeitpunkt und den Ort der Entstehung,
- den Bildinhalt,
- den Bildausschnitt,
- die Stimmung,
- die Frage, ob es sich eher um einen Schnappschuss oder um ein gestelltes Foto handelt
- ...

Seite 55 Aufgabe 3
Folgende Punkte solltest du bei der Beantwortung mit einbeziehen:
- die Vorteile der Rede- und Versammlungsfreiheit,
- die Frage, wie sich die Einschränkung auf diese Vorteile auswirkt.

Was würde nun passieren, wenn du dich trotz der Einschränkung der Rede- und Versammlungsfreiheit an einer Versammlung beteiligst oder freie Reden hältst?

Seite 57 Aufgabe 3
Untersuche dazu z. B.
- die Körperhaltung,
- den Gesichtsausdruck,
- die Kleidung
- ...

Seite 59 Aufgabe 1 a)
Nutze etwa folgende Formulierungen:
- Der Begriff „Rassenlehre“ beschreibt die Vorstellung der Nationalsozialisten, dass ...
- Der nationalsozialistische Antisemitismus bedeutet, dass
- ...

Seite 61 Aufgabe 3
Folgende Punkte solltest du betrachten:
- Frisuren der Mädchen und Jungen,
- die getragene Kleidung,
- die Frage, wo/wie die Mädchen und die Jungen im Bild stehen, bzw. wo und wie die Erwachsenen im Bild stehen
- ...

Seite 63 Aufgabe 3 III
1. Trage alle Informationen über die Erziehung und die Freizeitgestaltung der Jugend aus dem Text in Stichpunkten zusammen.
2. Überlege dir zu jeder dieser Informationen, inwieweit die Jugend von den Nationalsozialisten beeinflusst wurde.
3. Schreibe danach deine Meinung zu diesen Punkten auf. Finde hierbei Argumente, die deine Meinung belegen.

Seite 65 Aufgabe 1 c)
Beziehe zur Beantwortung der Aufgabe das Rollenbild der Nationalsozialisten mit ein, wie es auf Seite 60/61 beschrieben wird. Überlege dir hierbei, warum ein Hit-

lerjunge niemals Mädchenkleider anziehen würde und/oder ein BDM-Mädchen niemals Jungenkleidung tragen würde.

Seite 69 Aufgabe 1 II

1. Betrachte zunächst die Maßnahmen, mit denen die jüdischen Bürger ausgegrenzt wurden.
2. Beziehe dann den zeitlichen Ablauf mit ein. Was wurde wann verboten?

Seite 75 Aufgabe 2

Erstelle eine Liste. Schreibe in Stichpunkten auf, wie die Gleichschaltung ablief, indem du sie der zeitlichen Reihenfolge nach auflistest.

Seite 77 Aufgabe 1 III

1. Schreibe in Stichpunkten auf, wie sich das NS-Regime darstellte. Überlege auch, warum zu den Spielen trotz des herrschenden Antisemitismus' jüdische Sportler nominiert wurden.
2. Überlege dann, welchen Zweck das NS-Regime mit seiner Selbstdarstellung verfolgte, bzw. welchen Nutzen es sich davon versprach.

Seite 79 Aufgabe 1

Formuliere z. B. folgendermaßen:
- Mit dem Versprechen, die Arbeitslosigkeit zu senken, wollte die NSDAP erreichen, dass ...

Seite 81 Aufgabe 3

Mögliche Formulierungen:
- Die Karikatur zeigt, dass Hitler ...
- In Q2 sagt Hitler, dass ...
- Wenn man die Aussage der Karikatur mit der Aussage von Hitler in Q2 vergleicht, erkenne ich, dass ...

Der Nationalsozialismus – der Zweite Weltkrieg

Seite 87 Aufgabe 1 a)

Beschreibe für jede Karte, wie sich dort die Entwicklung des Krieges zeigt. Danach fasst du diese Informationen zu einer Gesamtinformation zusammen.

Seite 89 Aufgabe 5 a)

Ihr könnt etwa so formulieren:
- Der Brief von Seite 87 (Q1), wurde am ... geschrieben. Zu dieser Zeit war das Deutsche Reich ... Deswegen klingt der Soldat sehr ...
- Der Brief von Seite 89 (Q3), wurde am ... geschrieben. Zu dieser Zeit ...

Seite 91 Aufgabe 2

Beschreibe zuerst, welche Art von Behinderungen erwähnt werden. Betrachte auch, was das NS-Regime als „behindert" bezeichnet. Beschreibe danach die Maßnahmen, die gegen behinderte Kinder gerichtet waren.

Seite 95 Aufgabe 3 b)

Notiert zunächst Stichpunkte aus den Zeitzeugenberichten. Fasst diese zu mehreren Texten zusammen. Findet für diese Texte Überschriften. Betrachtet Informationen wie z. B.
- Lebensbedingungen,
- Ernährung,
- Schlafmöglichkeiten,
- Berufsleben,
- Kinder und Jugendliche
- ...

Seite 97 Aufgabe 1

Verwende dazu die Seiten 68–71, 94–97 und 100/101.

Seite 99 Aufgabe 2

Nutze dazu ebenfalls die Schritte zur Analyse historischer Reden. Erstelle eine Tabelle:

	„Völkermord"	„Totaler Krieg"
Schritt 1 Redner, Hintergrund der Rede	...	
Schritt 2	...	

Seite 101 Aufgabe 1 a)

Erstelle Stichpunkte in der Reihenfolge, wie sie passiert sind. Erstelle daraus einen Text über die Ankunft im Lager.

Seite 103 Aufgabe 2

1. Erstelle eine Liste mit Argumenten, die dafür und die dagegen sprechen.
2. Schreibe danach mithilfe dieser Für- und Widerargumente deine Beurteilung. Überlege dabei, ob mehr Argumente dafür oder dagegen sprechen.

Dafür	Dagegen
...	...

Seite 105 Aufgabe 2

1. Finde alle Namen der einzelnen Widerstandsgruppen oder auch der Einzelpersonen.

2. Schreibe jeweils dazu, aus welchen Bevölkerungsgruppen diese Menschen stammen.

Seite 109 Aufgabe 1 III

Berücksichtige die Seiten 80/81 „Die nationalsozialistische Außenpolitik“.

Seite 113 Aufgabe 2

Überlege dir:

1. Welche Bevölkerungsgruppen könnten sich durch das Ende des Zweiten Weltkrieges befreit gefühlt haben?
2. Welche Personengruppen könnten das Kriegsende demgegenüber als „Aufgeben“ verstanden haben?

Seite 115 Aufgabe 2 III

Beachte, dass die Bilder die vielfältigen Schwierigkeiten der Stadtbevölkerung abdecken und auch indirekt Bezug nehmen. So z. B. M3, denn die Kochstelle im Freien beinhaltet neben der Wohn- auch die Ernährungssituation.

Seite 117 Aufgabe 2 III

1. Überlege dir, ob die damaligen Bürger einen anderen Ausweg hatten.
2. Beziehe in deine Antwort den Gewissenskonflikt in Q1 mit ein.

Seite 119 Aufgabe 3 III

Beachte im Bild M4, wie viel Gepäck die Menschen bei sich hatten. Begründe dieses mithilfe der Quelle Q1.

Seite 121 Aufgabe 2 a)

Tipp für die Recherche:
https://www.mdr.de/geschichte/sowjetische-speziallager-104.html

Seite 121 Aufgabe 2 b)

Gestalte die Collage aus verschiedenen Bildern mit kurzen Infotexten.

Seite 123 Aufgabe 1 III

Erstelle eine Tabelle:

Verbrechen gegen den Frieden	Einmarsch in Polen
	...
	...
Kriegsverbrechen	...

Die Mauer – ein Symbol für die Teilung Deutschlands, Europas und der Welt

Seite 131 Aufgabe 1 II

1. Beachte in der Karikatur, welche Nationen auf jeder Seite an einem Stück von Deutschland ziehen.
2. Ordne zuerst der östlichen Seite die jeweiligen wirtschaftlichen, politischen und gesellschaftlichen Vorstellungen zu.
3. Stelle diesen dann die westlichen Vorstellungen gegenüber.

Seite 133 Aufgabe 2 III

1. Beachte, dass er eine Forderung indirekt benennt.
2. Überlege dir, was er mit dem Begriff „Ideale“ meint und damit verbindet.

Seite 133 Aufgabe 3

1. Denke bei der Bearbeitung der Aufgabe an deine konkrete Lebenssituation und wie sich diese durch die Luftbrücke verändert hat.
2. Überlege dir auch, warum du die Flugzeuge begrüßt und jubelst.

Seite 135 Aufgabe c)

Tipp für die Recherche:
https://www.bundestag.de/parlament/aufgaben/rechtsgrundlagen/grundgesetz/gg_01-245122

Seite 135 Aufgabe d)

1. Benutze die Begriffe „gesetzgebende Gewalt“, „ausführende Gewalt“ und „richterliche Gewalt“.
2. Starte jeweils bei den Bürgerinnen und Bürgern. Folge dann den Pfeilen im Schaubild.
3. Beschreibe jeweils, wie die Institution gewählt wird.
4. Begründe dann, wie die Gewaltenteilung umgesetzt ist.

Seite 137 Aufgabe 2 a)

Tipp für die Recherche:
https://www.bundestag.de/parlament/aufgaben/rechtsgrundlagen/grundgesetz/gg_01-245122

Seite 139 Aufgabe 3 I

1. Denke daran, dass in der SED zwei Parteien verschmolzen.
2. Benenne die Partei, die von der sowjetischen Besatzungsmacht unterstützt wurde.
3. Beschreibe dann, wie es zur Verschmelzung der beiden Parteien kam. Stelle dabei heraus, ob das frei-

willig geschah.

Seite 139 Aufgabe 3 III

Überlege dir das Vorgehen der KPD gegenüber der SPD und beurteile daraufhin, ob der Zusammenschluss freiwillig geschah.

Seite 141 Aufgabe b)

1. Benutze die Begriffe „gesetzgebende Gewalt“, „ausführende Gewalt“ und „richterliche Gewalt“.
2. Starte jeweils bei den Bürgerinnen und Bürgern. Folge dann den Pfeilen im Schaubild.
3. Beschreibe jeweils, wie die Institution gewählt wird.
4. Begründe dann, ob die Gewaltenteilung umgesetzt ist.

Tipps für die Recherche:
https://www.deutschlandfunk.de/65-jahre-wunder-von-bern-durch-diesen-wm-titel-war-100.html
https://www.dfb.de/die-mannschaft/news-detail/finale-1954-das-wunder-von-bern-183023/full/1/

Seite 147 Aufgabe 1 a)

Tipps für die Recherche:
https://www.deutschlandfunk.de/65-jahre-wunder-von-bern-durch-diesen-wm-titel-war-100.html
https://www.dfb.de/die-mannschaft/news-detail/finale-1954-das-wunder-von-bern-183023/full/1/

Seite 147 Aufgabe 2 III

1. Überlege dir zur Bearbeitung der Aufgabe die Belastungen der Nachkriegszeit und stelle dir die Frage, wie viel Vermögen der Einzelne oft hatte.
2. Beziehe in deine Überlegungen auch mit ein, was für das Reisen alles notwendig war.

Seite 149 Aufgabe 3

1. Blättere gegebenenfalls zurück auf die Seiten 144/145. Dort ist die Partnerschaft der Bundesrepublik zu den USA und Westeuropa ausführlicher dargestellt.
2. Vergleiche vor allem, ob die Anbindungen jeweils freiwillig erfolgten.
3. Überlege dir auch, ob die Partnerschaft überwiegend einseitig ausgestaltet war oder ein partnerschaftliches Miteinander gestaltet wurde.

Seite 151 Aufgabe 2 I

1. Orientiere dich bei der Bearbeitung der Aufgabe zunächst nur an den grünen Pfeilen.
2. Überlege dir, was im Plan vorgegeben werden könnte.
3. Beschreibe dann, mithilfe der orangen Pfeile, welche Aufgabe die Plankontrolle hatte.

Seite 151 Aufgabe 2 II

1. Ordne zunächst die Planungskommission in das Schaubild M1 ein.
2. Beschreibe dann, welche Aufgabe in Bild M2 dargestellt wird.

Seite 151 Aufgabe 2 III

1. Arbeite zunächst aus Q1 die dort kritisierten Fehler und Mängel heraus.
2. Überlege dir Gründe, warum es zu diesen Fehlern kam.
3. Belege deine Antwort mithilfe des Schaubilds M1. Denke dabei daran, dass für die Herstellung eines Produkts meist sehr viele verschiedene Zulieferer notwendig sind.

Seite 153 Aufgabe 3

Erstelle eine Tabelle:

	EG	RGW
Mitgliedstaaten		
Ziele		
...		

Seite 157 Aufgabe 2

Tipp für die Recherche:
https://www.stsg.de/cms/bautzen/startseite

Seite 157 Aufgabe 3 II

Denke bei der Beantwortung daran, dass in der DDR keine echte Demokratie gegeben war.

Seite 159 Aufgabe 2 II

1. Benutze die Satzanfänge „Zuerst ...“, „Dann ...“, „Darauf ...“ und „Schließlich ...“.
2. Beachte bei der Bearbeitung der Aufgabe, dass der Fahnenaufrduck der Demonstranten in M1 den Ausgangspunkt des Volksaufstands wiedergibt.

Seite 159 Aufgabe 3 b)

Tipp für die Recherche:
https://www.bundesstiftung-aufarbeitung.de/de/recherche/dossiers/volksaufstand-am-17-juni-1953/erinnerungsorte

Seite 161 Aufgabe c)

Tipps für die Recherche:
https://www.stiftung-hsh.de/geschichte/

https://www.planet-schule.de/wissenspool/orte-des-erinnerns-deutschland/inhalt/das-stasi-gefaengnis-berlin-hohenschoenhausen/film

Seite 161 Aufgabe d)
Tipps für die Recherche:
https://www.mdr.de/geschichte/roland-jahn-112.html
https://www.jugendopposition.de/lexikon/personen/148256/biografie-roland-jahn

Seite 163 Aufgabe 1 I
Orientiere dich am Bild und stelle dir unter anderem folgende Fragen:
- Was machen die Bauarbeiter?
- Wozu dienen die Soldaten?
- Wie viele andere Bürger kannst du auf der Ostseite entdecken?
- ...

Seite 173 Aufgabe 1 b)
1. Vergleiche, welche Fächer jeweils unterrichtet bzw. nicht unterrichtet wurden.
2. Frage dich: Wo lagen jeweils die Schwerpunkte? Welche Fächer fielen jeweils heraus? Kamen neue Fächer hinzu?
3. Setze deine Ergebnisse in Beziehung zu den Jahrgängen davor. Frage dich: Gibt es Fächer, die insgesamt eher eine große/kleine Rolle in Ost und West spielten? Versuche eventuell auch, eine Begründung dafür zu finden.

Seite 177 Aufgabe 1 b)
Beachte, dass du mit Nummer 14 im Schaubild beginnen musst, da du dich von der Ostseite näherst.

Seite177 Aufgabe 2 I
1. Benutze bei deiner Beschreibung die Begriffe demokratisch bzw. undemokratisch.
2. Überlege dir, welcher der beiden Wechsel durch eine Wahl der Bürgerinnen und Bürger erfolgte.

Seite 177 Aufgabe 3
Informiere dich, wie alt du sein musst, um in Sachsen wählen zu dürfen.
Tipp für die weitere Recherche:
https://www.zdf.de/kinder/logo/diskussion-um-wahlrecht-ab-16-100.html

Seite 181 Aufgabe 1 III
1. Beschreibe zuerst die Schwierigkeiten, die unmittelbar durch das fremde Land vorgegeben waren.
2. Beachte aber auch, wie die deutsche Gesellschaft auf die „Gastarbeiter" reagierte. Begründe jeweils deine Aussagen.

Seite 189 Aufgabe 2
Tipp für die Recherche zu „Saurer Regen":
https://klassewasser.de/content/language1/html/3628.php
Tipp für die Recherche zu „Waldsterben":
https://www.planet-wissen.de/natur/umwelt/waldsterben/index.html

Zwei deutsche Staaten in Europa und der Welt

Seite 199 Aufgabe 1 I
Beantworte folgende Fragen:
- Was wurde alles zerstört?
- Wie wohnten die Menschen?
- ...

Seite 201 Aufgabe 1 II
Denke bei der Bearbeitung der Aufgabe an den Begriff, den der Redner benutzt und wozu er diesen verwendet.

Seite 201 Aufgabe 1 III
1. Überlege dir, welche Ziele die Sowjetunion in ihrem Machtbereich verfolgte.
2. Beschreibe dann, welche Sicht der Redner dazu einnimmt.

Seite 203 Aufgabe 2
Tipps für die Recherche:
https://astrokramkiste.de/geschichte-der-raumfahrt
https://www.dlr.de/next/desktopdefault.aspx/tabid-6798/

Seite 207 Aufgabe 3
1. Beziehe in deine Antwort die Textinfos aus M3 mit ein.
2. Benutze die Satzanfänge „Zuerst ...", „Dann ...", „Darauf ...".
3. Du kannst auch einige Ereignisse in einem gemeinsamen Satz zusammenführen (z. B. 14.10–22.10.1962).

Seite 217 Aufgabe 1
Nutzt hierzu entweder Themen, die ihr im Rahmen des Schulbuches bereits behandelt habt, oder findet eigene Themen. Mögliche Themen könnten sein:
- Die Kuba-Krise in Fernsehen/Zeitungen der DDR und der Bundesrepublik.

- Die Darstellung der Punks in Ost und West.
- Die Darstellung des 17. Juni 1953 in Ost und West.
- ...

Seite 217 Aufgabe 2

1. Erstelle eine Tabelle, in der du die Medien auflistest, aus denen du Informationen und Nachrichten beziehst.
2. Füge eine Spalte hinzu, in der du auflistest, wie häufig du das jeweilige Medium nutzt (etwa täglich, wöchentlich, einmal im Monat).
3. In einer weiteren Spalte listest du auf, welche konkreten Inhalte du aus dem jeweiligen Medium beziehst (Nachrichten, Unterhaltung ...).
4. In einer letzten Spalte bewertest du, wie sehr du dem Medium „vertraust" (sehr, mittel oder wenig) und wie häufig du die Informationen, die du hier erhältst, anhand weiterer Medien überprüfst (oft, selten, nie).

Seite 223 Aufgabe 2 b)

1. Lies zur Bearbeitung der Aufgabe eventuell noch einmal ab Seite 200 über den Kalten Krieg.
2. Beschreibe, wie die beiden Politiker miteinander im Bild umgehen. Achte etwa auf Mimik, Gestik und die Körperhaltung.
3. Vergleiche die Informationen über den Kalten Krieg mit deiner Beschreibung von M2.

Seite 227 Aufgabe 3

Erinnere dich für die Bearbeitung der Aufgabe an die Methode zur Analyse einer Karikatur aus Band 8, S. 34/35. Die in der Methode aufgezeigten Schritte beinhalten:

1. Entstehung der Karikatur:
   Wer ist der Zeichner?
   ...
2. Inhalt der Karikatur erfassen:
   Was ist dargestellt?
   ...
3. Absichten der Karikatur deuten:
   Wer war die Zielgruppe?
   ...
4. Die Karikatur verstehen:
   Welche Meinung wird deutlich?
   Was wird kritisiert, gelobt oder verächtlich gemacht?

Seite 231 Aufgabe 2

Beantworte zur Bearbeitung der Aufgabe folgende Fragen:

- Wo sind die Zeitzeugen geboren?
- Welche Aufgaben hatten sie vor der Wiedervereinigung?
- Welche Aufgaben hatten sie nach der Wiedervereinigung?
- ...

Seite 237 Aufgabe 1

Erarbeite zunächst einige Fragen, die der Reporter dem Einwohner stellen würde, wie z. B.:

- Auf welche Weise können sie sich noch mit ihren Nachbarn treffen?
- Was ist, wenn die Kinder gemeinsam spielen wollen?
- Gibt es noch eine gemeinsame Dorfschule?
- In welchem Bereich liegt der Dorfladen?
- Können sie dort einkaufen gehen?

Deutschland nach der Wiedervereinigung

Seite 251 Aufgabe 1

Erstelle eine Tabelle und liste in dieser die Staaten in der Reihenfolge ihres Beitritts auf:

Mitgliedstaat	Beitrittsjahr
Niederlande	
...	

Seite 253 Aufgabe 2 a)

Berücksichtige in deiner Beschreibung etwa folgende Punkte:

- Aufgaben,
- Mitglieder,
- Bereich innerhalb der EU,
- Abhängigkeit von anderen EU-Institutionen,
- ...

Seite 258 Aufgabe 1

Suche dir in der Stichwortliste unter Schritt 2 Oberthemen aus, die dich interessieren. Du solltest aber auf jeden Fall folgende Themen recherchieren und Hinweise beachten:

- Geschichte und Politik:
  Geschichte sehr kurz fassen, Regierungsform ...
- Erdkunde:
  Lage, Nachbarstaaten, Flächengröße, Hauptstadt, Bevölkerungszahl, wichtige Flüsse ...
- Besonderheiten:
  Was macht dieses Land so besonders? ...

Stühletausch

Vergleich und Vorstellung von Ideen, Materialien, Ergebnissen; gemeinsame Auswertung

1. Jeder Schüler löst die gestellte Aufgabe und legt sein Ergebnisblatt auf seinen Stuhl.
2. Nun sucht sich jeder Schüler einen anderen Stuhl und liest das dort ausgelegte Ergebnis. Dann notiert er eine Rückmeldung.
3. Jeder geht auf seinen Platz zurück und liest die Rückmeldung zu seiner Lösung.
4. Gemeinsam wird in der Klasse ein auswertendes Gespräch geführt.

Galeriegang

Präsentation von Gruppenergebnissen

1. Bildet möglichst gleich große Gruppen.
2. Innerhalb der Gruppe werden unterschiedliche Themen bearbeitet.
3. Anschließend werden die Gruppen neu zusammengesetzt: Aus jeder alten Gruppe wechselt ein Experte in eine neue Gruppe.
4. Dort präsentiert der Experte die Arbeitsergebnisse und beantwortet Fragen.

Graffiti

Individuelles und kooperatives Lernen; Vorwissen oder bereits Gelerntes sammeln, strukturieren und visualisieren

1. Bildet so viele Gruppen, wie es Aufgaben gibt. Jede Gruppe erhält einen Arbeitsauftrag und einen Papierbogen.
2. Jede Gruppe beginnt mit ihrer Aufgabe. Jedes Gruppenmitglied schreibt seine Gedanken/Ideen zu der Aufgabe auf und achtet nicht darauf, was die anderen schreiben.
3. Nach einer gewissen Zeit wechselt ihr an einen anderen Gruppentisch und notiert dort eure Ideen.
   Ihr wechselt so lange die Tische, bis ihr wieder an dem eigenen ankommt.
4. Lest alle auf dem Bogen stehenden Ideen, ordnet sie, fasst die Ergebnisse zusammen und stellt sie der Klasse vor.

Think – Pair – Share

Kooperatives Lernen in einem 3-Schritt-System, Austausch von Ideen und Gedanken

1. **Nachdenken:**
   Denke in Einzelarbeit über die Aufgabe nach, löse sie und mache dir Notizen.
2. **Austauschen:**
   Stellt eure Lösung einer Partnerin oder einem Partner vor, lernt die Lösung des anderen kennen.
3. **Vorstellen:**
   Stellt das Ergebnis der Klasse vor, lernt andere Lösungen kennen und vergleicht sie mit dem eigenen Ergebnis.

Fishbowl

Diskussionsform eines Themas in einer Kleingruppe, während eine Großgruppe zuhört und sich beteiligen kann

1. Die Arbeitsgruppe setzt sich in einen inneren Stuhlkreis und diskutiert ein Thema/Problem. Ein Stuhl bleibt für einen Gast frei.
2. Die übrigen Schüler sitzen in einem äußeren Stuhlkreis und hören zu. Die Gruppe im Innenkreis stellt ihre Arbeitsergebnisse vor.
3. Die Zuhörer im Außenkreis können sich am Gespräch beteiligen. Wer mitdiskutieren möchte, setzt sich als Gast auf den freien Stuhl bei der Arbeitsgruppe und äußert seinen Beitrag. Danach verlässt er den Innenkreis und setzt sich wieder auf seinen ursprünglichen Platz.
4. Andere, die nicht mehr mitdiskutieren möchten, können aussteigen und sich ebenfalls in den Außenkreis setzen.
   Zum Abschluss erfolgt eine Reflexion des Gesagten.

Kugellager

Vergleich und Vorstellungen von Ideen, Materialien, Meinungen, Hausaufgaben, Ergebnissen einer Einzelarbeit

1. Teilt euch in zwei Gruppen. Bildet dann einen inneren und einen äußeren Stuhlkreis. Jeweils ein Schüler aus dem Innenkreis und sein Gegenüber aus dem Außenkreis bilden Gesprächspartner.
2. Der Schüler aus dem Außenkreis stellt seine Fragen, der Schüler aus dem Innenkreis beantwortet sie.
3. Die Gesprächspartner wechseln, indem der Außenkreis sich einen Platz weiterbewegt. Jetzt stellt der Schüler aus dem Innenkreis seine Fragen und der Partner im Außenkreis beantwortet sie.
4. Der Platz- und Rollenwechsel wird zwei- bis dreimal wiederholt.

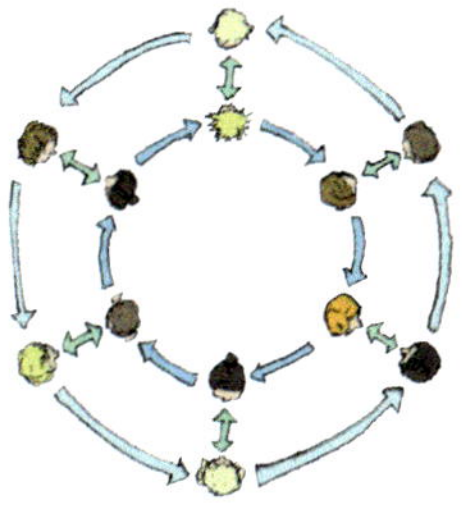

Partnervortrag

Vergleich und Vorstellung von Ideen, Materialien, Ergebnissen

1. Lest die Aufgabenstellung. Arbeitet in Einzelarbeit einen Vortrag aus.
2. Setzt euch mit eurem Partner zusammen und einigt euch, wer zuerst der Sprecher und wer der Zuhörer ist.
3. Der Zuhörer hört aufmerksam zu und wiederholt dann, was der Sprecher erzählt hat. Der Sprecher achtet darauf, ob sein Vortrag vollständig und richtig wiedergegeben wird.
4. Danach wechselt ihr die Rollen.

Placemat

Zusammenführen von individuellen Gedanken als Gesprächsanlass, um zu einem Gruppenprodukt zu kommen

1. Ein Blatt wird in Felder eingeteilt. Jeder schreibt seine Ergebnisse zum Arbeitsauftrag in ein Außenfeld.
2. Diese Ergebnisse werden in der Gruppe besprochen.
3. In der Mitte wird anschließend das übereinstimmende Arbeitsergebnis notiert.
4. Die Gruppe stellt ihre Ergebnisse vor.

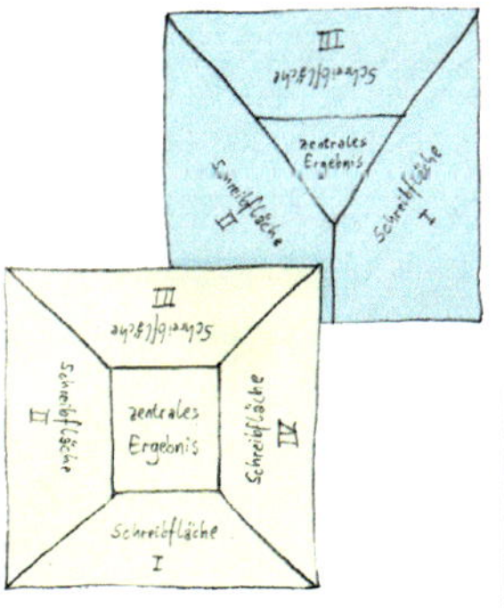

Gruppenpuzzle

Gegenseitige Präsentation von Gruppenergebnissen; Bearbeitung von jeweils einem anderen Themenbereich

1. In der Stammgruppe: In der ersten Arbeitsphase bearbeitest du mit deiner Gruppe gemeinsam euer Thema. Nach Beendigung der Arbeit bereitet ihr die Präsentation für die Expertengruppe vor.
2. In der Expertengruppe: Ihr bildet nun neue Gruppen. In jeder Expertengruppe befindet sich ein Mitglied aus jeder Stammgruppe. Ihr informiert euch nun gegenseitig über die in der ersten Phase erarbeiteten Inhalte und haltet diese schriftlich fest. Die einzelnen Themen werden nacheinander präsentiert.
3. Rückkehr in die Stammgruppe: In der dritten Gruppenarbeitsphase kehrt ihr wieder in eure Stammgruppe zurück, um euch über das in den anderen Gruppen erworbene Wissen miteinander auszutauschen.
   Die Aufzeichnungen aus der zweiten Arbeitsphase sollt ihr hier ergänzen.
4. Wertet in einem offenen Klassengespräch die inhaltlichen Ergebnisse eurer Arbeit aus.

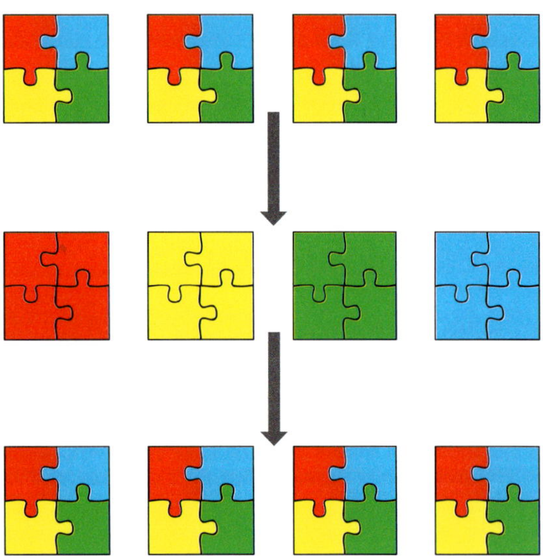

Bushaltestelle

Erarbeitung in Einzelarbeit und Vergleich der Ergebnisse in Partnerarbeit

1. Erarbeitung: Du erhältst zu Beginn eine oder mehrere Aufgaben. In der ersten Phase bearbeitest du in Einzelarbeit deine Aufgabe.
2. Vergleichen: Wenn du mit der Aufgabe fertig bist, stehst du auf und gehst zur Haltestelle. Dort wartest du auf eine Person, die ebenfalls die Aufgabe bearbeitet hat. Sobald ihr zu zweit seid, sucht ihr euch einen Platz in der Klasse und vergleicht, korrigiert und ergänzt eure Ergebnisse gegenseitig. Danach setzt sich jeder wieder an seinen Platz.

Wiederholung der Phasen: Nun kann eine zweite Aufgabe in Einzelarbeit bearbeitet werden. Danach stehst du wieder auf und gehst zur Haltestelle. Die Phasen wiederholen sich immer wieder.

Marktplatz

Austausch von Informationen und Meinungen

1. Geht im Raum umher, bis ihr ein Signal von der Lehrkraft bekommt.
2. Bleibt dann stehen und besprecht mit der Person, die euch am nächsten steht, eure Aufgabe oder Frage. Beim nächsten Signal geht ihr wieder weiter.
3. Wenn erneut das Signal erklingt, bleibt ihr wieder stehen und sprecht mit einer Person.

Engel und Teufel

Argumente austauschen und Entscheidungsfindung

1. Ihr bearbeitet ein Thema in einer Dreiergruppe. Ein Schüler ist der Engel, der allem zustimmt, einer der Teufel, der alles ablehnt, und einer ist der Richter, der entscheidet, welches die besten Argumente sind.
2. Am Ende präsentieren die Richter der Klasse, wie die Gruppe entschieden hat und welche Argumente ihr genannt habt.

Bienenkorb

Austausch von Ideen und Gedanken im Klassenverband

1. Ihr tauscht euch mit einem Mitschüler oder einer Mitschülerin über ein Thema aus.
2. Wechselt den Austauschpartner mindestens zwei Mal.
3. Ihr könnt aber auch paarweise, in Dreier- oder Vierergruppen euer Thema besprechen.
4. Stellt eure gemeinsame Lösung in der Klasse vor.

Reporter

Informationsaustausch und -präsentation

1. Ein Schüler übernimmt die Rolle des Reporters und zwei oder drei andere Schüler übernehmen die Rolle der Interviewpartner.
2. Jeder macht sich Notizen zu seiner Meinung zu einem bestimmten Thema.
3. Danach spricht der Reporter mit seinen Interviewpartnern über das Thema.
4. Spielt anschließend das Interview der Klasse vor.
5. Abschließend kann jeder aus der Klasse seine Meinung dazu äußern.

Debatte

Sammlung und Abwägen von Argumenten

1. Vorstellung einer Streitfrage, die kontrovers diskutiert werden kann.
2. Aufteilung der Klasse in Vierergruppen, die wieder in zwei Paare geteilt werden.
3. Das erste Paar hat die Aufgabe, möglichst viele Argumente für die These (pro) und das zweite Paar für die Antithese (kontra) zu finden.
4. Wechselseitige Präsentation der Ergebnisse durch die beiden Schüler, welche jeweils für die gleiche Position Argumente gesammelt haben.
5. Vorstellung der Argumentation: Jetzt stellt jedes Paar seine Argumente dem jeweils anderen vor. Das zuhörende Paar darf das redende Paar hierbei nicht unterbrechen und soll sich lediglich Notizen machen.
6. Erst nach Abschluss der Vorstellung dürfen eventuelle Fragen zum Verständnis gestellt werden.
7. Die Paare überdenken nun die gehörten Argumente und stellen sich mögliche Probleme und Widersprüche gegenseitig vor.

Textquellen

14 **Q1** Scheidemann, Philipp: Memoiren eines Sozialdemokraten, Bd. 2, Carl Reissner Verlag, Dresden, 1928, S. 311–312.

14 **Q2** Vossische Zeitung, Berlin, 10.11.1918, S. 2.

17 **Q1** Eigene Übertragung des Westermann-Autoren Manfred Albrecht.

20 **Q1** Clemenceau, Georges Benjamin, zit. nach: Michaelis, Herbert/Schraepler, Ernst/Scheel, Günter (Hg.): Ursachen und Folgen. Vom deutschen Zusammenbruch 1918 und 1945 bis zur staatlichen Neuordnung Deutschlands in der Gegenwart. Eine Urkunden- u. Dokumentensammlung zur Zeitgeschichte, Band 3, Dokumenten-Verlag Wendler, Berlin, 1959, S. 346 f.

20 **Q2** Friedensvertrag von Versailles [„Versailler Vertrag“]. Vom 28. Juni 1919, zit. nach: documentArchiv, http://www.documentarchiv.de/wr/vv08.html, © 2000–2004 documentArchiv.de, Kai Riedel, Chemnitz (Zugriff: 13.11.2023).

23 **Q1** Friedensvertrag von Versailles [„Versailler Vertrag“]. Vom 28. Juni 1919., zit. nach: documentArchiv, http://www.documentarchiv.de/wr/vv1.html, © 2000–2004 documentArchiv.de, Kai Riedel, Chemnitz (Zugriff: 13.11.2023).

29 **Q1** Günther, Dorothea: Die Inflation 1923, in: Lebendiges Museum Online (Lemo)/Stiftung Deutsches Historisches Museum, https://www.dhm.de/lemo/zeitzeugen/dorothea-guenther-die-inflation-1923.html, Berlin, Juni 2010 (Zugriff: 13.11.2023).

33 **Q1** Büttner, Ursula: Weimar – die überfordete Republik, Klett-Cotta, Stuttgart, 2008, S. 428.

34 **Q1** Stresemann, Gustav: Vermächtnis, Bd. 3: Von Thoiry bis zum Ausklang, Bernhard, Henry (Hg.); Goetz, Wolfgang/Wiegler, Paul (Mitarbeit), Ullstein, Berlin, 1932, S. 385.

36 **Q1** Briand, Aristide, zit. nach: Hürten, Heinz: Zwischenkriegszeit und Zweiter Weltkrieg. Studienbuch Geschichte. Darstellung und Quellen, Band 10, Klett-Cotta, Stuttgart, 1982, S. 123.

42 **Q1** The New York Times, New York, 24. Oktober 1924 (Übers. Dr. Elmar Geus).

46 Q1 Hindenburg, Paul von: Rundfunk-Ansprache des Reichspräsidenten von Hindenburg vom 10. März 1932 an das deutsche Volk, zit. nach: Maurer, Ilse/Schulz, Gerhard/Wengst, Udo/Heideking, Jürgen (Hg.): Politik und Wirtschaft in der Krise: 1930–1932. Quellen zur Ära Brüning, Teil 2, Droste, Düsseldorf, 1980, S. 1307 ff.

47 **Q2** Berliner Tageblatt, Berlin, 7. Dezember 1932, Nr. 581.

52 **Q1** Papen, Franz von, zit. nach: Bracher, Karl Dietrich: Die deutsche Diktatur. Entstehung, Struktur, Folgen des Nationalsozialismus, Kiepenheuer&Witsch, Köln, 1993, S. 213.

53 **Q2** Aufruf des Vorstandes der SPD und der SPD- Reichstagsfraktion (31. Januar 1933), zit. nach: Institut für Marxismus-Leninismus beim Zentralkomitee der SED (Hg.), Geschichte der deutschen Arbeiterbewegung, Bd. 5., Dietz, Berlin, 1966, S. 44 f.

54 **Q1** Verordnung zum Schutze von Volk und Staat, zit. nach: Conze, Werner: Der Nationalsozialismus, Bd. 1: 1919–1934, Klett, Stuttgart, 1972, S. 62 f.

56 **Q1** Hitler, Adolf: Mein Kampf, Franz-Eher-Verlag, München, 1933, S. 378 f.

58 **Q1** Hitler, Adolf: Mein Kampf, Franz-Eher-Verlag, München, 1933, S. 420 ff.

60 **Q1** „Kontaktanzeigen“, Völkischer Beobachter, 12.08.1934.

63 **Q1** Magda, 1936, zit. nach: Klaus, Martin: Mädchen in der Hitlerjugend, Pahl-Rugenstein, Köln, 1980, S. 17.

64 **Q1** Himmler, Heinrich: Schreiben an Reihard Heydrich, zit. nach: Pohl, Rainer: Das gesunde Volksempfinden ist gegen Dad und Jo. Zur Verfolgung der Hamburger Swing-Jugend im Zweiten Weltkrieg, in: Projektgruppe für die vergessenen Opfer des NS-Regimes (Hg.): Verachtet – Verfolgt – Vernichtet. Zu den vergessenen Opfern des NS-Regimes, VSA, Hamburg, 1988, S. 14–45, hier S. 15 f.

69 **Q1** Gesetz zum Schutze des deutschen Blutes und der deutschen Ehre [Nürnberger Rassegesetze], zit. nach: Hofer, Walter (Hg.): Der Nationalsozialismus: Dokumente 1933–1945, Fischer, Frankfurt/M./Hamburg, 1957, S. 285.

70 **Q1** Amtsblatt des Reichsministeriums für Wissenschaft, Erziehung und Volksbildung und der Unterrichtsverwaltungen der Länder, 15.11.1938, zit. nach: Wein, Dorothee: Antisemitismus an Berliner Schulen bis 1938. Unterrichtsreihe zur Arbeit mit Video-Interviews für das Fach Geschichte (Sek I), Freie Universität Berlin, https://www.zeugendershoah.de/unterrichtsmaterialien/unterrichtsreihen/vhas_lehrerheft_geschichte_sek_1.pdf, Berlin, 2012, S. 11 (Zugriff: 13.11.2023).

72 **Q1** Monatsbericht des Bezirksamts Ebermannstadt, 03.03.1936, zit. nach: Broszat, Martin (Hg.): Bayern in der NS-Zeit, Bd. 1: Soziale Lage und politisches Verhalten der Bevölkerung im Spiegel vertraulicher Berichte, Oldenbourg, München/Wien, 1977, S. 90.

73 **Q2** Renk, Ulrike: Zeit aus Glas: Das Schicksal einer Familie. Die große Seidenstadt-Saga, Bd. 2, Aufbau Tb., Berlin, 2019, S. 7 ff.

74 **Q1** François-Poncet, André: Botschafter in Berlin 1931–1938, übers. von Walter Lenz, Kupferberg, Berlin, 1962, S. 308.

75 **Q2** Goebbels, Joseph: Rede vor den Intendanten des Reichsrundfunks., 1933, zit. nach: Transkription aus dem Deutschen Rundfunkarchiv Frankfurt/M., Birgit Bernhard, in: Bundeszentrale für politische Bildung (Hg.): Geschichte der Kriegspropaganda, in: Dossier: Krieg in den Medien, https://www.bpb.de/gesellschaft/medien-und-sport/krieg-in-den-medien/130707/geschichte-der-kriegspropaganda, Bonn, 2011 (Zugriff: 13.11.2023).

76 **Q1** Cigaretten-Bilderdienst Altona-Bahrenfeld (Hg.): Die Olympischen Spiele 1936 in Berlin und Garmisch-Partenkirchen, Bd. 1, o. O., 1936, S. 62, zit. nach: https://archive.org/details/dieolympischensp1401ciga/mode/2up, San Francisco (Zugriff: 13.11.2023).

79 **Q1** Hitler, Adolf: Denkschrift zum Vierjahresplan, 1936, zit. nach: Rothfels, Hans/Eschenburg, Theodor (Hg.): Vierteljahrshefte für Zeitgeschichte 3, Deutsche Verlags-Anstalt, Stuttgart, 1955, S. 206 ff.

80 **Q1** Hitler, Adolf: Rede vor den Befehlshabern des Heeres und der Marine, 13.02.1933, Niederschrift von Generalleutnant Curt Liebmann, zit. nach: Hofer, Walter (Hg.): Der Nationalsozialismus: Dokumente 1933–1945, Fischer, Frankfurt/M./Hamburg, 1957, S. 206 ff.

87 **Q1** Gefreiter F.: Feldpostbrief, 03.07.1941, zit. nach: Buchbender, Ortwin/Sterz, Reinhold (Hg.): Das andere Gesicht des Krieges. Deutsche Feldpostbriefe 1939–1945, C.H. Beck, München, 1982, S. 72 f.

88 **Q1** Himmler, Heinrich: Rede vor SS-Gruppenführern in Posen, 04.10.1943, zit. nach: Hofer, Walter (Hg.): Der Nationalsozialismus: Dokumente 1933–1945, Fischer, Frankfurt/M./Hamburg, 1957, S. 113.

88 **Q2** Anordnungen für die Behandlung sowjetischer Kriegsgefangener in allen Kriegsgefangenenlagern. Abschrift als Anlage zum Schreiben des Oberkommandos der Wehrmacht vom 8. September 1941, zit. nach: Bayerische Staatsbibliothek (Hg.): 100(0) Schlüsseldokumente zur deutschen Geschichte im 20. Jahrhundert, http://www.1000dokumente.de/index.html?c=dokument_de&dokument=0090_gef&object=facsimile&pimage=1&v=100&nav=&l=de, München, © Faksimile: Bundesarchiv (BArch), Freiburg, 2010 (Zugriff: 13.11.2023).

89 **Q3** Haas, Kurt: Feldpostbrief, 24.12.1942, zit nach: Bulau, Doris: Von Hungerrationen und Pferdefleisch. Feldpostbriefe aus Stalingrad Teil 7, Deutschlandfunk online, Deutschlandradio, http://www.deutschlandfunk.de/von-hungerrationen-und-pferdefleisch.940.de.html?dram:article_id=131587, Köln, 24.11.2002 (Zugriff: 13.11.2023).

90 **Q1** Häupl, Waltraud: Spuren zu den ermordeten Kindern und Jugendlichen in Hartheim und Niedernhart. Gedenkdokumentation für die Opfer der NS-Euthanasie, Böhlau, Wien, 2012, S. 42.

91 **Q2** Schwark, Inge, zit. nach: Dokumentations- und Kulturzentrum Deutscher Sinti und Roma/Sinti und Roma-Union Rhein Main und Hessen: Kinder im KZ, https://sintiundroma-rhein-main.de.tl/Kinder-im-KZ.htm, Heidelberg, o. J. (Zugriff: 13.11.2023).

94 **Q1** Scheck, Zeev, zit. nach: Krizkova, Marie Ruth/Kotouc, Kurt Jiri/Zdenek, Ornest (Hg.): Ist meine Heimat der Ghettowall? Gedichte, Prosa und Zeichnungen der Kinder von Theresienstadt, übers. v. Lenka Reinerová, Werner Dausien Verlag, Hanau, 1995, S. 30 f.

95 **Q2** Zit. nach: Longerich, Peter (Hg.): Die Ermordung der europäischen Juden. Eine umfassende Dokumentation des Holocaust 1941–1945, Piper, München/Zürich, 1989, S. 123 ff.

99 **Q1** Himmler, Heinrich: Rede bei der SS-Gruppenführertagung in Posen, 04.10.1943, zit. nach: Bayerische Staatsbibliothek (Hg.), 100(0) Schlüsseldokumente zur deutschen Geschichte im 20. Jahrhundert, https://www.1000dokumente.de/index.html?c=dokument_de&dokument=0008_pos&l=de, München (Zugriff: 13.11.2023).

99 **Q2** Goebbels, Joseph: Rede im Berliner Sportpalast [„Wollt Ihr den totalen Krieg“], 18. Februar 1943, zit. nach: Bayerische Staatsbibliothek (Hg.), 100(0) Schlüsseldokumente zur deutschen Geschichte im 20. Jahrhundert, https://www.1000dokumente.de/index.html?c=dokument_de&dokument=0200_goe&l=de, München (Zugriff: 13.11.2023).

100 **Q1** Höß, Rudolf: Kommandant in Auschwitz: Autobiographische Aufzeichnungen des Rudolf Höß, hg. von Martin Broszat, Deutsche Verlags-Anstalt, Stuttgart, 1958, S. 166.

101 **Q2** Höllenreiner, Karl: Der Doktor der Luftwaffe goss ihm gewalttätig das Seewasser herunter, 17.06.1947, zit. nach: RomArchive – Digitales Archiv der Sinti und Roma Trägerinstitution, Dokumentations- und Kulturzentrum Deutscher Sinti und Roma e.V., https://www.romarchive.eu/de/collection/der-doktor-der-luftwaffe-goss-ihm-gewalttaetig-das-seewasser-herunter/, Heidelberg, o.J. (Zugriff: 13.11.2023).

103 **Q1** Szpilman, Władysław: Der Pianist. Mein wunderbares Überleben, übers. v. Karin Wolff, Ullstein, München, 2002, S. 93 ff.

104 **Q1** V. Flugblatt der Weißen Rose, zit. nach: Bundeszentrale für politische Bildung (Hg.): Flugblatt VI, in: Dossier: Sophie Scholl und die „Weiße Rose“, https://www.bpb.de/geschichte/nationalsozialismus/weisse-rose/61028/flugblatt-vi, Bonn, 20.04.2005 (Zugriff: 13.11.2023).

105 **Q2** Niemöller, Martin: Als die Nazis die Kommunisten holten, zit. nach: Martin Niemöller Stiftung e.V., http://martin-niemoeller-stiftung.de/martin-niemoeller/als-die-nazis-die-kommunisten-holten, Wiesbaden, o.J. (Zugriff: 13.11.2023).

107 **Q1** Mallwitz, Gudrun/Jürgens, Isabell: Jüdischer Schüler gemobbt, in: Berliner Morgenpost online, https://www.morgenpost.de/berlin/article214707911/Juedischer-Schueler-gemobbt.html, Berlin, 28.06.2018 (Zugriff: 13.11.2023).

107 **Q2** Unterberg, Swantje: Kippa tragen? Nur mit einer Basecap drüber, in: Spiegel online, https://www.spiegel.de/lebenundlernen/schule/berlin-juedische-schueler-ueber-ihre-erfahrung-mit-antisemitismus-a-1267708.html, Hamburg, 16.05.2019 (Zugriff: 13.11.2023).

111 **Q1** Utpadel, Luise: Brief, zit. nach: Norddeutscher Rundfunk online, Als Rostocks Innenstadt vom Bombenhagel zerstört wurde, https://www.ndr.de/geschichte/chronologie/Als-Rostocks-Innenstadt-vom-Bombenhagel-zerstoert-wurde,bombenaufrostock101.html, Hamburg, 23.04.2022 (Zugriff: 13.11.2023).

115 **Q1** Mork, Werner: Sorge vor dem Winter 1945, in: Lebendiges Museum Online (Lemo)/Stiftung Deutsches Historisches Museum, https://www.hdg.de/lemo/zeitzeugen/werner-mork-sorge-vor-dem-winter-1945.html, Berlin/Kronach, Dezember 2008 (Zugriff: 13.11.2023).

116 **Q1** Zit. nach: Unruh, Trude (Hg.): Trümmerfrauen: Biografien einer betrogenen Generation, Klartext, Essen, 1987

119 **Q1** Eckard (Nachnahme unbekannt): Flucht und Vertreibung, Pommern 1944–1947, zit. nach: Zeitzeugenforum.de, http://www.zeitzeugenforum.de/Krieg%20-%20Nachkriegszeit,BI/siteeckard.htm, o.O., o.J. (Zugriff: 14.03.2022).

122 **Q1** Urteil. Der Prozess gegen die Hauptkriegsverbrecher vor dem Internationalen Militärgerichtshof Nürnberg 14. November 1945 bis 1. Oktober 1946, Band 1, Einführungsband, Reichenbach Verlag, Nürnberg, 1947, S. 192.

123 **Q2** Frank, Hans, zit. nach: Gilbert, Gustave M.: Nürnberger Tagebuch, Gespräche der Angeklagten mit dem Gerichtspsychologen, übers. von Margaret Carroux, Fischer, Frankfurt/M., 1977, S. 53.

133 **Q1** Reuter, Ernst: Rede am 9. September 1948 vor dem Reichstag, in: Berlin.de, BerlinOnline Stadtportal GmbH & Co. KG, https://www.berlin.de/berlin-im-ueberblick/geschichte/artikel.453082.php, Berlin (Zugriff: 13.11.2023).

134 **Q1** Selbert, Elisabeth: Appell während der 17. Sitzung des Hauptausschusses, 03.12.1949, Stenographisches Protokoll, zit. nach: Böttger, Barbara: Das Recht auf Gleichheit und Differenz. Elisabeth Selbert und der Kampf der Frauen um Art. 3.2 Grundgesetz, Westfälisches Dampfboot, Münster, 1990, S. 184 f.

138 **Q1** Leonhard, Wolfgang: Die Revolution entlässt ihre Kinder, KiWi, Köln, 1955, S. 231 f.

140 **Q1** Mögenburg, Harm: Kalter Krieg und Wirtschaftswunder. Die fünfziger Jahre im geteilten Deutschland 1949–1961, Diesterweg, Braunschweig, 1993, S. 174.

144 **Q1** Adenauer, Konrad: Rede vor der Europäischen Kulturstiftung, 23.11.1957, zit. nach: Konrad-Adenauer-Stiftung e.V., https://www.konrad-adenauer.de/zitate/europa/, Berlin (Zugriff: 13.11.2023).

145 **Q2** Adenauer, Konrad: Erinnerungen, Bd. 3, 1955–1959, 2. Auflage, Deutsche Verlags-Anstalt GmbH, Stuttgart, 1978, S. 424 ff.

151 **Q1** Schmidt, Elli: Redebeitrag zum Gesetz über den Volkswirtschaftsplan 1953 in der Volkskammer, 17.12.1952, in: Bundeszentrale für politische Bildung/Deutschlandradio/Zentrum für Zeithistorische Forschung Potsdam/17. Juni 1953 online, http://www.17juni53.de/chronik/5212/doc_1.html, Bonn (Zugriff: 13.11.2023).

154 Q1 Zentralrat der FDJ: Über die von der Straße und unsere Verantwortung, in: Junge Welt, 28.12.1957, S. 5, zit. nach: Janssen, Wiebke: Halbstarke in der DDR. Verfolgung und Kriminalisierung einer Jugendkultur. Studien zur DDR-Gesellschaft, Ch. Links, Berlin, 2010, S. 100.

154 Q2 Teut, Anna: Unter den Torbögen Ostberlins, in: Die Welt, 07.09.1957, S. 16, zit. nach: Janssen, Wiebke: Halbstarke in der DDR. Verfolgung und Kriminalisierung einer Jugendkultur. Studien zur DDR-Gesellschaft, Ch. Links, Berlin, 2010, S. 98.

156 Q1 Graul, Elisabeth: Die Farce. Autobiographischer Roman, Impuls, Magdeburg, 1991, S. 229 f.

159 Q1 Kaiser, Jakob, Rede am 23. Juni 1953, zit. nach: Bundeszentrale für politische Bildung (Hg.), Hupka, Herbert (Zusammenstellung): 17. Juni – Reden zum Tag der Deutschen Einheit, Schriftenreihe der Bundeszentrale für politische Bildung, Bonn, 1964, in: Bundeszentrale für politische Bildung/Deutschlandradio/Zentrum für Zeithistorische Forschung Potsdam/17. Juni online, http://www.17juni53.de/material/bpb/doku009.html (Zugriff: 13.11.2023).

161 Q1 Jablonski, Marietta: „Verhören bis zum Geständnis". Der Operativ-Vorgang „Optima", Die Landesbeauftragte für die Unterlagen des Staatssicherheitsdienstes der ehemaligen DDR in Sachsen-Anhalt (Hg.), 2. Auflage, Magdeburg, Juni 1997, S. 23 f.

161 Q2 Jahn, Roland: „Das Lügen darf nicht belohnt werden" – Die Antrittsrede Roland Jahns am 14. März 2011, in: Bundesarchiv, Stasi-Unterlagen-Archiv, https://www.stasi-unterlagen-archiv.de/ueber-uns/der-bundesbeauftragte/reden/das-luegen-darf-nicht-belohnt-werden/#c3646, Berlin (Zugriff: 13.11.2023).

163 Q1 Brandt, Willy: Erklärung des Regierenden Bürgermeisters von Berlin, Brandt, vor dem Berliner Abgeordnetenhaus, 13. August 1961, zit. nach: Bundeskanzler-Willy-Brandt-Stiftung (Auftraggeber); Grebing, Helga/Schöllgen, Gregor/Winkler, Heinrich (Hg.); Heimann, Siegfried (Bearbeiter): Willy Brandt – Berlin bleibt frei. Politik in und für Berlin 1947–1966. Berliner Ausgabe, Bd. 3, Dietz, Berlin, 2004, S. 333.

164 Q1 Ulbricht, Walter: Pressekonferenz des Staatsratsvorsitzenden Ulbricht in Ost-Berlin, zit. nach: Bundesministerium für innerdeutsche Beziehungen (Hg.); Bracher, Karl Dietrich/Jacobsen, Hans-Adolf (Leitung); Salzmann, Rainer (Bearb.); Bundesarchiv (Mitarb.): Dokumente zur Deutschlandpolitik, Reihe IV, Band 6, 2. Halbband (1. Juni bis 11. August 1961), Alfred Metzner, Frankfurt/M., 1975, S. 925 ff.

165 Q2 Geschichte – Ausgabe für die Klasse 10, Lehrbuch (Ministerium für Volksbildung), Volk und Wissen, Berlin, 1983, S. 160 f.

165 Q3 Kroll, Hans: Lebenserinnerungen eines Botschafters, Kiepenheuer & Witsch, Köln, Berlin, 1967, S. 512.

167 Q1 Adenauer, Konrad: Erklärung des Bundeskanzlers zur Absperrung des Ostsektors von Berlin, 13.08.1961, zit. nach: Konrad-Adenauer-Stiftung e. V., https://www.konrad-adenauer.de/seite/13-august-1961/, Berlin (Zugriff: 13.11.2023).

167 Q2 Ulbricht, Walter: Rundfunk- und Fernsehansprache vom 18.08.1961, zit. nach: Niehuss, Merith/Lindner, Ulrike/Müller, Rainer A. (Hg.), Deutsche Geschichte in Quellen und Darstellung. Besatzungszeit, Bundesrepublik und DDR 1945–1969, Bd. 10, Reclam, Stuttgart, 1998, S. 415 ff.

168 Q1 Festl, Florian: DDR-Flucht – „Mit Steckschuss im Rücken durch den Fluss". Interview mit Andreas Kieling, in: Focus online, BurdaForward GmbH, https://www.focus.de/politik/deutschland/20-jahre-wende/mit-steckschuss-im-ruecken-durch-den-fluss-ddr-flucht_id_1864411.html, München, 25.10.2015 (Zugriff: 13.11.2023).

170 Q1 Willert, Helmut: Jugendweihe und Konfirmation. Ost- und westdeutsche Passageriten im Vergleich, in: Praxis Geschichte, 3/2005, Westermann, Braunschweig, S. 26.

170 Q2 Willert, Helmut: Jugendweihe und Konfirmation. Ost- und westdeutsche Passageriten im Vergleich, in: Praxis Geschichte, 3/2005, Westermann, Braunschweig, S. 26.

171 Q3 Zit. nach: Mählert, Ulrich: Blaue Hemden – rote Fahnen: die Geschichte der Freien Deutschen Jugend, Leske und Budrich, Opladen, 1996, S. 141.

173 Q1 Helwig, Gisela: „Unerbittlicher Kampf gegen die Feinde des Fortschritts". Zur weltanschaulichen Erziehung in den Schulen der DDR, in: Dies. (Hg.), Schule in der DDR. Edition Deutschland Archiv, Köln, 1988, S. 102 f.

177 Q1 Brandt, Willy: Regierungserklärung, 28.10.1969, zit. nach:

Stüwe, Klaus (Hg.); Rechmann, Annika/Schmidt, Harald (Mitarbeit): Die Großen Regierungserklärungen der deutschen Bundeskanzler von Adenauer bis Schröder, Leske + Budrich, Opladen, 2002, S. 163 ff.

178 Q1: Härtel, Christian/Kabus, Petra (Hg.): Das Westpaket. Geschenksendung, keine Handelsware, Links, Berlin, 2000, S. 32.

179 Q2: Härtel, Christian/Kabus, Petra (Hg.): Das Westpaket. Geschenksendung, keine Handelsware, Links, Berlin, 2000, S. 10.

179 Q3: Werner, Nils: Was keiner über die Westpakete wusste. Interview mit Konstanze Soch, in: Mitteldeutscher Rundfunk online, https://www.mdr.de/geschichte/ddr/alltag/konsum/interview-konstanze-soch-brd-kontrolliert-westpakete-post-paket-ddr102.html, Leipzig, 30.11.2022 (Zugriff: 13.11.2023).

181 Q1 Akyün, Hatice: Ali zum Dessert: Leben in einer neuen Welt, Goldmann, München, 2008, S. 10 f.

182 Q1 Ali Başar: „Mit den Peitschenstriemen der Armut kam ich hierher“, zit. nach: Goddar, Jeannette/Huneke, Dorte (Hg.); Wallraff, Günter (Mitarb.): Auf Zeit. Für immer. Zuwanderer aus der Türkei erinnern sich, Kiepenheuer & Witsch, Köln, 2011, S. 45.

182 Q2 Frau C.: „Die Zeit in der DDR war schön, aber es gibt auch Lachen und auch Tränen“, zit. nach: Illgen, Katja (Hg.): „Zweite Heimat“. Vietnamesen berichten über ihr Leben in Deutschland 1980–1995, Thüringen gestern & heute. Bd. 28, Landeszentrale für Politische Bildung Thüringen, Erfurt, 2007, S. 163 f.

185 M4 „Spuckies“, zit. nach: Archiv der Münchner Arbeiterbewegung e. V., Archiv 451, 37.2.3, Studentenbewegung 1964–69, München, 1969.

188 Q1: Meinhof, Ulrike, zit. nach: Langels, Otto: „Natürlich kann geschossen werden“, in: Deutschlandfunk online, Deutschlandradio, www.deutschlandfunk.de/natuerlich-kann-geschossen-werden.871.de.html?dram:article_id=125182, Köln, 15.06.2005 (Zugriff: 13.11.2023).

188 Q2: Meinhof, Ulrike, zit. nach: Langels, Otto: „Natürlich kann geschossen werden“, in: Deutschlandfunk online, Deutschlandradio, www.deutschlandfunk.de/natuerlich-kann-geschossen-werden.871.de.html?dram:article_id=125182, Köln, 15.06.2005 (Zugriff: 13.11.2023).

188 Q3: Meinhof, Ulrike, zit. nach: Langels, Otto: „Natürlich kann geschossen werden“, in: Deutschlandfunk online, Deutschlandradio, www.deutschlandfunk.de/natuerlich-kann-geschossen-werden.871.de.html?dram:article_id=125182, Köln, 15.06.2005 (Zugriff: 13.11.2023).

191 Q1 Rauchfuß, Hildegard M./Krahl, Toni: Am Fenster, zit. nach: Kreikenbom, Henry: Zwischen Blauhemd und Beatles – die frühen Jahre des DDR-Rock, in: Frindte, Wolfgang/Fahrig, Thomas/Kohler, Thomas/Kempf, Wilhelm (Hg.), Deutsch-Deutsche Sprachspiele. Friedenspsychologie, Bd. 3, Lit, Münster, 1997, S. 171 f.

191 Q2 Lade, Bernd-Michael: Überall wohin's dich führt, zit. nach: Bundeszentrale für politische Bildung (Hg.); Löser, Claus/Pehlemann, Alexander (Autoren), Ostpunk! Too Much Future. Carsten Fiebeler, Michael Boehlke. Deutschland 2007. Filmheft, Bonn, 2007, S. 18.

193 Q1 Flügel, Volkhard: Urlaub im sozialistischen Grenzgebiet, in: DDR-Zeitzeugen.de, https://www.ddr-zeitzeugen.de/html/urlaub_im_sozialistischen_grenzgebiet.html, Berlin, 01.03.2010 (Zugriff: 07.12.2023).

193 Q2 Mitteldeutscher Rundfunk online: Prerow – das „Mallorca der Ostsee“, https://www.mdr.de/geschichte/ddr/alltag/reisen-freizeit/prerow-ruegen-ostsee-camping-campen-100.html, Leipzig, 01.07.2009 (Zugriff: 07.12.2023).

199 Q1 Churchill, Winston: Rede vor der akademischen Jugend [„Europa-Rede“] in Zürich,19.09.1946, zit. nach: Gasteyger, Curt: Europa zwischen Spaltung und Einigung 1945–1990. Eine Darstellung und Dokumentation über das Europa der Nachkriegszeit, Bundeszentrale für politische Bildung, Bonn, 1990, S. 39 f.

199 Q2 Schumann, Robert: Rede vom 09. Mai 1959 [„Schumann-Erklärung“], zit. nach: Teske, Horst: Europa zwischen gestern und morgen: Von den Römischen Verträgen bis zur Europäischen Akte, Bundesanzeiger Verlagsgesellschaft, Köln, 1988, S. 32 f.

200 Q1 Churchill, Winston: Rede in Fulton/USA, 5. März 1946, zit. nach: Weber, Jürgen (Hg.): 30 Jahre Bundesrepublik Deutschland, Bd. II: Entscheidungsjahr 1948, Bayerische Landeszentrale für Politische Bildungsarbeit, München, 1979, S. 34 f.

208 Q1 Verfassung der Deutschen Demokratischen Republik (06.04.1968, Fassung: 07.10.1974), zit. nach: documentArchiv, http://www.documentarchiv.de/ddr/verfddr.html#KAPITEL2-1, © 2000–2004 documentArchiv.de, Kai Riedel, Chemnitz (Zugriff: 13.11.2023).

210 Q1 Maugain, Paul/Adenauer, Konrad: Interview von Bundeskanzler Adenauer mit Paul Maugain, dem Korrespondenten des Französischen Rundfunks und Fernsehens, in: Konrad-Adenauer-Stiftung e. V., https://www.konrad-adenauer.de/seite/20-januar-1963-1/, Berlin, 20.01.1963 (Zugriff: 13.11.2023).

211 Q2 Bahr, Egon: „Das musst du erzählen": Erinnerungen an Willy Brandt, Propyläen, Berlin, 2013, S. 105.

214 Q1 Schmidt, Helmut: Abschlusserklärung, 30.07.1973, zit. nach: Blätter für deutsche und internationale Politik, 08/1975, Pahl-Rugenstein, Köln, S. 856.

214 Q2 Honecker, Erich: Abschlusserklärung, 01.08.1973, zit. nach: Blätter für deutsche und internationale Politik, 08/1975, Pahl-Rugenstein, Köln, S. 852.

215 Q3 Konferenz über Sicherheit und Zusammenarbeit in Europa. Schlussakte, Helsinki, 01.08.1973, in: OSCE, https://www.osce.org/files/f/documents/6/e/39503.pdf, Wien (Zugriff: 13.11.2023).

218 Q1 Kennedy, John F.: A strategy of peace. American University Commencement Address, in: John F. Kennedy Presidential Library and Museum, https://www.jfklibrary.org/learn/about-jfk/historic-speeches/american-university-commencement-address, Washington, D. C., Boston, 10.06.1963 (Zugriff: 13.11.2023).

220 Q1 Dehm, Dieter: Das weiche Wasser, zit. nach: Buhmann, Heide/Haeseler, Hanspeter: Das kleine dicke Liederbuch. Lieder und Tänze bis in unserer Zeit, Rockbuch Verlag Buhmann und Haeseler, S. 788. © 2022 Edition Musikant GmbH, Bleicherode.

222 Q1 Gorbatschow, Michail: Perestroika. Der revolutionäre Weg der Umgestaltung. Die Rede zum 70. Geburtstag der Oktoberrevolution mit einem Kommentar von Hans-Peter Riese, ARD-Korrespondent in Moskau, Heyne, München, 1987, S. 17.

224 Q1 Kuron, Jacek: „Die Führung hat total versagt". SPIEGEL-Interview mit dem polnischen Regimekritiker Jacek Kuron über die Welle illegaler Streiks, in: Spiegel online, https://www.spiegel.de/politik/die-fuehrung-hat-total-versagt-a-72ce1c43-0002-0001-0000-000014319230, Hamburg, 03.08.1980 (Zugriff: 13.11.2023).

226 Q1 Hager, Kurt: Kurt Hager beantwortete Fragen der Illustrierten „Stern", zit. nach: Neues Deutschland, 10.04.1987, S. 3.

226 Q2 Honecker, Erich: Schlussbemerkungen, zit. nach: Erich Honecker: DDR leistet konstruktiven Beitrag für den Frieden, in: Neues Deutschland, 20.01.1989, S. 1, zit. nach: Marienfeld, Wolfgang: Die Geschichte des Deutschlandproblems im Spiegel der politischen Karikatur, Niedersächsische Landeszentrale für Politische Bildung, Hannover, 1991, S. 226.

228 Q1 Honecker, Erich: Festrede am 07.10.1989, zit. nach: Kleinschmid, Harald: Geschichte aktuell: Wasserwerfer und bestellter Jubel, in: Deutschlandfunk online, https://www.deutschlandfunk.de/geschichte-aktuell-wasserwerfer-und-bestellter-jubel-100.html , Köln, 07.10.2009 (Zugriff: 13.11.2023).

232 Q1 Stiftung Haus der Geschichte der Bundesrepublik Deutschland/Zeitgeschichtliches Forum: Organisation, https://www.hdg.de/zeitgeschichtliches-forum/organisation, Bonn (Zugriff: 13.11.2023).

235 Q1 de Maizière, Lothar: Fernsehansprache am 2. Oktober 1990, zit. nach: Spiegel Digital Publishing: Die Geschichte der Deutschen von 1871 bis heute, CD-Rom, München, 1998.

235 Q2 Weizsäcker, Richard von: Ansprache beim Staatsakt zum „Tag der deutschen Einheit", 03.10.1990, zit. nach: Bundespräsidialamt online: https://www.bundespraesident.de/SharedDocs/Reden/DE/Richard-von-Weizsaecker/Reden/1990/10/19901003_Rede.html, Berlin, 03.10.1990 (Zugriff: 13.11.2023).

251 Q1 Informationsbüros des Europäischen Parlaments in Berlin und München/Informationsbüro in Österreich (Hg.); Heinzel, Hubert/Weber, Thomas (Überarbeiter): Mein Europa, Europäisches Parlament, Wien, 2013, S. 48.

254 Q1 Prössl, Christoph: Die EU als „andauernder Friedenskongress", in: Tagesschau online, Norddeutscher Rundfunk, https://www.tagesschau.de/ausland/eu-nobelpreis-ts-104.html, Hamburg, 10.12.2012 (Zugriff: 13.11.2023).

257 M5 Bundeszentrale für politische Bildung: Ich ... und wie die EU mich betrifft, https://www.bpb.de/internationales/europa/europaeische-union/42848/grafik-ich-und-die-eu, Bonn, 2009 (Zugriff: 01.03.2011).

Bildquellen

action press, Hamburg: Succo, Ralf 246.3.

akg-images GmbH, Berlin: Titel, 5.1, 13.1, 28.1, 28.2, 29.1, 36.1, 36.2, 37.1, 38.2, 41.2, 41.3, 47.1, 49.11, 51.1, 56.2, 76.1, 76.2, 77.2, 80.1, 112.1, 119.1, 121.1, 132.1, 139.1, 147.1, 148.1, 148.2, 149.1, 152.1, 158.1, 163.1, 177.1, 177.2, 186.2, 193.1, 193.2, 224.1, 236.1; Archiv Boelte 7.1, 129.1; arkivi 106.1; Becker, Elizaveta 223.2; Bildarchiv Pisarek 58.1, 114.1, 138.1; ddrbildarchiv.de 172.1, 243.1; Dix, Otto, Großstadt-Tryptichon, © VG Bild-Kunst, Bonn 2024 Titel; East News 94.1; Elvira Bauer 59.1; fine-art-images 69.2, 89.1; Fototeca Gilardi 100.2; Hebler, Peter 189.1; Hoppe, Dieter E. 160.1, 160.2, 161.1; IAM 109.1; INTERFOTO/TV-Yesterday 175.3; Monheim, Florian 39.2; Otto Dix: Großstadt (Triptychon)/© VG Bild-Kunst, Bonn 2024 38.1; picture-alliance/dpa 228.3; picture-alliance/ZB 63.3; Sammlung Berliner Verlag/Archiv 86.3, 151.1, 151.2; Schütze/Rodemann 106.2; SNA 202.1; TT News Agency/SVT 118.1; Universal Images Group/SeM 15.1; Vaccaro, Tony 114.2, 115.1; Voller Ernst/collector/Helgevold, S. 41.1; Wittenstein, Jürgen Georg 104.1; ZB/Hässler, Ulrich 183.1.

Alamy Stock Photo, Abingdon/Oxfordshire: akpool GmbH/Abteilung Arkivi 17.1; piemags 111.3; piemags/archive/military 124.1; public domain sourced/access rights from The History Collection 17.2.

Alamy Stock Photo (RMB), Abingdon/Oxfordshire: Bagosi, Zoltan 225.2; bestravelvideo 249.2; Bocek, Eva 9.1, 241.1; CPA Media Pte Ltd 69.1; CTK 227.1, 227.2, 227.3; Foltin, Isa 181.2; imageBROKER 104.2; Keystone-France/Gamma-Keystone 157.1; Keystone-France/Gamma-Rapho 120.1; Photo 12 6.1, 85.1; Prisma by Dukas Presseagentur GmbH 96.1; public domain sourced/access rights from Archive PL 198.2; RBM Vintage Images 162.1; Schober, Gisela 194.2; Tack, Jochen 234.1; United Archives GmbH 40.3; Universal Art Archive 236.3; World History Archive 33.2; Zoonar GmbH 231.1.

ANNE FRANK HOUSE, Amsterdam: 71.1, 71.2, 71.3, 71.4, 71.5, 71.5, 71.6.

Archiv der Münchner Arbeiterbewegung e.V., München: 185.1, 185.2, 185.3.

Archiv des Hamburger Instituts für Sozialforschung, Hamburg: Bestand Johannes Hähle 95.1.

Binder, Thomas, Magdeburg: 171.2.

Bistum Dresden-Meißen Bischöfliches Ordinariat, Dresden: 105.1.

bpk-Bildagentur, Berlin: 68.1, 70.1, 75.2, 83.8, 94.2, 101.1; Bayerische Staatsbibliothek/Hoffmann, Heinrich 53.1; Bayerische Staatsbibliothek/Archiv Heinrich Hoffmann 111.4; Bostwick, Louis R. 40.4; C. Weinrother 63.1; Deutsches Historisches Museum 60.1, 174.3; Deutsches Historisches Museum/Scherl Bilderdienst 55.1; Deutsches Historisches Museum, Ahlers, Sebastian 79.1; Deutsches Historisches Museum/ Reichard & Lindner 58.2, 83.7; Deutsches Historisches Museum/Psille, Arne 90.1; Gircke, Walter 19.3; Hoffmann, Heinrich 33.1, 57.1; K. Lehnartz 165.2; Katz, Dietmar 24.2, 37.2, 47.2; Kunstbibliothek, SMB/Petersen, Knud 131.3; Kunstbibliothek, SMB, Photothek Willy Römer, Willy Römer 15.1; L. Aufsberg 63.2; Leibing, Peter 184.3; Pisarek, Abraham 117.2; Weinrother, Carl 75.1.

Bredol, Martin Heinrich, Seeheim-Jugenheim: 256.2.

Bridgeman Images, Berlin: Galerie Bilderwelt 91.1.

BStU, Berlin: BArch, MfS HA I Fo 365 Bild 0033 176.1.

Bundesarchiv Berlin, Berlin: 102.2.

Bundesministerium der Finanzen/Referat Postwertzeichen, Berlin: Grünewald, Lothar 164.1.

Das Bundesarchiv, Koblenz: 78.1; B 145 Bild-F013068-0031/Wegmann, Ludwig 180.1; Bild 183-1983-0422-304 116.1; Bild 183-32279-0007 100.1, 127.8; Bild 183-85471-0001/Heidkamp 165.1.

EPA Images (RF), Frankfurt am Main: Jaeger, Robert 225.1.

epd-bild, Frankfurt/M.: Schoelzel, Andreas 229.2, 239.10.

Feldhaus, Hans-Jürgen, Münster: 66.1.

fotolia.com, New York: Aamon 67.3; eyetronic 253.1; mma23 48.3; spectrumblue 258.2.

Fränkische Schweiz-Museum Tüchersfeld, Pottenstein: 72.1.

G + J Medien GmbH, Hamburg: C. Meffert/STERN 184.2.

Gedenkstätte Ehrenhain Zeithain, Stiftung sächsische Gedenkstätten, Zeithain: 88.1.

Getty Images, München: Hulton-Deutsch Collection/CORBIS 43.2.

Griese, Dietmar, Laatzen: 130.1.

Güttler, Peter - Freier Redaktions-Dienst (GEO), Berlin: 96.2.

Haitzinger, Horst, München: 219.1.

Haus der Bayerischen Geschichte, Augsburg: Lorz, Kurt 147.3; Schmidbauer, G. 230.1, 231.2.

Helga Lade Fotoagenturen GmbH, Frankfurt/M.: 175.2.

Holtz, Karl, Heidelberg: 200.1.

Huneke-Nollmann, Dorte, Bochum: 182.1.

Imago Editorial, Berlin: 171.1; Gueffroy 191.1; rheinmainfoto 245.3; Tack, Jochen 249.1.

Interfoto, München: Austrian National Library 122.1; Friedrich 221.1; icemaker 216.1; Pulfer 144.2.

iStockphoto.com, Calgary: Mustang_79 258.4.

Kassing, Reinhild, Kassel: 277.2.

Kieling, Andreas, Hümmel: 168.1.

Kohlbrenner, Joachim, Berlin: 226.1.

laif, Köln: Boening, Jan-Peter/Zenit 229.3; Frieder Blickle 247.2.

Landesarchiv Baden-Württemberg, Stuttgart: Hauptstaatsarchiv Stuttgart, J 153 Nr. 415 131.1.

Landesarchiv Nordrhein-Westfalen, Abt. Rheinland, Düsseldorf: RW 58 Nr. 3693, Bl. 60 67.1.

Langner & Partner Werbeagentur GmbH, Hemmingen: 248.1.

mauritius images GmbH, Mittenwald: TopFoto/Personalities 77.1.

Maye, Michael, Köln: 2010 67.6.

MGM Media Licensing, Los Angeles: ONE, TWO, THREE © 1961 Metro-Goldwyn-Mayer Studios Inc. All Rights Reserved. 155.2.

Museen für Kulturgeschichte Hannover, Hannover: Kurt Julius 117.1.

NS-Dokumentationszentrum der Stadt Köln, Köln: 64.2, 67.2; Fahrtenstenzen 64.1.

OKAPIA KG - Michael Grzimek & Co., Frankfurt/M.: Stief, Gerhard 109.4.

Ouwerkerk, Erik-Jan, Berlin: 182.2.

Parschau, Harri, Königs Wusterhausen: 179.2, 179.3.

Picture-Alliance GmbH, Frankfurt a.M.: 243.2, 244.3, 259.5; akg-images 98.1, 101.2, 204.1; AP 159.1, 224.2; AP Images/Bourgeois 199.2; AP Photo 218.1; AP/Haentzschel, Thomas 246.2; arkivi 30.3, 31.1; ASSOCIATED PRESS 111.2; Berliner Verlag/Archiv 238.1; Bratke, Guenter 237.2; Burgi, Arno 93.1, 93.2; dieKLEINERT.de/Schwarwel 255.2; dpa 107.1, 133.1, 188.1, 222.1, 228.1; DPA FILE/Str 229.1; dpa-Bildarchiv/Eilmes, Wolfgang 227.4; dpa/ Stein, Wolfram 245.1; dpa/Bundeswehr 255.1; dpa/Consolidated 203.1, dpa/dpa-Zentralbild/Schmidt, Hendrik 106.3; dpa/Eilmes, Wolfgang 217.1; dpa/H. Wieseler 187.1; dpa/Hennig, Alfred 213.3; dpa/Hoffmann, Chris 193.3; dpa/Kneffel, Peter 242.1; dpa/M. Schneiders 126.2; dpa/Maxppp/Marchi, Alexandre 253.2, 259.7; dpa/Reichel, Michael 48.2; dpa/Settnik, Bernd 231.3; dpa/Stache, Soeren 161.2; dpa/Vennenbernd, Rolf 181.1; dpa/Weihs, Wolfgang 178.1; European Commission/Boulougouris, Georges 254.1; Gebser, Siegfried 192.3; Heidtmann, Lothar 237.3; Hennig, Alfred/picture-alliance 212.2; Höhne, Günter 238.2; imageBROKER/hwo 121.2; Imagno 145.1; IMAGNO 198.1; IMAGNO/Austrian Archives 46.1, 49.12, 62.1; JOKER/Hartwig Lohmeyer 220.1; Kalaene, Jens/ZB 247.1; Keystone/Photopress Archiv 23.1; Klöppel, Eberhard 216.3; Kumm, Wolfgang 235.3; Langenstrassen, Wolfgang 244.2; Photo12/Ann Ronan Picture Librar 110.1; picture alliance/zb/Winkler, Klaus 217.5; picture alliance/REUTERS/POOL 125.2; PIXSELL/Kasap, Daniel 251.1; Reh, Hartmut 236.2; Sauer, Stefan 30.1, 30.2, 30.4, 48.1; Schutt, Erich/dpa-Zentralbild/ZB 192.2; SOLO Syndication/Illingworth, Leslie 206.1; SZ Photo/Rumpf, Stephan 126.1; united archives 43.1; Winkler, Klaus 238.3; Woitas, Jan 193.4; WZ-Bilddienst 111.1; ZB/Hiekel, Matthias 245.2; zb/Winkler, Klaus 217.4; ZB/Berliner Verlag/Archiv 12.1, 170.2; ZB/Büttner, Jens 235.1; ZB/euroluftbild.de 192.1; ZB/Jutrczenka, Bernd von 229.4; ZB/Kalaene, Jens 247.3; ZB/Kaufhold, Reinhard 235.2; ZB/Klaus Winkler 216.2; ZB/Kroh, Peter 228.2.

Privatarchiv Dr. Sascha Lange, Leipzig: 65.1.

Realschule am Judenstein, Regensburg: Besuch einer 6. Klasse in der jüdischen Synagoge Regensburg; Foto: Birgit Rödl 107.2.

Robert-Havemann-Gesellschaft e.V., Berlin: Becker, Nikolaus 191.2.

Schuck, Maik, Weimar: 32.1.

Science Photo Library, München: Universal History ArchiveUIG 109.3.

Shutterstock.com, New York: Rainer Lesniewski 258.1.

Shutterstock.com (RM), New York: ‚From Russia with Love - (Germany)' 1963, various 203.2.

Spangenberg, Frithjof, Konstanz: 276.1, 276.3, 277.1, 277.3.

Staatsarchiv Freiburg, Freiburg: W110/2 Nr. 217 179.1.

Stadtgeschichtliches Museum der Hansestadt Wismar, Wismar: 16.1.

Stiftung Haus der Geschichte, Bonn: https://audio.hdg.de/zeitgeschichtlichesforum/de/index.html 233.2; https://www.hdg.de/zeitgeschichtliches-forum 232.1, 233.1; Organisation (hdg.de) 232.2; Wolfgang Hicks (Künstler) 213.2; Zens. d. SMA Thür. 30036, Offsetdruck: Gerth & Oppenrieder, Gera 131.2.

stock.adobe.com, Dublin: Dolgikh, George 256.1; Mainka, Markus 258.3; rdnzl 210.1; rupbilder 256.3; Seifert, Birgit 92.1; Visions-AD 256.4.

Süddeutsche Zeitung - Photo, München: 61.1, 80.2, 80.3, 113.1, 125.1, 205.1, 239.9; ap/dpa/picture alliance 187.2; AP/dpa/picture alliance 189.2; dpa 105.2; Rue des Archives/AGIP 210.2, 239.8; Scherl 14.1, 19.2, 81.1, 94.3, 110.4; SZ Photo 123.1; SZ Photo/Knorr + Hirth 86.2.

Tonn, Dieter, Bovenden-Lenglern: 26.1, 40.1, 49.1, 49.2, 49.3, 49.4, 49.5, 49.6, 49.7, 49.8, 49.9, 82.1, 82.2, 83.1, 83.2, 83.3, 83.4, 83.5, 118.2, 127.1, 127.2, 127.3, 127.4, 127.5, 127.6, 136.1, 142.1, 195.1, 195.2, 195.3, 195.4, 195.5, 195.6, 195.7, 218.2, 239.1, 239.2, 239.3, 239.4, 239.5, 239.6, 239.7, 259.1, 259.2, 259.3, 259.4, 276.2, 276.4, 277.4, 278.1, 278.2, 278.3, 279.1, 279.2, 279.3, 279.4, 290.1, 290.2, 290.3, 290.4, 290.5, 290.6, 290.7, 290.8, 290.9, 290.10, 290.11, 290.12, 290.13, 290.14, 290.15, 290.16, 290.17, 290.18, 290.19, 290.20, 290.21, 291.1, 291.2, 291.3, 291.4, 291.5, 291.6, 291.7, 291.8, 291.9, 291.10.

ullstein bild, Berlin: 4.1, 11.1, 21.1, 24.1, 31.2, 31.3, 34.2, 35.2, 52.2, 67.5, 78.2, 83.6, 89.2, 95.2, 98.2, 110.2, 110.3, 115.2, 127.7, 146.1, 158.2, 165.3, 167.1, 195.8, 195.9; ADN-Bildarchiv 86.1, 109.2, 167.2, 190.1; AP 134.1, 169.2, 184.1, 195.10, 208.1, 221.2, 244.1; Archiv Gerstenberg 54.1; Bildarchiv 127.9; BPA 214.1; CARO/Bastian, Andreas 170.1; ddrbildarchiv/Morgenstern 174.1; dpa 116.2, 169.4, 186.3, 187.3, 194.1, 209.1, 223.1, 246.1, 259.6; EUROLUFTBILD.DE/Grahn, Robert 217.3; Gerig 190.2; Granger Collection 74.1; Hellgoth 185.4; Hilde 180.2, 183.2; Hoffmann, Heinrich 74.2; Ihlow 103.1; Jung 166.1; Keith 217.2; Keystone 169.3; Klaus Mehner 213.1; Korn, Herbert 144.1; L. Timm 186.1; Pachot 56.1; RDB 199.1; Ritter, J. 237.1; Roger Viollet/A. Harlinggue 39.1; Rose, Klaus 175.1; Sakowitz(L) 169.1; Scherl 32.2; Schöning 15.2; Simon, Sven 211.1, 212.1; Spiegl 156.1; Stiebing 8.1, 197.1; Süddeutsche Zeitung 67.4; Süddeutsche Zeitung Photo/Scherl 102.1; Sven Simon 146.2; Sylent Press 216.4; SZ Photo 45.1; The Granger Collection 108.1; TopFoto 20.1, 49.10; ullstein bild 44.1, 52.1; United Archives 188.2; V. Döring 173.1; Wefringhaus/Volkswagen Aktiengesellschaft/Grafik: Hans Looser 147.2; Weychardt 40.2; Winkler, Klaus 216.5; Wolff & Tritschler 34.1, 35.1.

Universitätsbibliothek Greifswald, Greifswald: 574/Z 1301 2°, Greifswalder Zeitung vom 10.11.1918 17.3.

Wirtschaftswundermuseum, Rheinberg: 174.2.

Zahlenbilder, Bergmoser + Höller Verlag AG, Aachen: nach Zahlenbilder 711 210 215.1.

ZDF Enterprises GmbH, Mainz: 19.1, 73.1.

© DEFA-Stiftung, Berlin: Hans Adolf Baltzer 154.1; Klaus D. Schwarz 155.1; Siegmar Holstein, Hannes Schneider 154.2.

Hinweise zur Bearbeitung der Aufgaben

Die Aufgaben in diesem Buch beginnen in der Regel mit einem Operator. Operatoren sind Verben, mit denen ein Arbeitsauftrag eingeleitet wird. Falls euch nicht klar ist, was von euch verlangt wird, findet ihr hier eine Erklärung und Tipps zu den Operatoren. Die Operatoren sind nach verschiedenen Anforderungsbereichen gegliedert.
Die einfachen Aufgaben finden sich im Anforderungsbereich I. Hier sollt ihr Sachverhalte wiedergeben und bekannte Arbeitstechniken anwenden, z. B. den Umgang mit Texten und Grafiken.
Bei den Aufgaben im Anforderungsbereich II sollen bekannte Inhalte selbstständig untersucht und danach erklärt werden.
Bei den schwierigen Aufgaben im Anforderungsbereich III sollt ihr euch mit neuen Inhalten und Problemen auseinandersetzen, um sie dann zu bewerten.

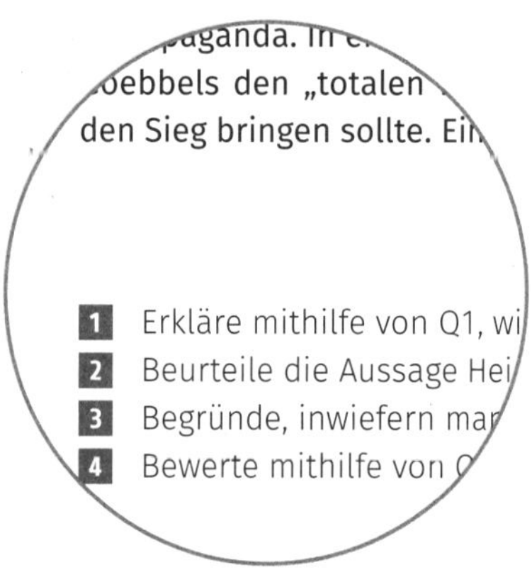

Anforderungsbereich I

nennen, aufzählen
Du sollst Informationen knapp und präzise auflisten. Hierbei musst du nichts begründen oder näher erläutern. Die Informationen können aus den vorgegebenen Materialien (z. B. Schulbuchtext, Quellentexte ...) stammen.

bezeichnen, benennen, schildern, skizzieren
Du sollst Sachverhalte, Strukturen und Prozesse verstehen und zutreffend darstellen. Dabei sollst du sie nicht näher vertiefen.

berichten
Du sollst den Sachverhalt formulieren. Achte dabei besonders auf Verläufe, Begebenheiten und Zusammenhänge. Sammle Informationen zu den Fragen: Wer? Wann? Was? Wo? Warum?

beschreiben, zusammenfassen, wiedergeben
Du schilderst wesentliche Aspekte eines Sachverhalts oder den Inhalt eines Textes bzw. anderer Materialien kurz und knapp in eigenen Worten. Achte darauf, dass du nicht alles nacherzählst, sondern konzentriere dich dabei nur auf die wichtigsten Punkte.

durchführen
Mithilfe eines vorgegebenen Verfahrens (z. B. Rollenspiel, Internetrecherche, Zeitzeugeninterview ...) sollst du dir Sachverhalte erschließen, um diese besser verstehen oder nachempfinden zu können.

Anforderungsbereich II

analysieren, untersuchen
Du sollst dir Materialien oder Sachverhalte erschließen. Hierfür musst du bestimmte Kriterien beachten bzw. gezielte Fragen stellen, die du beantwortest. Diese Antworten sollst du begründen.

begründen, nachweisen
Du sollst Aussagen (z. B. Behauptungen, Wertungen) durch Argumente unterstützen. Deine Argumente untermauerst du mit Beispielen oder anderen Belegen.

erklären
Mithilfe deines Wissens schilderst du bestimmte Sachverhalte (Theorien, Modelle, Regeln, Gesetze, Funktionszusammenhänge ...) und ordnest sie ein. Dabei zeigst du Zusammenhänge auf und begründest sie.

erläutern
Du sollst Sachverhalte erklären. Darüber hinaus machst du sie mithilfe zusätzlicher Angaben (Beispiele, Vergleiche...) anschaulich.

einordnen
Du stellst Sachverhalte oder Aussagen mithilfe erläuternder Hinweise in einen Zusammenhang.